SAUERLÄNDER

Foto: © Sean Conroy

Dave Rudden lebt als Autor, Geschichtenerzähler und Schauspieler in Dublin, Irland. Er hat den Studiengang Kreatives Schreiben am University College Dublin mit Auszeichnung abgeschlossen, und seine Gedichte und Kurzgeschichten wurden bereits in mehreren Zeitschriften veröffentlicht und für Preise nominiert.

Weitere Informationen zum Kinder- und Jugendbuchprogramm der S. Fischer Verlage, auch zu E-Books, finden sich unter *www.fischerverlage.de*

Dave Rudden

Tenebris

Die Rückkehr der dunklen Prinzessin

Aus dem Englischen
von Claudia Max

SAUERLÄNDER

FSC
www.fsc.org
MIX
Papier aus verantwortungsvollen Quellen
FSC® C083411

Erschienen bei FISCHER Sauerländer

Die Originalausgabe erschien unter dem Titel
Knights of the Borrowed Dark. The Forever Court
2017 bei Penguin Random House

Umschlaggestaltung: Hauptmann & Kompanie, Zürich
Satz: Pinkuin Satz und Datentechnik, Berlin
Druck und Bindung: CPI books GmbH, Leck
Printed in Germany
ISBN 978-3-7373-5218-5

Für Graham Tugwell, Deirdre Sullivan und Sarah Maria Griff – Dunkelfedern, yo

*›Das Feuer war unsere erste Zauberkunst,
unsere erste Wissenschaft, aber bezwungen
haben wir es wohl kaum.‹*
Nick Harkaway, *Die gelöschte Welt*

*›Die Leute denken, dass Geschichten von Menschen
geformt werden. In Wahrheit aber ist es andersherum.‹*
Terry Pratchett, *Total verhext*

DIE WORTE DES CROIT:

SIE LIEBTE.
SIE STAHL.
UND WIR HATTEN DAS FEUER.

Prolog

Auserwählt

Uriel und seine Schwester kämpften in der spinnwebgrauen Morgendämmerung auf dem Grab ihrer Großmutter.

Ihr Mausoleum war das größte auf dem Hügel – Stein und Gold und dunkles Elektrum, glatt und kantig und voller Spitzen. Ganz wie die alte Frau selbst, wenn man Großvaters Geschichten Glauben schenkte, und für Uriel galt jedes Wort aus dem Munde Großvaters als Gesetz.

Kalte Linien und scharfe Kanten – das waren die Familienwerte, die die Croits hochhielten.

Mit dem Summen und Klirren von Stahl fand eine Waffe die andere. Nackte Füße traten Tau vom eisglatten Marmor. Fast wäre Uriel ausgerutscht, doch dann hielt er sich mit einer Hand an einer Spitze fest und holte mit der anderen nach Ambrel aus.

Sie sprang zur Seite. Natürlich. Uriel mochte stärker sein, aber Ambrel war schneller. Doch obwohl sein Körper vom Zusammenstoß mit den Steinstacheln der Mausoleumskrone schmerzte, lachte auch er. Er konnte nicht anders.

»Meinen Wachstumsschub«, stieß er hervor, während er ihre Hiebe parierte, »wirst du mir wohl nie verzeihen, oder?«

»Es ist *unser* Wachstumsschub«, rief sie. »Du hast ihn bloß gestohlen.«

Sie sprang in das Labyrinth der tiefer liegenden Gräber.

Uriel verfolgte seine Schwester durch den Garten der Wartenden – eine Stadt der Toten. Kein Grabmal glich dem anderen. Die Nekropolis war eine zusammengewürfelte Ansammlung bleicher Türme und Grüfte mit niedrigen Giebeln, Dolmen aus der Vorzeit und verwitterten Sarkophagen, deren einzige Gemeinsamkeit das allgegenwärtige Emblem einer Krähe auf einer Skeletthand war.

Es gab zwar diese Redewendung von Draußen – *Die Vergangenheit ist ein anderes Land* –, doch hier in der Totenstadt drängten sich die Jahrhunderte wie Cousins aneinander und erzählten die Geschichte der Croits in Statuen und Stein. Einige Wege zwischen den Gräbern waren so breit wie die Boulevards einer Stadt – die Graskanten waren penibel gerade geschnitten, aus der Erde zwinkerten Pfingstrosen. An anderen Stellen waren die Statuen vorgerückt und streckten die Hände nach ihren Brüdern und Schwestern auf der anderen Seite aus, ein Wirrwarr von Gliedmaßen und ausdruckslosen weißen Gesichtern.

Die Erde war von Gedenktafeln bedeckt, das letzte Zeichen der Verstorbenen. Uriel beachtete sie nicht weiter. Er kannte ihre Namen in- und auswendig.

Hatte sich da etwas bewegt? Er zwängte sich durch ein Dickicht aus Großtanten und legte auf der Schulter von

EUTHALIA CROIT

– im Kampfe gefallen –

eine kurze Pause ein, um sich zu orientieren.

Eine andere Familie hätte es vermutlich respektlos gefunden, die Ruhestätten der Vorfahren als Übungsplatz zu benutzen.

Belanglos, dachte Uriel. Genau das machte einen schließlich zu einem Croit: Die Ansichten *anderer* Familien waren ohne jede Bedeutung. Dass sich Uriel überhaupt mit den Gefühlen anderer beschäftigte, hatte mit Großvater zu tun, der ihn gelehrt hatte, dass es nützlich war, sich in den Feind hineinzuversetzen. Und genau das waren andere Menschen. Nicht, weil sie irgendetwas getan hatten – Versuche, den Croits etwas *anzutun,* waren in der Vergangenheit ziemlich nachhaltig entmutigt worden –, sondern weil sie nicht zur Familie gehörten, nicht zu den Auserwählten zählten. So einfach war das.

Uriel schwang sich von Euthalia herunter und tätschelte ihr liebevoll das Knie. Zu wissen, dass sie zu seiner Ausbildung beitrug, würde sie bestimmt freuen. Croit'sches Blut war schließlich Mangelware. Und tot zu sein war noch lange kein Grund, den Dienst an der Familie einzustellen.

Bis auf die krächzenden fetten grauen Krähen war es still in der Totenstadt. Uriel nickte im Vorbeigehen einer von ihnen zu und berührte den aufgestickten Vogel auf seinem Hemd, damit er ihm Glück brachte.

Wäre er an Ambrels Stelle – die Vorstellung war nicht so schwierig, denn ihr Herzschlag lag höchstens eine halbe Sekunde auseinander, und so war es auch immer gewesen –, würde er sich langsam, vorsichtig bewegen, würden seine bleiche Haut und das ergrauende Haar ihn zwischen den Statuen unsichtbar machen, sie waren die natürliche Tarnung eines Croit.

Dort. Eine Spur. Eine winzige Bewegung. Von einem Bein, das eigentlich reglos sein sollte.

Uriel schlich darauf zu, seine eigenen Gliedmaßen verursachten keinerlei Geräusch, er hielt die Luft an. Seine Jagd wurde von anerkennenden Blicken toter Verwandter verfolgt, sein Hinterhalt war bereits geplant.

Weiter vorn, wo sich Mittelalter und Renaissance überlappten, machte der Weg eine Kurve. Uriel hatte diesen Abschnitt des Gartens schon immer besonders gemocht – Geschichte war sein Lieblingsfach, und die Bildhauer hatten keine Kriegswunde ausgelassen. Die Rüstungen waren verbeult, jedes Lederband und jedes Kettenglied war liebevoll in Stein gemeißelt. Uriel hatte Stunden in den Archiven der Galerie der Tränen verbracht und den Zusammenhang zwischen Geschichten und Narben hergestellt.

Es war ein guter Platz für einen Angriff aus dem Hinterhalt, vor allem weil es Ambrel zutiefst ärgern würde, wenn Uriel sie an seiner Lieblingsstelle zur Strecke bringen würde, nachdem sie den Garten als Kampfplatz ausgewählt hatte.

Bei Geschwistern ging es immer um Kleinigkeiten.

Die Gestalt weiter vorn war stehen geblieben. War Uriel zuvor lautlos gewesen, verwandelte er sich nun in einen Geist. Als er eines der Mausoleen hinaufkletterte –

LORD TERRATAS CROIT
– starb betrogen –

und wie ein Gecko über dessen Dach krabbelte, bewegte er kaum Luft. Aus Angst, sein durchdringender Blick könne sie vorwarnen, hielt er den Kopf gesenkt.

Uriel straffte sich, sein Schwert zitterte knapp über dem Marmor, dann setzte er zum Sprung an.

Nichts.

Er landete mit einem anmutigen Purzelbaum, der allerdings keinerlei Wertschätzung erfuhr. Mit erhobenem Schwert drehte er sich im Kreis, um einen Angriff abzuwehren, der jedoch ausblieb.

Tja, das ist wirklich ärgerlich –

Und dann, aus heiterem Himmel, war sein Schwert verschwunden, jemand hatte es ihm aus den Fingern geschlagen, die sofort taub wurden. Als er ein Wimmern ausstoßen wollte, wurde ihm der Mund mit einer Faust gestopft, die Welt explodierte in schlieriger Dunkelheit. Als er auf den Boden knallte, war er beinahe erleichtert.

Uriel spuckte Gras aus. »Großvater.«

Großvater war ein kantiger Mann, dünn und fremd und mit einer Eisenblume auf der Wange; er sah aus, als sei er aus dem Herzen eines Gletschers gemeißelt worden, seine Haut war farblos und spannte sich straff über den Schädel. Manchmal wartete Uriel nur darauf, dass das Licht durch ihn hindurchscheinen würde, doch dann gab es wieder Momente, in denen der alte Mann der kompakteste Gegenstand der Welt war, fest und schwer wie ein Neutronenstern.

Als er die rechte Hand anspannte, ächzten seine Sehnen. Sein linker Ärmel hing leer herunter.

»Was hast du falsch gemacht?«

Es war die Standardfrage des alten Mannes.

»Ich habe mich zu sehr auf das Ziel konzentriert«, erwiderte Uriel wie aus der Pistole geschossen und rappelte sich auf die Knie. »Und nicht daran gedacht, dass ich selbst zum Ziel werden könnte.«

Nichts an Uriels Miene verriet, dass Ambrel sich langsam an Großvater heranpirschte. Kein einziger Muskel. Keine Wimper. Seine Augen waren die von Großvater: kalt, ruhig und glasfarben.

»Wenn unsere Stunde schlägt, müssen wir bereit sein zu sterben, Uriel«, knurrte sein Großvater. »Aber wir sind Croits.« Er sprach den Namen mit dem harten Stolz aus, den die scharfe Silbe verlangte. Hinter ihm funkelte Ambrels Schwert.

»Unser Blut ist seltener als der reinste Diamant, das feinste Gold. Opfer sind selbstverständlich. Aber nur wenn –«

Ambrel schlug zu, es war ein perfekter Hieb, und Großvater wich ihm aus, als seien sie zwei Teile derselben Maschine. Der Schwung ihrer Bewegung ließ Ambrel mit einem *Klong* in seinem Ellbogen landen, doch während sie benommen zurückwankte, kickte sie das Schwert, das Uriel hatte fallen lassen, mit dem Fuß in die Handfläche ihres Bruders. Er sprang mit einem Knurren auf –

Großvater hob die Hand.

Uriel hielt sofort in seinem Sprung inne und drehte das Schwert zum Gruß. Ambrel folgte auf dem Boden verlegen seinem Beispiel.

»Wenn es Ihr Wille ist«, beendeten sie einstimmig Großvaters Satz.

Aus seinem Mund dröhnte es allerdings wesentlich beeindruckender, dachte Uriel. Die Stimme des Familienoberhaupts klang immer, als würde eine Säge einen Sargdeckel zweiteilen. Uriels hingegen war nach wie vor noch in dieser unbestimmten kieksigen Phase, die ihn zögern ließ, sie überhaupt einzusetzen.

»Gut«, erwiderte Großvater. »Es ist Zeit.«

Zwei Herzschläge setzten aus, mit einer halben Sekunde Abstand.

Der Familiensitz der Croits trug den Namen Eloquenz und war eine Burgruine. Sie lag auf einer nur wenige Kilometer breiten Insel, deren Mitte vom Axthieb eines Tals geteilt wurde, steil und kahl und brutal, als habe jemand versucht, die Welt zu ermorden, und dies sei die Stelle, an der die Klinge niedergesaust war. An den Abhängen standen vereinzelt zerzauste, dürre Bäume. Die Luft roch nach Staub und dem entfernten Meer und war so kalt, dass sich das schwache Sonnenlicht auf Uriels Haut wie Eiswasser anfühlte. Es war keine Landschaft, die sich damit zufriedengab, von Touristen fotografiert oder von netten Männern mit Bärten gemalt zu werden. Es war eine Landschaft, in die sich Dichter verliebten, um anschließend dem Wahnsinn zu verfallen.

Mitten im Tal lag die Leiche der Burg.

Eloquenz hatte früher am westlichen Abhang geklebt, nichts als spitze Türme und Zinnen, die insektenähnliche Silhouette hatte den Himmel beherrscht. Doch dies war schon sehr lange her. Die Burg war ins Tal hinuntergestürzt, und zwar nicht unter freundlichen Umständen. Von ihrem ehemaligen Hochsitz war nur noch ein Streifen Schutt geblieben, die Burg selbst lag in Knitterfalten hundert Meter tiefer.

Es muss wie das Kalben eines Eisbergs gewesen sein, dachte Uriel, als er mit seiner Schwester den Garten der Wartenden verließ und den Pfad nach Eloquenz hinauflief. Er stellte sich den Sturz vor, der schon Jahrhunderte zurücklag: ein lautes Stöhnen, das die Luft erzittern ließ, Stein, der sich von Stein trennte, den Schreck, wenn man aus dem Fenster blickte und die ganze Welt nach oben *stürzte.*

Ambrel lächelte ihn nervös an. Er spürte sie ebenfalls – diese Mischung aus Angst und Aufregung, die sie angetrieben hatte, im schlaflosen Morgengrauen zu kämpfen. Dies war der Tag. *Ihr* Tag. Alles, was sie bisher gelernt hatten, alles, was sie gewesen waren, jeder Herzschlag –

Alles hatte auf diesen Punkt hingeführt.

Langsam und vorsichtig betraten sie Eloquenz. Der Aufprall auf dem Talboden hatte die Festung auf gewaltsame

Weise neu angeordnet, wie einen Körper, der aus großer Höhe heruntergefallen war. Ehemals breite Flure waren in neue Formen gezwungen worden; einige Räume waren eingestürzt, andere hatten sich geöffnet; Böden waren zu Decken geworden, Decken zu Fußböden. Und überall die Drähte – straff und glänzend spannten sie sich kreuz und quer über jeden Weg und zerteilten die Düsternis in strenge geometrische Muster. Manche waren stumpfe Stränge. Andere hauchdünn und rasierklingenscharf.

Es war ebendiese schwarze Umarmung gewesen, die die Burg bei ihrem fast tödlichen Sturz zusammengehalten hatte, ähnlich wie Efeu, das eine Wand stützt, auch wenn es sie erstickt. In all den Jahrhunderten hatten sich die Drähte weder gelockert, noch hing einer von ihnen lose herunter.

Die Luft war voller Staubflocken. Ein paar schwebten gegen die Drähte und wurden in der Mitte zerteilt.

Immer tiefer stiegen die drei Croits hinab, durch den verlorenen Glanz der Empfangshalle, zwischen den zersplitterten Säulen des Throns der Majestät hindurch. Auf allem prangte das Emblem der Krähe und Skelettklaue. Eloquenz verzerrte das Hallen ihrer Schritte in überlappende Echos, bis sie die eigenen Schritte kaum noch von den Geräuschen der Geisterfüße unterscheiden konnten, die ihnen folgten.

Der Weg jedes anderen Croits wäre von der stummen Unterstützung der Familie gesäumt gewesen. Uriel nahm die Beleidigung jedoch einfach hin. Die wichtigen Menschen waren an seiner Seite.

Und vor ihnen, die Tür. *Ihre* Tür. Als Großvater wortlos hindurchging, zögerten Uriel und Ambrel einen Moment. An dieser Stelle endete das Licht. Wenn alles gutging, würden es die Zwillinge jedoch bald nicht mehr benötigen.

Der letzte Teil ihres Abstiegs fand in so undurchdringlicher Dunkelheit statt, dass sich Uriels Augen anfühlten, als seien sie mit Öl gefüllt. Doch Ambrel und er hatten diesen Gang geübt, zwischen unsichtbaren Drähten hindurchzugleiten kam ihm ebenso selbstverständlich vor wie Atmen: hier den Arm anwinkeln, dort ein Bein anziehen. Als Uriel etwas über seinen Wangenknochen streifen spürte, wusste er, dass er eine Hautschicht eingebüßt hatte. Aber das war schon in Ordnung. Seit Großvaters Kindheit war niemand hier heruntergestiegen, ohne dass Blut geflossen wäre. Alles im Leben hatte seinen Preis.

Schließlich fühlte sich die Luft anders an. Wo zuvor die Enge von Drähten und Stein gewesen war, konnte Uriel nun Raum um sich spüren. *Der Schrein.* Ambrel stand neben ihm, Großvater war irgendwo vor ihnen und weiter oben –

SIE.

Schwebend. Stumm. Riesig. Obwohl in der Kammer kein einziges Photon war, das Uriel die Sicht ermöglicht hätte, fühlte er Ihre Anwesenheit, die Dunkelheit wurde von Ihrer Herrlichkeit verdrängt. Seine Augen schmerzten schon vom Versuch, die Düsternis zu durchdringen, aber trotzdem konnte er ihre Gestalt nicht erkennen.

Genau, wie es sein musste. Wenn sie zu den Auserwählten gehörten, würden sie sie sehen. *Falls* sie zu den Auserwählten gehörten. Einen kurzen Moment lang überlief Uriel ein vollkommen uncroitscher Angstschauder.

»Kniet euch hin«, befahl Großvater.

Die Zwillinge taten wie geheißen.

»Vor langer Zeit«, hob der Großvater an, »hat man uns eine Aufgabe erteilt. Eine Bestimmung. Und nun kniet ihr an der Stelle, wo einst die ersten von uns niederknieten, weil ihr erfahren wollt, ob es auch eure Bestimmung sein wird. Ob ihr zu den Auserwählten gehört. Ob ihr *Croits* seid. Die Erlöserin blickt auf euch herab, und falls ihr euch als würdig erweist, wird das Feuer, das Sie euch verleiht, die Welt erzittern lassen. Hat jeder von euch eine Form für dieses Feuer gewählt?«

Ambrel antwortete als Erste. »Mein Gebet wird ein Lied sein, Großvater. Meine Stimme, Ihr Inferno.«

»Gut«, sagte Großvater. »Und Uriel?«

Sein Geist wanderte zu den Vormittagen zurück, an denen er nachgedacht und sich so lange eine Form vorgestellt hatte, bis er sie hinter den Augenlidern sehen konnte, bis sie ihm im Traum erschien. Die Erlöserin gab viel, aber SIE verlangte auch viel, und die Nekropolis war voll von denen, die sich als unwürdig erwiesen hatten.

Glaube war Feuer im Blut eines Croits.

»Es wird ein Schwert sein, Großvater.« *Genau wie ich.*

»Unser Vorfahre hat uns erzählt, dass Sie zurückkehren wird.« Die Stimme des Großvaters enthielt ein dunkles Versprechen. »Sie wird uns in den Unvermeidlichen Krieg führen. Der Widersacher wird auftauchen, und wir werden ihn schlagen, und als Belohnung …«

Auf Uriels Gesicht bildete sich Schweiß. Ein Gefühl, das sofort ein Teil von ihm wurde, dann quetschte etwas Fernes sein Hirn in einen Schraubstock aus Schmerz. Er presste die Handflächen auf den Steinboden, um sich abzustützen, da spürte er ganz leicht einen Finger von Ambrel an seiner Hand.

Was, wenn wir nicht –

Ihm kam ein noch furchtbarerer Gedanke.

Was, wenn Ambrel und ich nicht –

Nein. Er weigerte sich, den Gedanken auch nur zu denken. Sie hatten ihr ganzes Leben lang nur eine halbe Sekunde voneinander entfernt gelebt. Es konnte nicht sein, dass sie nun getrennt wurden.

Zur Belohnung werden wir gerettet werden.

Sein Herz pochte so laut, dass die ganze Kammer zu beben schien. Großvater sprach noch immer, doch zum ersten Mal in seinem Leben schenkte Uriel ihm keine Beachtung. Seelenqualen hinterließen Streifen in der Schwärze seines Kopfes. Sein Atem kam flach und abgehackt, und während Ambrels Finger zitternd seinen berührte, hätte Uriel am liebsten vor Erleichterung geschrien.

Als es begann, fühlte es sich wie Schicksal an.

Aus Uriel strömte Licht, üppig und golden wie Honig, heiß und brennend wie ein Stern. Zwei Sterne. Das Haar seiner Zwillingsschwester wallte als knisterndes Feuer, die Luft verbog sich vor unvorstellbarer Hitze. Das Feuer schrie nach Freiheit, aber Uriel zähmte es, wie es sich für einen Croit gehörte.

Denn sie waren besonders.

Die Düsternis um sie herum war geflohen. Nein, nicht nur geflohen: Sie existierte nicht länger. *Ich werde mich nie wieder vor der Dunkelheit fürchten,* dachte Uriel, als Blut über seine abgeschürfte Wange lief. Vor ihnen wurde Großvater sichtbar, grimmig und hochgewachsen. Doch so groß der alte Mann auch sein mochte, gegen das, was hinter ihm aufragte – das verzerrte Grinsen, die Lücken und das Funkeln, erschien er zwergenhaft.

Ihre Herrlichkeit, dachte Uriel. *Das Grauen.*

Ihre Erlöserin.

Der Großvater schenkte den Zwillingen ein seltenes, triumphierendes Lächeln.

»Herzlichen Glückwunsch.«

I

SCHERENSCHNITTE

Denizen Hardwick liebte Buchhandlungen.

Es war eine neue Liebesgeschichte für ihn, denn im Umkreis des Waisenhauses, in dem er aufgewachsen war, hatte es schlicht keine gegeben. Andererseits war Denizen auch kein außerordentlich reiches Waisenkind gewesen, sondern nur ein ganz gewöhnliches elternloses, so dass er sich sowieso nichts hätte kaufen können. Nun aber lebte Denizen in der Stadt, wo es an jeder Ecke eine Buchhandlung gab, und man bekam ihn nicht einmal mit einer Brechstange aus ihnen heraus.

Ob ein großes weitläufiges Kaufhaus oder eine winzige versteckte Höhle, die nur an feuchten Dienstagen im März für eine halbe Stunde öffnete, Buchläden besaßen etwas Magisches. Zwar eine stille Art von Magie, die nicht unbedingt Denizens Metier war, aber nichtsdestotrotz Magie.

Und einen so schönen Buchladen wie diesen hatte er noch nie gesehen.

Die Eichenregale hatten den karamellfarbenen Schimmer von Politur und erfüllten die Luft mit einem schwachen Duft nach Wald. Die genaue Größe des Ladens war nicht auszumachen: Die altertümliche Einrichtung konspirierte kunstsinnig, zerteilte die Stille und verwandelte jeden Gang in eine heimliche Liebesaffäre zwischen Kunde und Buch.

Obwohl die Sonne draußen halb von einer Wolke verdeckt wurde, erstrahlte das Ladeninnere irgendwie üppig und golden – dank des Sonnenlichts von Narnia, Lórien, Faerûn, Hyboria und Klatsch.

Es ist beinahe zu perfekt, dachte Denizen. Listen an der Wand und weiche bunt zusammengewürfelte Sessel verliehen dem Ort die beruhigende Atmosphäre von Durcheinander und Alter. Auf der Theke stand sogar ein Globus, so breit wie Denizens Schultern und mit den Krümmungen und Rissen der Welt tätowiert.

Denizen ließ vorsichtig die Tür hinter sich zufallen. Ein silbernes Glöckchen bimmelte – das klangliche Äquivalent eines höflichen Hüstelns.

Beim Bimmeln hob sich der Kopf des Besitzers. Er fügte sich so hervorragend in die Ausstattung ein, dass es den Eindruck machte, als wäre der Buchladen wie das Gehäuse einer Schnecke um ihn herumgewachsen. In seinem Tweedanzug – *natürlich im Tweedanzug*, dachte Denizen – und mit den lohfarbenen Löckchen, die um die Wölbung seiner leberfleckigen Kopfhaut wippten, war der Mann der *Inbegriff* eines Buchhändlers. Für diesen Mann konnte es – außer vielleicht Wereule – einfach keinen anderen Beruf geben.

Seine Stimme war das Geräusch eines Fingers, der über eine Seite strich.

»Kann ich dir behilflich sein?«

Denizen fuhr sich mit der Hand durch die zerzausten roten Haare. Aus der Blässe seiner Haut drängten sich, vom nahenden Sommer ermutigt, samenähnlich neue Sommersprossen, die dunkelste ein einzelner Tintenfleck auf seiner Unterlippe. Er spähte misstrauisch aus dem hochgeschlagenen Kragen seines zu großen Mantels.

Misstrauen war für Denizen Hardwick nichts Ungewöhnliches. Schon sein ganzes Leben ging er an die Welt heran, als warte er nur auf den nächsten Schlag. Die letzten Monate waren allerdings auch seltsam gewesen und hatten eigentümliche und undefinierbare Spuren hinterlassen. Denizen schien noch immer auf den Schlag zu warten, allerdings hatte man jetzt den Eindruck, dass er sich wehren konnte.

Er musterte den Buchhändler mit durchdringenden grauen Augen.

»Mir gefällt Ihr Laden«, sagte Denizen. Und das war wirklich so – auch wenn sein Blick bei aller Bewunderung für jedes sorgfältig ausgewählte Detail immer wieder zu den leuchtend bunten Handzetteln an der Tür wanderte, deren billige Druckerschwärze schon ganz verschmiert war, weil sie durch zu viele Hände gegangen waren. »Es ist ruhig hier.«

»Ja, an den meisten Tagen ist es das«, erwiderte der alte Mann, »aber der Laden wirft genug ab, um davon zu leben.«

»Bei meiner Arbeit gibt es auch ruhige Tage«, sagte Denizen und blickte auf den zerknitterten Einband eines Krimis, »aber … heute wird es wohl eher ein lauter.«

Das Lächeln des Buchhändlers bekam etwas Verwirrtes. »Wie meinst du das?«

Denizen wählte seine Worte sorgfältig, die Wut pulsierte in einem festen Band um seine Schläfen. Das passierte seit kurzem immer häufiger. Normalerweise konnte er Stunden in einem Buchladen verbringen … Aber in letzter Zeit fehlte ihm die Ruhe dazu.

Er dachte ständig – *zerbrechlich.* Er dachte ständig – *entzündlich.*

»Ich bin zur Aufklärung hier«, sagte er. »Zur Beobachtung. Zur Überwachung. Solche Sachen.«

Auch wenn er den Buchhändler keinen Moment aus den Augen ließ, schwammen die Überschriften der Handzettel durch seinen Kopf.

VERMISST!

HAT JEMAND UNSERE …

HILFE

Die letzte Überschrift setzte ihm am meisten zu. Ein Bild, eine Telefonnummer und eine Ein-Wort-Bitte.

Der alte Mann lächelte weiter vor sich hin, aber seine schmalen Lippen waren nach hinten gezogen und entblößten seine Zähne. Seine Pupillen schimmerten schwärzlich.

»Es dauerte eine Weile, bis ich sicher war«, fuhr Denizen im Plauderton fort. »Fotos machen. Den Laden überwachen. Ich habe sogar Ihren Müll durchsucht, nicht, dass es welchen gäbe. Aber das war ein weiterer Hinweis. Es werden immer die Kleinigkeiten vergessen. Das ist bei Ihnen offenbar auch so.«

An der Decke flackerte eine der Glühbirnen. Weder Denizen noch der Buchhändler schenkten ihr Beachtung. Auf dem Tweedanzug des alten Mannes bewegte sich der Stoffstrich wie Muskeln unter Haut. Von der fleckigen Kopfhaut fiel eine einzelne Locke, ein überraschtes weißes Komma.

»Mein Befehl lautet, Sie *ihr* zu überlassen«, fuhr Denizen fort. »Aber das kann ich nicht. Nicht nachdem …«

Schwärze in den Augen des Buchhändlers. Ein Zerren von Feuer in Denizens Kehle.

Nach was?, flüsterte der alte Mann, seine Stimme ein Flattern trockener toter Flügel.

»Sie haben ihre Bilder an der Ladentür angeschlagen.«

Der Tenebra griff an.

Das Gesicht des alten Mannes zerfiel in einem Gebrüll von Papier und Staub. Menschliche Zähne prasselten auf den Boden, herausgestoßen von Reißzähnen, die eher denen eines Hais ähnelten. Gliedmaßen fielen herunter, Schatten lösten sich hastig, um die Löcher zu stopfen. Als der Tenebra in großen Sätzen durch den Buchladen sprang und eine unbehaglich zuckende Realität hinterließ, gaben die Glühbirnen ein Zischen von sich.

»Jetzt!«, rief Denizen.

Zu seiner Linken wurde schimmernd Simon Hayes sichtbar, seine Hände glühten. Der Hai-in-Tweed versuchte eine Drehung in der Luft, doch auf ein Knurren des lang aufgeschossenen Jungen hin faltete ein Feuerpfeil das Geschöpf auf die Hälfte zusammen.

Es flog durch den Laden und knallte unter einem Schauer von Büchern durch ein Regal. Aus seinen Flanken stieg Rauch auf, doch die Flamme verschwand ebenso schnell, wie sie aufgetaucht war. Ein einziger Funke schwebte in einer Spirale zu Boden, wo er harmlos zischte.

Denizen seufzte erleichtert. Die Macht, die unter seiner Haut wütete, war alles Mögliche, nur nicht subtil. Mit gierigen Bestien vom dunklen Ende der Ewigkeit kam Denizen – irgendwie – klar, aber an Bücherverbrennungen würde er sich niemals beteiligen.

»Gute Arbeit«, sagte Denizen, als er sich zu seinem Freund wandte. »Sehr beherrscht. Und du wirst allmählich ein Profi beim Lichtbeugen. Ich konnte dich nicht mehr sehen.«

»Ich weiß«, lautete Simons trockener Kommentar. »Du hättest mich fast in der Tür eingeklemmt.«

»Oh, das tut mir leid«, sagte Denizen. »Ich wurde –«

Seine nächsten Worte verloren sich im Schnurren des aufkommenden Windes. Bücher wurden ihrer Seiten beraubt; die Handzettel an der Tür schlugen hilflos gegen ihr Klebeband, dann rissen sie sich ebenfalls los.

»– abgelenkt«, beendete Denizen seinen Satz.

Die Haut des Buchhändlers baumelte nun faltig an einer ausgemergelten riesigen Gestalt herunter. Eine Hand war noch menschlich, die andere stand als Klaue aus Papier und Knochen aus dem Arm. Die schwere Vitrine, die sie hochhob, musste mehr als Simon und Denizen zusammen wiegen.

Darauf hatte Denizen gewartet.

Sich beim Angriff des Tenebra zurückzuhalten war ihm sehr schwergefallen. Wenn er ehrlich war, begann der Kampf morgens, sobald er die Augen aufschlug, und dauerte bis zu dem Moment, wenn er sie abends schloss, anschließend verfolgte ihn derselbe Kampf in seinen Träumen.

Loszuschlagen fühlte sich großartig an.

Ein Schild aus geschmolzener Luft wurde flimmernd sichtbar, gerade lange genug, um die Ecke der Vitrine in der Luft abzuwehren und sie beiseitezuschleudern, bevor sie Schaden anrichten konnte. Sie zerschmetterte an der Wand und verwandelte den antiken Globus in eine Sammlung antiker Scherben.

O Mann. Es war wirklich ein schöner Globus gewesen.

Als sich der Tenebra zu voller Größe aufrichtete, bog sich das Papier und zerriss. Die Birne über ihnen zerbarst schließlich, und das Licht zerfloss zu Grau- und Blautönen, als würden Linsen davorgehalten oder als würde es durch das blinzelnde Augenlid einer Schlange gefiltert.

»Okay, dann mach du weiter«, zischte Simon aus dem

Mundwinkel. Das Nicht-Licht der Glühbirne hatte alle Farbe aus seiner Haut gewaschen.

»Wie?«, zischte Denizen zurück.

»Mach du es. Du bist besser.«

»Warte, Moment –«

Die Bestie duckte sich und stürzte auf die Tür zu, die Bücherregale als Deckung nutzend. Denizen zögerte – wie ein Idiot zögerte er –, und als der Tenebra schließlich die Hintertür aus den Angeln riss und auf ihn schleuderte, konnte er nur noch den Kopf einziehen.

Ein abscheuliches Feixen blähte das Gesicht der Kreatur auf.

Leser, zischte sie voller Verachtung, bevor sie loskreischte, weil ein Komet sie von hinten entkernte.

Abigail Falx war zur Gründlichkeit erzogen worden. Sie ließ den Hai-in-Tweed nicht aus den Augen, als aus ihren Fingern Licht strömte, um den Tenebra niederzuhalten und jede Seite zu zerstören, die aus seinen um sich schlagenden Spulen wirbelte, jedes davonschwebende Staubflöckchen. Schicht für Schicht löste sich ab, und am Ende war nur noch eine auf dem Boden zusammengerollte Andeutung Dunkelheit übrig.

Sehr bald nicht einmal mehr das.

Als das Inferno in ihren Augen verblasste, verunzierte ein Rußschmierer Abigails dunkle Wange. Sie wischte ihn mit einem Eisenfinger weg.

»Ihr zwei«, sagte sie liebenswürdig, »seid wirklich Idioten.«

2

Eine Frage von halben Schritten

Wie sich herausstellte, war diese Meinung weit verbreitet.

»Verantwortungslos«, blaffte Denizens Mutter, »absolut verantwortungslos. Was hast du dir bloß dabei gedacht?«

Sie schwenkte beim Sprechen eine Kurbelstange durch die Luft. Zumindest hielt Denizen es für eine Kurbelstange. Vielleicht war es auch eine Nockenwelle. Oder ein Kolben. Oder irgendetwas … anderes.

Für die Garnison eines geheimnisumwobenen Ritterordens besaß die Seraphim Row eine recht moderne Kfz-Werkstatt. An den Wänden hing Werkzeug; auf dem Boden lagen ordentlich aufgereiht Maschinenteile. Denizen hätte sich vielleicht nach einigen erkundigt, doch Vivian Hardwick war, was ihr Auto anbelangte, schon sehr eigen gewesen, bevor es eine Horde marodierender Tenebrae demoliert hatte, und nun duldete sie überhaupt niemanden mehr in dessen Nähe.

»Ihr solltet die Bestie ausfindig machen«, erklärte sie, während sie sich schwarzes Schmierfett von den schwarzen Eisenhänden wischte, »*nicht* stellen.«

Denizen starrte auf seine Schuhe und wusste, ohne hinzusehen, dass Simon dasselbe tat. Es war nicht das erste Mal, dass sie zusammen in einem Büro standen und mitgeteilt bekamen, dass ihr Verhalten inakzeptabel war, allerdings war die Gefahr, zerstückelt zu werden, damals im Waisenhaus von Crosscaper entschieden geringer gewesen.

Abigail hingegen starrte garantiert stur geradeaus, aber Abigail war eben Abigail. Im Gegensatz zu Denizen und Simon, die versucht hatten, Süßigkeiten aus der Waisenhausküche zu mopsen, war sie in Garnisonen wie dieser aufgewachsen und hatte gelernt, eine Armbrust zu zerlegen. Als sie die behandschuhten Finger bewegte, *knarzte* das Leder. Abigail missachtete keine Befehle, schon gar nicht, wenn sie von einer Kriegsheldin stammten.

Vivian Hardwick war … einschüchternd. Sie überragte sie alle um Haupteslänge, selbst Simon – eine hagere langgliedrige Frau mit stahlgrauem Haar und einem Blick, der Glas schneiden konnte. Ihre Haut war von Narben zerfurcht, die Landkarte eines harten und gewalttätigen Lebens, ihre Bewegungen klimperten vor aufgestauter Anspannung – als würden ihre langen Gliedmaßen jeden Moment mit zielgerichteter und unaufhaltsamer Gewalt losschlagen.

»Ich warte auf eine Strategie«, bemerkte sie mit ausdrucksloser Stimme. »*Einen Grund.*«

Vivian war eine Malleus, eine Edle aus der Allianz der Schattenjäger, und sie hatte schon vor Denizens Geburt gegen die Tenebrae gekämpft. Er und die anderen waren bloß Neulinge, Auszubildende, und wie alles andere in ihrem derzeitigen Leben war dies ein Test gewesen.

»Darcie hat den Tenebra aufgespürt«, setzte Denizen an. »John-oder-so-ähnlich – er ersetzt am liebsten Menschen. Er drängt sich in ihre Gemeinschaft, wo er sich dann von ihrem Misstrauen und ihrem Verfolgungswahn ernährt.«

Tiere waren zu verstehen. Pflanzen waren zu verstehen. Menschen hingegen waren nur zu verstehen, wenn man sie vom biologischen Standpunkt aus betrachtete und den ganzen chaotischen, individualistischen Blödsinn ignorierte, der in ihren Köpfen vor sich ging. Aber da Tenebrae nicht aus dieser Wirklichkeit kamen, galt diese Verpflichtung für sie nicht. Die Allianz der Schattenjäger wusste nur wenig über deren Fähigkeiten, und jede Erkenntnis hatten sie mit Eisen und Blut bezahlt.

Auch Denizen hatte schon einen angemessenen Teil entrichtet. Er hatte Tenebris, das rabenschwarze Jenseits, aus dem die Tenebrae kamen, selbst erlebt. Hatte am eigenen Leib gespürt, wie ihre bloße Anwesenheit die Realität verzerrte, als hätte man einen Stein in einen Teich geworfen. Jede ihrer Bewegung sagte: *Wir gehören nicht hierher.*

Und er wusste, dass sie entzündlich waren. Die meisten Schattenjäger waren der Ansicht, mehr brauche man auch nicht über sie zu wissen.

»Wir haben herausgefunden, dass irgendwann niemand mehr in den Buchladen ging«, erklärte Simon, ohne aufzublicken. »In den letzten zwei Wochen gab es so gut wie keine Kunden, und diejenigen, die hineingegangen sind, kamen … verängstigt heraus.«

»Jugendliche aus der Nachbarschaft haben eine merkwürdige Atmosphäre bestätigt«, fügte Abigail sofort hinzu und strich eine schwarze Haarsträhne hinters Ohr. Sie hatten sich gern mit ihr unterhalten – sie war bezaubernd, freundlich und besaß die wilde Schönheit eines Habichts. »Sie trauten sich nicht in die Nähe des Ladens.«

Manche der Tenebrae gingen auf die Jagd. Andere stellten Fallen. Doch ganz gleich wie gekonnt die Verkleidung eines Tenebra war, unbewusst bekamen die Leute immer mit, dass irgendetwas nicht stimmte. Etwas Verkehrtes um die Augen.

Ein Gelenk, das sich drehte statt beugte. Irgendein Hinweis auf das Ungeheuer unter der Oberfläche.

»Und deshalb seid ihr hineingestürmt?«, erkundigte sich Vivian finster, doch Simon schüttelte den Kopf.

»Wir haben uns vergewissert. *Ich* habe mich vergewissert. Ich habe mich mit gebeugtem Licht unsichtbar gemacht und das Haus hinter dem Laden ausgekundschaftet. In den Schränken dort verdarben Lebensmittel. Im Flur stapelte sich die Post. Und im Keller …«

»Der Tenebra hatte Kinder genommen«, brach es aus Denizen heraus. »Sie saßen in Käfigen, aber er hatte ihnen nichts zuleide getan – noch nicht.«

Er riskierte einen kurzen Blick nach oben. Vivian starrte ihm ins Gesicht.

»Ich bin nicht in den Buchladen gegangen, um anzugreifen«, log Denizen. »Ich wollte mir bloß alles ansehen, und Simon war meine unsichtbare Unterstützung. Abigail hat uns Rückendeckung gegeben. Aber der Tenebra wusste vom ersten Augenblick, als ich durch die Tür kam, was ich bin. Wir haben uns bloß verteidigt.«

Vielleicht war es keine Lüge. Vielleicht war ein guter Angriff ja wirklich die beste Verteidigung. Das Einzige, was Denizen mit Sicherheit wusste, war, dass er den Geruch brennenden Papiers zum ersten Mal genossen hatte.

Vivian nickte. »Und die Kinder?«

»Wir haben sie freigelassen. Aber sie waren zu verängstigt, um uns auch nur anzusehen. Sie werden nicht in der Lage sein, uns zu identifizieren.«

Die Stimme der Malleus bekam einen milderen Unterton. »Und der Buchhändler?«

Denizen schüttelte den Kopf. Abigail wandte den Blick ab.

Das Schweigen dauerte an, bis Vivian sich räusperte. »Nun gut. Ich bin zwar trotzdem nach wie vor der Meinung, dass ihr leichtsinnig gehandelt habt, aber offenbar hattet ihr einen Grund. Eure Strategie war solide, und keiner von euch wurde verletzt.« Sie runzelte die Stirn. »Ich billige es nicht, dass ein eindeutiger Befehl missachtet wird, aber … Ich bin froh, dass ihr alle unversehrt seid.«

Denizens Schultern liefen zwar Gefahr, vor Erleichterung herunterzusacken, doch er hielt sich aufrecht.

»Und noch eine letzte Sache«, sagte Vivian.

Sie warteten.

»Hattet ihr das geübt?«

»Nein!«, riefen sie einstimmig, was Vivians Augenbrauen nach oben wandern ließ.

»Verstehe. Nun gut. Das ist alles.«

Die Neulinge wandten sich zum Gehen, aber Vivians Stimme rief: »Denizen – einen Moment noch.«

Simon warf ihm einen mitleidigen Blick zu, bevor er durch die Tür verschwand, dann waren Denizen und seine Mutter allein.

Bis vor kurzem hatte Denizen sich für eine Waise gehalten. Zu seiner Verteidigung muss allerdings gesagt werden, dass etliches dafür gesprochen hatte. Er war in einem Waisenhaus aufgewachsen. Und das machte man nicht einfach mal so, wenn man nicht Waise war – schließlich war es wie ein exklusiver und deprimierender Club. Denizen hatte sich deshalb immer mutterseelenallein auf der Welt geglaubt. Aber da alle um ihn herum ebenfalls allein gewesen waren, hatte es ihm eine traurige Art Frieden gegeben.

Vor einem halben Jahr hatte sich alles geändert. Sein dreizehnter Geburtstag hatte ihn mit der Gabe flüchtiger Magie beschenkt. Er hatte herausgefunden, dass es Tenebris gab, eine Welt, nur einen Schatten breit unter der unsrigen, und die Schattenjäger – jene geheime Organisation, die die Stellung zwischen beiden hielt. Das Schrecklichste war, zu erfahren, dass dieses Geheimnis seinen Vater das Leben gekostet hatte, als Denizen gerade zwei Jahre alt war, und dass es seine Mutter in einen wahnsinnigen Kreuzzug aus Trauer und Rache getrieben hatte.

Es waren einige bewegte Wochen voller Enthüllungen gewesen.

Vivian fuhr mit der Hand über die gerade erst reparierte Kühlerhaube ihres Wagens. »*Was* ihr getan habt, ist in Anbetracht der Umstände in gewisser Weise nachvollziehbar«, erklärte sie. »Das *warum* bereitet mir größere Sorgen.«

Irgendwo tief in Denizens Brust erwachte die Macht in sich windenden glühenden Ranken. Das Reich von Tenebris. Es war die äußerste Waffe eines Schattenjägers, ein brodelndes Inferno direkt unter dem Herzen. Vielleicht lag es an dieser Nähe, dass es Gefühle wie Benzin behandelte. Als Denizen seine Macht zum ersten Mal kanalisiert hatte, war er unfassbar *wütend* geworden, und Vivian hatte diesen Zorn geschürt, indem sie ihn provoziert hatte, ihr die Wut in Feuer gehüllt entgegenzuschleudern. Er fragte sich immer noch, warum sie das getan hatte, warum sie keinen sanfteren Weg gewählt hatte.

»Ich glaube, du hast dir einen Kampf gewünscht«, fuhr Vivian fort. »Ich glaube, du wolltest die Macht in dir, die … die Wut, herauslassen.«

Denizen war mit Fantasybüchern aufgewachsen und hatte deshalb die Vorstellung gehabt, böse sei das Gegenteil von gut – dunkel, grüblerisch, ein bisschen romantisch. Er hatte sich geirrt. Als eine Truppe heimtückischer Tenebrae namens Uhrwerktrio in sein Leben eingedrungen war, hatte er zu seiner Überraschung feststellen müssen, dass sie unverhohlen kleinlich waren.

Sie hatten einen Plan geschmiedet, den Herrscher von Tenebris durch die Entführung seiner Tochter Venia zu provozieren, es der Allianz anzuhängen und einen Krieg zwischen den beiden Welten anzuzetteln – doch dann hatte das Trio ebenso viel Zeit darauf verwendet, Fenster einzuschlagen, Glühbirnen zu verspeisen oder Kindern Angst einzujagen. Für sie ging es um Elend, nicht darum, irgendein großes Ziel zu erreichen oder die Welt von ihrer Sache zu überzeugen. Sie fanden bloß Gefallen daran, Schmerz zu verursachen.

Deshalb hatten sie auch vor vielen Jahren Denizens Vater getötet.

»Ich bin nicht wütend«, sagte Denizen. Diese Lüge ging ihm leicht über die Lippen. Er erzählte sie sich selbst häufig genug. »Ich habe getan, was getan werden musste. Mehr nicht.«

In seiner Magengrube raste Feuer. Die Macht war schon immer eifrig gewesen, doch in den letzten Monaten waren diesem Eifer Zähne gewachsen. Vielleicht ging das allen Schattenjägern so, allerdings war Denizens Ausbildung … anders gewesen.

»Du beherrschst die Canti wesentlich besser, als es nach deiner Ausbildung der Fall sein sollte. Das ist gefährlich. Was immer Venia mit dir getan hat –«

»Sie hat mir geholfen«, erwiderte Denizen, schärfer als beabsichtigt. »Ohne sie hätten wir nicht überlebt.«

Hieß es nicht, verzweifelte Zeiten erforderten verzweifelte Maßnahmen? Und vor einem halben Jahr war die Situation sehr verzweifelt gewesen. Das Chaos nach dem Angriff des

Trios und der drohende Zorn des Unendlichen Königs hatte die Allianz verwirrt zurückgelassen, Vivian war verwundet und Denizen allein gewesen – ein ungeschulter Neuling, der zunächst einmal seinen ersten Cantus beherrschen musste, die schauerlichen Worte, um die Macht von Tenebris zu kanalisieren. Ohne Canti war der Gebrauch dieser Macht für einen Schattenjäger ein Akt schierer Willenskraft – der häufig damit endete, dass besagter Schattenjäger von den Wänden gekratzt werden musste.

Aber dann hatte Venia ... mit ihm gesprochen. Die Canti schienen ursprünglich von ihrem Vater zu stammen – noch eine Enthüllung auf dem großen Stapel –, und sie hatte Denizen ein noch nie dagewesenes Verständnis der Canti eingehaucht, um sie beide vor dem Tod zu bewahren.

»Venia hat dafür gesorgt, dass ich sie fließend beherrsche«, sagte Denizen und zwang sich, seine Stimme ruhig klingen zu lassen. »Ich hätte Jahre gebraucht, um sie alle zu lernen. Und nun kenne ich sie. Ich *spüre* sie in meinem Kopf.«

Jede Stunde. Jede Minute. *Ich spüre sie.* Eine Schweißperle rann über Denizens Stirn. Er unterdrückte das Bedürfnis, sie wegzuwischen.

»Ich weiß«, unterbrach ihn Vivian. »Ich weiß. Aber du musst vorsichtig sein. Die meisten Schattenjäger lernen nur die Canti, die sie brauchen, weil mit dem Wissen auch die Lust kommt. Das Feuer möchte benutzt werden. Die Macht fordert –«

»Einen Tribut«, beendete Denizen den Satz. Früher war das Mal in seiner linken Hand klein gewesen, bloß eine zerdrückte Blüte aus dunklem Metall, aber ein halbes Jahr mit Canti und Kämpfen hatte sie wachsen lassen. Mittlerweile bedeckte sie beide Handflächen und leckte an den Adern seiner Handgelenke, als sehnte sie sich nach weiterer Ausbreitung. »Ich weiß.«

»Das meine ich nicht«, sagte Vivian müde. »Es gibt noch andere Dinge … mit denen ein Schattenjäger bezahlen kann.« Sie drehte ununterbrochen das Ersatzteil in den Händen. Wie eine Besessene hatte sie alles repariert, das der Zerstörungswut des Uhrwerktrios zum Opfer gefallen war; es schien ihr nicht zu genügen, dass sie getötet worden waren, jeder Hinweis auf ihre Existenz musste ausgelöscht werden.

Es gehörte zu den wenigen Seiten seiner Mutter, die Denizen wirklich verstehen konnte.

»Ich möchte bloß, dass du vorsichtig bist«, sagte sie.

»Ich weiß.«

Denizens Wangen brannten, doch ob aus Wut oder Verlegenheit oder wegen der Macht, konnte er nicht sagen. Es war der nervige und unglamouröse Nebeneffekt, ein Schattenjäger zu sein: Zog man tief an der Macht, leuchtete aus jeder Pore Licht, ein Heiligenschein kriegerischer Absichten … was meistens wie ein leichtes Erröten aussah.

Er deutete mit einem Achselzucken auf die Tür. »Kann ich …«

Vivians Antwort bestand in einem stummen Nicken. Als Denizen in das von Kerzen erleuchtete Dunkel der Seraphim Row verschwand, folgte ihm das Kratzen eines Topfreinigers, ihre Worte hallten in seinem Kopf wider.

Ich möchte bloß, dass du vorsichtig bist.

Die Macht knisterte und zischte in ihm. Sie schien nicht einverstanden zu sein.

3

Kleine Boxen

Seraphim Row überragte die anderen Gebäude der Straße wie der Knochenhaufen eines Riesen. Wasserspeier sangen stumm die Totenklage vom Dach und fletschten lange Steinzähne. Auf den ersten Blick sahen sie furchterregend aus – ein asymmetrisches Durcheinander aus Klauen und Flügeln, die gemeinsten Körperteile von Schlangen mit Albtraumvögeln gekreuzt. Erst bei genauerem Hinsehen entdeckte man, dass die Wasserspeier nicht brüllten, sondern sich zusammenkauerten, ihre Gliedmaßen waren gekrümmt, als wollten sie einen Schlag abwehren.

Dies war ein Ort, lautete ihre stumme Botschaft, den Monster meiden sollten.

Simon und die anderen waren nach draußen gegangen; Denizen fand sie im Garten hinter dem Haus, wo sie, vom Flickenteppich der Baumschatten gesprenkelt, die letzte Abendsonne genossen.

Er setzte sich neben Darcie, die ihn mit der Schulter anrempelte. »Ich bin froh, dass es euch gutgeht. Jedem von euch.«

»Danke«, erwiderte er mit einem halbherzigen Lächeln.

»Ihr Idioten«, fügte sie missbilligend hinzu. Darcie Wright hatte eine Stimme, die gut tadeln konnte – knapp und präzise. Abgesehen davon war sie mit ihren sechzehn Jahren immer die Klügste – überall –, und wenn sie etwas sagte, hörte sogar Vivian Hardwick zu.

»Okay, damit sind wir offenbar alle gemeint«, sagte Simon, und Denizen grinste. »Sind wir Idioten, weil wir uns haben ablenken lassen oder weil wir uns nicht an den Auftrag gehalten haben?«

»Kannst du dir aussuchen«, sagte sie. »Ich halte nichts davon, sich unnötig in Gefahr zu bringen.«

»Tut mir leid«, sagte Denizen und meinte es wirklich so. Seit Vivian ihn nicht mehr prüfend beäugte, hatte sich ein Teil seiner Wut gelegt.

Abigail musterte ihn mit verschränkten Armen.

»Was ist?«

»Hast du mit ihr geredet?«, bohrte Abigail weiter. »Wie lief es?«

»Okay«, sagte Denizen. »Beziehungsweise – keine Ahnung. Schrecklich. Irgendwas.«

»Super, dann ist ja alles geklärt.«

»Simon«, sagte Darcie. »Reiß dich zusammen.« Die dunklen Brillengläser konnten ihre gespielt ernste Miene nur schlecht verbergen, und als sie sich zu Denizen wandte, wippte ihre schwarze Lockenmähne. »Habt ihr nun geredet?«

Denizen hielt die Hände hoch.

»Wir haben geredet. Aber wir haben nicht miteinander geredet. Wir reden nie miteinander. Es gibt nichts, worüber wir reden könnten.«

»Natürlich nicht«, sagte Simon. »Sie ist ja auch schließlich bloß diese fremde Mutter, die dich vor elf Jahren im Waisenhaus abgeliefert hat, um ihren selbstmörderischen Rachefeldzug durchzuziehen. Worüber solltet ihr da auch reden?«

Hätte jemand anderes die große tragische und ausgesprochen melodramatische Familiengeschichte der Hardwicks in einem Satz zusammengefasst, wäre Denizen vermutlich genervt gewesen. Simon jedoch hatte sich das Recht auf Schnoddrigkeit verdient, weil vieles von Denizens Geschichte auch seine eigene war. Er hatte in jeder einsamen Nacht, die Denizen im Waisenhaus verbracht hatte, im Nachbarbett gelegen. Und er hatte an seinem dreizehnten Geburtstag dasselbe gewalttätige Erwachen der tenebrischen Macht erlebt. Das Einzige, was Simon in dem ganzen Debakel fehlte, war die mysteriöse Rückkehr eines Elternteils.

Denizen war sehr froh, dass Simon mit ihm in der Seraphim Row war. Es gab ihm etwas mehr das Gefühl eines Zuhauses. Sehr viel mehr als seine Mutter, und das war im Grunde genommen schon das eigentliche Problem.

Im Allgemeinen redeten Vivian und Denizen nicht miteinander. Beziehungsweise ... sie redeten über die Ausbildung, den korrekten Einsatz der Canti oder in welche Richtung man den Schleifstein über eine Klinge ziehen musste. Nach dem Angriff der Tenebrae hatten sie einmal ein ausgesprochen langes Gespräch darüber geführt, welche Menge Mörtel nötig wäre, um das Badezimmer neu zu kacheln.

Worüber sie nicht gesprochen hatten, war, warum sich seine Mutter nach der Ermordung seiner Vaters durch das Uhrwerktrio vor elf Jahren für die Rache entschieden hatte, statt ... nun ja ... seine Mutter zu sein.

»Wir haben über das geredet, worüber wir immer reden«, sagte Denizen und krümmte die Schultern, als wolle er sich zusammenfalten und unsichtbar machen. »Sie hat Angst, mit den ganzen Canti in meinem Kopf könnte es ein ... böses Ende nehmen. Sie möchte mit mir über *Zurückhaltung* sprechen. Was ich total verstehe. Darin ist sie schließlich Expertin.«

Das kam ein wenig härter als erwartet, aber es war Denizen egal. »Es musste erst fast zur Apokalypse kommen, bis sie mir letztes Mal von meinem Vater erzählt hat. Aber jetzt, wo die Welt nicht mehr in ernsthafter Gefahr schwebt, hat sie wieder dichtgemacht.«

»Du könntest versuchen, sie darauf anzusprechen«, schlug Darcie vorsichtig vor. »Und ihr ein bisschen entgegenkommen?«

»Warum *sollte ich*?«, konterte Denizen wütend. »Warum kann nicht sie mit mir reden? Sie ist jahrelang vor mir davongelaufen, und jetzt soll ich einfach was – vergeben und vergessen? Schon beim Gedanken daran möchte mein Kopf am liebsten explodieren. Und dann kommt sie mir immer wieder mit Venia und starrt mich an, als sei ich eine tickende Zeitbombe. Als würde etwas mit mir nicht stimmen, nur weil mir …«

Denizens Lippe zitterte an der Stelle, wo die Blitze sie einst berührt hatten. Er räusperte sich eilig.

»Nur weil mir eine Tenebra geholfen hat.« Er seufzte. »Weißt du, mit euch kann ich darüber reden, das ist … das ist einfach. Ihr versteht es.«

Er musterte die Gesichter um sich herum.

»Ihr versteht es doch, oder?«

Abigail hielt eine Hand hoch. »Na ja … Nein. Du hast recht. Wir tun, was getan werden muss.«

Simon zuckte die Achseln. »Im Allgemeinen aber lieber ohne Apokalypse.«

Darcie runzelte die Stirn. »Ich würde es gern verstehen«, sagte sie vorsichtig. »Ist alles in Ordnung mit dir? Du hast uns zwar erzählt, was mit Venia passiert ist, aber wir haben es nicht diskutiert. Nicht richtig.«

Die Canti rutschten unbehaglich in Denizens Kopf hin und her. Schon der leiseste Gedanke scheuchte sie auf – sie reagierten wie Vögel, die mit einer Leitung in Berührung kamen. Wenn sie sich bewegten, in seinem Kopf drehten, konnte er sich nur schwer konzentrieren oder denken. Manchmal erkannte er ein *Muster*, ähnlich wie man im Knistern der Flammen fast eine Sprache heraushören konnte.

Es dauerte einen Moment, bis er merkte, dass er nicht auf Darcies Frage geantwortet hatte. »Bei mir ist alles bestens. Wirklich. Außerdem habe ich Venias Hilfe gebraucht. Es war die einzige Möglichkeit zu überleben.«

»Ich weiß«, erwiderte Darcie ruhig. »Ich bin sicher, dass Venia tat, was *es* tun musste.«

Das von ihr gewählte Pronomen entging Denizen nicht, und so duckte er sich hinter einen nichtssagenden Spruch.

»Das wird sich bestimmt irgendwann klären.«

»Bei Vivian klärt sich nichts einfach so, Denizen«, widersprach Abigail. »Wenn sie nicht in der Lage ist, das Gespräch anzufangen, solltest du es tun. Ganz ehrlich, leg einfach die Karten auf den Tisch –«

»Die kann ich nicht *auf den Tisch legen.* Der Tisch würde zusammenbrechen«, sagte Denizen, etwas bissiger, als geplant, dann seufzte er. »Entschuldigung. Mach ich. Wenn ich so weit bin.«

Er wusste, dass seine Freunde recht hatten. Aber über seine Gefühle zu reden gehörte nicht zu seinen Stärken. Schließlich war es eine Fähigkeit, die sich bislang als wenig nützlich erwiesen hatte. Nachdem er elf Jahre vom Tod seiner Eltern überzeugt gewesen war, hatte Denizen eine ziemlich simple Bewältigungsstrategie entwickelt:

Gefühle um jeden Preis vermeiden. Schön sicher einsperren.

Vergrab sie irgendwo ganz tief in dir drin, ohne Etikett und anonym, im hintersten Winkel deines Hirns.

Er konnte die Boxen jetzt fühlen – Stapel auf Stapel – und wie sie beim kleinsten Atemzug schaukelten.

Sobald du eine herausziehst, stürzt alles zusammen.

Als Denizens Vater vom Trio getötet worden war, hatte Vivian Rache geschworen, in vollster Überzeugung, dass sie dabei sterben würde. Hätte sie sich nicht hartnäckig als untötbar erwiesen, hätte Denizen sie nie kennengelernt.

Wie sollte man das je begreifen?

Nein. Es war entschieden einfacher, jedes Gefühl zu ignorieren, beiseitezuschieben, davor davonzulaufen oder es den Flammen zum Fraß vorzuwerfen. Und das Schlimmste war die Frage in seinem Kopf –

Tat Vivian genau dasselbe?

4

Die Erlöserin

Manchmal fragte sich Uriel, wie ein Leben ohne Gewissheit wäre.

Auf jeden auserwählten Croit kam ein Dutzend Gunstlose. Vom Feuer ungesegnet, kümmerten sie sich um die Versorgung von Eloquenz und um alle Fragen, die mit Draußen zu tun hatten – selbstverständlich überwacht von Großvater. Dann gab es jedoch auch *Andere* – weltliche Nichtse, die wie Ameisen auf der Welt herumschwärmten. Falls Großvater überhaupt geruhte, sie zur Kenntnis zu nehmen, sprach er nur mit Abscheu über sie.

Da nur Auserwählte den heiligen Boden von Eloquenz betreten durften, wusste Uriel von ihrer Existenz lediglich durch Hörensagen. Und trotzdem hatte Uriel sich immer Gedanken gemacht.

Wie mochte es wohl sein, wenn man kein Croit war?

Woher wusste man, was man sein wollte? Wie fand man sein Ziel? Suchte man sich einfach zufällig etwas und tat es dann? Woher wusste man, ob es das Richtige war?

Irrsinn.

Die Croits waren sich sicher, weil sie die Auserwählten waren, und Uriel war der Erlöserin dankbar, dass sein Leben keinen mutwilligen Zufällen überlassen war.

»Erzähl mir die Geschichte«, verlangte Großvater, seine Stimme hallte durch den Schrein.

»Es ist keine Geschichte«, antworteten Uriel und Ambrel gleichzeitig, er spürte, wie das Feuer in ihr raste, und wusste, dass sie seines ebenfalls spürte.

»Dann erzähle mir *die Wahrheit.*«

Die Krieger im Schrein trugen Rüstungen, allerdings hatten sie ihnen nicht viel geholfen. Jeder von ihnen war hier umgekommen, mit vor Angst und Hass weit aufgerissenen Augen. Uriels geübter Blick erkannte zahllose unterschiedliche Rüstungen und Waffen – dies war keine Armee, sondern ein Angriff von Einzelkämpfern, die eine gemeinsame Sache verband. Sie besaßen nur zwei Gemeinsamkeiten: erstens, jeder von ihnen war im Zorn gefallen. Zweitens, alle waren aus Eisen.

Die Wahrheit.

Uriel begann, wie sie es geübt hatten. »Es lebte einst ein Mann. Ein großer Mann. Der Erste Croit. Er wanderte durch die Welt, und die Dunkelheit konnte ihn nicht am Sehen hindern.«

»Und die Dunkelheit konnte ihn nicht am Sehen hindern«, wiederholten Großvater und Ambrel, die Hände vor die Augen haltend. Obwohl im Schrein kein Licht brannte, konnte Uriel nun hervorragend sehen, jedes kleine Detail hob sich in kaltem Silber ab.

Der Glanz. Danke, meine Erlöserin.

Ambrel stieg über eine Frau im Todeskampf, die Augen hinter dem Helmgitter waren weit aufgerissen. Die Hände eines Mannes streckten sich in die Höhe, als wolle er etwas in der Luft formen, sein Mund war zu einem bösartigen Zähnefletschen aufgerissen.

»Er hörte eine Stimme«, fuhr seine Schwester fort und ging zwischen den Statuen hindurch. »Eine Dunkelheit in der Gestalt eines Mädchens.« Ein strahlendes Lächeln erhellte ihre Züge. »Sie verliebten sich ineinander.«

Es schien so unbedeutend. Wie konnte ein kleines Wort so viel Bedeutung haben. Wenn Uriel über Liebe nachdachte, dachte er deshalb an diese *Liebe*, an die Gunst in seiner Brust – ihre weißglühende Hitze. Sie sehnte sich danach, eingesetzt zu werden, herauszuquellen und die Dunkelheit zu erhellen, aber Uriel hielt sie im Zaum, indem er die Worte benutzte, die ihn Großvater gelehrt hatte.

Es steht mir nicht zu, sie zu benutzen.

Sie gehört Ihr.

In Eloquenz wimmelte es vor Drähten, doch *hier* kamen sie alle zusammen, ein elegantes Gewirr von gezacktem Schwarz. Sie bildeten Kreis um Kreis, wanden und schlangen sich ineinander, bis ein weitschwingender Rock entstand, danach die Schlankheit einer Taille.

Die Erlöserin der Croits – eine Skulptur aus Tausenden feinen Drähten, die sich spreizten, um Gliedmaßen und einen Brustkorb und einen Kopf zu formen. Eine Göttin im Drahtgittermodell.

Sie war wunderschön.

Nicht schön in dem Sinne, in dem ein Mensch schön sein konnte – nein, es war eine dürftige und schreckliche Art Schönheit, eine Schönheit, die der Insel ähnelte, die Art Schönheit, die auf den Tod abzielt.

»Sie verliebten sich ineinander«, wiederholte der Großvater und in seiner Stimme lag eine seltsame neue Traurigkeit. Uriel hatte noch nie darüber nachgedacht, aber das Zittern in Großvaters Worten ließ Uriel überlegen, wie einsam das Leben des alten Mannes sein musste. Großmutter war schon so lange tot –

»Ihr Brautschleier war das Licht einer Welt.« Großvaters rechte Hand umklammerte den leeren linken Ärmel. »Und in seiner Brust blühte das Feuer der Gunst auf.«

Es war ein simpler Katechismus. Leicht zu merken, genau, wie solche Unterweisungen sein müssen. Die Worte, die alle Croits kannten.

SIE LIEBTE.
SIE STAHL.
UND WIR HATTEN DAS FEUER.

Auf dieser Geschichte beruhte ihre Gewissheit.

Ambrels Hand nahm Uriels. Ihre Stimme war leise. Ehrfürchtig.

»Sie ist vollkommen. Oder?«

Drähte teilten sich und verwoben sich miteinander, um eine Andeutung von Wangen zu erschaffen, Augenhöhlen und eine grausam gebieterische Nase. Ihr Haar fiel über den dürren Zacken Ihrer Wirbelsäule, vielleicht wurde es auch zu Ihrer Wirbelsäule – bei all dem Schwarz in Schwarz ließ sich das schwer sagen. An manchen Stellen konnte Uriel durch Löcher in Ihr hindurchsehen, an anderen war Sie undurchdringlich.

Aus Ihrem Körper quollen gezackte Kaskaden feiner Drähte, wickelten sich um die Gliedmaßen der Statuen, würgten, schlugen und prügelten wie tausend Schwertklingen gleichzeitig.

Aus Solidarität schmerzte auch Uriels Herz. Dies war die Geschichte seiner Familie – *seine* Geschichte, direkt vor ihm. Uriel wusste, dass die *Weltlichen* ihren eigenen Glauben hatten – Glaubensüberzeugungen, die aus Ungewissheit, aus Angst, aus Hoffnung geboren worden waren. *Idioten.* Wie konnte man an etwas glauben, das man nicht sah?

Seine Göttin befand sich direkt vor seinen Augen. *Sie* war die Wahrheit. Im Vergleich zu Ihr kam sich eher Uriel unwirklich vor, wie eine leichte Papierlaterne, in der Ihre Flamme schwach brannte.

»Und nun erzähle mir vom Widersacher.«

Großvater hatte sich bereits zwischen den erstarrten Kriegern hindurchgeschlängelt, als würden sie überhaupt nicht existieren, und stand in der Mitte des Schreins.

Sie waren keine Statuen. Das hätte Uriel sogar ohne den schwarzen Eisenfleck in seiner Handfläche gewusst. Statuen besaßen nicht die qualvoll erstarrte Lebenskraft dieser Metallkrieger. Statuen hatten keine Wimpern.

Uriels Stimme zitterte nicht. Mehr noch als Eloquenz selbst war diese Geschichte die Struktur ihrer Kindheit. »Der Widersacher überfiel sie mit hundert eisernen Körpern und kalten harten Herzen. Sie hassten die Liebe, die Sie für den Ersten Croit empfand, und die Schlacht war so gewalttätig, dass die Burg Eloquenz von ihrem Platz am Hang gerüttelt wurde und ins Tal stürzte. Schwer verwundet versank unsere Erlöserin in einen tiefen, dunklen Schlaf.«

Ihre Augen waren so wütend. So ängstlich.

»Wir haben Sie an diesem Tag enttäuscht. Sie fiel, und wir haben überlebt. Aber von da an lastete der Fluch auf uns, das Eisen des Widersachers zu tragen. Das *Eiserne Vordringen.* Bis, wie der Erste Croit versprach …«

»Sie sich wieder erhebt«, beendete Ambrel den Satz. »Und uns unsere Sünden vergibt.«

»Und aus diesem Grund dienen wir Ihr«, sagte Großvater ruhig. »Unser Feuer muss ein Gebet an Sie sein, denn nur Sie kann uns vor dem Eisen retten. Nur Sie kann uns vor uns selbst retten.«

Uriels Hand schmerzte an der Stelle, an der Ambrel sie umklammert hielt. Als er sich umdrehte, sah er, dass sie *weinte*, Tränen liefen über ihre Wangen. Es brachte ihn völlig aus der Fassung, seine Zwillingsschwester gleichzeitig lächeln und schluchzen zu sehen, aber es war nichts im Vergleich zu dem Grauen, sich vorzustellen, dass er sie an das Eisen verlieren und sie eine weitere Statue in der Dunkelheit werden könnte.

Selbst reglos strahlte die Erlöserin den Hass auf den Widersacher aus; Uriel gelobte, diesen Hass immer und überall in sich zu tragen. Für seine Schwester, auf dass sie eines Tages gerettet würde.

Ein einzelner Draht bog sich durch die Kammer und kritzelte gezackte Wörter auf eine Wand. Die Sprache war aus längst vergangener Zeit und veraltet, aber Uriels Wissen durchdrang die Geschichte wie seine Augen die Dunkelheit.

Ihre letzte Botschaft an ihre Familie.

ICH LIEBE EUCH

Nun traten Uriel Tränen in die Augen.

Ich liebe dich auch.

Dessen war er gewiss.

5

Zwei Kriege und ein Versprechen

Sie kämpften bei Kerzenlicht.

Denizen hatte unter dem grimmigen Dach der Seraphim Row viele harte Lektionen gelernt, vor allem aber diese: Die Schattenjäger zogen nicht in den Kampf, indem sie Canti wie schlechtgelauntes Feuerwerk um sich warfen. Canti wurden sparsam eingesetzt, als letztes Mittel oder schmutziger Trick, man sprach sie nur, wenn einem keine andere Wahl mehr blieb. Die erste Regel der Allianz: Die Fläche deiner Haut ist begrenzt.

»Oh, tut mir leid. Alles in Ordnung mit dir?«

Bedauerlicherweise waren manche Lektionen schwieriger zu lernen als andere.

»Ja«, nuschelte er auf dem Boden. »Ich brauche bloß eine Minute.«

Er hatte nicht einmal mitbekommen, dass sich Darcies Fuß bewegt hatte. Warum mussten Leute auch so viele *Gliedmaßen* haben?

In seinem Herzen züngelte und knurrte Feuer, und Denizen stellte sich vor, dass es die immer stärker werdenden Schmerzen wegleckte. Es half ein wenig, aber blaue Flecken würde er morgen trotzdem haben. *Noch mehr* blaue Flecken, verbesserte er sich. Sein Rücken war eine Palette aus Grün und

Gelb und heilendem Braun. Anfangs hatte er es irgendwie genossen, jeden Morgen als eine Ansammlung von Schmerzen aufzuwachen. Es fühlte sich wie eine Errungenschaft an, jedes Stechen ein Pflasterstein auf dem Weg zum Schattenjäger.

Dieser Zustand hatte einen Monat gewährt. Nun waren es einfach bloß noch blaue Flecken.

Auf einer Couch in der Ecke warteten Simon und Abigail, vom flackernden Licht der Kerzen in Gold und Schwarz gehüllt, dass sie an die Reihe kommen würden. Vivian hätte, von einem gelegentlichen Kommentar zur Technik abgesehen, ebensogut eines der Porträts an der Wand sein können, die die Mallei der vergangenen Jahrhunderte zeigten – streng blickende Männer und Frauen in zerbeulten Rüstungen. Die grimmigen und verehrten Toten.

Denizen versuchte, sie auszublenden. Es war eine Truppe, die nur schwer zufriedenzustellen war.

»Wollen wir es noch mal versuchen?«, fragte er, obwohl er leicht zusammenzuckte, als er sich mit knacksenden Gliedmaßen aufrichtete.

»Das nenne ich die richtige Einstellung«, lobte Darcie lächelnd. »Du machst Fortschritte. Es braucht einfach seine Zeit.«

Als *Lux Precognitae* der Seraphim Row nahm Darcie die Schranke zwischen den Welten so deutlich wahr, dass sie Risse schon spürte, bevor Tenebrae herausströmten. Obwohl es sie für den wirklichen Kampf viel zu wertvoll machte, hatte Darcie darauf bestanden, dasselbe anstrengende Training zu absolvieren wie die Schattenjäger an der Front.

Denizen mochte die Übungskämpfe mit ihr. Dass sie ihn aufmunterte, nahm der Tatsache, ständig auf harte Oberflächen geworfen zu werden, ein wenig den metaphorischen

Stachel. Außerdem war es, dachte er, während er ein Grinsen über Simons hoffnungslose Miene zu unterdrücken versuchte, immer noch besser, als gegen Abigail anzutreten.

»Wie viel Zeit denn noch?«, fragte der größere Junge. Denizen brauchte übermäßig lange, um den Dreh beim Nahkampf herauszukriegen, doch Simon war noch untalentierter. Seine Arme und Beine waren so lang, dass Abigail ihn schon auf dem Boden hatte, bevor er seine Gliedmaßen auch nur überzeugt hatte, sich gleichzeitig in Bewegung zu setzen.

»Irgendwann tritt das Training an die Stelle des Instinkts«, sagte Abigail. »Bald wirst du auf einen Schlag nicht mehr mit *O nein, jemand schlägt mich* reagieren, sondern einfach die Hand des Angreifers packen und –«

Sie deutete eine komplizierte Abfolge gewalttätiger Gesten an. Denizen traten die Tränen in die Augen.

»Na prima«, lautete Simons matter Kommentar.

Obwohl er einräumen musste, dass es ein sehr denizenhafter Gedanke war, bestand Denizens Problem nicht darin, dass er *O nein, jemand schlägt mich* dachte. Das war ganz und gar nicht seine instinktive Reaktion. Beim wiederholten Aufknallen seines Kopfes auf dem Boden waren die Canti aus ihrem Schlummer gerüttelt worden und boten wesentlich … effizientere Lösungen an.

Die Scintillasense, kaum wahrnehmbar, aber ausreichend, um Darcie zweizuteilen …

Die Flammen in seiner Brust flackerten rot und primitiv.

Simon ist schwach; hebe ihn mit dem Eulice-Rammbock hoch und klatsch ihn gegen die Wand …

Vivian musterte ihn mit diesem Blick, den sie während der Übungen immer hatte, sie schien nur darauf zu warten, dass er es endlich kapieren würde.

Sie wäre schwierig, da müsste er schon maximale Gewalt anwenden, aber was war der Tribut schon im Vergleich zum Kick des Feuers?

»Denizen?«

Denizen faltete den schwelenden Hunger in seiner Brust sorgfältig zusammen. Er war nicht gegen Darcie, Abigail oder Simon gerichtet. Er wollte nur heraus, irgendwie heraus, und unterschied kaum zwischen *Trainingspartner* und *Feind*, und noch weniger zwischen *Umgebung* und *Brennstoff.*

Denizen atmete schwer und konzentrierte sich auf Darcies Stimme.

»… wie jede andere Fertigkeit«, fuhr sie fort und nahm wieder Kampfhaltung an, »benötigt sie Zeit und Übung. Selbst wenn es dir nicht so vorkommt, dein Körper lernt.«

Denizen nickte. Das wäre ja alles schön und gut, wenn er nur gegen Darcie antreten würde, aber mit dem Feuer in seinem Herzen hatte er das Gefühl, in zwei Kämpfe gleichzeitig verwickelt zu sein – einer gefährlicher als der andere.

»Geht es wieder?«, fragte Darcie.

Tief Luft holen. Denizen warf seiner Mutter einen letzten Seitenblick zu, dann rammte er dicke Mauern aus Willenskraft zwischen sich und den Hochhofen seiner Zauberkraft und steigerte das Training und seine Entschlossenheit und die Schmerzen in seinem Rücken bis er vor Bereitschaft nur so klimperte.

Er war ein Neuling. Er war eine Waffe. Er hatte die Schnauze voll von Bodenmatten.

»Okay«, sagte er. »Dann los.«

Ein Klopfen an der Tür.

Darcie knallte in einem Chaos aus Gliedmaßen und dem *Tschschsch* von ausgestoßenem Atem auf den Boden.

»Touché«, murmelte sie und krümmte sich, doch dann lächelte sie ihn strahlend an. »Siehst du Denizen? Training tritt an …«

Als sie mitbekam, dass Denizen sie überhaupt nicht beachtete, verstummte sie. Er starrte auf die großen Eichentüren.

»Habt ihr das gehört?«

Jemand hatte angeklopft. An der *Tür.*

Grundsätzlich ermutigte die Aura von Seraphim Row keine Besuche. Fußbälle, die in den Garten flogen, blieben liegen und wurden den Kletterpflanzen überlassen. Vertreter mieden das Haus, oder falls nicht, verschwanden sie spurlos. Seit Denizen in der Seraphim Row lebte, hatte es nur drei Besucher gegeben, das Gebäude trug immer noch Spuren davon.

Vivian steuerte bereits mit dem Hammer in der Hand auf die Tür zu. Abigail zückte zwei Messer. In jedem anderen Haus und zu jeder anderen Zeit hätte Denizen es für eine Überreaktion gehalten … aber sie waren schließlich Schattenjäger.

Sie wurden von allen Seiten verfolgt.

Es klopfte noch einmal – drei kurze Schläge, als sei sich der Klopfende nicht sicher, ob er überhaupt gehört werden wollte. Ein kurzer Blick der Malleus sorgte dafür, dass sich die Neulinge aufteilten, um sie nicht ins Kreuzfeuer zu nehmen. Ein kleiner Teil von Denizen war erfreut. *Wenigstens ein Teil des Trainings bleibt hängen.*

Vivians Hand umfasste den Türknauf und drehte ihn. Denizen spannte sich an –

»Jack!«

Auf Denizens Gesicht zeigte sich ein ungebetenes Grinsen. Auch Darcie trat einen Schritt vor und presste die Hände gegeneinander.

Amboss-Jack füllte die Türöffnung wie eine kahlköpfige Finsternis.

»Wie geht es euch?«

Jack war der Schmied der Seraphim Row gewesen – ein stämmiger Mann mit einem Bart wie Stechginstergestrüpp und Eisenhänden, die von einem Leben am Schmiedefeuer vernarbt waren. Sein Gesicht hatte die plumpen Züge einer Statue, die jemand mit mehr Enthusiasmus als Kunstfertigkeit geschnitzt hatte, und war von schwarzen Eisenfluten überströmt, und wenn er lächelte, wurde das Eisen weicher.

Als sein Blick zu Vivian wanderte, verflog sein Lächeln.

»Vivian.«

»Amboss.«

Vivian hatte, was Denizen für ihr Malleus-Gesicht hielt, aufgesetzt – angespannter Kiefer, ausdruckloser Blick. An der Wand hingen Schilde, die größere menschliche Wärme und Ausdrucksstärke ausstrahlten.

Jacks Miene war ebenfalls eine gewisse Annäherung an ein Malleus-Gesicht. Das passte nicht zu ihm.

Er fuhr mit einem Seufzen über die neuen Narben auf seiner Kopfhaut. »Es ist schön, euch zu sehen. Jeden von euch.«

»Es ist auch schön, dich zu sehen, Jack«, erwiderte Darcie. Sie war diejenige, die am engsten Kontakt zu ihm gehalten hatte, seit …

Die Seraphim Row war nicht immer so leer gewesen. Bis sie den Tod durch das Trio fand, hatte Corinne D'Aubigny, eine der gefährlichsten Frauen, die Denizen je getroffen hatte, hier gelebt und geliebt und gekämpft. Die Französin war wie eine Tigerin durch diese Gänge geschlichen – tückisch und lebendig, eine Kriegerin durch und durch.

Denizen vermisste sie.

Obwohl er sie das Wort nie hatte aussprechen hören, hatten Jack und D'Aubigny Liebe ausgestrahlt wie ein Hochofen Hitze. Er war der Macher gewesen, der Handwerker, und sie hatte die Schwerter geschwungen, die er geschmiedet hatte.

Und dann war sie gestorben, und er war fortgegangen.

Denizen hatte noch nie zuvor jemanden verloren, der ihm nahegestanden hatte – seltsam genug, wenn man sich überlegte, dass der größte Teil seines Lebens von Verlust bestimmt gewesen war. Er bildete das Fundament seiner Existenz: bereits vorhanden, bereits real. Seine Eltern waren nie da gewesen. Es war keine allmähliche Entwicklung, sondern die Wahrheit.

Crosscaper hatte es nicht besser gemacht – Trauer hatte wie Luft oder Staub zum Waisenhaus gehört. Ständig kamen Neuzugänge. Eltern waren sehr zerbrechliche Geschöpfe. An der Wand der Krankenstation hatte ein Poster über die verschiedenen Stadien der Trauer gehangen – nicht, dass es irgendjemand gebraucht hätte. Man musste nur irgendeinen Gang hinunterblicken, um die Stadien zu sehen: Leugnen, Zorn, Verhandeln, Depression, und irgendwo schließlich Akzeptanz.

Denizen hatte Menschen verloren, die er nie kennengelernt oder gesehen hatte. Die Tat des Trios war jedoch etwas anderes gewesen. Nun kannte er beide Seiten. Menschen, die herumspaziert waren, geredet, Witze gerissen und geliebt hatten, taten es jetzt … einfach nicht mehr. Trauer war kein Gefühl der Vergangenheit. Sondern das Messer, das sich in ein Leben bohrte und es zweiteilte – in den Teil, in dem man etwas liebhatte, und den Teil, in dem man es vermisste.

Kaltes Oktobersonnenlicht. Das Knistern einer Flamme in einem Plastikbecher.

Ich werde dir wahre Zauberei zeigen.

Denizen schluckte an dem Kloß in seinem Hals vorbei.

D'Aubigny war nicht die Einzige gewesen, die sie in jener Nacht verloren hatten.

»Ich bin froh, dass es dir gutgeht«, erklärte Vivian ruhig. Jack zuckte die Achseln.

Die Neulinge wechselten Blicke. Jack war einige Wochen nach D'Aubignys Beerdigung mit unbekanntem Ziel aufgebrochen. Es war das erste Mal, dass er in die Seraphim Row zurückkehrte. Würde es für immer sein?

Der massige Mann seufzte. »Es wird dir nicht gefallen, Vivian, deshalb sag ich es jetzt einfach ohne große Umschweife. Der Palatin ist auf dem Weg hierher.«

Vivian funkelte ihn an. »Warum?«

Irgendwie überraschte es Denizen nicht, dass der oberste Anführer der Allianz keinerlei Bedeutung für Vivian zu haben schien. Er war eher überrascht, wenn er Dinge entdeckte, die sie mochte.

»Es gab eine Botschaft aus Tenebris.« Jack klang, als könne er seine Worte selbst nicht glauben. »Keine Drohung oder Forderung oder Kriegserklärung. Eine Botschaft. Ein Angebot vom Hofe des Unendlichen Königs höchstpersönlich.«

Vivian war wie erstarrt.

»Und ... was sagt er?«

»Tja, das ist so eine Sache«, antwortete Jack, sein Blick wanderte zu Denizen. »Die Botschaft stammt nicht vom König. Sondern von seiner Tochter.«

6

Der Anfang und das Ende von Sternen

»Das ist ein Trick«, sagte Vivian tonlos. »Eine Falle. Irgendeine Verschwörung.«

Warmer bitterer Kaffeegeruch erfüllte die Küche. Jack nahm einen großen Schluck und stellte seine Tasse wieder ab.

»Diesen Brief zu bekommen war ein Albtraum«, erklärte er. »Der Palatin hielt es deshalb für das Beste, das Ding auch zu lesen. Venia und der Ewige Hof möchten der Allianz für ihre Beteiligung an Venias Rettung danken. Für die Vermeidung eines *möglicherweise schädlichen Konflikts.* Ihre Worte, nicht meine. Und ...«

Denizen spürte, wie er – mit der Unerbittlichkeit eines Sonnenaufgangs – rot anlief.

»Und einem von uns möchte sie ganz besonders danken.«

Vor einem halben Jahr hatte Denizen die Welt gerettet.

Es war nicht seine Absicht gewesen, sondern eher zufällig passiert, als er versucht hatte, am Leben zu bleiben. Darüber nachgedacht hatte er erst später, als das Adrenalin verpufft war und er Migräne bekommen hatte und sich hinlegen musste.

O ja. Weltretter. Eine wirklich große Tat, die er nur in kleinen Teilen begreifen konnte, sonst würden die Kopfschmerzen zurückkehren. Es hatte ihm nicht den Ruhm, das Lob oder dergleichen eingetragen, was man normalerweise mit der Rettung der Welt verbinden würde. Keine Medaillen, keine Zeremonie – nicht einmal Dank. Und in seinen Lebenslauf konnte er es auch nicht schreiben.

Für Denizen war das in Ordnung. Er hatte diese ungute Ahnung gehabt, dass die Allianz, nachdem sie nach den ersten Zeichen einer tenebrischen Invasion um ihr Leben gekämpft hatte, nicht sonderlich erfreut über einen sehr mitgenommenen Dreizehnjährigen gewesen war, der die ganze Sache hinter ihrem Rücken gelöst hatte.

Die Allianz. Denizen hatte gewusst, dass es außerhalb der Seraphim Row noch andere Schattenjäger gab, aber Jack, D'Aubigny und Darcie kennenzulernen war das eine, den grimmigen Fremden gegenüberzustehen, die Grey fortgebracht und Darcie schluchzend an Denizens Schulter zurückgelassen hatten, war etwas anderes.

Das Trio hatte Grey in seinen Bann geschlagen und ihn gezwungen, Venia in einen Käfig zu sperren und Vivians Kader aufzuspalten, so dass sie die Seraphim Row angreifen und D'Aubigny töten konnten und Jack schwerverwundet und vor Trauer gebrochen zurückblieb.

Als weitere Nahrungsquelle für das Trio.

Es war Denizens Wunsch gewesen, danach ignoriert zu werden. Es schien so unfair, dass er alles unbeschadet überstanden hatte. Vor allem, weil er keine Erklärung dafür hatte; nachdem *echte* Schattenjäger gefallen waren und er irgendwie überlebt hatte, konnte die einzige ehrliche Antwort nur lauten: *Ich habe keine Ahnung.*

»Das hätte jeder tun können«, sagte er leise. »Wirklich.«

»Schon möglich«, erwiderte Jack verständnisvoll. »Aber eine solche Nachricht haben wir noch nie bekommen. Alle rennen kopflos herum und überlegen, wie wir uns verhalten sollen. Vor dieser ganzen Angelegenheit wussten wir nicht mal, dass der Unendliche König eine Tochter hat. Und nun finden wir es heraus, und sie bietet ihren Dank an, und ihre Handschrift ist ziemlich hübsch. Das ist ganz schön viel auf einmal.«

»Es ist«, wiederholte Vivian kalt, »eine Falle.«

Fließende Gliedmaßen aus Nebel und Sturm, zwischen ihren Lippen zuckten Blitze. Eher ein Geschöpf des Lichts als der Dunkelheit, ein leuchtendes und sich ständig wandelndes Lächeln …

Denizens Wangen brannten.

»Die Malleus hat recht«, sagte Darcie. Sie machte sich Notizen, denn Darcie machte sich immer Notizen. »Der Unendliche König, der Ewige Hof … das sind menschliche Namen für unmenschliche Dinge. Sie mögen unsere Sprache sprechen oder unsere Gestalt imitieren, aber nur, um Jagd auf uns zu machen. Wie können wir wissen, was sie wirklich im Schilde führen?«

Außer dass es irgendwo in diesem pechschwarzen Meer einen König gab und einen Hof, der ihm diente, wussten die Schattenjäger kaum etwas über die Tenebrae. Der Hof bestand aus den ältesten und schrecklichsten Tenebrae – den grässlichsten Adligen, die, wenn sie sich überhaupt zeigten, die schauerlichsten Geschichten umgaben.

Das war das Problem. Für Geschichten brauchte man Überlebende, die sie erzählen konnten, und die Berichte der Schattenjäger hatten die schlechte Angewohnheit, immer dort zu enden, wo der Hof ins Spiel kam.

Venia war bislang in keiner der Aufzeichnungen aufgetaucht.

»Denizen?«

Simon boxte ihn in die Seite, und Denizen wurde aus seinen Träumen herausgerissen. »Was?«

Simon sah ihn fragend an.

»Du bist ja ganz rot.«

Ja. Das war die andere Sache. Er konnte Venias Stimme beinahe hören.

Wir werden uns wiedersehen, Denizen Hardwick.

Denizen hatte angenommen, es sei einer dieser Standardsprüche von magischen schimmernden Mädchen, um geheimnisvoll zu wirken. Ihm war nicht klar gewesen, dass sie Ernst damit machen würde. Andererseits hatte er wenig Erfahrung mit Mädchen, – mit ätherischen Prinzessinnen schon gar nicht, und vielleicht waren ja die besten Prophezeiungen die, die man selbst in die Hand nahm.

»Hör zu«, sagte Jack. »Wir können es uns nicht leisten, nicht darauf zu reagieren. Oder das Risiko eingehen, sie zu beleidigen. Das Treffen wird in einigen Wochen in Dublin stattfinden. Der Palatin wird höchstpersönlich erscheinen, zusammen mit Repräsentanten der Allianz und unseren ausländischen Verbündeten.«

»Und Edifice Greaves hat dich als Boten ausgewählt?« Vivian sprach den Namen wie eine Beleidigung aus.

Doch Jack brachte das nicht aus der Fassung. »Ja. Wir hatten ziemlich viel Kontakt seit … jener Nacht. Wegen Grey zum Beispiel. Und anderen Sachen. Da ich frühzeitig gekommen bin, um den Ort unserer Zusammenkunft vorzubereiten, hielt er es für das Beste, wenn ich hier vorbeischaue und dir die Nachricht persönlich überbringe.«

»Ich will sie nicht hier haben«, erwiderte Vivian scharf. »Wir haben gerade erst –«

Jack hob eine große Pranke. »Nicht hier. Wir treffen uns in Abgeschiedenheit. Es ist ein sicherer Ort.«

Vivian sah ihn angewidert an. »Ein abscheulicher Ort.«

»Dann passt er ja zum Anlass.« Man hörte Jack seine Enttäuschung an. »Hör zu, Vivian. Keiner von uns will das. Und ich verstehe, dass du schon genug durchgemacht hast. Aber das haben wir alle.«

Nun war Vivian an der Reihe, den Blick abzuwenden.

»Es ist noch nie vorgekommen. Ich habe keine Ahnung, was es bedeutet. Greaves weiß es auch nicht. Aber wir sind es der Welt schuldig, es herauszufinden.«

Denizen schluckte. Er wollte Venia gern wiedersehen. Der Gedanke löste etwas in seinem Inneren aus, das nichts mit Tenebris zu tun hatte und alles mit dem Blitzgeschmack auf seinen Lippen.

Allerdings ging es hier nicht um ihn und Venia. Denizen hatte in den letzten Monaten genug gelernt, um zu wissen, dass nicht immer eines nach dem anderen passierte, ordentlich und kultiviert. Die Botschaft war die Eröffnungssalve für ein Sperrfeuer.

Bei seiner letzten Begegnung mit Venia hatte Denizen die Welt retten müssen.

Er hoffte sehr, dass das nicht wieder der Fall sein würde.

Später holten sich Denizen und Simon Pommes. Nach dem Treffen war das irgendwie ein Abstieg.

Nicht, dass sie sich direkt darüber beschwert hätten. Enttäuschungen waren meist besser als die Alternative. Das Leben in der Seraphim Row war eben sehr unbeständig. In einem Moment kämpfte man auf verlorenem Posten um sein Leben, im nächsten spülte man Geschirr. Vielleicht waren

Schattenjäger deshalb immer so angespannt – man wusste nie, ob die nächsten fünf Minuten das totale Grauen oder Pommes mit Knoblauchsauce bringen würden.

Alle waren verschwunden, um *irgendetwas* zu erledigen, und so saßen Denizen und Simon allein in der Küche. Wie überall in der Seraphim Row hatte das Trio auch hier seine Spuren hinterlassen – zwei der Öfen hatten entfernt werden müssen und auf der zerfetzten Tapete verblichene Stellen zurückgelassen, die meisten der groben langen Holztische waren zu Brennholz verarbeitet worden. Es ließ die Küche noch leerer aussehen.

Abigail rief ihre Eltern an. Soweit Denizen wusste, lebten sie in Honduras. Oder auf Haiti. Sie gehörten zwar nicht zum inneren Kreis des Palatins, aber Abigail wollte trotzdem wissen, ob sie kommen würden.

Darcie hatte sich in die Bibliothek zurückgezogen, um über den Hof nachzulesen. Jack und Vivian waren irgendwohin verschwunden, um über *Erwachsenen*sachen zu reden oder Schattenjägersachen oder beides. Seit dem Angriff des Trios war Vivian die einzige Schattenjägerin in der Seraphim Row gewesen. Manchmal fragte sich Denizen, ob sie einsam war.

Stirnrunzeln Nummer acht ›Mir Scheint Etwas Entgangen Zu sein, Und Das Ist Voll Unfair, Denn Hier Geht Es Um mich‹ legte seine Stirn kurz in Falten. Warum bin ich bei dieser Unterhaltung nicht dabei? Er war doch genauso davon betroffen wie sie! Nein, seine Mutter würde es ihm erzählen, wenn sie so weit war. *Oder*, dachte er missmutig, *sie wird es mir erzählen, wenn ihr absolut nichts anderes übrigbleibt.*

Auch gut. Er konnte warten. Er hatte ebenfalls keine Lust, mit ihr zu reden. Jetzt würde er erstmal hier sitzen und Pommes futtern und nachdenken.

»Wie ist sie so?«, fragte Simon und inspizierte eine Fritte, bevor er sie vorsichtig in den Mund schob.

Denizen kannte die Canti in- und auswendig. Er war sich hundertprozentig sicher, dass kein anderer Schattenjäger – und vor allem kein Neuling – Gedanken lesen konnte. Es war reiner Zufall, dass Simon diese Frage gestellt hatte.

In diesem Tonfall. Mit dieser hochgezogenen Augenbraue.

»Wer?«, fragte Denizen, obwohl er ganz genau wusste, wen Simon mit *sie* meinte. Er wollte bloß seine Antwort noch ein paar Sekunden hinauszögern.

»Venia, die Tochter des Unendlichen Königs.« Simon warf Denizen einen Seitenblick zu. »Wie ist sie so?«

Zuerst waren ihm Sterne eingefallen.

Im rabenschwarzen Keller von Crosscaper, unter mehreren Stockwerken schlechter Träume und beiger Tapete, hatte sich Denizen den Weg durch Angst und Zweifel gebahnt und am Ende einen Stern gefunden, der auf ihn wartete.

Nein – keinen *Stern.* Denizen war selbst bei schmeichelhaften Metaphern ein Pedant. Sterne veränderten sich, doch dieser Vorgang dauerte Millionen von Jahren, so lange, dass nur der Stern selbst Anfang und Ende des Prozesses beobachten konnte. Venia hingegen hatte sich mit jedem Herzschlag verändert – sie war ein sich windendes Geflecht aus Licht und Mädchen.

Sie ließ sich nicht in Worte fassen. *Strahlend. Schrecklich. Wunderschön.* Am Ende waren das bloß menschliche Laute. Vielleicht hätte man sie mit den Canti beschreiben können, allerdings musste es einem dann egal sein, ob die Welt in Scherben zerbrach.

»Sie ist … nett.«

»Nett?«

Denizen überlegte angestrengt. Er hatte nie einen Versuch unternommen, seinen Wortschatz zu beurteilen, aber mit einem Mal erschien er ihm deprimierend klein.

»Ja. Ähm. Nett.«

»Oh«, kam nach einer Weile von Simon. »Na ja, das ist … gut.«

Die nächsten Minuten waren erfüllt vom Geräusch eifrigen Pommeskauens. Denizen vertilgte seine ganze Portion, selbst die unvermeidlich grüne Fritte, die irgendwie immer in seiner Tüte landete. *Warum gibt es immer eine grüne?* Er achtete darauf, dass er ständig den Mund voll hatte, aber irgendwann wäre die Tüte leer.

Das wusste Denizen. Das wusste Simon.

Es war bloß eine Frage der Zeit.

»Wie denn … nett?«

Denizen begann ernsthaft die Möglichkeit in Erwägung zu ziehen, dass sein bester Freund boshaft war.

»Hmm?«, brummte er und faltete geschäftig das fettige Papier zusammen.

»Venia«, sagte Simon. »Auf welche Art ist sie nett?«

Er kratzte mit Unschuldsmiene die letzte Knoblauchsauce aus dem kleinen Plastiktöpfchen, sein Gesichtsausdruck war ruhig und so was von desinteressiert, dass es an Folter grenzte.

»Wie meinst du das?«

»Ach, du weißt schon«, erwiderte Simon flapsig. »Ist sie lustig-nett? Furchterregend-nett? Bisschen-komisch-nett? Es gibt verschiedene Arten, weißt du.«

War das so? Denizen verdrängte den Gedanken. Es war schon schlimm genug, dass er sein Stirnrunzeln in Kategorien eingeteilt hatte.

»Venia möchte mit dir reden, Den«, fuhr Simon fort.

»Alles, was du uns über sie erzählst, könnte lebenswichtig sein. Die Allianz wusste nicht mal von ihrer Existenz. Wenn es einen Experten unter uns gibt, dann dich. Du musst doch ziemlich Schiss haben.«

»Jaaaaa«, antwortete Denizen. »Vermutlich schon.«

»Vor allem, weil du in sie verknallt bist«, sagte Simon und lachte los.

Denizen wurde puterrot. Leuchtend knallrot. Aus-dem-Weltall-sichtbar-zinnoberrot. Seine Finger kribbelten, weil jeder verfügbare Tropfen Blut aus dem restlichen Körper hineinfloss, was seinem Gesicht ein ungesundes Braunrot verlieh. *Braunrot gehört verboten*, dachte Denizen noch, bevor sich sein Hirn endgültig verabschiedete.

Es dauerte eine ganze Weile, bis Simon sich wieder einkriegte. Es kam schallendes Gelächter, Glucksen, dann ein kurzer Umweg zu gackerndem Lachen und schließlich eine Art trockenes Quietschen.

»Ähm«, brachte Simon heraus, als das Keuchen endlich aufgehört hatte. »Entschuldigung. Mist.«

Stirnrunzeln Nummer neun – ›Du Machst Dich Über Mich Lustig‹. Denizen mochte dieses Stirnrunzeln nicht. Es war fast ein finsterer Blick. Simon bemerkte Denizens Miene und verstummte.

»Seit wann weißt du … Ist es sehr offensichtlich?«

»Ich hatte schon in Crosspaper so eine dunkle Ahnung«, antwortete Simon. »Wie du über sie geredet hast. Oder nicht über sie geredet hast. Als wüsstest du nicht genau, was du sagen sollst, und wolltest nichts Falsches sagen. Und dein Gesichtsausdruck, sobald ihr Name fällt …«

»Ah«, stöhnte Denizen und zuckte leicht zusammen. »Ach so.«

»Nein, hör mir zu«, sagte Simon. »Ich verurteile dich nicht dafür. Ich habe bloß noch nie erlebt, dass du jemanden magst. Niemals. Und dann verknallst du dich zum ersten Mal, und es ist die nicht-menschliche Prinzessin eines Schattenreiches. Ich weiß nicht mal, ob mich das überraschen soll.«

»Es gab Leute, die ich gemocht habe –«, setzte Denizen an, redete aber nicht weiter. Es stimmte nicht wirklich. Er war in Crosscaper nur mit Gleichaltrigen aufgewachsen, die ihm so nahestanden wie Cousins. Und wenn mal jemand im richtigen Alter und zur richtigen Zeit im Waisenhaus aufgetaucht war, tja … dann hätte man schon ziemlich abgebrüht sein müssen, um darin eine Chance für ein Techtelmechtel zu wittern.

Und er war nicht in Venia verknallt. Er hatte überhaupt keine Ahnung, was er für sie empfand. In jemanden verknallt zu sein sollte sich doch eigentlich gut anfühlen, oder? Darum ging es doch, oder? Das war Biologie. Wenn sich Verknalltsein mies anfühlte, ließ man es wohl besser sein.

Verknallt war das falsche Wort. Es war ein lächerliches Wort. Selbst wenn Venia ein Mensch gewesen wäre, hätte das Wort nicht gepasst. Denizen … dachte bloß einfach die ganze Zeit an sie. Er hatte Träume, dass er im Dunkeln stand und sie in der Ferne Lichtspuren wob – ein unerreichbares Glühwürmchenglimmen. Er war jedes einzelne Wort durchgegangen, das sie je zu ihm gesagt hatte, immer und immer wieder, manchmal, um geheime Bedeutungen aufzuspüren, manchmal, um sich einfach an diese Sommergewitterstimme zu erinnern. Sie waren sich zwar nur einmal begegnet, aber irgendwie war sie in sein Hirn eingedrungen und hatte sich dort festgesetzt.

Aber das hatte doch nichts mit Verknalltsein zu tun. Oder?

Und nun kehrte sie in sein Leben zurück, genau genommen

in jedermanns Leben, und brachte eine Rotte der ältesten und tödlichsten Tenebrae der Geschichte mit.

Alles in allem nicht gerade die tollste Ausgangssituation für ein zweites Date.

»Was soll ich tun?«, fragte er. »Jetzt ist der Palatin beteiligt –« Denizen hatte kein Bild vom Anführer der Allianz, aber er stellte ihn sich als eine größere Ausgabe von Vivian vor – »und der Ewige Hof. *Der Ewige Hof.* Was soll ich da tun? Höflich rumlabern? Wenn es nur Venia wäre –«

Er räusperte sich.

»Na ja, vielleicht behältst du das besser im Hinterkopf«, sagte Simon sanft. »Es hängt eine Menge dran. Lass dich vielleicht … nicht nur von deinen Gefühlen leiten. Bloß für den Fall, dass es in einer Apokalypse endet.«

Simon hatte recht. Der Unendliche König hatte, als er seine Tochter von der Allianz entführt glaubte, alle Vorbereitungen getroffen, ihre Welt anzugreifen. Sie konnten von Glück sagen, dass sie überlebt hatten.

In Denizens Brust breitete sich kalte Traurigkeit aus. Nicht alle hatten Glück gehabt.

»Du hast recht«, sagte er. »Ich denke einfach an die drohende Todesgefahr. Dann mache ich keine Fehler. Super.«

»Genau.«

Es entstand eine Pause.

»Ich fass' es nicht, dass du in sie verknallt bist.«

»Halt die Klappe.«

7

In Ermangelung eines Widersachers

Uriel starrte in den Garten der Wartenden. Tausend Marmoraugen starrten zurück.

Sie glänzten in der Mittagssonne – eine Masse aus weißem Marmor, eine Armee, der ihr Krieg für immer vorenthalten wurde. Obwohl die meisten trotzdem eines gewaltsamen Todes gestorben waren. In einer Welt von *uns* und *sie* war das unvermeidlich. Und es würde immer sehr viel mehr *sie* als *uns* geben.

Uriel blickte von seinem Hochsitz auf dem niedrigen Grabmal von –

EREBUS CROIT

– im Feuer umgekommen –

– zu Ambrel hinunter, die ein Bein hinter den Kopf gelegt hatte und die Arme ausstreckte, um das Gleichgewicht zu wahren; zu ihren Füßen lag ein schmales Schwert.

»Darf ich fragen, wen sie schicken werden?«

Ohne zu schwanken, bückte sich Ambrel und hob ihr Schwert auf. »Rate.«

Uriel überlegte einen Moment. »Tabitha. Hundertprozentig Tabitha. Sie hat sich wieder beim Abendessen aufgespielt. Und sie kann es kaum erwarten, ihr Gebet gegen meines auszutesten. Sonst fällt mir niemand ein.« Er zog die Nase hoch. »Was soll's. Dann ist es wenigstens eine richtige Herausforderung.«

Ambrel reagierte mit einem stummen Grinsen. Auch ihr war die Croit'sche Blässe und das graue Haar eigen, doch während seine Augen beinahe farblos waren, funkelten ihre mit dem leuchtenden grünlichen Weiß eines Smaragdsplitters.

»Meredel? Nein ... Dem hast du letzte Woche das Handgelenk verdreht.«

»Verdreht?«, fragte Uriel mit gespielter Empörung. »Ich bin doch kein Anfänger. Wenn man was tut, Schwesterchen, dann richtig.«

»Gebrochen?«

»Zweifach.«

»Reizend.«

Uriel wünschte seinem Cousin nichts Böses. Meredel gehörte zur Familie. Wie sie alle. Sobald die Erlöserin erwachte, würden sämtliche Croits ihrem Schicksal im Gleichschritt entgegenmarschieren. Aber hier ging es um Training, und Training musste weh tun.

Tabitha war ein anderer Fall. Eigentlich hätte jeder Grund, weshalb sie Uriel und Ambrel hasste, an deren dreizehntem Geburtstag ausgemerzt sein sollen; als sich nämlich gezeigt hatte, dass sie zu den Auserwählten gehörten. Aber die Croits waren nicht besonders gut darin, die Vergangenheit auf sich beruhen zu lassen. Das war irgendwie der springende Punkt.

»Was wirst du dir wünschen?«, fragte Ambrel. »Falls du es durch den Garten schaffst?«

»Habe ich mir noch nicht überlegt.«

»Was soll das heißen – hast du dir noch nicht überlegt? Großvater hat gesagt, wenn wir durchkommen, bekommen wir etwas von Draußen. Ich überlege mir schon *ewig*, was ich haben will.«

Uriel zuckte die Achseln. »Keine Ahnung. Vielleicht ein Buch? Es gibt ein paar neue, die Großvater vor kurzem für gut befunden hat. Was willst du haben?«

Ambrel *hmmmmte* und schob ihr Schwert in seine Scheide. »Ich würde mir Haarfarbe wünschen.«

Uriel runzelte die Stirn. »Wie?«

Sie wackelte mit einer grauen Augenbraue. »So wie es aussieht, färben sich die Mädchen von Draußen die Haare bunt. Blau. Grün. Lila. Kannst du dir das vorstellen?«

Offenbar nicht. »Warum?«

»Keine Ahnung«, erwiderte sie. »Aber findest du nicht, dass es toll klingt?«

Uriel sprang ins Gras, in Gedanken rannte er schon den Weg, den sie sich überlegt hatten. Es waren zwei Kilometer quer durch den Garten, die Route der Krähenschar von Eloquenz, die allerdings den Vorteil von Höhe und Freiheit hatte, während Uriel und Ambrel im Zickzack durch fünfzehn Jahrhunderte toter Verwandter sprinten würden. Er fragte sich, wem von ihnen beiden sie wohl zujubeln würden, wenn sie könnten.

»Dann also Haarfarbe«, sagte er.

Nun war sie an der Reihe, die Stirn zu runzeln. »Sei nicht so verrostet, Uriel. Zwei Kilometer. Denk dir was Gutes aus.«

»Schwester … Willst du es wirklich tun?«

Sie grinste. »Hör auf zu fragen und lauf.«

Er gehorchte. Es gab einen direkten Weg durch die Totenstadt, aber *direkt* war das, was erwartet wurde, deshalb flitzten die Zwillinge zwischen Mausoleen, Tempeln und Schreinen hindurch, erstarrten und rannten und erstarrten wieder.

Zwei Schritte vorwärts, einen Schritt zurück. Dolmen wurden erklommen, Pyramiden hinuntergerutscht, Statuen und Schatten als Tarnung benutzt. Hinter jeder Ecke ragten Marmorgestalten auf, und nur das Training und seine Reflexe hielten Uriel davon ab, sein Gebet hervorzuziehen und sie in Stücke zu schneiden. Dieser Lauf war vor allem ein Test seiner Selbstbeherrschung. Großvater würde anschließend das Eiserne Vordringen in seinen Handflächen überprüfen.

Sie hatten ein Drittel des Wegs zurückgelegt und … nichts. Kein Widerstand. Uriel musste dem Bedürfnis widerstehen, loszurennen und darauf zu vertrauen, dass sie mit ihrer Schnelligkeit auch noch die restliche Strecke schaffen würden. In Ambrels Bewegungen erkannte er dieselbe Ungeduld – an Kreuzungen blickte sie sich nicht länger um, sondern lief einfach weiter, und Uriel rannte ihr hinterher, um nicht zurückzubleiben. Er hätte ihr gern etwas zugerufen, aber Geräusche wurden auf diesen Alleen der Toten zu gut übertragen. Als er neben ihr hersprintete, versuchte er, ihren Blick auf sich zu lenken –

Und genau in diesem Moment kam ihnen sein Cousin Magnus in die Quere.

Sein Gebet war genauso hässlich wie alles andere an ihm: ein schmutziges goldenes Gitter, das Funken spie, während es auf Ambrels Kopf eindrosch. Sein Gewimmer versengter Luft war das Einzige, was Uriel vorwarnte. Er packte seine Schwester an der Hand und riss sie zurück. Sie stürzten beide zu Boden.

Die Welt hallte vom Schotter in Magnus Gelächter wider.

Ambrel rappelte sich als Erste auf, indem sie den kalten Marmorknöchel von umklammerte, und es machte ihr alle Ehre, dass sie nicht zum Gegenschlag ausholte. Obwohl unter ihrer Haut Licht tanzte und ihre Augen in Scheinwerfer verwandelte und ihre andere Hand glühendheiß auf Uriels Handgelenk lag – schlug sie nicht zu. Sie drehten sich, einander den Rücken zuwendend um, aber Magnus war nirgendwo zwischen den weißen Marmorkanten der zusammengekauerten Grabmale zu entdecken.

Typisch, dachte Uriel. Er kannte die anderen Familienmitglieder ebenso gut wie Ambrels Handrücken. Nicht nur ihr jeweiliges Gebet – die Gestalt, die ihr Feuer annahm –, sondern auch ihre Strategien, Stärken und Schwächen. Magnus war ein Feigling. Er bevorzugte Kämpfe, bei denen sein Gegner nicht wusste, dass es überhaupt ein Kampf war.

Ein Blick genügte. Ambrel zielte nach oben, Uriel nach unten; war er gerade noch vorsichtig gewesen, reagierte er nun nachlässig und hielt das Schwert locker in der Hand, sein Gesicht war gerötet, seine Miene panisch. Magnus schien ihm Angst eingejagt zu haben. Er war schwach. Er hätte ebenso gut eine aufgemalte Zielscheibe auf dem –

Cousin Barstrel zu seiner Rechten verzichtete auf die Gunst des Feuers und stürzte sich einfach mit ausgestreckten schaufelgleichen Händen auf Uriel. Er kam drei Schritte weit, dann sprang Ambrel von oben auf ihn und wickelte ihre Beine wie eine Bola um seinen Nacken. Barstrels große Augen wurden noch größer, er bäumte sich auf – Uriels verängstigtes Herumbalgen wandelte sich in das Hervorschnellen einer Kobra.

Gedankt sei Ihr dafür, dachte Uriel, als die schlaksige Gestalt des älteren Mannes zusammenklappte. Wie ein Idiot davonzurennen war wirklich wesentlich anstrengender als die gründliche Lösung.

Sie rannten in großen Sprüngen weiter.

Normalerweise fühlte sich Uriel unter den Toten seiner Familie zu Hause. Sie waren inspirierend. Ihr Leben, ihre Narben, selbst die zarten schwarzen Spiralen auf ihrer Haut – alles war eine ständige Erinnerung daran, dass ein Croit nur durch den Dienst an der Erlöserin gerettet werden konnte. In diesem Moment fühlten sich die kalten Steingesichter jedoch wie feindliches Territorium an.

Noch achthundert Meter.

Statue um Statue um Statue. Die Namen und Todesursachen verschwammen vor Uriels Augen.

ABADIU CROIT
– im Kampfe gefallen –

Seine Augen schnellten hin und her, versuchten, Bewegung aufzuspüren.

WULFSTAN CROIT
– ruhmvoll verstorben –

Seine Finger legten sich fester um das Heft seines Schwerts.

»Warte«, flüsterte er. Ambrel warf ihm einen scharfen Blick zu. Dort war etwas – ein Detail, das ihm aufgefallen war, das er aber nicht verstanden hatte. Er wandte sich wieder zu

ISKOR CROIT
– in Schande gestorben –

und betrachtete dessen zusammengekauerte Haltung, die zusammengepressten Hände. Sie wussten alles über Iskor, über seine Feigheit, den Rost in seinem Herzen und die Schwärze auf seiner Haut.

Iskors Statue *bewegte* sich. Das aufgemalte Eiserne Vordringen rankte sich aufwärts, die Dunkelheit stieg auf, wie hungrige Drähte auf der Suche nach –

Tabitha.

Steckte man einen Wintersonnenuntergang in ein paar kurze Sekunden und verwandelte, was schön sein sollte, in einen Angriff, dann hatte man das Gebet von Tabitha Croit. Als sich die Zwillinge gleichzeitig umdrehten, sahen sie, wie die Grabmale, das Gras und das Sommersonnenlicht von einer Lawine Schwarz verschluckt wurden.

Ambrels Hand fand Uriel eine halbe Sekunde bevor die Lawine zuschlug.

Es war, als hätte es den Tag nie gegeben. Uriel wusste, dass er sich nicht bewegt hatte. Sie standen noch immer auf derselben Kreuzung unter derselben Sonne, aber er konnte die Hand vor seinem Gesicht nicht mehr erkennen. Geräusche waren gedämpft, bruchstückhaft. Wenn er blinzelte, krachten leuchtende Schnörkel aus Nichts gegen seine Augenlider, aber sie waren wirkungslos.

Natürlich. Echte Dunkelheit konnte einem auserwählten Croit nichts anhaben. Ihre Erlöserin kam von dort, und Sie hatte sie zu Glanz poliert, damit sie sehen konnten. Hinter dieser Dunkelheit steckte jedoch ein Hirn, was auf Besiegbarkeit hindeutete.

Die Gunst des Feuers kam schnell. Das tat sie immer, aber Uriel war darauf trainiert, sie nicht als Zeichen der Zustimmung zu betrachten. Sie wollte benutzt werden, und es gab nur eine Gestalt, in die sie fließen konnte, eine Gestalt, die er jahrelang in seinem Kopf erschaffen hatte.

Uriel holte tief Luft, drückte Ambrels Hand und zog aus der Verehrung in seinem Herzen ein Feuerschwert.

Das missfiel der Dunkelheit – sie zog sich zurück, ein Kreis aus Gras und Sonne wurde sichtbar –, doch dann verdoppelte Tabitha ihren unsichtbaren Angriff. Uriels winziges Ruhegebiet wurde von Schwärze überflutet, und er war wieder blind; so blind, wie er gewesen war, als er zum ersten Mal den Schrein unter Eloquenz betreten hatte.

Damals hatte er Angst gehabt. Jetzt nicht mehr.

Uriel holte aus, das Schwert eine dröhnende Feuerlinie in der Luft. Es hinterließ ein schmerzendes Brandmal auf seinem Handrücken. Er schwang das Schwert im Kreis, und als er jemanden fluchen hörte, grinste er. Die Klinge schlug immer wieder zu, schnitt die Dunkelheit in Stücke, Streifen, Scherben.

Das Eiserne Vordringen kroch über seine Haut. Uriel würde dafür Buße leisten müssen, doch er wusste, dass es sich bei Tabitha ebenso schnell ausbreiten würde. Ihre kugelförmige Nacht war wesentlich schwieriger aufrechtzuerhalten als sein simples Schwert.

Denk an all die Sünde, Tantchen, und gib auf.

Tabitha löste sich auf.

Uriel warf sich durch die herabfallenden Vorhänge aus Nacht – und da saß sie, auf einen Dolmen gekauert, und blinzelte mit großen silbernen Augen in die unvermittelte Helligkeit.

Ambrel fing sich als Erste und stürzte sich auf Tabitha, aber sie hatte noch keine zwei Schritte gemacht, da wurde sie von Magnus' Gitter auf die Knie geworfen.

Sie knallte mit einem Aufschrei auf den Boden. Uriel erhob sein Schwert, aber ein hinterherschleifender goldener Wedel schlug ihm so hart ins Gesicht, dass er Sterne vor den Augen sah. Die Gunst entglitt ihm und ließ seinen Verstand versengt zurück. Als er wieder klar sehen konnte, hielten ihn ekelhafte gelbe Fesseln fest.

Tabitha Croit war größer als Großvater. Dass sie nicht seine Aura furchterregender Vornehmheit besaß, machte sie durch schiere Masse wett. Ihre Arme waren unfassbar muskulös, jede Bewegung von ihr ein furchteinflößendes, hörbares Anspannen von Sehnen. Ein Wasserfall grauer Haare fiel herunter und verbarg die Eisentropfen, die sich durch ihre Wange drängten.

Gegen sie war Magnus ein Zwerg, seine Nagetierfratze vor lauter Konzentration ganz zerknautscht. Die Goldschlingen um Uriels Finger verschmolzen. Er spürte die Hitze, es war das gleiche Gefühl, wie wenn man einen Topf heißes Wasser mit einem Handtuch hochhebt.

Was würde wohl passieren, wenn ich –

Nein. Selbst wenn er sein Schwert herbeirief, er könnte es ja nicht halten.

Auch um Ambrels untere Gesichthälfte legte sich eine Schlinge und blockierte das Flammenlied. Uriel wusste, dass es in ihrer Kehle aufstieg. Morgen würden sie beide Verbrennungen haben. Zorn pulste durch ihn, und er straffte sich, zog die Füße zum Sprung an –

Doch Ambrel schüttelte kaum wahrnehmbar den Kopf.

»Und ich habe immer Uriel für den Klügeren gehalten«, brummte Tabitha. Magnus gluckste neben ihr, allerdings einen Moment zu spät. Uriel bezweifelte, dass er Tabitha wirklich lustig fand. Magnus war immer ein Schleimer gewesen. »Vielleicht hörst du dieses Mal lieber auf sie, Junge.«

Die Lichtleine zerrte an Uriel und ließ ihn stolpern. Aber sein spöttisches Grinsen blieb. »Barstrel immer noch bewusstlos?«

»Ich glaube, dir entgeht, wer hier Grund zur Schadenfreude hat, Neffe«, sagte Tabitha, ihr Lächeln verschwand. »Du hast es nicht geschafft. Nicht mal ansatzweise. Obwohl *sie* geschummelt hat.« Ihre Augen brannten golden. »Es war vorgesehen, dass du ihn gemeinsam mit uns jagst.«

Ambrel zuckte die Achseln. Uriel konnte ihren Mund zwar nicht erkennen, aber bestimmt lächelte sie. Tabitha hasste es, wenn man sich ihren Befehlen widersetzte oder sie ignorierte, eigentlich hasste sie alles, was nicht duckmäuserischer Respekt war.

»Ich weiß gar nicht, warum es mich überrascht«, zischte Tabitha. »Natürlich haltet ihr zusammen. Wer sollte euch auch nach dem, was eure Eltern getan haben, trauen?«

Uriel verdrehte eine halbe Sekunde vor Ambrel die Augen. *Die Leier schon wieder.* Uriel würde nie begreifen, wie Tabitha darauf kam, sie könnten sich für die Taten von Fremden schämen. Gunstlose taten Dinge aus Gründen, die Gunstlose eben so hatten.

Es hat nichts mit uns zu tun.

»Vielleicht wäre es besser gewesen, wenn es euren Eltern gelungen wäre, euch vor eurem Großvater zu verstecken«, säuselte Tabitha. »Dann bräuchten wir uns nicht damit herumzuschlagen, dass ihr nur füreinander Loyalität empfindet, statt für die Familie und die Sache. Ihr hättet Draußen aufwachsen können. In den Vororten, mit adretten Pullovern und einem kleinen Hund, weit weg von uns. Weit weg von Ihr.«

Ambrels Hände hatten sich zu Fäusten geballt. Uriel biss die Zähne zusammen. Jedes Croit-Kind gehörte zur Familie.

Uriels und Ambrels Eltern – beziehungsweise die Fremden, die ihr Anrecht auf diesen Titel verwirkt hatten – hatten die Geburt der Zwillinge vor Großvater geheimzuhalten versucht, damit sie … tja, das wusste Uriel auch nicht. Er hatte keinen blassen Schimmer, warum sie es getan oder was sie sich davon erhofft hatten.

Er war es bloß leid, dafür büßen zu müssen.

»Wir sind würdig, Tante«, konterte Uriel. »Unser dreizehnter Geburtstag hat es bewiesen. Wir sind ebenso Auserwählte wie du.«

»Ich bitte dich«, erwiderte Tabitha. »Schaut euch doch mal an. Festgebunden und gefesselt. Keiner von euch beiden ist stark genug für die Ansprüche der Erlöserin. Ihr seid jeder nur eine halbe Person.« Sie feixte. »*Würdig*, dass ich nicht lache.«

Ambrel knurrte etwas durch ihre Fesseln. Uriel bekam große Augen.

Tabitha runzelte die Stirn. »Was hat sie gesagt?«

Dann werden wir es dir zeigen.

Uriels Schwert schnellte aus Ambrels Hand.

Es war schwer zu sagen, wer verblüffter aussah – Tabitha, die rückwärts taumelte, Magnus, der sich vor Schmerzen wand, als das goldene Schwert Uriels Leine zerschnitt, oder Ambrel selbst.

Ein Schwert zu halten war etwas Vertrautes für einen Croit, und nun meldete sich das Training. Ambrel sprang auf und beschrieb mit der Waffe eine flammende Acht.

Magnus suchte das Weite, Tabitha stieß nur noch »Das werde ich … Das werde ich melden!« aus, dann machte auch sie auf dem Absatz kehrt und rannte ihm hinterher.

Das flammende Schwert zerfiel mit einem Funkenseufzen. Uriel und Ambrel starrten auf die Stelle, wo es gewesen war.

»Oh …« Ambrel öffnete und schloss die Hand, die Innenfläche war leuchtend rosa.

Irgendwann gewöhnst du dich daran, lag Uriel auf der Zunge, aber die Worte wollten nicht herauskommen.

»Wie hast du das angestellt?«, fragte er schließlich. Das Gebet eines Croit war etwas Heiliges. Man dachte es sich aus oder wählte das eines Vorfahren, danach verbrachte man den Rest seines Lebens damit, zu üben, zu studieren, zu lernen, wie man Ihr Feuer in eine brauchbare Form kanalisierte.

»Ich war ja immer dabei«, sagte Ambrel abwesend. »Bei deinen Vorbereitungen – ich habe dir bei der Auswahl geholfen, erinnerst du dich? Du hast mir hundertmal erzählt, wie es sich anfühlt und wie du es dir vorstellst. Ich habe es einfach … in eine Form *gedacht.*«

Sie hatte recht. Uriel hatte sie bei ihren Atemübungen und ihren Meditationen beobachtet. Er kannte die Kanäle ihrer Gunst beinahe ebenso gut wie sie selbst.

»Großvater hat nicht … gesagt, dass wir das Gebet des anderen nicht ausprobieren dürfen«, erklärte Uriel mit diesem unermesslichen Entsetzen, das er immer verspürte, wenn ihm klarwurde, dass sich der alte Mann aufregen würde. »Das hat er nicht gesagt.«

Nein. Hatte er nicht. Er hatte überhaupt nichts zu diesem Thema geäußert, deshalb hatte es kein Croit für möglich gehalten.

Wusste Großvater es nicht? Hatte er sich geirrt?

»Schwester«, sagte Uriel. »Was hat das zu bedeuten?«

Ambrel starrte noch immer verdrießlich auf ihre Hände. »Es bedeutet, dass ich meine Haare vermutlich nicht färben werde.«

8

Sehr Edifice Greaves

Dublin war eine Stadt voller Geheimnisse.

Das gefiel Denizen an ihr. Als Kind hatte er Karten geliebt, denn plötzlich schienen Städte nachvollziehbar – ordentliche Gitternetze aus Gebäuden und Straßen, geometrisch und lösbar. Orte, an denen man wusste, wo man war.

Dublin hingegen war eine Lügnerin von Stadt. Es verbarg seine Größe – versteckte sie in kleinen Gassen, verschleierte seine wahren Proportionen hinter Trennwänden aus Stein und Laternenlicht. Dublin verleitete einen dazu, sich einzubilden, man habe eine neue Abkürzung gefunden, um einem dann, wie bei einem Himmel-und-Hölle-Faltspiel, eine komplette Stadt vorzuführen, die einen vom Ziel trennte.

Vielleicht war es ein wenig zu früh, um eine Lieblingsstadt zu haben, schließlich war Reisen – außer entsetzlicher Gefahr – die einzige Konstante im Leben eines Schattenjägers. London, New York, Sofia, Moskau – es bestand die realistische Möglichkeit, dass Denizen dort Blut hinterlassen würde.

Doch Dublin würde immer seine erste Liebe bleiben.

Da Palatin Edifice Greaves erwartet wurde, waren Denizen und die anderen schon im Grau der Morgendämmerung von der Seraphim Row durch die grellen Farben der Einkaufsstraßen und das versteckte Grün des Mountjoy Square gelaufen.

Irgendwann erreichten sie das schattenfleckige Ziegelrot der Upper Drumcondra Road. Die Bäume raschelten im ersten Lüftchen des Tages und warfen filigrane Schattenmuster auf das weiße Steingebäude, das sich sittsam zwischen das grimmige Grau zweier georgianischer Häuser schmiegte. Aus dem Efeu lugte ein kleines Schild heraus, das dezent darüber informierte, dass es sich bei dem Gebäude um das Goshawk Hotel handelte, das auf einen Besuch hoffte.

Eine Zeile in kleinerer Schrift forderte einen auf, sich zuerst die Füße abzutreten.

»Schicker Laden«, meinte Simon und starrte auf seine hastig geputzten Schuhe.

»Oh, unbedingt«, stimmte Darcie zu. »Faszinierender Ort. Es hat höflich jede europäische Hotelauszeichnung vermieden.«

»Warum?«, wollte Abigail wissen.

»Damit andere Hotelbesitzer gewinnen können«, erwiderte Darcie.

»Aha«, sagte Simon. »Also richtig schick.« Er klang leicht nervös. Sie hatten sich, so gut sie konnten, herausgeputzt, aber die Kleider, die Vivian zur Verfügung stellte, waren eher funktional als prächtig. Abgesehen davon war Simon so mager, dass sein unordentliches Aussehen mehr auf seine Gliedmaßen zurückzuführen war als auf seine Kleidung.

»Von diesem Hotel habe ich noch nie gehört«, sagte Abigail, die Weltenbummlerin unter ihnen.

»Tja«, sagte Vivian. »Die Direktion betrachtet Werbung als vulgär.«

»Klingt nicht, als ob du das Hotel mögen würdest.«

Vivian sah Denizen finster an. »Das stimmt nicht. Es ist bloß … sehr *Edifice Greaves.*«

Sie gingen die Treppe hinauf, wo ein Hoteldiener in anthrazitfarbenem Anzug ihnen mit behandschuhter Hand die Tür aufhielt.

Die verschwenderische Pracht dahinter rieb Denizen seine sämtlichen Schwächen auf molekularer Ebene unter die Nase. In jeder Ecke lauerten – wie gemütliche Jaguare – dezent beleuchtete schwarz-silberne Sofas. Blasse Kletterpflanzen, die den Raum mit einem kalten und süßen Duft erfüllten, waren dazu verführt worden, an den Wänden hochzuwachsen.

Er flüsterte beim Sprechen. Es war diese Art Raum.

»Wie meinst du das, *sehr Edifice Greaves*?«

Vivian trug ein elegantes schwarzes Kostüm, die Narben hoben sich rosa von der Blässe ihrer Wangen ab. Ihre Granitaugen und die finstere Miene ließen sie wie eine Bestatterin aussehen, vielleicht sogar wie eine, die ihr Geschäft eigenhändig ankurbeln würde. Ihren Hammer trug sie in einem Seesack auf dem Rücken, doch ihre Hand trommelte unwillkürlich gegen ihren Oberschenkel, wo er normalerweise hing. Ob ihr das überhaupt bewusst war?

Es war seltsam, sie mit anderen Menschen in der Öffentlichkeit zu sehen. Das Sonnenlicht schien sie ausgebleicht zu haben und machte sie sowohl flüchtiger als auch weitaus beständiger als die Welt draußen – zu etwas Abgesondertem und anderem.

»Wir hätten sie zumindest in der Seraphim Row einquartieren können.« Sie musterte mit dem geübten Auge einer Kriegerin die Eingangshalle. Denizen war lange genug bei ihr im Unterricht, um zu wissen, dass sie sich Ausgänge merkte, tote Winkel und Nadelöhre, wo sie den heranstürmenden Feind direkt auf sich lenken könnte. »Einem sehr viel besser zu verteidigenden Ort.«

Sie fuhr mit der Hand über ein Kissen und schnupperte. »Aber da so etwas noch nie vorgekommen ist, möchte der Palatin einen *Event* daraus machen.«

Abigail blickte sich mit einer leidlich gelungenen Nachahmung von Vivians verächtlicher Miene um. »Was für eine Verschwendung.«

Denizen und Simon wechselten ironische Blicke. Abigail war nicht zufällig in der Seraphim Row gelandet. Sie war auf eigene Bitte hingeschickt worden, weil ihr Respekt für Vivian an Heldenverehrung grenzte.

»Oh, er bezahlt das bestimmt aus eigener Tasche«, sagte Vivian. »Er möchte ja nicht vorgeworfen bekommen, die Mittel der Allianz zu vergeuden. Er wird es als nette Geste denjenigen gegenüber darstellen, die bald ihr Leben aufs Spiel setzen werden.«

Über Denizens Gesicht huschte ein amüsiertes Stirnrunzeln. Es war ziemlich neu, aber in letzter Zeit benutzte er es immer häufiger. Nein. Nummer sechsundzwanzig – ›Meine Mutter Hat Sie Wirklich Nicht Mehr Alle‹. Nur Vivian Hardwick brachte es fertig, die Worte ›als nette Geste denjenigen gegenüber darstellen, die bald ihr Leben aufs Spiel setzen werden‹ klingen zu lassen, als würde jemand mit einem rostigen Nagel in ihren Zähnen herumbohren.

Ein Kofferträger tauchte neben ihr auf, so nahe, dass die Malleus zusammenzuckte. Sein Konservenlächeln verschwand allerdings, als sie sich mit der Unerbittlichkeit einer Guillotine zu ihm drehte.

»Darf ich …« Er schluckte, seine Stimme klang sehr viel leiser als geplant. »Darf ich Ihnen Ihre Tasche abnehmen?«

»Nein«, erwiderte Vivian entschieden und legte nachdenklich den Kopf schief. »Möchten Sie trotzdem ein Trinkgeld?«

Das Lächeln des Mannes kehrte zurück, und zwar doppelt so breit.

Vivian beugte sich vor.

»Schleichen Sie sich nie wieder so an mich heran.«

Der Mann erblasste und verschwand. Denizen war nicht sicher – er verbrachte ja nie Zeit mit Vivian –, aber er hätte schwören können, dass sich für einen kurzen Moment ein Lächeln an ihren Mundwinkeln versteckt hatte.

Aber vielleicht hatte sie dem Kofferträger einen Gefallen erwiesen, überlegte Denizen, als er sich in der Eingangshalle des Goshawk umblickte. Die Gäste sahen auf den ersten Blick normal aus – lasen Zeitung, tranken Tee, schwatzten –, doch wenn man wusste, wonach man Ausschau halten musste …

Dort. Eine Frau mit zur Hälfte rasiertem Kopf und einem leuchtenden Tattoo eines sich windenden Drachen auf der Wange. Sie schien in ihre Zeitschrift vertieft, aber ihre Augen hatten Denizen und die anderen von dem Moment an verfolgt, in dem sie hereingekommen waren.

Dort. Ein peitschenschnurdünner Asiate, der mit einem dünnen Plastikrohr in der Hand eines der Gemälde an der Wand inspizierte. Das Rohr sah wie etwas aus, mit dem ein Kunststudent zusammengerollte Zeichnungen schützte … es hatte allerdings auch die perfekte Größe für das Schwert eines Duellanten.

Am einfachsten ließen sich die Schattenjäger am Tribut erkennen, er war jedoch bei weitem nicht der einzige Hinweis. Man musste nach Aufmerksamkeit Ausschau halten. Konzentrierter Ruhe. Der Anmut, die ein Leben zwischen Klauen und Feuer hervorbrachte.

In der Halle hielten sich zehn – nein, zwölf – Schattenjäger auf. Denizen folgte Vivian zu einem der Ecksofas – selbstverständlich gegen eine Wand gerückt –, wo schon jemand saß.

Jack stach mit dem über den Muskeln spannenden Hemd aus der verschwenderischen Pracht des Hotels heraus wie ein Bär auf dem Laufsteg. In seinem Schoß lag ein Taschenbuch, und Denizen musste den unwillkürlichen Drang unterdrücken, den Kopf schief zu legen, um den Titel zu erkennen.

»Hallo«, sagte Jack.

Vivian nickte. Man spürte eine unterschwellige Anspannung, die jedoch offenbar keiner der beiden zur Kenntnis nehmen wollte. Denizen überlegte, warum Greaves Jack als seinen Boten ausgewählt hatte. Wusste er nicht Bescheid? Oder … *Vielleicht hatte er ihn auch gerade deshalb geschickt.*

Als Denizen anfing, sich in Gedanken ein Bild von Edifice Greaves zu machen, hatte er immer mehr den Verdacht, dass er ihm nicht gefallen würde. Eines musste man Greaves allerdings lassen: Er wusste, wie man einen Auftritt hinlegt.

Als sich die Türen des Goshawk öffneten und ein heller Strahl Sommersonne schräg hereinfiel –, stolzierte der Palatin der Allianz durch die Türen wie ein Schlachtschiff, das durchs offene Meer pflügt. Er trug einen kurzgeschnittenen schwarzen Ziegenbart, einen halben Ton dunkler als seine Haut, und sein Lächeln war in der kunstvollen Düsternis des Goshawk ein leuchtender Streifen. Er war groß, aber nicht überaus groß, gutaussehend, aber nicht so, dass es ablenkte, die Ärmel seines teuren Hemdes waren hochgekrempelt, und normalerweise schien er eher mit den Händen zu arbeiten, als sich fein anzuziehen.

Und trotzdem hatte er etwas an sich, eine Aura von Selbstvertrauen und lässiger Überlegenheit, die selbst die normalen Gäste dazu brachte, ihn stumm anzustarren. Der an einem Gurt über den Rücken geschnallte Hammer war zwar in schwarze Seide eingeschlagen, aber Denizen erkannte ihn trotzdem. Irgendwie ärgerte es ihn.

Im Gefolge hatte Greaves fünf Schattenjäger – die persönlichen Bodyguards des Palatins. Gewalttätige Unwetter in geschniegelten Anzügen, jeder der Männer musterte die Eingangshalle mit ausdruckloser kalter Miene.

Greaves steuerte auf den weißen Marmortresen zu. Unaufgefordert erhob sich ein Schattenjäger nach dem anderen von seinem Platz. Das Mädchen mit dem rasierten Kopf warf ihre Zeitschrift beiseite. Jack hievte sich wie ein Bär auf die Füße. Aus jedem dunklen und verborgenen Winkel der Halle tauchten Männer und Frauen mit schwarzen Handschuhen und finsterer Miene auf und ordneten sich wie kalte und scharf umrissene Kometen in Greaves Umlaufbahn.

Denizen gesellte sich zu ihnen. Er konnte nicht anders.

Wir müssen uns anmelden, dachte er, *mehr nicht.*

Die Empfangsdame war eine junge Frau mit komplizierter Frisur. Doch als Greaves beide Hände auf den Tresen stützte und sie drohend anstarrte, verschwand ihr Lächeln.

»Hallo.« Seine Stimme war warm und tief wie ein U-Bahn-Tunnel. »Wir sind die Bibliothekare.«

Ihre Augen wurden sehr groß.

»Oh«, erwiderte sie, bevor sie – auf eine magische Art, die nichts mit Tenebris, aber alles mit Goshawk zu tun hatte – von einem Manager ersetzt wurde, der sich den wolfsähnlichen Zirkus vor seiner Nase anschaute, als wäre es das Alltäglichste der Welt.

»Guten Morgen, Sir«, begrüßte er ihn mit einem salbungsvollen Lächeln. »Kann ich –«

»Gilde der Esoterischen Bibliothekare«, antwortete Greaves bedächtig und zog jedes Wort in die Länge. »Wir haben Zimmer reserviert. Sehr viele Zimmer. Das Blatt unter Ihrer rechten Hand, dreiunddreißigste Zeile.«

Man hatte nicht gemerkt, dass er nach unten geblickt hatte, aber nach drei langen Sekunden hatte der Manager die Buchung gefunden.

»Ah! Mr. Greaves. Ihre Zimmer sind bereits fertig. Ich muss bloß –«

»Tun Sie das«, erwiderte Greaves, der sich bereits abwandte. Sein Lächeln hatte etwas sehr Vertrautes. »Hallo, Vivian.«

»Protzig«, lautete Vivians kühler Kommentar. »Palatin.«

»Das ist das Goshawk«, antwortete Greaves schlicht. »Hier werden keine Klatschgeschichten verbreitet. Und selbst wenn, was sollten sie erzählen? Wir sind Bibliothekare.«

Vivian rümpfte die Nase, aber Greaves war schon weiter gegangen und umfasste mit beiden Händen Abigails Hand. »Du bist sicher Abigail Falx.«

Ein Auge auf Vivian gerichtet, ließ sich Abigail widerwillig die Hand schütteln.

»Ich hatte vor Jahren das Vergnügen, im Iran mit deiner Mutter zu trainieren«, sagte er. »Ich glaube, die blauen Flecken habe ich heute noch.«

Um Abigails Mund zuckte ein Lächeln, doch sie unterdrückte es eilig. »Oh. Cool.«

Als Nächstes schüttelte er Darcie die Hand und senkte den Kopf, um etwas wie eine Verbeugung anzudeuten. »Madame *Lux.*« Er wandte sich zu Simon. »Dir ist bekannt, dass unser Zentralarchiv Anfragen von Darcie bekam, da war sie, wie alt, acht?«

Darcie senkte den Blick. »Na ja, ich –«

»Wenn wir schon vom Lesen sprechen. Ich habe mein Exemplar der *Incunabulae Ferrum* mitgebracht.« Darcies Kopf schnellte augenblicklich wieder hoch, aber Greaves redete weiter mit Simon.

»Mr. Hayes. Unser unerwarteter Fund.«

Nicht jedem war wie Denizen in letzter Zeit eine Fülle von familiären Enthüllungen zuteilgeworden. In Simons Adern floss zwar das Feuer der Schattenjäger, aber im Gegensatz zu Abigail, die ihre Familiengeschichte bis zu den Kreuzzügen zurückverfolgen konnte, und Denizen, dessen Beweis für seinen Stammbaum unübersehbar war – und zwar im wahrsten Sinne des Wortes – wusste man über Simons Familie nach wie vor nichts. Manchmal hörten die Enthüllungen genau in dem Moment auf, in dem man sie brauchte.

»Manchmal«, sagte Greaves, »geht trotz all unserer Anstrengungen eine Blutlinie verloren. Doch in den *Incunabulae* ist seit Jahrhunderten jeder Schattenjäger vermerkt, vielleicht finden wir deine Familie auf diese Weise.«

Simons Stimme klang ein wenig heiser. »Oh. Okay.«

Greaves lächelte ihn noch kurz an, dann drehte er sich zu Denizen. Seine dunklen Augen glänzten. »Und du musst Denizen Hardwick sein.«

Muss ich wohl, dachte Denizen. *Denn ich möchte niemand anderes sein.*

»Ja«, erwiderte er und ließ zu, dass seine kleine Hand in der von Greaves verschwand. »Es ist –«

»Arbeit, fürchte ich«, beendete Greaves den Satz für ihn. »Wollen wir loslegen?«

9

Das geheime Leben der Bibliothekare

»Es war ein sehr hübscher Brief«, begann Greaves, »aber für die Versprechen von Ungeheuern opfere ich keine Haut.«

Im Konferenzsaal erhob sich zustimmendes Gemurmel – allerdings war *Konferenzsaal* ein furchtbar langweiliges Wort für eine so prunkvolle Räumlichkeit. Die Möbel und Wandverkleidungen ließen eher an einen Ort denken, an dem Sultane Konferenzen abhielten, vorausgesetzt allerdings, Sultane taten so etwas. Denizen zog das in Zweifel, aber bis zu diesem Morgen hatte er ja auch nicht gedacht, dass Schattenjäger Konferenzen abhalten würden, warum also –

»Guten Morgen.«

Greaves stützte sich mit beiden Händen auf das Rednerpult und ließ den Blick über die vor ihm sitzenden Schattenjäger schweifen. Denizen hatte sich alle Mühe gegeben, nicht zu starren, aber er hatte noch nie eine Gruppe so unterschiedlicher Menschen an einem Ort versammelt gesehen.

Um Krieg gegen die Tenebrae zu führen, bedurfte es nur des Feuers und des Willens, es einzusetzen. Und da es auf der ganzen Welt Risse gab, hatten sich überall Schattenjäger erhoben, um sie zu bekämpfen. Jede Sekte, jeder Hexenzirkel und jeder Kult hatte Abgesandte geschickt, und alle waren sie hergekommen. Zu diesem Anlass.

Denizen schluckte. *So wichtig ist es.*

»Es ist viel zu lange her, dass sich alle vom Eisen Gezeichneten unter demselben Dach versammelt haben«, begrüßte sie der Palatin wohlwollend. »Die Allianz der Schattenjäger, Der Chor der Kerzen, Der Brennende Spiegel, die Firma Halbschatten –«

»Cool«, bemerkte eine Stimme. »Hallo. Was wissen wir?«

Greaves Lächeln war nur eine Andeutung. »Der Palatin erwidert den Gruß des Beauftragten Strap von der Firma Halbschatten. Schön, dass Sie da sind, Beauftragter. War ja schon lange nicht mehr der Fall.«

»Nun ja«, erwiderte Strap und rieb sich die Nase. »Das Essen ist mies.«

Stöckerbeine in einem zu großen Hemd – der Amerikaner war vermutlich nur ein paar Jahre älter als Darcie, aber die Erschöpfung ließ ihn zehn Jahre älter aussehen. Auf seiner Wange prangte eine glänzende Schramme.

»Also«, wiederholte er, »was wissen wir?«

Es war ziemlich faszinierend, so viele unterschiedliche Schattenjäger an einem Ort zu sehen, allerdings weckte es bei Denizen auch unangenehme Erinnerungen an die Nahrungskette. In seinem Schulbuch war eine trügerisch-fröhliche Darstellung davon abgebildet gewesen. Das Diagramm erklärte, dass fünfzig Antilopen nötig waren, um einen Löwen satt zu machen. Raubtiere benötigten Platz. Und Freiheit. Es entsprach nicht ihrer Natur, zusammen in einem Raum zu sitzen.

Das Versprechen von Gewalt lag in der Luft.

»Um drei Uhr werden wir vom Ewigen Hof und Venia empfangen«, erklärte Greaves. »Es wird ein Konsilium der Welten. Das Treffen wird in Abgeschiedenheit stattfinden« – an dieser Stelle setzte Gemurmel ein –, »mir liegen verbriefte

Garantien von Venia vor, die … Vertrauen gewährleisten sollten.«

Auch er machte nicht den Eindruck, als würde er das glauben.

»Wir werden es kurz halten. Rein, raus. Sie möchten dem Jungen, der die Welt vor dem Krieg gerettet hat, die Ehre erweisen.«

Denizen gab sich alle Mühe, nicht nachzusehen, ob er angestarrt wurde.

»In welcher Form?«

Diese Frage kam von einem großen Mann, der an der hinteren Saalwand lehnte. Das Eisen hatte sich wie dunkles Efeu auf seinem Gesicht ausgebreitet und seine Haut rissig und faltig gemacht.

Er war stärker vom Tribut gezeichnet als jeder andere Schattenjäger, den Denizen kannte – sogar stärker als Vivian und Jack.

Mit einem Mal fragte sich Denizen, was man tat, wenn man den Tribut nicht mehr verbergen konnte. Seine Handflächen in den Handschuhen juckten.

»Der Palatin erwidert den Gruß des Sängers Xi Che vom Chor.« Greaves neigte den Kopf. »Und … Das hat man uns nicht mitgeteilt.«

»Warum nicht?«

Vivians Stimme legte sich wie ein Würgeeisen um die Anspannung im Raum. Alle Köpfe drehten sich. Denizen, der neben ihr saß, versuchte augenblicklich, sich kleiner zu machen.

Greaves Lächeln war hart. Er hatte diese Unterbrechung offensichtlich erwartet.

»Vivian?«

»Warum wissen wir nicht, wie diese Ehrbezeugung aussehen soll? Ist es nicht gut denkbar, dass *Ehrung* das tenebrische Wort für Blutbad ist?«

Im Konferenzraum war kein Laut zu hören. Die Schattenjäger hingen an Vivians Lippen. Sie schien es nicht zu bemerken. Ihre Worte richteten sich nur an Greaves.

»Kurz gesagt, Palatin, woher wissen wir, dass es keine Falle ist?«

»Wir wissen es nicht«, antwortete Greaves knapp. »Aber was soll ich deiner Meinung nach tun?«

Die Frage hing ebenso in der Luft wie das geschäftige Schweigen von zwanzig äußerst furchteinflößenden Personen, die sich über dieses Nichtwissen Gedanken machten. Es war der Knackpunkt. Wäre das Konsilium von einem Mitglied des Ewigen Hofes einberufen worden, hätte man es als Trick abtun können. Über den Hof war zwar wenig bekannt, aber er folgte einem gewissen blutgetränkten Motto.

Venia war jedoch etwas völlig anderes.

Bis zu ihrer Entführung, die die Welten beinahe in einen Krieg gestürzt hatte, hatte niemand gewusst, dass der Unendliche König überhaupt eine Tochter hatte, und nun wollte sie, mit der Unberechenbarkeit, die ihre Art ausmachte, einem menschlichen Wesen danken, weil es ihr das Leben gerettet hatte.

»Es gibt sehr vieles, was wir nicht über Venia wissen. Was sie möchte, wozu sie fähig ist«, sagte Greaves und sah Vivian unbeeindruckt an. »Aber wir wissen, wozu *wir* fähig sind. Hier ist eine Feuermacht versammelt, wie man sie seit Jahrhunderten nicht gesehen hat. Sollte der Hof auch nur eine Sekunde die Zähne zeigen … fackeln wir ihn ab.«

Er strahlte.

»Wenn Sie nun also zu Seite vier des Einsatzplans blättern …«

Denizen blickte auf seine leeren Hände. Man hatte ihm keinen Einsatzplan ausgehändigt. Er wusste nicht einmal, dass es so etwas gab. Überall im Raum raschelte Papier. Denizen rutschte noch tiefer auf seinem Stuhl, und obwohl er nichts hatte, worauf er hätte schauen können, versuchte er, aufmerksam auszusehen.

Dieser aufmerksame Blick wurde während der Aufstellung der Kämpfer (Seiten 8–11) konsequent durchgehalten. Bei den Wachdienstplänen (Seiten 11–16) ließ er allmählich nach. Und als Greaves anfing, die Tür-für-Tür-Durchsuchung zu besprechen, waren Denizens Gedanken bei Erinnerungen.

Ihr Lächeln war von Sternenlicht erleuchtet worden. Auf den Büchern, die sie gelesen hatte, waren brennende Fingerabdrücke zurückgeblieben.

»Das gefällt mir nicht.«

Vivian warf Denizen den Einsatzplan beim Verlassen des Konferenzraums in den Schoß. Vielleicht hatte sie ihn bereits auswendig gelernt. Vielleicht gab sie sich mit so etwas auch einfach nicht ab. Am Ende seines Schnelldurchlaufs hatte Greaves jedoch Denizen einbestellt, und so liefen die beiden Hardwicks nun in großen Schritten den Gang zu seinem Büro hinunter.

»Worüber machst du dir Sorgen?«, erkundigte sich Denizen. Sein Hinterkopf juckte an der Stelle, an der sich zwei Canti bedrängt fühlten. Die letzten Minuten des Treffens hatte er damit zugebracht, den Impuls zu unterdrücken, sie einfach auszusprechen und die Sache hinter sich zu bringen.

Schlechte Idee.

Obwohl das Goshawk ja vielleicht eine Brandversicherung hatte.

Hör auf damit.

»Vielleicht will er mich bloß über Venia ausfragen, mehr nicht.« Ein kleiner fieser Teil von Denizen genoss es, dass Vivians Augen bei dieser Bemerkung schmaler wurden. Die Vorstellung, er könne offen mit jemandem sprechen, den sie *sichtlich* verabscheute, schien sie zu ärgern. »Und vielleicht sollte ich es ihm erzählen. Er ist schließlich der Palatin –«

Plötzlich war Denizens Rücken an der Wand und aus einem vernarbten zornigen Gesicht starrten ihn zwei graue Augen an. Wie immer erschreckte es Denizen (und andererseits auch wieder nicht), wie schnell Vivian war. Wie oft waren diese zusammengekniffenen Augen das Letzte gewesen, was ein Tenebra sah?

Sie hatte ihn nicht *angerührt.* Zwischen ihnen lag ein Abstand von etlichen Zentimetern. Sie hatte ihn lediglich ... *vivianisiert.* Und nun versuchten Denizens Schulterblätter, sich durch die Tapete zu bohren.

»Ihm davon erzählen«, flüsterte sie. »*Ihm davon erzählen?* Du hast keinerlei Vorstellung, wie ernst es ist, oder?«

Denizen brachte ein verängstigtes kleines Stirnrunzeln zustande (bislang ohne Nummer), aber dennoch ein Stirnrunzeln.

»Was willst du –«

Vivians Worte überrollten seine wie ein Bulldozer. »Du hast dieses *Ding* getroffen, diese Kreatur, und von einer Minute auf die andere hast du, ein dreizehnjähriger Neuling, achtundsiebzig Canti im Kopf. Einwandfrei und perfekt ausgebildet. Du sprichst sie besser als ich, ist dir das klar? Doch ich habe mir die vierundzwanzig, die ich benutze, *verdient*, ich spüre den Schmerz, den mir jeder von ihnen zugefügt hat; du *nicht*, weil ein leuchtendes kleines Monster sie dir mit der Aufforderung *Befreie mich* überlassen hat. Ich kenne die Gründe nicht, die das Ding dazu bewogen haben. Und du kennst sie auch nicht. *Und Greaves hat keinen blassen Schimmer davon, dass es dir die Canti beigebracht hat.*«

Denizen bekam große Augen. »Was –«

»Er würde lächeln«, zischte Vivian. »Er würde grinsen, und er würde Witze reißen, und dann *würde er dich wegbringen* –«

»Vivian?«

Sie erstarrte. Genau wie Denizen. Ihre Köpfe drehten sich gleichzeitig zu Greaves, der an die Wand gelehnt seine Knöchel am Anzug polierte.

Er lächelte.

»Ihr werdet doch in diesem Land hoffentlich keine Kinder mehr schlagen, oder?«

»Nein«, sagte Vivian und richtete sich augenblicklich kerzengerade auf. »Nur eine Diskussion zwischen Mutter und Sohn. Du weißt schon.«

»Nicht mal ansatzweise«, erwiderte Greaves. »Meine Mama und ich kommen prima miteinander aus.« Er zeigte auf eine Tür am Ende des Gangs. »Wenn du nichts dagegen hast?«

Es war kein Befehl. Denizen hegte den Verdacht, dass Greaves selten Befehle erteilte. Vivian nickte nur kurz und stolzierte den Gang hinunter.

Das Büro war in denselben Farben gehalten wie die Eingangshalle im Erdgeschoss, an den Wänden hingen Gemälde wellenförmiger Gebilde. Greaves nahm hinter dem Schreibtisch aus glattem schwarzen Holz Platz.

Sie starrten sich schweigend an. Schließlich sprach der Palatin.

»Du fragst dich wahrscheinlich, warum ich dich herbestellt habe.«

Doch das beschäftigte Denizen nicht. Denizen – der gerade unbequem auf dem vermutlich bequemsten Stuhl seines Lebens saß – war noch ganz schwindlig von Vivians Worten.

Und dann würde er dich wegbringen.

Aus der Nähe war die Autorität, die der Palatin ausstrahlte, sogar noch beeindruckender. Das Büro war bloß angemietet. Hinter diesem Schreibtisch hatten schon Hunderte von Menschen gesessen. Aber das war nun völlig bedeutungslos: In diesem Moment war es *sein* Büro, so eindeutig, als hätte er jeden Tropfen Farbe gekauft.

Denizen achtete darauf, höflich zu klingen. »Ich nehme an, es geht um Venia.«

Er versuchte, sich bei seinem Eindruck von Greaves nicht von Vivians offensichtlicher Geringschätzung beeinflussen zu lassen. Aber das war schwierig – ihr Charakter hatte etwas von einem Tsunami, er trieb andere vor sich her. Greaves schien diese Eigenschaft auch zu besitzen, allerdings in einer wesentlich charmanteren Darreichungsform.

Denizen konnte charmante Menschen nicht leiden. Als jemand, der wenig bis keinen Charme besaß, machte es ihn sofort misstrauisch. Der skeptische Teil in ihm erkannte den Haken und das Ziel dieser lässigen Vertraulichkeit. Es hatte genau eine halbe Sekunde gedauert, bis Greaves – ebenso elegant wie D'Aubigny beim Schwertkampf – den kürzesten Weg in die Herzen seiner Freunde gefunden hatte.

Darcies Liebe zu Büchern, Abigails Stolz auf ihre Familie und Simons Mangel an selbiger. Eins. Zwei. Drei.

Vor allem der letzte Punkt ärgerte ihn. Die Vergangenheit von jemandem durfte nicht gegen ihn ausgespielt werden. Denizen wartete nun argwöhnisch darauf, wie Greaves die Sache einfädeln würde.

»Natürlich geht es um Venia«, erwiderte Greaves. Er hatte einen interessanten Akzent. Ständig verschwanden Konsonanten, um Denizen kurz darauf an merkwürdigen Stellen aus dem Hinterhalt anzufallen. »Aber dazu kommen wir später. Zuerst möchte ich …«

Seine Finger trommelten rhythmisch auf die Schreibtischplatte.

»Es tut mir leid mit Grey.«

Denizen wurde kalt. In seinem Hinterkopf gab es eine Ecke, die so abgelegen und still war, dass selbst das tenebrische Feuer erlosch, bevor es sie erreichen konnte. Mit den Stahlboxen an den Wänden stellte er sie sich manchmal als ein Verlies vor – in denen Gefühle verhungerten und vergessen wurden. Als die Welt gerettet werden musste, hatte er seine Gedanken über Vivian dorthin verbannt. Es gab auch Stahlboxen mit der Aufschrift ›crosscaper‹ und ›corinne‹.

Und eine mit ›grey‹.

Kriege töteten Menschen. Das war der Punkt. Bei dem kleinen und hinterhältigen Krieg des Uhrwerktrios gegen den Kader der Seraphim Row hatte es Opfer gegeben, es waren Menschen gewesen, die für Denizen gerade wichtig zu werden begannen, aber dann hatte er sie auch schon wieder verloren.

In Anbetracht dessen, dass D'Aubigny tot war, schien es furchtbar egoistisch, dass Denizen mehr Trauer wegen Grey empfand, aber er war sein Mentor gewesen, sein erster Freund in diesem neuen furchterregenden Leben. Das Trio war in Greys Kopf eingedrungen und hatte ihn dazu gezwungen, grässliche Dinge zu tun, und als sie ihn nicht mehr gebrauchen konnten, hatten sie ihn weggeworfen – ein hohles, beschädigtes Wrack.

»Wir waren Freunde«, fuhr Greaves fort, seine Stimme klang noch immer ernst. »Sind es eigentlich immer noch. Er erholt sich allmählich. Wir lassen unsere Leute nicht im Stich. Ich werde … Ich werde ihn nicht im Stich lassen. Vielleicht willst du ja …«

Er rückte das silberne Schwert zurecht, das er als Anstecknadel an seiner schwarzen Krawatte trug. Grey hatte genau dieselbe getragen.

Denizen konnte sich nicht beherrschen. »Will ich was?«

»Ihn besuchen. Er fragt nach dir.«

Einen Moment lang hatte Denizen Angst zu sprechen.

»Das würde ich gern tun«, sagte er leise.

Edifice Greaves nickte. »Natürlich nicht jetzt. Wir haben gerade ein bisschen viel um die Ohren.« Seine Finger trommelten nicht mehr auf die Tischplatte. »Ich weiß, dass mich deine Mutter nicht leiden kann.«

Denizen öffnete den Mund und wollte etwas erwidern, doch Greaves schüttelte den Kopf.

»Nein. Ist schon gut. Wir sind sehr verschieden.«

Greaves' Hammer lehnte noch immer in seiner schwarzen Seidenumhüllung neben der Tür an der Wand. Denizen versuchte, nicht hinzuschauen. Der Palatin hatte etwas Gefährliches an sich – er hatte ausreichend Narben, und Charme allein ließ einen in der Allianz nicht aufsteigen –, Vivian hätte ihren Hammer trotzdem niemals außer Reichweite stehen lassen.

»Ich weiß.«

Falls Greaves neben der gebotenen Höflichkeit etwas in Denizens Ton heraushörte, zeigte er es nicht. »Bei allem Respekt für sie – und den habe ich, das kannst du mir glauben –,

Vivian Hardwick steht eher für die Holzhammermethode.« Er zuckte die Achseln. »Das ist nicht als Beleidigung gemeint. Die Allianz braucht Kriegerinnen wie sie: unermüdlich, unaufhaltbar und unerschütterlich in ihrer Hingabe an die Sache.«

Durch Denizens Magen wand sich eine langsame Hitze, angefacht von seiner immer größeren Wut und dem freundlichen Benehmen des Palatins.

Er war nicht etwa anderer Meinung als Greaves – ganz und gar nicht. Vivian glaubte sich immer im Recht. Und sie zeigte ungefähr so viel Mitgefühl wie ein Streitkolben. Ihre Warnung vorhin war wieder typisch gewesen: aggressiv, reserviert; sie klärte ihn nur dann über irgendetwas auf, wenn es unbedingt notwendig war …

Sie gab nicht nach. Sie machte keine Kompromisse. Sie hatte kein Vertrauen. Sie erteilte Befehle und erwartete, dass man sie ausführte, Gefühle waren nicht erlaubt. Greaves hatte es gerade elegant auf den Punkt gebracht, warum Denizen sich seiner Mutter gegenüber nicht öffnen konnte.

Aber warum züngelte dann Feuer in seinem Hinterkopf?

»Ich dagegen betrachte alles langfristig.« Greaves rieb mit dem Daumen über seinen Bart, eine Geste, die, hätte sie nicht so einstudiert ausgesehen, nachdenklich und unbewusst gewirkt hätte. »Und die Allianz braucht auch Leute wie mich. Menschen, die weiter schauen als bis zum nächsten Kampf. Soldaten, keine Krieger.«

Wenn Sie nun also zu Seite vier Ihres Einsatzplans blättern. Denizens Mundwinkel zuckten. Das heiße brodelnde Licht in seiner Wirbelsäule ließ sich nur mit Mühe verleugnen. Selbst als er nur einen Cantus gekannt hatte, war es schwierig gewesen, die Macht zurückzudrängen. Mittlerweile waren es achtundsiebzig, und sie stießen wie Falken in seinem Kopf herab. Es war eine Herausforderung, nicht wenigstens einen zu hauchen, diesen grundlosen Zorn zu nehmen und *loszubrüllen* –

»Ich wollte dich nicht kränken, Denizen. Ich wollte nur, dass du weißt, dass …«

Denizen zuckte leicht auf seinem Stuhl zusammen. Hatte er sich verraten? Hatte Greaves gesehen, dass das Feuer unter seiner Haut zunahm?

»Dass ich was weiß?«, fragte Denizen zu schnell.

Eis. Wasserfälle. Selbstbeherrschung. Kalte, kalte Gedanken.

Die Macht wurde langsam schwächer und hinterließ ein versengtes Gefühl von Zweifel und Niedergeschlagenheit.

»Dass Vivians Weg nicht der einzige ist«, fuhr Greaves fort. »Es gibt viele Möglichkeiten, der Allianz zu dienen. Grey wusste das. Und du weißt es sicher auch.«

Denizen kannte diesen Ton. Fröhlich, aber kalt, wie dünnes Eis, das von etwas darunter Hindurchfließendem Risse hatte.

»Und nun erzähl mir von Venia.«

Und dann würde er dich wegbringen.

Denizen konnte nicht sagen, warum er es tat. Obwohl er Vivian nicht traute (andererseits – und das war das Schreckliche – wieder doch, in diesem Fall, wo es um Krieg ging), erzählte er Greaves dennoch nur die allernotwendigsten Fakten: Grey hatte im Bann des Trios gestanden, aber Denizen flüchten lassen und einen hohen Preis dafür bezahlt; Denizen war schnell nach Crosscaper zurückgegangen und hatte Venia gefunden, die ihm erklärt hatte, dass Vivians Hammer ihr Gefängnis zerschlagen konnte; genau das hatte Vivian dann getan und Grey gerettet.

Das Ende.

»Verstehe«, brummte Greaves. »Und Vivian hat das alles getan. Ganz allein.«

»Das meiste«, sagte Denizen.

Greaves zog eine Augenbraue hoch.

»Trotz der Schusswunde?«

Das Praktische an einem Inferno in der Brust war, dass sich Angstschweiß einfach erklären ließ. »*Hmm*, sie ist hart im Nehmen.«

»Das ist sie«, stimmte Greaves nach einem forschenden Blick auf Denizens Gesicht zu. »Nun gut. Ich freue mich, dass wir beide dieses Gespräch geführt haben. Das erste von vielen. Da bin ich sicher.«

»Ähm. Gern.«

Greaves beugte sich vor.

»Ihr seid die Zukunft der Allianz, Denizen. Du, Darcie, Abigail, Simon – ihr solltet mittendrin sein. Nicht hier draußen, in einer Grenzstadt, wo man nicht über den Kopf eines Hammers hinausblicken kann.«

Sie starrten sich eine ganze Weile an.

»Okay«, sagte Denizen. Er hatte keine Ahnung, was er sonst sagen sollte. »Sind wir dann fertig?«

Greaves nickte, sein Lächeln verschwand bereits zu seinem nächsten Termin.

»Für's Erste ja.«

10

KAPITAL

»So nennt man so jemanden«, sagte Simon und schob die nackten Zehen unter den Teppich. »Einen Taktierer. Auch bekannt unter der Bezeichnung *political animal.* Was übersetzt politisches Tier bedeutet, der Begriff stammt ursprünglich von Aristoteles.«

Im Goshawk waren selbst die Zimmer der halbtrainierten Neulinge und störenden Weltretter beeindruckend. Obwohl Vivian nicht die Absicht zu haben schien, Greaves Gastfreundschaft in Anspruch zu nehmen, hatte ihn das nicht davon abgehalten, ein Zimmer für sie zu reservieren, und da die Neulinge keinen besseren Platz hatten, um auf sie zu warten, waren sie dort abgeladen worden.

Abgeladen war das falsche Wort. Die Betten waren endlose Wiesen aus schwarz-weißer Seide und wie Schneefelder irgendwie warm, wenn man sie berührte. Der dezente Blumenduft, der in der Luft lag, erweckte den Eindruck, als würden sich hinter den Wänden ganze Wälder verbergen. *Abladen* ging hier nicht, man wäre sofort wieder hochgefedert.

»Was für ein albernes Zimmer«, sagte Denizen und setzte sich auf eine Bettecke. »Ich komme mir vor wie in einem Gemälde.«

»Wir sind viel zu schmuddelig für diese Art Gemälde«,

meinte Simon und warf eine Socke auf den Boden, wo sie wie ein trübseliger kleiner Tintenfleck liegen blieb. »Wir sind eher der Kaffeerand von der Tasse des Künstlers.«

»Du vielleicht«, sagte Abigail. Sie hatte darauf bestanden, die Dusche auszutesten, und ertrank nun fast in einem der viel zu großen, viel zu flauschigen Hotelbademäntel. Man musste an eine Prinzessin denken, die zur Hälfte im Schlund eines Eisbären steckte. »Ich könnte mich an das hier gewöhnen.«

Um ihren Worten Nachdruck zu verleihen, warf sie Denizen, Darcie und Simon die schweren schwarzen Speisekarten zu. Denizens Magen knurrte ein Danke. Bei all dem Gerede über Holzhammermethoden, Heldentum und sicheren Tod hatte bisher noch keiner den Anstand besessen, ihm mal ein Sandwich anzubieten.

»Politisches Tier«, brummte Abigail, in die Vorspeisen vertieft. »Was soll ich mir darunter vorstellen? Ein Walross mit Krawatte?«

»Danke für das Bild«, sagte Simon. »Nein. Greaves ist ein – warte. Warum ein Walross?«

»Keine Ahnung.«

»Sind Walrosse politischer als andere Tiere?«

»Na ja, Bienen haben eine Monarchie.«

»Wohl wahr. Ein Parlament von Walrossen. Nein, klingt nicht gut.«

Für zwei Menschen, die sich in einer Nacht voller Blut und Niedertracht kennengelernt hatten, besaßen Simon Hayes und Abigail Falx das Talent, jede ernsthafte Unterhaltung ad absurdum zu führen und sie fröhlich den Bach hinuntergehen zu lassen. Es war eine Gabe, für die Denizen sie liebte.

Denn Denizen Hardwick wälzte jeden Tag ungefähr siebenunddreißigtausend Gedanken, ob das, was er tat, richtig war oder falsch, ob es jemandem Schaden zufügen würde, ob es jemandem Schaden zufügen sollte, ob er krumm dastand – sich ständig Gedanken zu machen war keine coole und interessante Superkraft, auch wenn einem Romane das vorgaukelten. Sondern einfach immer ein bisschen schrecklich. Mit Simon, Darcie und Abigail brauchte er nicht nachzudenken. Sie mochten ihn, er mochte sie.

Alles passierte … automatisch.

»Du meinst Eulen«, sagte Denizen. »Ein Parlament von Eulen. Ich habe keine Ahnung, als was man einen Haufen Walrosse bezeichnet. Vermutlich Chaos.«

»Und wenn sie Kleider tragen würden, hätten sie Monokel«, fügte Darcie abschließend hinzu.

»Genau«, sagte Denizen. »Aber hey, ihr habt Vivian nicht gesehen. Sie war so was von *sauer.* Sie sagte, wenn Greaves wüsste, dass Venia mir die Canti beigebracht hat, würde er mich wegbringen.«

»Daran habe ich auch schon gedacht«, sagte Darcie ruhig.

Denizen sah sie fragend an. »Wie meinst du das?«

»Ich wollte es nicht früher sagen. Ich will es auch jetzt nicht wirklich sagen. Wir haben schon genug Sorgen.« Sie zupfte am Saum ihres Ärmels herum. »Habt ihr euch nicht gefragt, warum der Dublin-Kader keine Verstärkung bekommen hat?«

Keiner sagte etwas.

»Garnisonen sollten nicht unterbesetzt sein«, fuhr Darcie fort. »Es ist gefährlich. Aber seit D'Aubigny … und Grey … haben wir keinen Ersatz bekommen.«

In Denizens Hinterkopf bewegte sich eine Stahlbox, der Deckel bebte. Er holte ruhig Luft und klemmte ihn fest.

»Vivian ist die Hälfte der Zeit unterwegs«, sagte Darcie. »Das ist euch ja sicher schon aufgefallen.«

Denizen hatte es tatsächlich bemerkt, doch mit einem Anflug von Scham wurde ihm klar, dass er es darauf zurückgeführt hatte, sie wolle ihm aus dem Weg gehen.

»Vielleicht hat die Allianz nicht genug Mitglieder. Wie soll sie auch bei unserer Arbeit. Wenn ich allerdings gemein wäre, würde ich mich fragen, ob Edifice Greaves einen Grund haben könnte, uns unter Druck zu setzen.«

»Weil Vivian ihm nicht berichtet hat, was in Crosscaper vorgefallen ist?«, fragte Simon ungläubig. »Er würde doch bestimmt nicht –«

»Ich weiß nicht«, sagte Denizen. »Jedes Wort von ihm hatte Kalkül. Als wolle er etwas austesten oder so. Oder rauskriegen, ob ich wie Vivian bin.« Er hielt inne. »Ich glaube, es gefällt ihm, Leute zu provozieren. Und sie dazu zu kriegen, dass sie tun, was er will. Als würde er alles, was wir durchgemacht haben, als *Kapital* betrachten.«

Darcie schüttelte den Kopf. Denizen hatte sie nur selten aufgebracht erlebt, aber nun lag Wut in ihrer Stimme, tief und dunkel und kalt. »Genau darum geht es hier.«

Denizen runzelte die Stirn. »Wie meinst du das?«

»Alle sind hier, weil du Venia gerettet hast. Und Greaves möchte sich beliebt machen, sonst hätten sie alle auf Feldbetten in der Seraphim Row geschlafen. Deshalb bist du sein neuer bester Freund. Zumindest hätte er das gern. Es macht sich gut. Und unterstreicht seine Glaubwürdigkeit. Du bist sein Kapital zum Taktieren.

Und da alles von deiner Beziehung zu Venia abhängt, möchte er wissen, wie diese Beziehung aussieht. Außerdem … hat er eine Geschichte mit Vivian.«

Stirnrunzeln Nummer elf – ›Will Ich Das Wirklich Wissen?‹

»Was für eine Geschichte?«

»Nicht so eine«, erwiderte Darcie und machte große Augen. »Glaube ich zumindest. Aber D'Aubigny hat mir erzählt, dass Greaves zwar *gut* ist als Palatin, aber nicht für jedermann die erste Wahl war. Als der vorherige Palatin starb, versammelten sich alle Mallei in Tagesanbruch, dem angestammten Hauptquartier der Allianz. Edifice Greaves wurde gewählt. Nach einer gewissen Zeit.«

Abigail beugte sich vor. »Mein Vater hat etwas Ähnliches erzählt. Vivian hätte Palatin werden können. Sie war eingeladen. Aber sie …«

»Sie was?«, fragte Denizen.

»Sie erschien nicht«, beendete Darcie ihren Satz. »Sie bestätigte nicht mal die Vorladung. Und dann taucht plötzlich Jahre später ihr geheimer Sohn auf, und nach drei Wochen Training besiegt er das Uhrwerktrio, rettet die Welt, und am Ende ist ihm der *Unendliche König* einen Gefallen schuldig?«

»Aber so war es nicht –«

»Doch, so ist es«, unterbrach ihn Darcie streng und freundlich. »Ob es Glück war oder Zufall oder Bescheidenheit deinerseits, das zählt nicht mehr. Sondern nur noch das, was als Nächstes passiert.«

»Du hast recht«, stimmte Denizen zu. »Vermutlich. Und ich versuche nicht, bescheiden zu sein.«

»Okay«, sagte Darcie.

Er spähte zu Abigail. »Was denkst du?«

»Ich denke, ich nehme die Ente mit Granatapfeljus und Serranoschinken an Hibiskussalsa«, antwortete sie, ohne aufzublicken. »Und da das Goshawk keine Preise neben die Gerichte geschrieben hat, kann niemand von mir erwarten, dass ich weiß, was ich tue.«

Sie klappte seufzend die Speisekarte zu.

»Außerdem denke ich, dass Edifice Greaves einen schicken Anzug trägt und vielleicht – *vielleicht* – seinen Hammer schon eine Weile nicht mehr im Zorn geschwungen hat. Aber er ist ein Schattenjäger. Nein – er *war* ein Schattenjäger –, und dann war er ein Malleus, und dann wurde er der Palatin der Allianz. Unser Anführer.«

Ihre Stimme wurde härter. »Die erste Schlachtregel lautet, dass man nicht blind gegen eine mögliche Bedrohung antritt. Deshalb –«, sie nickte Darcie respektvoll zu, »seid ihr *Luces* so wichtig. Im letzten Winter haben überall auf der Welt Schattenjäger unter Lebensgefahr gegen eine Bedrohung angekämpft, die sie nicht verstanden, und dann wurde diese Bedrohung plötzlich in einer ruhigen kleinen Ecke Irlands beendet. Von dir.

Sie müssen sich sehr machtlos gefühlt haben.

Und nun haben wir eine neue Situation, und du stehst schon wieder im Mittelpunkt. Hier wartet eine Bedrohung und vielleicht eine Chance, aber niemand weiß, was geschehen wird. Natürlich muss Greaves wissen, woran er bei dir ist.

Unbekannte Größen, Denizen. Das ist, was einen umbringt.«

Alle starrten Abigail an.

»Tut mir leid«, sagte sie. »Ich hab Hunger.«

An diesem Abend stopften sie sich voll, als sei es ihre letzte Nacht auf Erden. Denizen war noch nie irgendwo gewesen, wo man Geschmack über Funktionalität stellte. Crosscaper hatte an drei anständige Mahlzeiten pro Tag geglaubt – und sie dann halbiert, um Geld zu sparen. Vivians Eintopf entsprach einem hochoktanzahligen Benzin, sah genauso aus und schmeckte auch so.

Das Goshawk hingegen hatte keine Köche, sondern *Architekten*, vielleicht auch Zauberer.

»Ich kann nicht mehr«, stöhnte Abigail und starrte verdrießlich auf ein Blätterteigpastetchen. »Ich will nicht mehr. Ich weigere mich.«

»Nicht schlappmachen«, versuchte Denizen zu sagen, aber mit dem Mund voller Kartoffelpüree kam es als *›nihshama‹* heraus.

Simon und Darcie lagen flach auf dem Rücken. Beide hatten schon eine Weile nichts mehr von sich gegeben.

Als geklopft wurde, brauchte Denizen eine Minute, bis es durch den Saucendämmerzustand zu ihm vordrang. Mit einiger Mühe spähte er zu Abigail hinüber.

»Hast du –«

»Nein, hab ich nicht«, sagte sie. »Und ich werde nie wieder einen Bissen essen.«

Denizen brauchte zwei Anläufe, bis er sich hochgehievt und zur Tür geschleppt hatte; als er sie öffnete, stand seine Mutter vor ihm. Während sich alle eilig aufrichteten, beäugte die Malleus mit einer Miene, die als amüsiert gelten konnte, den Friedhof leergefutterter Teller auf dem Boden.

»Wie ich sehe, habt ihr von der Großzügigkeit des Palatins Gebrauch gemacht.«

Das Goshawk überreichte seine Rechnungen in winzigen schwarzen Kästchen. Bislang hatte keiner von ihnen den Mut aufgebracht, sie zu öffnen.

»Wir sind mit den Vorbereitungen fertig«, bemerkte sie naserümpfend. »Nach langen Diskussionen. Wir sind so weit, nach Abgeschiedenheit aufzubrechen. Das wird bei Sonnenuntergang erfolgen. Darcie, kannst du Simon und Abigail nach Hause zurückbringen?«

Darcie nickte, auch wenn Abigail alles andere als begeistert aussah.

Vivian deutete auf die Tür. »Lasst ihr uns einen Moment allein?«

Trotz ihres kohlenhydratinduzierten Komas waren die drei anderen Neulinge schon verschwunden, bevor sich Vivians Worte in Luft aufgelöst hatten. Denizen setzte sich aufrechter und ignorierte die Proteste seines Magens.

»So.« Vivian wirkte unbehaglich. »Ein bisschen anders als das, was wir gewöhnt sind.«

»Hah«, sagte Denizen. »Jep.«

»Mmmm«, sagte sie.

Denizen starrte mit äußerster Konzentration auf den Wandleuchter einen halben Meter links neben Vivian. Ohne seine äußerst wichtige Prüfung des Leuchters aufzugeben, konnte er nicht ganz sicher sein, aber er meinte, ihrerseits durchdringende Blicke auf das Kopfteil in der Ecke wahrzunehmen.

»Hast du mit Greaves geredet?«

»Nicht richtig«, sagte Denizen. »Also, ich habe nicht … Wie meintest du das, als du sagtest, er würde mich wegbringen?«

Nachdem die direkte Gefahr, von Greaves verhört zu werden, gebannt war, schien Vivian wieder ihre Mauern hochgezogen zu haben. Bevor sie einen Ton herausbrachte, wanderte ihr Blick erst zu allem im Raum, was nicht Denizen war.

»Das ist nicht wichtig. Ich kümmere mich darum. Mach einfach … Mach einfach, was du bisher gemacht hast. Erzähle niemandem mehr etwas über Venia. Den Rest übernehme ich.«

»Den Rest wovon?«, fragte Denizen. Erneut kam Enttäuschung in ihm hoch, dieses Bedürfnis, loszuschlagen und … und …

Er hatte wieder Schweiß auf der Stirn.

»Denizen.«

Vivians Miene zu deuten ähnelte dem Versuch, aus mehreren Zimmern Entfernung einzelne Töne auf einem Klavier zu erkennen. Alles war hinter zwei Schichten finsterer Blicke verborgen. Doch dieses Mal fand Denizen, sie sähe … enttäuscht aus.

»Du musst mir einfach vertrauen«, erwiderte sie sanft. »Und ich …« Sie zog die Tasche von der Schulter. »Ich habe etwas für dich.«

Es war ein flaches, in Papier gewickeltes Päckchen. Als Denizen es nahm, war er von dem Gewicht überrascht; er packte es aus und fand ein Messer in einer einfachen schwarzen Scheide, das fast so lang wie sein Unterarm war.

»Zieh es heraus«, befahl sie ihm. Ihre Stimme hatte einen merkwürdigen Unterton.

Das trockene Schaben von Stein auf Leder erfüllte den Raum. Das Messer war aus einem Stück gefertigt – Klinge, Heft und abgerundeter Knauf – und wie die Kralle einer großen Katze leicht gebogen. Obwohl die behauene Schnittfläche nicht glänzte, konnte Denizen die Schärfe, die von ihr ausging, wie eine geflüsterte Drohung spüren. Diese Waffe würde nie mehr als einen schwachen Schimmer abgeben, auch das Leder um den Griff hatte ein stumpfes Grau.

In den Tiefen des Steinmessers waren große Mengen schwärzlicher Glimmer.

»Erinnerst du dich noch an das Bruchstück, mit dem ich das Trio getötet habe?«

Bevor Denizen damit das Gefängnis von Venia zerschlug, hatte ein uralter Malleus-Hammer in der Brust des Abgesandten des Unendlichen Königs gesteckt. Mit dem größten Bruchstück davon hatte Vivian das Trio getötet, und genau dieses Stück hielt er nun in den Händen, die Unebenheiten waren so lange geglättet worden, bis nur noch ein Stück polierter, mörderischer Stein übrig war.

»Hast du das angefertigt?«, fragte er. Das Messer hatte nichts Prächtiges, keine Inschrift, keine Verzierungen. Jack, der Waffenschmied – beziehungsweise der ehemalige Waffenschmied – der Seraphim Row hatte immer einen Weg gefunden, der tödlichen Schneide ein wenig Schönheit zu verleihen. Bei diesem Messer jedoch lag die Schönheit in der tödlichen Schneide. Sie war ein absolut schlichtes Stück Technik – nicht mehr als eine harte Linie in der Luft, eine Grenze, die kein Ungeheuer überschreiten würde.

»Ich arbeite gern mit den Händen«, erklärte Vivian. Sie sah verlegen aus. »Es ... hilft mir, mich zu entspannen.«

»Wow«, sagte Denizen. »Das ist ... Ich weiß nicht, was ich sagen soll.«

»Das Messer verfügt vielleicht nicht über die Stärke des Hammers«, sagte Vivian, als habe sie ihn nicht gehört. »Und wenn du älter wirst, möchtest du bestimmt etwas Größeres, aber ich dachte, für's Erste ist es eine nützliche allerletzte Waffe, mit der du durchhalten kannst, wenn ...«

Sie ließ einen Vortrag vom Stapel, wog die Vorzüge von Messertechniken gegen Schwertkampf ab, doch Denizen hörte nicht zu.

Sondern beobachtete sie.

Vivian hatte ihn immer noch nicht angeschaut. Sie hatte sich nicht gesetzt. Wenn er so darüber nachdachte, hatte er sie kaum jemals sitzend gesehen. Sie lief hin und her, oder stand breitbeinig da, selbst in Ruhestellung wirkte sie immer, als könne sie jederzeit zuschlagen.

Denizen wusste, wenn die Dielen draußen auch nur ein

Knarren von sich gaben, würde sie in Sekundenschnelle das Messer an sich reißen. Sie stand immer mit dem Rücken zur Wand. Sie lächelte vielleicht einmal im Monat. In einem guten Monat. Aber auf dem Schlachtfeld war sie vollkommen furchtlos.

Und sie konnte ihn nicht anschauen.

»Übrigens«, sagte er. »Ich –«

Die Malleus schob unvermittelt die Hände in die Taschen und steuerte auf die Tür zu, als sei ihr plötzlich eingefallen, dass sie noch an acht weiteren Orten erwartet wurde. »Ja. Nun gut. Ich freue mich, dass du – ja.«

Als Vivian die Tür öffnete, drehte sie sich kurz zu ihm um, ihr Gesicht war wieder eine ruhige unerschütterliche Maske.

»Gib es nicht aus der Hand.«

Was immer Denizen erwidern wollte – er war sich selbst nicht sicher –, blieb ungesagt. Sie war bereits verschwunden.

11

Wo wir unsere kaputten Sachen hinräumen

Eine Stunde vor Sonnenuntergang formierten sich die Schattenjäger.

Sie trieben eine Stille durch die Hotelhalle, das an die statische Aufladung vor einem Sturm erinnerte. Die Kellner blieben wie angewurzelt stehen; Gäste hielten mit ihrer architektonisch kunstvollen Torte wenige Zentimeter vor den Lippen inne.

Palatin Edifice Greaves ging voraus, er trug seinen Titel, obwohl er ein Geheimnis war, wie eine Krone. Die Bedrohung, die sein Grinsen ausstrahlte, spiegelte sich in den Männern und Frauen wider, die hinter ihm herschlichen – nicht zwei ähnelten sich in ihrer Aufmachung, doch jeder hatte dieselben finsteren Absichten.

Tomoe Gozen, der nach anderthalb Tagen Jagd durch die unterirdischen Tunnel Tokyos das Scheusal Carcharadon ermordet hatte. Pierre Renaud, der mit seinem einen Arm so tödlich war wie die meisten Schattenjäger mit zweien, und seine Duellantentochter Camille. Eloise Cassidy und Nathaniel Gayle und Rowan, den sie den Köpfer nannten, und Malleus Vivian Hardwick höchstpersönlich.

Sie trugen Handschuhe. Sie hatten den Gang von Wölfen.

Hinter ihnen folgte Denizen Hardwick – dreizehn, ängstlich, mit einem Zahnpastafleck auf dem Hemd. Die Schattenjäger stolzierten zu den schwarzen SUVs, die vor dem Hotel warteten, als gäbe es für sie nur noch ihr Ziel, und Denizen tat dasselbe, allerdings aus völlig anderen Gründen.

Er dachte über Monster nach.

Denn genau das waren die Tenebrae bei eingehender Betrachtung. Bis die Realität dieser Welt sie zwang, eine Gestalt zusammenzuklauben, waren sie nichts als Hunger und Schatten. Selbst diejenigen von ihnen, die nicht persönlich versucht hatten, ihn auszuweiden, hatten – als sie ihm, in Leichentücher aus weltverbiegender Entstellung und Furcht gehüllt, eine Heidenangst eingejagt hatten – ganze Arbeit geleistet.

Die SUVs waren groß und so klotzig wie Panzer. Vivian saß Denizen gegenüber, ihre grauen Augen waren auf etwas weit Entferntes gerichtet. Sie verließen das rote Ziegelherz der Drumcondra Road und glitten durch die Straßen, die in Erwartung der Nacht bereits dunkel wurden.

Der Albtraumengel. Der Hai-in-Tweed. Der Abgesandte und Aufräumer und ein Dutzend andere Tenebrae, denen Denizen im letzten halben Jahr begegnet war.

Das Uhrwerktrio.

Der Unendliche König, so mächtig und grauenvoll, dass schon sein Name genügte, um die Schatten länger werden zu lassen.

Venia.

Ich werde dir vertrauen. Und das hatte sie.

Vivian hatte einmal erwähnt, dass der Unendliche König seine eigene Auffassung von Ehre habe. Er hatte auf jeden Fall ein haarscharfes Verständnis für Gerechtigkeit bewiesen. Seine Reaktion auf Venias Verschwinden war das eines ganz normalen Elternteils gewesen – zumindest nahm Denizen das an. Er war an diesem Punkt schließlich kein Experte.

Die Tenebrae gehörten eindeutig nicht in diese Welt. Sie verbog sich um sie, als wolle sie sie abschütteln. Doch machte das die Tenebrae zu etwas Bösem? *Jeden Einzelnen von ihnen?*

Denizen fuhr mit dem Finger über das schwarze Eisen in seiner Handfläche. Uns mag *diese Welt auch nicht.*

Denizen war mit Fantasybüchern aufgewachsen, und in vielen davon waren Arten vorgekommen, die schlichtweg *böse* waren, es war ihr Charakter. Er hatte es nicht in Frage gestellt. Für ein Kind machten einen schwarze Gewänder und kantige Rüstungen zum Bösewicht. So unterschied man Gut von Böse.

Unglücklicherweise fiel die Theorie selbst bei weniger skeptischen Menschen als Denizen beim ersten Hinterfragen in sich zusammen. Böse Menschen – schon der Ausdruck klang kindisch – konnten Gutes tun, und gute Menschen taten allzu häufig böse Dinge.

Das Böse war keine Klippe, von der man hinunterstürzte. Es war ein Treppenhaus, das man hinaufstieg.

Aber das fand in Büchern statt, und die Monster waren Realität, und ein paar davon würden sie gleich treffen. Über empirische Beweise ließ sich schlecht diskutieren. Oder Leichen.

Aber dieses Lächeln … Denizen schluckte. Es gehörte verboten, dass Monster so lächeln konnten.

Das Trinity College beherrschte Dublin wie ein am Hang zusammengerollter Steindrachen – kopfsteinpflastergeschuppt und ernst, die Mauern wie große Flügel angelegt. Sobald man durch den Eingangsbogen trat, verstummte die Stadt, und man hatte den Eindruck, durch Zeit und Raum gereist zu sein.

Als die Wagen anhielten, stieg die Hälfte der Schattenjäger mit Vivian und Denizen aus. Die andere Hälfte verschwand wortlos im dichten Verkehr.

Wie immer an warmen Sommerabenden waren die Tore der Universität von Gruppen kichernder internationaler Studenten verstopft, die vor den Schattenjägern allerdings ebenso unbewusst zurückwichen wie Haut bei einem Messer.

Denizen überlegte, wofür Beobachter die Schattenjäger wohl halten mochten. Nach einer Touristengruppe sahen sie nicht aus, es sei denn Mörderschulen gewährten Freigang. Definitiv auch nicht wie Studenten oder Dozenten. Und dann war da noch Denizen, ein knochiger Teenager, der wie eine Ente, die aus irgendeinem Grund von einem Wolfsrudel adoptiert worden war, nervös hinter ihnen herwatschelte.

Sie liefen im Zickzack über den Campus; die neueren Gebäude klammerten sich wie Zecken an die alten, als seien sie unsicher und würden nur darauf warten, jeden Moment abgeschüttelt zu werden. Eine dominante Skulptur auf dem Fellows Square schwang schwertähnliche Gliedmaßen vor sich her, sie erinnerte auf ungute Weise an die Kriegsgestalt eines Tenebra. Auf der Grünfläche saßen überall Studenten und versuchten, die schwächer werdende Sonne aufzusaugen, während sich an den Toren die letzten Touristengruppen des Abends anstellten.

»Der Long Room, der Hauptsaal«, murmelte Vivian Denizens Schulter zu. »Er –«

»– wurde zwischen 1712 und 1732 erbaut«, unterbrach Denizen sie. »Erweitert um 1860, weil die Bibliothek ein Exemplar jedes in Irland und dem Vereinigten Königreich erschienenen Buchs erhielt und mehr Platz benötigte.«

Vivian sah ihn verständnislos an.

»Pardon«, sagte Denizen. »Bücher.«

Man hatte die elektronischen Kartenkontrollen ausgeschaltet, und die Schattenjäger wurden vom Wachdienst durchgewinkt, der stämmige Wachmann an der Tür warf allerdings jedem einen warnenden Blick zu, bloß keinen Ärger zu machen. Denizen wusste nicht recht, ob er das mutig oder naiv finden sollte.

Ihr Besuch war offenbar angekündigt worden. Es war Denizen schon beim Hereinkommen aufgefallen, dass ein zweiter Wachmann die anderen Touristengruppen zum Ausgang geleitet und den Saal geräumt hatte, wie man es beim Besuch eines Würdenträgers tun würde.

Das ist Greaves ja vermutlich auch … oder?

Als der Palatin plötzlich neben seinem Ohr sprach, zuckte Denizen zusammen:

»Dies war früher ein Kloster, wo Mitglieder unserer Allianz hingebracht wurden, wenn die Strapazen des Krieges zu viel für sie wurden. Ein Ort der Ruhe, Verschwiegenheit und des Nachdenkens. Als die Universität eröffnet wurde, passte sich unsere Garnison an. Wir haben lange in den dunklen Ecken dieses Colleges gelebt – wir waren die Schatten an seinen Wänden, das Geheimnis zwischen den Zeilen.«

Oben an der Treppe warteten die anderen Schattenjäger. Jack war da, und er und fünf andere zerrten gewaltige schwarze Metallkisten hinter sich her, jede trug das Siegel der Allianz – die Hand mit den beiden über Kreuz liegenden Hämmern.

Greaves nickte ihnen zu, dann wandte er sich wieder zu Denizen.

»Es gibt unauffälligere Eingänge … aber ich dachte, der hier könnte dir gefallen.«

Denizen folgte seinem ausgestreckten Arm und starrte in den Long Room des Trinity College.

Der Saal hatte mit einer Bibliothek ungefähr so viel Ähnlichkeit wie ein Berg mit einem Kiesel – die Form war dieselbe, aber in einer ganz anderen Größenordnung. Die auf Sockeln stehenden Büsten blickten grimmig herab – Newton, Goldsmith, Swift –, ihre leeren Marmoraugen brannten sich in Denizens. Die Wände trugen tief eingemeißelte lateinische Inschriften. Im Raum herrschte die ehrfürchtige Stille einer Kathedrale oder eines Waldes – dieses Gefühl, etwas Uraltem und Mächtigem nahe zu sein. Hier streifte Wissen herum wie ein Tiger durch hohes Gras.

»Oh«, entfuhr es Denizen; das Wort wurde sofort gestohlen, um es zu archivieren. Die Türen hinter ihnen schlossen sich mit einem gedämpften Klicken, nun waren die Wachmänner auf der anderen Seite.

»Wissen sie Bescheid?«, erkundigte sich Denizen.

»Bestimmte Leute wissen bestimmte Dinge«, antwortete Greaves. »Und andere Leute wissen andere Dinge.« Er blieb bei einem Alkoven mit der Aufschrift *Sagen* stehen und fuhr, wie ein Pianist vor dem Spielen, leicht mit den Fingern über die Bücher.

Denizen runzelte die Stirn. Auf dem Gesicht des Palatins war etwas gewesen.

»Macht Ihnen das Spaß?«

Greaves Finger hielten bei einem Buch und zogen es heraus.

»Ganz und gar nicht.«

Das Bücherregal *bewegte sich.*

Es glitt auf unsichtbaren Rädern zur Seite und gewährte Zugang zu einer Wendeltreppe. Der Effekt war so absurd abgedroschen – Bücher als Schalter und Geheimtreppen –, dass

Denizen einen Moment lang etwas von Greaves' Vorfreude verspürte.

Einer nach dem anderen stiegen sie in den Schacht, in dem sich die Treppe wie ein DNS-Strang hinunterwand. Der ganze Tunnel konnte nicht mehr als einen Meter Durchmesser haben – Denizen war bei weitem der Kleinste von ihnen, und selbst für ihn war es eng. Er konnte sich nicht vorstellen, wie sich Jack darin fühlen musste.

Um sich abzulenken, versuchte Denizen zu berechnen, wie tief unter der Erde sie sich befanden, doch als ihm irgendwann klarwurde, dass er keine Ahnung hatte, wie er das anstellen sollte, konzentrierte er sich lieber darauf, nicht auszurutschen. Als sich das Bücherregal wieder vor die Öffnung schob, wurde es bis auf die Schritte und langsamen Atemzüge der Schattenjäger vollkommen still im Schacht.

Die Röhre nach unten war nicht beleuchtet, aber Dunkelheit war für die Augen eines Schattenjägers kein Hindernis. Das frostige Schimmern des *Intueor Lucidum* zeichnete die Welt in blassen Silberlinien – es vertrieb das Dunkel nicht, machte es aber bedeutungslos. In dem halben Jahr seit seinem Erwachen hatte Denizen schon beinahe vergessen, wie die Abwesenheit von Licht aussah.

Irgendwann hörte die Wendeltreppe auf, und als die Krieger nacheinander hinuntertraten, bebte das Metall. Denizen hatte sich schon gefragt, ob es ewig so weitergehen würde. Er stellte sich einen Bohrer vor, der tief in die Erde eingedrungen war. Die Luft war bitterkalt.

Wie tief unten waren sie?

Einer von Greaves' Männern öffnete eine dicke Stahltür in der Wand und winkte sie heran. Vivians Kiefer war angespannt. Dass sie noch verärgerter aussah als sonst, sagte alles.

»Was ist das?«, fragte Denizen leise, damit Greaves es nicht hörte.

Sie schüttelte bloß den Kopf. »Das wirst du gleich sehen.«

Die steinerne Kammer dahinter war niedrig und lang und von oben bis unten mit eingemeißelten Kriegsszenen der Schattenjäger bedeckt. Die winzigen Figuren zogen an der Decke in den Kampf, marschierten in Regimentern über den Boden oder krachten in großen Wellen gegen die Türöffnungen im Hintergrund.

Denizen kniete sich hin. Er war sich dessen nicht einmal bewusst. Er wollte es bloß *sehen.* Die Schattenjäger waren bis ins kleinste Detail dargestellt. Manche der gemeißelten Steinplatten sahen aus, als seien sie erst vor kurzem verlegt worden, der Mörtel war noch hell und frisch. Andere hingegen schienen schon seit Jahrhunderten dort zu liegen. Er konnte die Gravuren auf ihren Rüstungen erkennen, die Hand mit den Hämmern auf jeder Flagge; er konnte die meisterhaft dargestellten Eisenflecken erkennen, die zeigten, welchen Tribut sie gezahlt hatten …

Sie machten einen entschlossenen Eindruck. Sie wirkten unerschrocken.

»Wenn ein Schattenjäger …« Zum ersten Mal sah Greaves aus, als suche er nach den richtigen Worten, allerdings kannte Denizen ihn mittlerweile gut genug, um sich zu fragen, ob es ein wirkliches Innehalten war oder eine Kunstpause.

»Schattenjäger sind Menschen mit Macht. Damit meine ich nicht nur die Canti. Wir zwingen niemanden, der Allianz beizutreten; man schließt sich an, weil man über einzigartige Willensstärke und Tapferkeit verfügt, weil man von einer seltenen Art Entschlossenheit getrieben ist. Von einer Überzeugung. Von Mut.«

Er musterte eindringlich einen Schattenjäger nach dem anderen. »Wir sind aus anderem Metall.«

Die ersten Kisten wurden hereingebracht. Als die Schattenjäger Greaves' Stimme vernahmen, blieben sie stehen. Denizen beobachtete, dass sie sich bei seinen Worten aufrichteten.

»Die Allianz nimmt dieses Metall und schmiedet es neu. Wir hüllen diese Willenskraft in Training, in Strategie. Schattenjäger lernen, unvorstellbare Schlachten gegen eine unvorstellbare Übermacht zu kämpfen, im Geheimen zu arbeiten, unerkannt, unbemerkt und allein. Das macht uns gefährlich.«

»Und dann gibt es noch die Canti«, warf Denizen ein.

»Und dann gibt es noch die Canti«, wiederholte Greaves. »Diesen Willen und dieses Training und die Macht, die Welt mit Worten aus Feuer zu zerbrechen. Schattenjäger sind menschliche Waffen ... trotzdem sind wir nach wie vor Menschen. Und Waffen zerbrechen. Und Menschen machen Fehler.«

Tausend Details, die dicht unter Denizens Bewusstsein geköchelt hatten, kamen schließlich an die Oberfläche. Die Erkenntnis kroch langsam in ihm hoch, wie der Geschmack von Galle.

Deshalb widerte Vivian dieser Ort an. Deshalb wurde er Abgeschiedenheit genannt. Vor jedem Durchgang befand sich eine dicke Stahltür mit einem geschlossenen Schlitz auf Kopfhöhe.

Die Schlösser waren allesamt auf der Außenseite angebracht.

»Hier habt ihr sie eingesperrt«, stellte Denizen fest, in seiner Stimme lag Entsetzen. »Wenn sie sich verloren haben, habt ihr sie hier eingesperrt.«

»*Abgeschiedenheit*«, betonte Greaves. »Wenn ein Schattenjäger einen Fehler macht, können wir von Glück sagen, wenn er nur davonläuft.« Man musste ihm zugutehalten, dass die Abscheu auf seinem Gesicht beeindruckend echt aussah. »Dieser Ort ist ein notwendiges Übel.«

Da den meisten Tenebrae Herz, Hirn und andere leicht zu erstechende Stellen fehlten, waren die Waffen der Allianz mit demselben Feuer geschmiedet worden, das diejenigen erfüllte, die sie schwangen. *Verstärkter Stahl.* Die Gravuren, die ein Schwert aus verstärktem Stahl kennzeichneten, waren auch auf diesen Türen zu finden.

Greaves bemerkte, dass Denizen dies klarwurde, und nickte ihm zu. »Selbst wenn du alle deine Canti brüllst, hier wirst du nicht mal einen Kratzer hinterlassen.«

In Denizens Kopf schnurrten Formen, aber er ignorierte sie, so gut er konnte. *Falscher Zeitpunkt.* Oder Ort.

»Der sicherste Ort auf drei Kontinenten«, sagte Jack. »Wir könnten ihn gegen halb Tenebris verteidigen.«

»Hast du das vor?«, fragte Vivian. Die Vorstellung, gegen sie zu kämpfen, schien ihr wesentlich angenehmer zu sein als die, mit ihnen zu reden.

»Nein«, erwiderte Greaves. »Hier geht es um Diplomatie.« Er holte seinen Hammer hervor. »Und diese Diplomatie hat ihren Preis.«

Vivian starrte ihn ungläubig an. »*Das* hast du ihnen versprochen?«

»Zwölf Schattenjäger«, sagte Greaves. »Keine Hämmer. Da waren sie sehr eindeutig.«

Die Hämmer der Mallei waren die wirkungsvollsten Waffen, die die Allianz besaß. Sie waren das Einzige, was einen uralten Tenebra tatsächlich zerstören konnte, statt ihn bloß nach Tenebris zurückzujagen. Denizen konnte die Male, an denen er Vivian ohne ihren Hammer gesehen hatte, an einer Hand abzählen.

Seine Hand wanderte sofort zu seiner Tasche, in der das Steinmesser wartete. Enthielt es immer noch die Kraft eines ganzen Hammers? Wusste Greaves, dass er es hatte? Sollte er etwas sagen?

Vivians finsterer Blick nahm ihm die Entscheidung ab und schloss seinen Mund, er ließ die Hand sinken.

»Schon gut.« Obwohl sie in einem unterirdischen Irrenhaus standen und gleich die Monsteradligen treffen würden, war Greaves' Lächeln zurückgekehrt. »Ich bin nicht mit leeren Händen gekommen.«

Auf ein Kopfnicken von ihm wurden die Deckel der sechs Kisten hochgeklappt. In jeder lag, in dunklen Schaumstoff verpackt, eine zerlegte Rüstung.

Denizen beugte sich vor. Jedes Teil war tintenschwarz, so dunkel, dass selbst die silbrigen Schattierungen des *Lucidum* von seiner Oberfläche abzurutschen schienen. Und sie waren riesig – Denizen hatte Vivians Rüstung oft genug poliert, um ein bisschen Ahnung von Größe und Gewicht zu haben. Außer Jack würden es nur wenige schaffen, sich unter diesen großen schweren Eisenplatten zu bewegen und zu kämpfen.

»Hephaistosplattenpanzer«, flüsterte Vivian, ihre Stimme hatte einen ungewohnten Unterton. Es war schlicht und einfach Ehrfurcht. »Ich habe sie noch nie zuvor gesehen.«

»Tja, wir machen uns nur für besondere Gelegenheiten schick«, bemerkte Greaves trocken. »Ich dachte, das ist eine.« Als er Denizen ansah, verschwand die Belustigung aus seiner Stimme. »Du hast mich vorhin gefragt, ob mir das Spaß macht.«

Denizen wurde rot.

»Ich freue mich an dem, was mir begegnet«, erklärte der Palatin. »Wir leben diesen Krieg schon so lange. Wenn das, was heute hier stattfindet, auch nur die *leiseste Chance* birgt, ihn zu beenden … Werde ich dafür jedes Versprechen geben. Werde ich alles dafür tun. Genau wie du. Verstanden?«

Denizen verstand.

»Gut«, erwiderte Greaves. »Dann lass uns nun zu deinen Fans gehen.«

12

Der ewige Hof

Sie brauchten nicht lange zu warten.

Der Hauch von Tenebris sorgte dafür, dass sich in Denizens Nacken ein Haar nach dem anderen aufstellte. Zuerst war es eine geräuschlose Unstimmigkeit – das Vertraute wurde fremd, wie ein geliebtes Lied, das falsch gespielt wurde.

Jeder mit Schattenjägerblut in den Adern war von Natur aus empfänglicher dafür, und Denizens Sinne waren seit dem ersten Riss für Fremdheit geschärft. Wenn normale Menschen spürten, dass eine andere Welt in ihre eindrang, liefen sie möglichst weit weg und rissen später im Kreise ihrer Lieben und im hellen Licht zu Hause verlegene Witze darüber.

Wenn doch bloß meine Freunde hier wären.

Doch schon als ihm der Gedanke durch den Kopf ging, wusste Denizen, dass er nicht allein war. Um ihn herum war das beruhigende Schaben von Stahl zu hören, zwölf Schattenjäger zogen ihre Waffen.

»Moment«, sagte Greaves. »Sie sagten Sonnenuntergang. Wir haben noch ein paar Minuten.« Er steckte zur Hälfte in einem der Hephaistosplattenpanzer; eine kleine Schattenjägerin mit einer Gewitterwolke schwarz-silberner Haare half ihm beim Anlegen.

Die Rüstung war grotesk groß. Nur ein Schattenjäger – Nathaniel Gayle – war bereits vollständig angezogen, und er sah nicht länger wie ein Mensch aus, sondern wie eine lebende Festung. Auf den Schultern der Rüstung ragten Brechränder auf, die an Schornsteine erinnerten. Der Helm war eine stumpfe, augenlose Faust aus Stahl.

Wie soll er kämpfen, wenn er nichts sehen kann? Es erschien Denizen unvorstellbar, in der Rüstung zu laufen, geschweige denn zu kämpfen, aber vielleicht war der Hof ja so rücksichtsvoll, sich in einer Reihe aufzustellen, dann konnte er sich einfach auf sie drauffallen lassen.

Denizen starrte den Schattenjäger so konzentriert an, dass er zusammenzuckte, als plötzlich Feuer auf der schwarzen Oberfläche der Rüstung aufleuchtete. Glut rann von Gelenk zu Gelenk, wie Magma, die sich den Weg durch Stein bahnt. Lichtlinien liefen im Zickzack über jede Platte, teilten sich und wanderten in goldenen Pfeilen über Brust und Beine, wanden sich durch das Schulterstück und den Helm.

Die Brechränder stießen surrend sehr heiße Luft aus.

An verborgenen Nähten öffneten sich Augen – das Rotgold aufgetürmter glühender Kohlen. Denizen kannte dieses Feuer. Es tanzte auch in seinen Knochen.

Als der Schattenjäger mit einem knarzenden Schritt vortrat und die gewaltigen Schultern wie ein Raufbold schüttelte, klang es wie das Gepolter einer großen versteckten Schmiede.

Er braucht keine Waffe, dachte Denizen, als er auf die riesigen, mit Stacheln besetzten Fäuste starrte. *Er ist eine Waffe.*

Vivian betrachtete den Plattenharnisch mit unverhohlenem Hunger. »Wunderschön, oder?«

Und das war er tatsächlich – wegen seiner schieren Fähigkeit zu zerstören. Auch die anderen Schattenjäger hatten ihren Plattenpanzer angelegt, und jeder von ihnen war nun zweieinhalb

Meter groß, ihre Wirbelsäulen strotzten von Widerhaken und flackerten wie die drohende Brillenzeichnung einer Kobra. Jeder Atemzug war ein rasselndes Dröhnen von Metall.

Beruhigend. Es war beruhigend. In der Kammer breitete sich der verrostete Gestank von Tenebris aus, und in Denizens Kehle flatterte schon die Übelkeit, doch als die Hephaistoskrieger ihre Stellungen einnahmen, war es schwer vorstellbar, dass *irgendetwas* diese massive Linie durchbrechen könnte.

»In diesen Rüstungen kann ein Schattenjäger Stein durchschlagen«, murmelte Vivian. »Sie wurden in den Gründungstagen der Allianz geschmiedet, in Zeiten, die weniger … zivilisiert waren.«

»Jeden dieser Panzer haben Plattner mit ihrem Leben bezahlt«, erklärte Jack. »Der Tribut wurde für Waffen mit solcher Macht als angemessen betrachtet. Sie sind unbezahlbar und werden nur in äußerster Not eingesetzt.«

Menschen hatten ihr Leben geopfert, um diese Rüstungen anzufertigen?

Es war auf schreckliche Weise logisch, denn hätte es mehr davon gegeben, würde vermutlich jeder eine tragen. Denizen war erst seit einem halben Jahr ein Neuling, aber er hatte seinen Zusammenstoß mit dem Trio immer für einen Schnellkurs gehalten, der einem klarmachte, wie furchtbar der Kampf gegen Tenebris sein konnte. Doch in einer Zeit zu leben, in der ein Schattenjäger ohne weiteres sein Leben opferte, um für einen anderen eine Waffe zu schmieden? Wie verzweifelt musste die Lage damals gewesen sein? Ein kleiner Teil von Denizen konnte trotzdem nicht anders, als sich vorzustellen, wie es wohl sein mochte, von dieser Macht geschützt zu sein, zu spüren, wie unirdisches Metall jeden Hieb unterstützte, den man austeilte.

Greaves war nun in Rüstung, den Helm hielt er jedoch in

der Hand, er bedachte Denizen mit einem Blick, als wisse er ganz genau, was in ihm vorging. Denizen wurde rot und drehte sich weg.

Die Schattenjäger hatten sich verteilt, alle blickten auf die einfache Holztür am Ende der Kammer. Armbrüste wurden mit Bolzen aus verstärktem Stahl bestückt. Strap, der Beauftragte der Firma Halbschatten, zog eine klobige Handfeuerwaffe unter seinem langen Mantel hervor. Mallei tauschten ihre Hämmer gegen Äxte und Schwerter aus verstärktem Stahl aus; Vivian machte ein finsteres Gesicht, als sie ihren abgab.

Mit einem Mal fiel Denizen auf, dass er nur von den wenigsten der Versammelten den Namen kannte. Keiner hatte sich die Zeit genommen, sich vorzustellen. Ihre durchdringenden Blicke, bei denen Denizen sofort zu Boden geblickt hatte, waren auch nicht gerade ermutigend gewesen.

Er kannte ihre Namen nicht.

In seinem Magen breitete sich ein Gefühl von Übelkeit aus, eine Unruhe, die nichts mit Tenebris zu tun hatte.

Sie waren seinetwegen hier. Das Ganze fand nur seinetwegen statt.

Denizen missfiel der Gedanke, dass er sterben könnte, aber das fand er für einen Durchschnittsmenschen ziemlich normal. Seine sonst unterschwellige Angst hatte bei der Vorstellung, vor dem Ewigen Hof ins Rampenlicht geschubst zu werden, gigantische Ausmaße angenommen. Denizen hatte viel Zeit damit zugebracht, sich Sorgen um sich zu machen.

Und nicht eine Sekunde lang daran gedacht, dass auch andere sterben könnten.

Das tun Schattenjäger. Denizen hatte seine eigenen Erfahrungen mit dieser Entscheidung gemacht. Es war der Grund, ein Schattenjäger sein zu wollen – nein, sein zu *müssen*, und seine Stimme und sein Feuer dem ihren hinzuzufügen. Schattenjäger starben, um die Welt vor Tenebris zu schützen.

Und nun starben sie womöglich für ihn.

Die Frau, die Greaves in die Rüstung geholfen hatte, stand nun direkt vor Denizen, die Augen matt und weit aufgerissen, das Gesicht eine grobknochige Ansammlung sommersprossengesprenkelter Kanten. Auf ihren Schultern wippten schwarz-silberne Locken. Sie mochte in Jacks Alter sein. Vielleicht war sie aber auch viel jünger.

Tenebris wehte durch den Raum – und Denizen wusste ihren Namen nicht.

Vor ihr stand ein Mann, schlank und geschmeidig wie ein Jaguar, seine Muskeln bewegten sich unter einem dichten Geflecht von Tattoos. Er hielt einen Speer in der Hand, die Spitze war lang und leicht gebogen – und Denizen kannte seinen Namen nicht.

Diese Furcht, diese Angst, das ist Tenebris. Kümmere dich nicht darum. Es ist bloß die Bugwelle eines Risses. Es ist –

Es ist die Wahrheit. Jeder Tropfen Blut, jeder Hautfetzen, der heute dem kalten Hunger des Tributs vorgeworfen wurde – ging auf ihn. Wenn er das Falsche zu Venia sagte – plötzlich fiel ihm auch *das* ein –

Sie wird gleich hier sein, o Gott –

In Denizen konkurrierten alle möglichen Arten von Angst, begleitet vom zahnarztbohrermäßigen Gejaule von Tenebris, das immer näher kam. Die Luft bewegte sich in einer Weise, die nicht sein sollte. Armbanduhren wetteiferten, welche von ihnen am schnellsten rückwärts laufen konnte. Ein Raum mit geschlossenen Türen war plötzlich erfüllt von einem stinkenden, sich anschleichenden Wind.

Im Augenwinkel nahm Denizen wahr, dass sich die Wände

bewegten – sie kamen näher, dann rückten sie weiter ab. Ihm kam der übelkeiterregende Gedanke, dass sich die Erde unter ihnen zu einem endlosen, hungrigen Meer verflüssigt haben könnte, auf dem sie alle in einer sinkenden Steinkammer dahintrieben.

Die Holztür zerrte an den Scharnieren.

Schwerter erhoben sich und wurden ein Wald aus glänzendem Stahl, Hephaistoskrieger strafften ihre gigantischen Schultern, ihre Gelenke spien Feuer.

»Ganz ruhig«, sagte Greaves.

Denizen schob die Hand in seine Umhängetasche und umfasste das kühle Heft des Messers.

Die Tür polterte noch einmal. Eine Schraube fiel aus einem Scharnier und hüpfte über den Boden.

Vielleicht will sie dieses Treffen überhaupt nicht. Denizens Magen hatte sich endgültig zu einem Klumpen zusammengezogen. *Vielleicht geht es von ihrem Vater aus. Väter sind doch überfürsorglich, oder? Selbst riesige Gottvater-Monster-Dinger. Vielleicht geht es hier nicht um Diplomatie. Sondern bloß darum, dass ich stillhalte, damit ich mit der Fliegenklatsche durchgehauen werden kann …*

»Ähm«, sagte er. »Tut mir leid.«

Keiner der Schattenjäger drehte sich um.

Denizens Stimme war ein Quieken. »Vielleicht sollten wir –«

Die Tür flog auf.

Auf einer Welle schwarzer Flüssigkeit schwammen Scherben und Splitter, das Nachtwabern von Tenebris. Es schäumte durch die Türöffnung, Ranken umklammerten das Holz wie blinde Finger auf der Suche nach Halt. Sintflutartige Massen wälzten sich stumm platschend heraus, als läge hinter dem einfachen hölzernen Türrahmen ein Ozean. Dann erbebte die Kammer, und Denizen schwankte.

Alles zuvor – die Übelkeit, die unbestimmte Verkehrtheit – war banal im Vergleich zu dem, was sie nun traf. Es fühlte sich an wie das Ende der Welt, und Denizen konnte bloß noch daran denken, ob Darcie sich zu Hause den Kopf hielt, ob Schattenjäger in tausend Kilometer Entfernung spürten, wie die Welt vor dieser schweren Verletzung zurückschreckte.

Die Verkehrtheit kam in einer neuen Woge und boxte die Luft aus Denizens Brustkorb, und was er dafür einzog, war ein so scheußliches Übel, dass er würgen musste.

Und es sprach. Es sprach im Tonfall eines Prinzen.

Darf ich vorstellen ...

Wie verschlagen, diese Stimme. Wie amüsiert.

Noch immer strömte Flüssigkeit durch die Tür herein, sie hielt jedoch an, bevor sie gegen die Stiefel der Schattenjäger schwappen konnte, rollte rückwärts, als stieße sie gegen eine unsichtbare Wand. Denizen sah zu, wie die in den Boden gemeißelten Kämpfer darin ertranken.

Der Herold des Hofes, das Fatale Monstrum, die Kuchisake-onna ...

Eine Hand glitt aus den Nebelschwaden, gefolgt von einem Arm mit zu vielen Gelenken und einer klingenbesetzten Schulter. Denizens Blick perlte von ihr ab wie Wasser von Federn. Er konnte nur ein langes Stück Glanz sehen, es sah wie der monomolekulare Rand eines Diamanten aus. Es kam noch mehr aus der Schwärze – lange, glänzende Gliedmaßen, ein Kopf geformt wie eine spitze Träne. Er erkannte die Form bloß in den verzerrten Spiegelungen, die die Kammerwände wie das Innere eines verwunschenen Kaleidoskops in tausend Schattierungen bemalten.

Vom-Ehemann-Verhöhnt!

Ihr Grinsen zerteilte die Luft in zwei Hälften.

Zur Linken von Vom-Ehemann-Verhöhnt kräuselte sich das Nachtwabern plötzlich wie ein Teich, in den Steine prasseln. Die Wellen bewegten sich allerdings zum Mittelpunkt, aus ihnen schossen Vogelgestalten, eine Kakophonie, so weiß wie jungfräulicher Schnee.

Badb, Begehrter, von Menschen Muinnin genannt …

Bleiche Krähen flatterten und verwandelten sich schließlich in einen Klumpen aus Flügeln und Augen. Krächzen hallte durch die Kammer, das Kratzen von Krallen und Federn. Die Masse bewegte sich und zuckte und stieg auf – ein Vogelschwarm in menschenähnlicher Gestalt.

Malebranche!

Zwei Dutzend Augenpaare blinzelten. Zwischen den Federn glänzten lange scharfe Schnäbel.

Da war noch ein dritter Tenebra. Denizen hatte ihn überhaupt nicht kommen sehen. Es war ein Mann, beziehungsweise die Gestalt eines Mannes. Hinter den riesigen Hephaistoskriegern war er kaum zu erkennen, doch ab und zu erhaschte Denizen einen Blick. Der Tenebra war glatt, wie Haie glatt sind, und schön, wie Spinnen schön sind.

Er lächelte ihn an. Denizen zuckte so heftig zusammen, dass seine Schultern schmerzten.

Selbst die geisterhafte Stimme schien Angst zu haben.

Vertreiber.

Kam die Stimme aus der Schwärze? War es ein Mitglied des Hofes, das da sprach? Vom-Ehemann-Verhöhnt schien keinen Mund zu haben. Malebranche hatte zu viele. Vertreiber – nein. Denizen wollte nicht noch einmal über dieses Lächeln nachdenken.

Die Stimme verstummte, und der ganze Hof richtete sich auf, prachtvoll in seinem Leichentuch aus Unwirklichkeit.

Macht dem Ewigen Hof Eure Aufwartung!

Keiner der Schattenjäger rührte sich. Denizen beobachtete sie; es fiel ihm leichter, als die Monster vor sich anzusehen. Keine der Waffen zitterte oder senkte sich.

Wie können sie so ruhig sein?

Plötzlich verstand Denizen, warum Vivian so strikt gegen dieses Treffen gewesen war. Es konnte sich nicht nur als Falle erweisen, es war einfach *unnatürlich*, hier zu stehen und nicht mit jeder verfügbaren Waffe zuzuschlagen.

Es war die erste Lektion gewesen, die die Menschheit gelernt hatte: Sorge für Feuer zwischen dir und der Dunkelheit.

In Denizens Eingeweiden kribbelte Macht. Er konnte schon die Formen erkennen, die die Flammen in der Luft annehmen würden. Zuerst Vertreiber. Dieses Lächeln musste einfach weggebrannt werden. Die Hephaistoskrieger würden ihm folgen, da war er sicher. Sie würden sich Vom-Ehemann-Verhöhnt vorknöpfen, und dann konnte Denizen –

Ein neues Licht flammte auf.

Macht Ihrer Majestät Eure Aufwartung …

Glich das Feuer eines Schattenjägers sengender Sommerhitze, ähnelte ihr Licht einem weit entfernten Stern. Es fiel wie kühles Wasser auf Denizens Haut. Irgendwie durchdrang es die gewaltige Masse der Hephaistoskrieger. Vielleicht waren sie beiseitegetreten. Vielleicht hatte es einfach durch sie hindurchgeleuchtet.

Als wäre es für ihn bestimmt.

Venia.

Sie trug einen Schal aus hellem grauen Stein, der bei jedem ihrer Schritte schimmerte, sich in einen langen Mantel verwandelte, einen Kettenpanzer, eine halbdurchlässige düstere Wolke. Ihre Gliedmaßen blitzten im hellen sanften Purpur eines überirdischen Sonnenuntergangs blau und violett.

In der Farbe des Königshauses.

Die geisterhafte Stimme sprach wieder, aber Denizen hörte nicht zu. Er hatte nicht einmal mehr Angst, jedenfalls nicht sehr. Der Platz in seinem Kopf war einfach begrenzt, und im Moment war er voller Ehrfurcht.

Sie war gebeugtes Licht und ein Schneesturm in Mädchengestalt, ihre Züge änderten sich von Augenblick zu Augenblick, ihre Augen strahlten polarweiß. Wirbelnde Blitzstrahlen erleuchteten ihre durchscheinende Haut von innen. Als Denizen sich an den Geschmack dieses Blitzes auf seinen Lippen erinnerte, hätte seine flammende Röte als kriegerische Handlung verstanden werden können.

»Hi«, sagte Denizen. Silben waren mit einem Mal sehr schwierig. »Ähm. Hallo.«

Jetzt sahen ihn einige der Schattenjäger an, die Gesichter angespannt vor Überraschung.

Moment. Ich soll nicht – oh.

Greaves räusperte sich.

»Die Allianz der Schattenjäger und ich als ihr Palatin und Erster Malleus möchten Euch …« Er redete nicht weiter, offenbar konnte er selbst nicht glauben, was er gleich aussprechen würde. »Möchten Euch offiziell im Allod Dublin, in Irland sowie der Welt der Sterblichen *begrüßen.* Unsere Worte sind Begrüßungsworte. Kein Feuer.«

Vom-Ehemann-Verhöhnt neigte den mit Klingen besetzten Kopf.

Pfiffiges, kleines Stück Fleisch.

Denizen konnte eher spüren als sehen, wie die Schattenjäger um ihn erstarrten. Die Temperatur im Raum stieg um zwanzig Grad, unter der Haut raste Licht.

Venia erwiderte nichts. Sie betrachtete die Gesichter, als wolle sie sich jedes davon einprägen. Denizen konnte nur mit Mühe den Blick von ihr lösen.

Verzeiht Vom-Ehemann-Verhöhnt, sagte Malebranche in zwölf Stimmen gleichzeitig. Das Geräusch löste bei Denizen den Wunsch aus, sich zu erbrechen. **Meine geschätzte Kameradin ist es nicht mehr gewöhnt, mit jemand anderem als sich selbst zu sprechen. Gestattet mir, einen kultivierteren Ton anzuschlagen. Habt Dank, Palatin. Dies ist … ein seltsames Treffen. Diese Tatsache ist uns allen bewusst.** Federn raschelten, die Vögel ordneten sich neu an. **Doch Veränderungen sind nichts Neues für uns Tenebrae.**

Greaves' Lächeln hatte noch nie so aufgesetzt gewirkt. »In der Tat.«

Denizen hatte sich noch nie Gedanken darüber gemacht, wie *fremdartig* Vögel eigentlich waren – nichts als Ränder und hohle Knochen, Schnappmesser in einer Fleischhülle. Malebranches Köpfe schnellten einer nach dem anderen nach vorn, um ihn anzustarren. Denizen spürte das Gewicht ihrer finsteren Blicke wie einen Boxhieb.

Und das ist also der Junge.

»Lasst mich raten«, sagte Greaves trocken. »Ihr habt ihn Euch größer vorgestellt.«

Die schwarzen Augen glitzerten. **Für mich seht ihr alle gleich aus.**

Schwachsinn, blaffte Vom-Ehemann-Verhöhnt, die Silben hüpften wie scharfkantige Münzen durch den Raum. Als die Hofdamen-Kreatur einen Schritt vortrat, schnellten Schwerter hervor, glänzende Gliedmaßen, die die Luft zerschnitten.

Selbst Malebranche sprang überrascht zur Seite. **Warum machen wir uns überhaupt die Mühe? Diese Dinger sind armselig, kurzlebig ... Welchen Dank sind wir ihnen schuldig?**

Denizen sah, wie sie sich alle in ihren Tiefen widerspiegelten, winzig und bleich und verängstigt. Diese Tenebra *stank* vor Macht. Die Luft um sie herum schimmerte auf eine Art, die Denizen noch nie gesehen hatte – nicht beim Trio, nicht bei Aufräumer, nicht einmal beim Abgesandten höchstpersönlich.

Was hält uns davon ab, durch diese zerbrechlichen Tiere zu stürmen und uns an der Stadt über uns satt zu fressen –

»Wisst Ihr, was ein Claymore ist?«

Vom-Ehemann-Verhöhnt erstarrte. Offensichtlich war sie es nicht gewohnt, unterbrochen zu werden.

»Ich meine nicht das schottische Schwert«, fuhr Greaves ruhig fort. »Obwohl das thematisch auch gut passt. Sondern die M18 Claymore Landmine – ein ziemlich simpler Apparat. Feuert in einem sehr unfreundlichen Tempo ein Riesendurcheinander von Kugeln aus verstärktem Stahl ab. Ein Wort von mir, und Ihr werdet auseinandergesiebt werden müssen.«

Sofort beugten sich sämtliche Köpfe des Hofs zu der Linie frisch verlegter Steinplatten auf dem Boden.

Vom-Ehemann-Verhöhnt schnurrte, aber es klang unsicher.

Ihr würdet auch sterben.

Nun hatte Greaves' Lächeln nichts Gezwungenes mehr.

»Wir sind Schattenjäger.«

Nachdem wir uns nun ausreichend die Zähne gezeigt haben ... Venias Stimme war eine Regenkaskade, jede Silbe sanft und zart. **Eure Vorkehrungen sind ... unnötig, Palatin, aber nachvollziehbar. Seid jedoch versichert, dass mein Vater ein König ist, der sein Wort hält. Wir sind in friedlicher Absicht hier.**

Greaves nickte. »Die Allianz hatte immer Respekt vor dem Unendlichen König.«

Das war keine Lüge. Den hatten sie wirklich, wenn auch in dem Sinne, in dem man vor Waldbränden und Meteoriteneinschlägen Respekt hat.

Wir sind hier, um Denizen Hardwick zu danken. Er hat mich gerettet, als ich von Verrätern aus unseren eigenen Reihen angegriffen wurde. Es war eine mutige Tat, zwei Welten zu durchqueren. Ein Mensch, der einer Tenebra hilft. Ihr Lächeln war strahlend. **Kaum vorstellbar.**

Ein Herzschlag verging, und dann –

Doch was, wenn es nicht so wäre?

In der Kammer war es mit einem Mal so still, dass Denizen das überraschte Blinzeln von Greaves hören konnte. Die Stimme des Palatins fragte vorsichtig.

»Wie bitte?«

Was, wenn ein Treffen zwischen Menschen und Tenebrae nicht das Ereignis des Jahrtausends wäre, das einzigartige Resultat eines bösartigen Verbrechens, sondern eine Chance, über Frieden zu sprechen?

Bei diesem Wort ging ein erschrockenes Beben durch die Kammer. Keiner der Schattenjäger wandte den Blick von Venia ab, doch Denizen fiel auf, wie sich Schultern strafften und Schwerter zitterten. Selbst Greaves sah verblüfft aus. Beim Hof ließ es sich schwerer sagen – unirdische Körper, unirdische Reaktionen –, doch sowohl Malebranche als Vom-Ehemann-Verhöhnt schnellten herum und starrten die Tochter ihres Königs an.

Venia lächelte mit Unschuldsmiene.

Wir werden am Tag vor Neumond mit einem Geschenk hierher zurückkehren. Mit etwas, das unseren Vorsatz be-

kräftigen wird, einen neuen Weg einzuschlagen. Sie winkte. **Und natürlich auch, um unsere Dankbarkeit zu zeigen.**

Sie schaute Denizen nicht an. Sie warf ihm nicht einmal einen kurzen Blick zu.

Werdet Ihr uns empfangen, Palatin? Würdet Ihr uns Gehör schenken, wenn wir mit einer Friedensbotschaft zurückkämen?

Man musste es Greaves lassen, er fing sich glänzend.

»Eine solche Botschaft wäre uns sehr willkommen«, erwiderte er. »Hier? Am letzten Tag des Mondzyklus? Und es gelten dieselben Absprachen und Regeln?«

Einverstanden.

Vom-Ehemann-Verhöhnt knurrte in den Tiefen ihrer Kehle. **Du glaubst doch wohl nicht, dass wir an diesen Ort zurückkehren, zu Euren – Euren Fallstricken, Euren Fallendingern im Boden?**

Greaves zuckte die Achseln und ließ die Rüstung klirren. »Abgemacht. Das ist *Diplomatie.*«

Die Dunkelheit hinter dem Hof begann zurückzuweichen. Malebranche schüttelte sich zu einem Sturm glänzender weißer Flügel auseinander. Vom-Ehemann-Verhöhnt drehte sich weg, allerdings nicht, ohne noch ein letztes Mal die Scherbenzähne zu fletschen. Venia senkte den Kopf. Sehr sittsam, wie es sich für eine angehende Königin geziemt.

Ich halte meine Versprechen.

Die glänzende Gestalt von Vom-Ehemann-Verhöhnt drehte sich zum Nebel und verschwand in Schwaden blanker Feindseligkeit. Malebranche war nur noch ein immer kleiner werdendes Kräuseln schwarzer Flüssigkeit, Vertreiber bereits verschwunden. Denizen hatte keinerlei Bewegung von ihm mitbekommen.

Venia verbeugte sich – einmal und tief – und löste sich in tausend Lichtschnörkel auf. Die Türöffnung hinter ihr führte nicht länger in einen schwarzen Ozean, sondern zu einem weiteren langen steinernen Korridor. Nichts wies darauf hin, dass die Tenebrae da gewesen waren.

Doch wo zuvor Tausende von stehenden und marschierenden Schattenjägern eingemeißelt gewesen waren, glänzte jetzt nur noch glatter Stein, der an einen saubergeleckten Löffel erinnerte.

»Okay«, sagte Greaves, als der Strudel aus Angst schwächer wurde. »*Was ist?*«

13

Der Prozess von Ambrel Croit

»Wisse, dass nicht ich das Urteil über dich spreche«, sagte Großvater, jedes seiner Worte ein gefrorener Nagel. »Unser Urteil steht schon lange fest.«

Panik. Uriel versuchte, etwas Croit'sche Würde in seine Wirbelsäule zu pressen, aber er konnte das Zittern nicht verhindern. Er stand umgeben von seiner Familie im Inneren der Festung. Über ihnen hing Ihre Erlöserin, ein Spinnennetzwirrwarr aus Drähten, auf dem das schönste Gesicht saß, das er jemals gesehen hatte.

Dies war sein Zuhause. Dies war Ihr Schrein. Es hätte für Uriel der Ort auf der Welt sein sollen, an dem er sich am allersichersten fühlte.

Aber Ambrel sah so *klein* aus.

»Unser Urteil wurde vor langer Zeit gesprochen«, fuhr der alte Mann fort. Er hatte seinen üblichen steifen schwarzen Anzug gegen eine Robe aus makellosem Richtendem Weiß eingetauscht, bauschige Ärmel verbargen sowohl seine rechte als auch die fehlende linke Hand. Die anderen Croits, die in einem stummen Kreis um ihn herumstanden, waren ebenso gekleidet.

Tabitha trug Anklagerot, und Ambrel kniete in Versagergrau auf dem Boden, ihr Blick war gesenkt, ihr Herzschlag pochte in Uriels Brust.

Er hatte sich geweigert, Weiß zu tragen. *Sollen sie mich doch dafür bestrafen. Sollen sie doch tun, was sie wollen, Hauptsache, sie …*

»Wir wurden beurteilt und für unzulänglich befunden, und wir tragen das Eiserne Vordringen auf unserer Haut. Es lässt sich nicht vermeiden, wenn wir für unseren Krieg trainieren. Aber wir nutzen Ihre Gunst *ausschließlich* in Ihrem Dienst und *ausschließlich* so, wie Sie es vorgibt.«

Uriel brauchte nicht einmal hinzuschauen. Meredel würde den Eisenfleck auf seiner Wange abtasten. Seit eine Hälfte ihres Gesichts vollständig aus Eisen bestand, tränte Hagars linkes Auge ununterbrochen, in der Stille hörte man das leise Klacken ihres Blinzens. Roch, Osprey, Adauctus … selbst Uriel rieb mit dem Daumen unaufhörlich über die kalte Stelle in seiner Handfläche.

Jeder Croit träumte von dem Tag, an dem das Eiserne Vordringen wie Rost von ihm abblättern würde und das Feuer seiner Gunst ohne Angst lodern konnte.

»Macht ihr den Prozess«, forderte Großvater.

Es war eine gute Geschichte, dachte Uriel benommen, und Tabitha hat sie packend erzählt – auch wenn in Uriels Erinnerung keiner von ihnen ganz so unfähig gewesen war. Wenn es nach ihrer Tante ging, hätten die Zwillinge es nicht einmal dann durch die Nekropolis geschafft, wenn sich ihnen nur die Krähen in den Weg gestellt hätten. Die Sache mit dem Schwert hatte sie allerdings wahrheitsgemäß erzählt. Wozu übertreiben, wenn die Wahrheit schon vernichtend genug war?

Ambrels Schultern waren nach unten gesackt. Sie sah erschöpft aus. Zerbrochen.

Als Tabitha ihre Geschichte zu Ende erzählt hatte, war selbst die letzte Farbe aus Großvaters Gesicht gewichen. Sie nahm wieder ihren Platz hinter ihm ein, zuvor bemerkte Uriel allerdings ein kaltes triumphierendes Lächeln auf ihrem Gesicht.

Zu behaupten, dass Uriel niemals Gewalt gegen seine Familie in Erwägung gezogen hätte, wäre eine Lüge gewesen: Geschwister stritten sich nun mal, und es gab Tabitha, und die Croits waren zu Gewalt erzogen. Es war ein natürlicher Bestandteil des Lebens: *Wir* und *sie*, und diese beiden befanden sich immer, immer auf einer tödlichen Flugbahn.

Doch dies war das erste Mal, dass er seine Familie als Gegner empfand.

Ein Croit muss jederzeit bereit sein, einen Unwürdigen zu verurteilen.

Aber sie ist nicht unwürdig. Sie ist meine Schwester, und ihr Glaube ist unerschütterlich.

»Hast du irgendetwas zu deiner Verteidigung vorzubringen?«

Langsam, langsam hob Ambrel den Kopf.

»Alles, was ich je getan habe«, flüsterte sie, »habe ich im Dienst der Erlöserin getan. Jeder Herzschlag von mir gehörte Ihr. Hätte sich an unserem – *meinem* Geburtstag herausgestellt, dass ich nicht zu den Auserwählten gehöre … es wäre mein Tod gewesen. Ich hätte nicht weiterleben können, wenn Sie Ihr Antlitz von mir abgewandt hätte.«

Sie starrte die Erlöserin mit tränennassen Augen an.

»Aber Sie hat mir Ihre Gunst geschenkt. Was immer im Garten der Wartenden vorgefallen ist, war ein Fehler. Großvater – du hast uns immer gelehrt, niemals aufzugeben, niemals Niederlagen hinzunehmen. Und nur das habe ich getan. Ich war verzweifelt, und ich habe die Hand ausgestreckt –«

Sie holte tief und zitternd Luft.

»Ich habe Uriel verteidigt, obwohl ich ihn eigentlich mit

Tabitha jagen sollte. Das war falsch, und ich werde jede Buße annehmen, die mir auferlegt wird. Aber dass ich sein Schwert gezogen habe …«

Uriel war noch nie so erschrocken, aber auch noch nie so stolz gewesen. Ambrel Stimme versagte vor Kummer, aber auch vor Zorn – dem Zorn, der bei jedem Croit unter der Haut brodelte und beim geringsten Anlass herausbrach.

»Ich wusste nicht einmal, dass ich dazu in der Lage war! Wie kann es ein Fehler sein, wenn ich es nicht mal *wusste*?«

»Weil ich es sage!«

Großvaters Worte sorgten für Stille im Schrein. Ambrel zuckte zusammen. Meredels Hand blieb reglos auf seiner Wange liegen. Das Feixen verschwand von Tabithas Gesicht. Die donnernden Echos in der Kammer wurden von den Drähten in Stücke geschnitten, bis die Silben wie Regen auf sie herabfielen.

Plötzlich stieg Übelkeit in Uriels Magen auf. Der Lärm hörte nicht auf. Die Echos verstummten nicht. Croits blickten sich verdutzt um und pressten die Hände auf die Ohren. Selbst auf Großvaters Gesicht lag ein äußerst beunruhigender Ausdruck von Verwirrung. Uriel brauchte viel zu lange, um den Grund zu erkennen.

Die Drähte bebten.

Dicke Kabel schlugen vibrierend gegen den Stein. Haarfeine Fädchen flatterten, lösten sich in Sinuskurven absoluter Schwärze auf. Das Anspannen ihrer verborgenen Sehnen ließ die Wände beben, Staub wurde in Schichten von erstickendem Grau abgeworfen.

Zack.

Die Drähte, die eine Eisenstatue an der Wand hielten, zogen sich zurück und rollten sich wie zerschnittene Sehnen zusammen, die Statue stürzte herunter. Außer Großvater und Ambrel – er lief auf und ab und schien die rasierklingenscharfen Stränge nicht wahrzunehmen, die in der Luft spielten, sie starrte mit schmerzlich aufgerissenen Augen nach oben – stand keiner der Croits mehr aufrecht.

Was tut sie –

Die Luft war mit einem Mal entsetzlich kalt. Staubteilchen hielten in ihrer Umlaufbahn inne, um dann wie Blei herunterzufallen. Ein Gefühl von vernichtender, bösartiger *Verkehrtheit* heulte durch die Kammer, wie Uriel es noch nie erlebt hatte. Es vergiftete die Luft, beschmierte ihn in Sekundenschnelle mit einer Schicht von öligem, eisigem Schweiß. Er nahm es kaum wahr. Erlöserin tobte, und es klang wie das Ende der Welt.

Als sich Ihre Drähte zusammenzogen, zerbarsten Steine. Der Lärm war überall – es klang wie ein würgendes langgezogenes Bienensummen –, Sie umklammerte Ihren Kopf mit Drahtklauen und krümmte den Rücken, als wollte Sie sich in Stücke reißen. Aus den Spalten in Ihrem Oberkörper rieselte Staub.

Auch Ambrel schrie – sie kauerte auf den Knien, ein Kind vor Ihrem gewaltigen Schatten.

Solche Panik in ihrer Stimme. Uriel konnte die Worte kaum verstehen.

»ESTUTMIRLEIDESTUTMIRLEIDESTUTMIRLEID –«

Osprey duckte sich. Magnus weinte. Tabitha war geflohen, ihr Gewand ein roter Fleck auf dem Boden. Jeden Moment, jede Sekunde würde die Burg einstürzen. Uriel begrüßte die Vorstellung fast. Dann würde wenigstens das Geheul aufhören –

»MAJESTÄT!«

Alles hörte auf. Die Drähte erstarrten in der Luft, ein Wald winkender Finger. Von der Decke fiel immer noch Staub, aber das Knarren missbrauchten Mauerwerks verstummte. Großvaters Stimme hallte von den Wänden wider, und das Universum hielt die Luft an.

Ich …

Durch Ihre Schädelhöhle wand sich Dunkelheit. Ranken verschlangen sich miteinander und lösten sich wieder. Ihr leerer Blick fiel auf die erschrockenen Gesichter Ihrer Auserwählten.

Ich habe gehört, dass sich eine Tür geöffnet hat.

Ihre Stimme war leise.

Sie öffnete sich, und ich wachte auf.

Jedes Wort ein verlorenes kleines Ding.

Bist du da?

Uriel hatte Großvater noch nie so sanft erlebt.

»Meine Erlöserin, ich …«

WO BIST DU?

Plötzlich schnellte Sie herum, Drähte peitschten um sich, Ihr Mund verzog sich zu einem verzweifelten Knurren. Säulen zerbrachen in sauber geschnittene Scheiben. Sie hob die eisernen Körper des Widersachers auf und starrte in ihre Gesichter, dann warf Sie sie beiseite –

WO BIST DU?

Ambrel. Uriel versuchte, langsam vorwärts zu kriechen, aber da zerkratzte eine Ranke den Stein vor ihm, und er blieb, wo er war. *Ambrel, wo bist du?*

»Er hat überlebt, Majestät!«

Die Erlöserin erstarrte.

Von Ambrel Croits Haut schimmerte sanftes Licht. Sie erhob sich, ohne sich um die scharfen Stränge zu kümmern, und starrte in das Gesicht ihrer Göttin.

»Der Erste Croit hat überlebt, Majestät. Er überlebte, und wir sind sein Vermächtnis. Wir sind sein Versprechen, Euch zu dienen. Euch zu rächen. Wir sind Eure Familie, und Ihr werdet uns in den Unvermeidlichen Krieg führen.«

Die Erlöserin runzelte mit der Gemächlichkeit eines Gletschers die Stirn.

Krieg? Ich weiß nicht ... Sie blickte sich um. **Diese Burg war unser Zuhause.** Ihre Augen musterten die zertrümmerten Steine. **Wir wollten hier glücklich sein.**

Ambrel öffnete den Mund, um noch etwas zu sagen, aber Großvater fiel ihr ins Wort.

»Es gab eine Schlacht, Majestät. Der Widersacher kam, und die Burg stürzte ins Tal. Ihr schlieft. Der Erste Croit konnte Euch nicht aufwecken. Aber seine Familie wartete. Wir haben so lange gewartet.«

Ich habe geschlafen ... Ich glaube, ich habe geträumt ...

Ihre Stimme war sanft.

Bin ich die Einzige?

»Wir haben *so lange* gewartet, Meine Gebieterin«, wiederholte Großvater. In seiner Stimme lag eine schreckliche schmerzende Sehnsucht, die Uriel noch nie gehört hatte. »Aber Ihr seid zurückgekehrt. Ich werde sie rufen – alle Croits, alle Eure Diener. Uns hat es in alle Winde verstreut, aber Euretwegen ... Euretwegen werden sie zurückkommen.«

Croits.

Uriel hatte seinen Namen noch nie so ausgesprochen gehört. Geschmeckt. Abgewogen. Als würde das Wort allein nicht genügen.

Ja.

Sie starrte einen nach dem anderen an. Uriel hatte das Gefühl, unter diesem Blick zu verdorren, unter diesen zwei Punkten von schimmerndem Schwarz.

Wie viele?

»Genug«, erwiderte Großvater. »Das verspreche ich Euch.«

Ihre Stimme war scharf.

Ich werde niemals genug Diener haben.

Die Worte klangen gestelzt, als würde Sie etwas zitieren. Drähte huschten durch die Dunkelheit, und Uriel konnte sich gerade noch zusammennehmen und das Feuer zurückhalten, das in ihm aufloderte. Es *erkannte* Sie. Osprey presste die Hände gegen die Schläfen, wie er es immer tat, wenn er um Selbstbeherrschung rang. Meredels Fäuste hingen weiß herunter.

Natürlich kennt die Gunst Sie, protestierte ein Teil von Uriel. *Es ist schließlich Ihre Gunst.*

Scharlachrote Rinnsale kletterten seine Knochen hinauf, und er konnte sie nur mit äußerster Mühe zurückdrängen. Begierig. Das war das Wort. Sie waren begierig.

Und wütend.

Der Widersacher …

Die Augen der Erlöserin waren weit aufgerissen. Sie stieg anmutig herab, drehte sich, als habe Sie verborgene Gelenke. Als sie Ambrel in die Augen starrte, bildeten sich auf Ihren Drähten schwarze Öltropfen.

Ich erinnere mich an dieses Licht, flüsterte Sie. **Wir haben es gestohlen. Wir haben es gemeinsam gestohlen.** Ihre Stimme bebte. **Aber all das … diese Worte. Dieser Krieg … Ich kann mich nicht, ICH KANN MICH NICHT ERINNERN –**

Das Beben wurde ein Schauder, dann ein Anfall. Die Kammer erbebte von neuem, und die Croits gingen in Deckung.

Nur Ambrel nicht. Sie stand gerade aufgerichtet und wollte die Hand der Erlöserin nehmen.

Großvater starrte. Uriel starrte. Etwas anderes konnten sie nicht tun.

»Kein Problem«, sagte Ambrel. Ihr Lächeln war das einer Heiligen. »Wir haben es für Euch in Erinnerung behalten.«

14

Der richtige Ort

Vivian hatte recht, die zum Konsilium angereisten Schattenjäger hätten in der Seraphim Row wohnen können. Das Anwesen war so riesig, dass Denizens Verlangen, die widerhallende, flüsternde Dunkelheit des Hauses auszukundschaften, eher zu Ende war als die Korridore.

Die Seraphim Row war *weitläufig.* Sie war *geräumig.* Hätten die Neulinge ein Zimmer, eine Suite oder selbst einen ganzen eigenen Flügel verlangt, das Anwesen wäre ihrem Wunsch grimmig nachgekommen.

Autsch.

Denizen bückte sich, um sein Knie zu reiben, das gegen Simons Bettkante geknallt war. Der andere Junge bekam es nicht mit, er zog sich nur wieder schläfrig die Decke über den Kopf. Simon hatte in schweigender Übereinkunft auf ein eigenes Zimmer verzichtet und stattdessen einfach ein Bett in Denizens geschleppt.

Das Uhrwerktrio hatte bei jedem von ihnen seine Spuren hinterlassen. Simon behauptete zwar, er habe jene dunklen Wochen der Gefangenschaft in Crosscaper verarbeitet, aber Denizen lauschte viele Nächte lang, wie sich sein Freund in Albträumen verloren hin und her warf.

Nun schnarchte Simon allerdings ruhig vor sich hin, vermutlich wegen der Aufregung, dass er Edifice Greaves kennengelernt und die Hälfte von Goshawks Lebensmitteln verzehrt hatte. Denizen war ein anderer Fall. Er konnte weder stillsitzen noch schlafen und hatte es trotz ausgezeichneter Nachtsicht fertiggebracht, sich an jedem einzelnen Möbelstück in seinem Zimmer zu stoßen. Sein Kopf fühlte sich an, als sei er bis obenhin mit Glühwürmchen und zappeligen Blitzen gefüllt.

Das kann doch nicht alles gewesen sein.

Es war ja nicht so, dass nichts passiert wäre. Es war *eindeutig* etwas passiert. Venia war einfach lässig hereinspaziert – oder hereingeschwebt, vermutete Denizen – und hatte die größte metaphorische Bombe in der Geschichte der Allianz platzen lassen.

Frieden.

Beim Verlassen von Abgeschiedenheit hatte keiner der Schattenjäger gesprochen. Vivian hatte Denizen zu Hause abgesetzt und war sofort wieder verschwunden. Niemand hatte sich die Mühe gemacht, ihm zu erklären, was das bedeuten könnte – *wenigstens etwas, das sich nie ändert*, hatte er schlechtgelaunt gedacht –, und so blieb ihm nur übrig, Mutmaßungen anzustellen.

Frieden. Allein die Möglichkeit, oder allein die Aussicht, darüber zu sprechen …

Aber das war nicht der Grund, warum Denizen auf- und abging. Frieden war eine große Sache. Entscheidend. Unbedingt notwendig. Sogar weltverändernd.

Sie hat mich nicht mal angeschaut.

Aber warum sollte sie auch? Denizen war nicht dumm. Ihm war schon klar, dass sie nicht einfach zusammen chillen würden. Er hatte genügend Bücher gelesen, um zu wissen, dass Diplomatie weder Ehrlichkeit noch Gespräche bedeutete. Sondern elegante Abendessen und den Verrat hinter den Augen der Leute aufblitzen zu sehen und Großwesiren nicht zu vertrauen.

Einiges davon ließ sich natürlich nicht auf die reale Welt übertragen; als Denizen vor einem halben Jahr verraten worden war, hatte der Betreffende bloß verängstigt und krank ausgesehen. Der Verrat hatte sich nicht in seinen Augen gezeigt, er hing ihm auch nicht aus den Ohren oder so.

Denizen nahm sich vor herauszufinden, ob Venia irgendwelche Großwesire hatte, weiterhin nahm er sich vor, ihr den Rat zu geben, diese schnellstmöglich loszuwerden.

Vorausgesetzt, ich habe überhaupt noch mal Gelegenheit, mit ihr zu reden.

Denizens Fenster zerbarst.

Das Glas brauchte eine Ewigkeit, bis es zerbrach, jeder Splitter glitzerte mit einem unheimlichen blauen Schimmern. Das Licht verwandelte jede Scherbe in etwas Schönes – eine Schneeflocke, einen Saphir –, und einen Moment lang starrte Denizen bloß auf das Glas. Die absolut falsche Reaktion, wenn Splitter auf dein Gesicht zurasen.

Doch dann blinzelte er und merkte, dass sie keinen Schaden anrichteten.

In tiefblaues Licht gehüllt, drehte sich jeder Splitter träge und bedächtig in der Luft und ersparte Denizen das Schicksal, für den Rest seines Lebens mit Augenklappe und Gesichtsnarben klarkommen zu müssen. Er machte einen vorsichtigen Bogen um den langsam durch den Raum wehenden Schleier aus Glasteilchen und blickte aus dem Fenster.

Auf der anderen Straßenseite schimmerte Venia.

Die Haustür kam nicht in Frage – Vivian war vor einer

Weile zurückgekommen und schlich vermutlich noch herum. Damit blieb nur …

Eine richtig *schlechte* Idee.

Die Kunst der Apertura war weniger eine Ansammlung von Silben als ein stürmischer Sog durch ein zerbrochenes Fenster. Sie war der Cantus, mit dem man dem Universum eine Wunde zufügen und ein Loch zwischen *hier* und *dort* reißen konnte, um dann durch das eisige betäubende schwarze Wasser von Tenebris zu fallen. Und wie viele der Höheren Canti war die Kunst der Apertura ebenso nützlich wie gefährlich. Schattenjäger sprachen den Cantus nur als letzten Ausweg.

Deshalb sollte ich ihn wirklich nicht als Aufzug benutzen.

Als Denizen die Finger in die Luft bohrte und *zog*, öffnete sich ein klaffender Schatten, und seine Haut wurde knittrig und kalt. Dass er den Cantus perfekt beherrschte, minderte den Tribut, aber das hochschnellende Knie, mit dem das Universum auf die Beleidigung seiner Macht reagierte, war nicht zu leugnen. Denizen spürte das Kribbeln, mit dem sein Blut durch die mit einem Mal starren und kalten Adern lief. *Du wirst dich daran gewöhnen*, flüsterte ein Teil von ihm, aber bevor sich Logik und Vernunft einschalten konnten, hatte Denizen schon den ersten Schritt gemacht.

Seine Augen fielen zu.

Es gibt Dunkelheiten, durch die wir nicht hindurchblicken sollten.

Sein Atem stockte.

Es gibt Wasser, das zu kalt ist, um es zu trinken.

Kalt wie ein Schlag, ein Skalpell, ein Hammer. Ein grobes Zerren am Eisen in seinen Handflächen und dann –

Denizen schaffte es gerade noch, nicht zu stolpern, als sich das eisige Wasser in harten Asphalt verwandelte und das klebrige Nachtwabern von Tenebris sich mit zischenden schwarzen Rauchfähnchen von seinen Gliedmaßen löste. Er war weniger als eine Sekunde darin eingetaucht, aber es bedurfte trotzdem großer Selbstbeherrschung, das Frösteln nicht mit dem Feuer in ihm wegzubrennen.

Beeindruckend, murmelte Venia. Sie war eine Skizze in der Luft, nichts weiter als einige Linien in Mädchengestalt. Wer sie aus dem falschen Winkel sah, nahm sie überhaupt nicht wahr.

Der richtige Winkel war natürlich der von Denizens Fenster.

»Hi«, begrüßte Denizen sie. *Mehr will ich nicht sagen, oder?* Er holte tief Luft. »Du hast mein Fenster zertrümmert.«

Scharfsinnig erkannt.

Ich wollte dich aufwecken, sagte sie und kam plötzlich näher. **Ich habe das Glas angehalten. Wurdest du verletzt?**

»Nein«, beeilte sich Denizen zu sagen. »Nein, alles gut.« Als er zum Fenster zurückblickte, zuckte er zusammen. »Aber Simon –«

Venia krümmte die Hand und Denizen sah, wie sich blaues Licht und Glasscherben aus dem Fenster blähten, ihre Flugbahn verlief plötzlich umgekehrt. Falls Simon mitten in der Nacht auf die Toilette musste, würde das zumindest seine Füße retten.

Obwohl er bestimmt noch Fragen haben wird, warum sowohl ich als auch die Fensterscheibe verschwunden sind.

Genau genommen konnte sich Denizen, wenn er so darüber nachdachte, plötzlich alle möglichen Leute vorstellen, die nachhaken würden, was Venia und er da eigentlich veranstalteten.

»Es war eine dumme Idee«, sagte Denizen und starrte das große Tor der Seraphim Row an, als könnte Vivian jeden Moment mit gezücktem Hammer herausgestürzt kommen. »Wir sollten –«

Von hier verschwinden, beendete Venia seinen Satz. **Du hast recht.**

Das Anwesen in der Seraphim Row gab sich als Botschaft von Adumbral aus – einem Land kaum größer als sein Reisepass, in dem sich Tagesanbruch befand, der Stammsitz der Allianz – und lag versteckt zwischen anderen, echten Botschaften mit Flaggen und goldenen Schildern an den Türen.

Denizen fragte sich manchmal, ob einige davon auch nur Deckadressen waren oder ob noch andere Bünde hinter dem Anschein von Seriosität lauerten. Die Schattenjäger konnten doch wohl kaum Dublins einziges Geheimnis sein.

Im Moment machte er sich jedoch vor allem Sorgen, dass jemand einem dreizehnjährigen Jungen begegnen könnte, der neben einer schimmernden Blaupause herlief, einem Flechtwerkmädchen, hinter dem sich die Straße verformte und krümmte, als würde man sie durch Wasser betrachten.

Denizen deutete auf ein klotziges Reihenhaus.

»Die meisten Botschaften schließen um fünf …?«

Das schmiedeeiserne Tor zum Garten war mit einem Vorhängeschloss gesichert. Zweifellos ein ausgezeichneter Schutz gegen Eindringlinge. *Außer ich bin es*, dachte Denizen ein wenig selbstgefällig, bis Venia eine flüchtige Hand durch das Schloss schob, das sich daraufhin öffnete und auf den Boden fiel. Sie warf ihm einen Blick zu, der halb mahnend, halb amüsiert war.

Ich mache schließlich einen Staatsbesuch, Denizen Hardwick, da kann ich keine Sachschäden hinterlassen.

Wo sie recht hatte, hatte sie recht. Wenn am nächsten Morgen irgendjemand dieses Tor aufschließen wollte, würde sich das in zerschmolzenem Zustand sicher schwierig gestalten.

Venia schwebte in den Garten hinter dem Haus. Denizen tappte ihr verlegen hinterher. Als man sie von der Straße aus nicht mehr sehen konnte, stieß sie ein schwaches Seufzen aus, das an auseinandertreibende Wolken erinnerte, und ihr Schimmer wurde heller. Winzige Sternenregen wanderten ihre Wirbelsäule hinauf, ein spektakuläres Crescendo, das Bäume und Gras in sattes Silber tauchte. Denizens Atem bildete in der plötzlich winterlichen Luft Wölkchen, es war dieselbe Kälte, die Crosscaper am Tag ihrer ersten Begegnung in ihrer Gewalt gehabt hatte.

Das ist besser, murmelte sie. **Mich zu verstecken, fast unsichtbar zu sein … ist anstrengend.**

Eine Anstrengung, die sie offensichtlich aufgegeben hatte. Als das Licht aus ihrer Gestalt herausströmte, wurde auch die unirdische Aura von Tenebris schwächer, die bei ihr zwar sanfter war als der rohe Angriff des Ewigen Hofes, aber trotzdem die Luft surren ließ.

Denizen sah Venia verschwommen und verzögert. Er schmeckte Schnee, dann Blech, dann etwas, was an Blumen erinnerte. Das Rauschen des Windes krümmte sich zu tausendfachem Flüstern, redete in einer Sprache, die er mit etwas Anstrengung fast verstehen konnte …

Er schüttelte den Kopf.

Das ist besser, wiederholte sie. **Hier können wir sprechen.**

»Ja«, stimmte Denizen zu. »Jep. Mmm.«

Schweigen wirbelte das Gras auf.

Wie konnte jemand sein ganzes Leben mit dem Lesen von Büchern verbracht haben und dann in einem so entscheidenden Moment kein einziges Wort im Kopf haben? Denizen war die Handvoll Sätze, die sie miteinander gesprochen hatten, in Gedanken immer wieder durchgegangen. Aber er hatte dieses Gespräch nur mit knapper Not überlebt – im übertragenen wie wörtlichen Sinne –, da war es doch kein Wunder, dass er Angst hatte, ein neues zu beginnen.

Starr einfach auf den Boden.

Wie hast du –

»Ich habe nach dir gesucht«, sagte er plötzlich und zuckte zusammen, als sich seine Stimme entschied, genau in diesem Moment zu versagen. »Also in Büchern.«

Sie nickte. **Hast du etwas gefunden?**

»Nein«, antwortete Denizen. »Und irgendwann habe ich aufgehört zu suchen. Es fühlte sich komisch an. Als würde ich dich nicht über dich kennenlernen. Sondern das bekommen, was der Autor sich gedacht hat.« Er zuckte verlegen die Achseln. »Es fühlte sich falsch an.«

Er sah hoch. Venia hielt eine Hand über den Mund.

»Was ist?«, fragte er und wurde rot.

Nichts, sagte sie. **Es ist nur … du bist echt süß.**

»Marmph«, lautete Denizens Antwort, er lief so puterrot an, dass seine Stimmbänder durchschmorten.

Mein Vater hat meine Existenz sehr lange geheim gehalten, sagte sie, halb zu sich selbst. **Selbst seine engsten Diener durften mich nur mit Andeutungen erwähnen.** Sie schüttelte den Kopf. **Er ist übervorsichtig.**

»Ja«, antwortete Denizen ohne zu überlegen. »Ist uns auch schon aufgefallen.«

Sein Hirn brauchte einen Moment, bis es kapierte, was sein Mund gerade gesagt hatte. Er stammelte eine Entschuldigung, aber da lachte sie schon; ihr schallendes Gelächter schwappte wie Eiswasser gegen die Gartenmauern.

Denizen konnte nicht anders. Er prustete ebenfalls los – seine mageren Schultern bebten, er presste sich die Hände auf den Mund, um den Laut zu unterdrücken.

Es war der falsche Ort, um zu lachen. Es war die falsche Zeit, um zu lachen, und es war das falsche Thema, um darüber zu lachen. Das Uhrwerktrio war tot, aber ihre Bösartigkeit lebte weiter – in den Menschen, die sie verletzt, und in den Leben, die sie zerstört hatten. Das Trio nährte sich von Elend. Von dem Leid, das sie nach ihrer Vernichtung hinterlassen hatten, wären sie lange Zeit satt geworden.

Aber einen Moment lang ... fühlte es sich gut an zu lachen.

»Tut mir leid«, sagte er nach einem letzten Kichern. »Wir sollten nicht ...«

Nein, sagte sie. **Aber am Hof meines Vaters wird so selten gelacht.**

»Ist er ...«, Denizen wusste nicht genau, wie er es ausdrücken sollte.

Ist er so schrecklich, wie er in allen Geschichten dargestellt wird?

Denizen nickte.

Ihr Lächeln war traurig. **Er ist der König.**

Sie starrte in den wolkenverhangenen Himmel, offenbar wollte sie nicht mehr erzählen.

Am letzten Ort, an dem ich dich gesehen habe, gab es Sterne, sagte sie. **Ich habe sie bisher nur von Tenebris aus gesehen. Es war wunderschön, unter ihnen zu stehen, ihr Licht auf meinem Licht zu spüren.** Sie runzelte die Stirn. **Als ich endlich aus dem Keller heraus war.**

»O, ja«, sagte Denizen. »Tut mir leid.«

Es war ja nicht deine Schuld, sagte sie. **Vermisst du sie?**

»Die Sterne?«, fragte Denizen. »Ja, und wie. Sie sind das

Einzige, was mir von Crosscaper wirklich fehlt. Die Bücher hatte ich sowieso schon alle gelesen. Und Simon ist mitgekommen, insoweit …«

Simon?

»Mein Freund«, erklärte Denizen. »Er war zur gleichen Zeit wie du in Crosscaper und hat sich vor dem Trio versteckt.«

Geht es ihm gut?

In ihrer Stimme lag diese schlichte Besorgnis. Er lächelte schwach. »Ja, ich glaube schon. Wir sind alle ein wenig … Ich glaube, er kommt klar.«

Dann muss er stark sein, sagte sie. **Ich habe gesehen, was aus dem Waisenhaus geworden ist.**

Das Trio hatte sich *eingenistet.* Ich kannte nur meinen Käfig, erklärte Venia, in ihrer Stimme lag die Erinnerung an den Schmerz. **Aber mein Gefängniswärter ist die Korridore für mich abgelaufen. Obwohl er mich gefangen hielt, hat er mir, wenn ich geweint habe, Geschichten erzählt und Bücher gebracht.**

Grey. Das Trio hatte ihn zwar zum Leibeigenen gemacht und ihm seinen Willen genommen, aber er hatte trotzdem gekämpft und Freundlichkeit ins Dunkel gebracht.

Denizen schluckte, und es gelang ihm gerade noch trotz Schluckauf Luft zu holen.

»Entschuldigung«, sagte er. »Könntest du –«

Hatte er wirklich gerade eben *gelacht*? Obwohl Leute ihr Leben für ihn geopfert hatten? Obwohl Grey unversehrt wäre, wenn das Trio nicht nach –

Ihre Worte zertrümmerten Denizens Herz in Splitter, aber Venia redete immer noch unbekümmert weiter.

Ich glaube, er brauchte jemanden zum Reden. Was sie ihm angetan hatten, das Grauen …

»Könntest du aufhören –«

Jack schwankend in einer Lache Kerzenlicht, in den Armen etwas Kleines haltend.

Greys Hand eine missgebildete Klaue aus Uhrwerk.

Der ungewohnt verängstigte Ausdruck auf Abigails Gesicht.

… muss sich so allein gefühlt haben –

»Hör auf«, sagte Denizen, das Gras knackte unter seinen Füßen. Seine Haut strahlte golden, wie die Sonne, wenn sie durch Wolken gleitet, und Venia wich hastig vor seiner Hitze zurück. Der unirdische Frost schmolz in Sekundenschnelle und fiel als Regen zwischen ihnen herab.

»Tut mir leid«, sagte Denizen mit gequälter Stimme. »Tut mir leid, ich –«

Ihm war übel. *Natürlich ist dir schlecht*, flüsterte eine Stimme. *So wirken Tenebrae auf die Welt.*

Venia blickte ihn an, als könne sie die Gedanken in seinem Kopf lesen. Ihr Licht zog sich wieder zusammen, bis sie am Ende nur noch aus verwehten Linien in der Luft bestand. Er stand im falschen Winkel, um sie sehen zu können.

Und dann war sie endgültig verschwunden.

15

Seichte Stellen

Wenn Simon Hayes im letzten halben Jahr etwas perfekt gelernt hatte, dann war das hinzufallen. Seine Arme und Beine legten sich schützend wie Rollbügel um ihn, so dass er nicht auf den Boden knallte, sondern in eine aufrechte Position zurückfederte.

»Gut«, rief Darcie, die im Schneidersitz auf dem Rasen saß. »Alle beide. Denizen – super Schlag.«

»O ja, Denizen«, meinte Simon ironisch. »Ich war auch schon immer der Meinung, dass meine Nase etwas weiter links besser aussehen würde.«

»Tut mir leid«, sagte Denizen. Alles an ihm schmerzte, mit diesem todmüden Pochen von Sorge und Erschöpfung. »Ich war vermutlich nicht ganz bei der Sache.«

»Wenn ich nicht ganz bei der Sache bin, schlage ich eher daneben«, erwiderte Simon, aber sein Lächeln nahm seinem Kommentar jede Schärfe. »Alles okay?«

Habe nicht geschlafen. Hasse die Welt. Sie ist einfach verschwunden. Aber was hätte sie sonst tun sollen? Ich mit meiner dämlichen Empfindlichkeit …

Denizen zuckte so nonchalant die Achseln, wie es seine verspannten Schultern zuließen. »Mir geht's gut. Absolut. Noch 'ne Runde?«

»Nee«, sagte Simon. »Abigail?«

»Kommt Vivian auch?«, fragte sie und starrte auf die Hintertür. »Entschuldigung, Darcie. Ich will –«

»Kein Problem«, sagte die *Lux.* Simon und Denizen waren Neulinge im Nahkampf, Abigail ganz und gar nicht, es brauchte schon Vivian, um sie an ihre Grenzen zu bringen. »Sie ist seit heute Morgen verschwunden. Vielleicht ist sie –«

»Mit dem Zirkus durchgebrannt?«

Edifice Greaves stand in der Türöffnung. Für jemanden, der den großen Auftritt liebte, verstand er sich ausgezeichnet auf lautlose Fortbewegung. Vivian hätte die Unaufmerksamkeit der Neulinge missbilligt, aber wenn man berücksichtigte, wer sich anschlich, war sie da vermutlich nicht die Einzige.

Der Palatin grinste.

»Entschuldigung. Habe mich selbst reingelassen.« Er hielt einen Schlüsselbund hoch, der die Größe von Denizens Kopf hatte. »Zugang zu allen Bereichen.« Ein tiefer Atemzug, als hätte er noch nie zuvor frische Luft eingeatmet, spannte den Stoff des teuren Hemds, das er unter seinem schwarzen Anzug trug. »Wenn man mich unter einem Berg Papierkram begräbt – Anträge, *Budgets* –, gehe ich gern mal raus. Bin aktiv. Und rufe mir in Erinnerung, was wir eigentlich tun.«

Wie auf Kommando surrte etwas in seiner Anzugtasche. Mit dem Schwung eines Zauberers, der einen Taubenschwarm freilässt, holte Greaves es heraus, drückte auf einen Knopf und schob es wieder in die Tasche.

»Das sind die Leute, denen das nicht gefällt. Nun gut. Wie ist das allgemeine Wohlbefinden?«

Mit einem Mal zahlten sich die vielen Stunden Diskussion über die möglichen Motive von Edifice Greaves aus. Die Neulinge schlossen wie eine römische Phalanx die Reihen.

»Phantastisch«, erwiderte Simon. »Ich glaube, meine Gehirnerschütterungen haben blaue Flecken.«

»Die Gehirnerschütterungen habe ich ihm verpasst«, brüstete Abigail sich stolz, aber dann sah sie ihn fragend an. »Hätten wir jemandem Bescheid sagen sollen?«

»Über … was …?«

»*Simon.* Das ist nicht lustig.«

»Kinder«, unterbrach Darcie sie geduldig. »Es ist uns eine Ehre, Palatin. Vielleicht könnten Sie uns einen Gefallen tun und uns ein paar gute Ratschläge geben.«

Und das tat er.

»Simon, ich war schon mit neun so groß. Weißt du, was du machen musst? Taekwondo. Da lernst du alles über Reichweite.«

Stunde um Stunde.

»Kennt ihr schon den über den Sittich und die alte Jungfer? Nein? Sie werden mir zwar alle meine Titel aberkennen, wenn ich euch den erzähle, aber … Na gut, aber sobald ihr anfangt zu lachen, gibt's eins auf die Mütze, also passt auf.«

Darcies Skepsis kapitulierte als Erste. Abigail war so damit beschäftigt, mit einer Hand oder einem Fuß an Greaves' Abwehr vorbeizukommen, dass sich schwer sagen ließ, ob sie überhaupt irgendjemandem zuhörte. Und obwohl Denizen so lange durchhielt, wie er konnte, und Simon sich aus Solidarität anschloss …

… war Greaves ein *extrem* charmanter Mensch.

»Meine Familie? Schon immer Schattenjäger. Und auch immer an der Front. Es gibt viele Arten, der Allianz zu dienen, aber wir haben uns immer die schmutzigsten Kämpfe ausgesucht, die verzweifeltsten Schlachten.«

Sie saßen im Gras. Denizen konnten den zitternden Schmerz

in seinen Muskeln förmlich hören, aber es war eine gute, reine Erschöpfung – ganz anders als die gleichgültige Übermüdung nach einer schlaflosen Nacht. Es war ihm sogar gelungen, die Canti während des Trainings unter Kontrolle zu halten, allerdings hatte er nicht mehr die Kraft, sich zu überlegen, ob es auf Vivians Warnungen zurückzuführen war, oder weil Greaves ein Talent zum Unterrichten besaß, das seiner Mutter fehlte.

Greaves betrachtete die Seraphim Row. »Ich stelle mir die Grenze zwischen den Welten immer als Fluss vor, nicht als Wand. An manchen Stellen ist der Fluss schmal und seicht, und Tenebrae können ohne Schwierigkeiten hindurchwaten. An anderen Stellen ist er zu breit und zu tief.«

Der Palatin zupfte Grashalme ab und legte einen nach dem anderen auf sein Knie. Er hatte kein Wort über das Konsilium verloren. Er hatte Venia nicht erwähnt. Er hatte nicht wie mit Kindern mit ihnen gesprochen oder Informationen für sich behalten. Keine Berechnung. Keine *Manipulation.*

Welcher ist der echte Greaves? Ist es so einfach?

Warum ist überhaupt nichts einfach?

»Wir sind immer in die seichten Stellen gewatet«, erklärte Greaves. Abigail und Darcie waren völlig fasziniert. »Es ist sozusagen eine Familientradition. Ich war ein Wanderfalke bei den Schattenjägern – bin um die Welt gereist und habe, wenn Not am Mann war, Kader unterstützt. So habe ich Grey kennengelernt.«

Bei all dem Chaos in seinem Kopf hätte Denizen nicht angenommen, dass er noch verspannter werden könnte, aber genau das passierte. *Jetzt* waren die Canti wach und breiteten sich mit einem Gähnen wie geschmolzenes Gold in ihm aus.

Greaves hielt die Hände hoch.

»Tut mir leid. Ich weiß, letztes Mal bin ich zu weit gegangen, als ich ihn erwähnt habe. Das wollte ich nicht. Ich wollte bloß – ihr habt ihn ja auch alle gekannt. Ich wollte es vermutlich nur aus dem Mund von jemandem hören, der dabei gewesen ist.«

»Ich habe Ihnen erzählt, was vorgefallen ist«, erwiderte Denizen abweisend.

Greaves warf ihm einen gequälten Blick zu. »Ich werde nicht weiter wegen dieser Nacht nachbohren, Denizen. Du warst ehrlich zu mir, und das respektiere ich.«

Die Ernsthaftigkeit in seiner Stimme sorgte dafür, dass Denizen sich innerlich wand.

»Doch ungeachtet all unserer Beobachtungen zu den Tenebrae, all unseren Nachforschungen, was sie können und was nicht, mit dem Trio hatten wir nicht gerechnet.« Seine schmerzliche Miene verwandelte sich in Wut. »*Leibeigenschaft.* So nennt Grey es an den Tagen, an denen er …«

Er stand unvermittelt auf.

»Ich gehe besser.«

»Wie?«, fragten Abigail und Darcie wie aus einem Munde. »Warum?«

Er wischte das Gras von seinen Knien. »Sie haben bestimmt schon Suchtrupps losgeschickt. Danke für den Nachmittag. Es ist schön, mal aus dem Büro rauszukommen, selbst wenn es ein so schickes –«

»Nein«, unterbrach ihn Denizen. Zorn schoss in ihm auf, Zorn, dass er durch die Erwähnung von Grey manipuliert worden war, und Zorn, dass er nicht wusste, ob es überhaupt Manipulation gewesen war. Das Verlies mit Boxen in seinem Kopf bebte, Flammen züngelten die Wände hoch. Denizen konnte fast riechen, wie Tausende von Etiketten verbrannten, Tausende von Namen. »Sagen Sie es.«

Als Edifice Greaves daraufhin sprach, machte es nicht den Anschein, als würde er überhaupt mit ihnen reden. Seine Augen waren auf etwas jenseits des Gartens fixiert, und er sprach, als wolle er sich mit einer von vielen möglichen Wahrheiten beruhigen.

»An manchen Tagen merkt man überhaupt nichts. Es gibt in Tagesanbruch immer irgendwelche Aufgaben, die keinen Kampf erfordern. An manchen Tagen kommt es mir vor, als wäre er beinahe … froh, nichts damit zu tun zu haben.«

Darcies Stimme war sanft.

»Und an anderen Tagen?«

Greaves sah sie lange an, dann zog er sein Telefon heraus. Keine Erklärung von ihm hätte den Neulingen so deutlich klarmachen können, dass diese sonderbare Unterhaltung damit für ihn beendet war.

»Ich habe mein ganzes Leben lang Krieg gelernt«, sagte der Palatin. »Man sollte meinen, dass man seinen Feind kennt, wenn man über Jahrhunderte hinweg denselben Krieg ficht. Aber die Zeit verändert die Wahrheit, und jede Schlacht fördert eine neue schreckliche Überraschung zu Tage. Deshalb ziehe ich dieses zweite Treffen in Erwägung.

Die Hälfte der Schattenjäger, die ich mitgebracht habe, vertritt die Meinung, wir sollten uns vor einer Falle in Acht nehmen, die andere Hälfte glaubt, wir sollten selbst eine stellen. Ein Mitglied des Ewigen Hofes zu sein ist keine nichtssagende Ehre. Jedes dieser Geschöpfe erfüllt eine Rolle, hat seine eigenen Vasallen – eine Kette der Loyalität von der gemeinsten Bestie bis ganz hinauf zum König höchstpersönlich. Sie sind *wichtig*. Vom-Ehemann-Verhöhnt ist eine Heroldin, Malebranche ist der Chef eines Spionagerings.«

Denizen schluckte. »Und … der andere? Vertreiber?«

»Scharfrichter«, erwiderte Greaves düster. »Diese Kreaturen repräsentieren einen bedeutenden Teil der Stärke, die der Unendliche König besitzt.«

Denizen konnte sehen, wie sich wieder die Aura des Palatins über Greaves legte und den wirklichen – *war es der wirkliche?* – Mann verdeckte.

»Die Hälfte ihrer Führerschaft in einem Raum – das ist eine großartige Gelegenheit.« Wie schon bei der Erwähnung von Grey huschte etwas Dunkles über sein Gesicht. »Aber ich würde gern glauben, dass eine Tenebra es ehrlich mit uns meint. Es wäre allerdings das erste Mal.«

Er zuckte die Achseln. »Andererseits gehört es auch nicht gerade zu den Stärken der Menschen, mit offenen Karten zu spielen, oder?«

Er ging, und kurz darauf verließen auch die Neulinge den Garten, jeder von ihnen in seine Gedanken vertieft. Ein Teil von Denizen wollte mit ihnen reden, jede Miene des Palatins analysieren, jedes freundliche Wort ... aber welches Recht hatte er, ihnen Zweifel einflößen zu wollen?

Denizen war sich nicht einmal seiner eigenen Gefühle sicher.

16

Narbengewebe

Simon schnarchte.

Es hatte Denizen nie gestört. Und es störte ihn auch jetzt nicht. Es bedeutete, dass sein Freund schlafen musste, denn ein solches Geräusch ließ sich nur mit einer kleinen Blaskapelle vortäuschen. Er schlug langsam die Decken zurück und zählte dabei die Grunzer aus dem Nachbarbett, als wären sie der Zeitmesser an einer halb entschärften Bombe.

Vorsichtig. Zusammengefaltete Kleider unter seinem Kopfkissen (um nicht den Schrank öffnen zu müssen), eine Nachricht auf seinem Bettzeug (wo man sie leicht sah):

KANN NICHT SCHLAFEN.
BIN IN DER BIBLIOTHEK.

Er hatte sie vor dem Schlafengehen geschrieben (um nicht wegen der Lautstärke der Stifte zusammenzucken zu müssen), und alle würden es für eine typische Denizennotiz halten.

Vormittags hatte er *Eine Liste der Unterherolde* gemopst und in seine Jackentasche geschoben, damit die ganze Geschichte, falls Simon nach ihm suchen würde, glaubhaft wirkte.

Denizen hatte eigentlich an alles gedacht.

Was, wenn sie nicht –?

Halt. Die. Klappe.

Greaves hatte ihm viel Stoff zum Nachdenken geliefert, aber Denizen hatte vorgezogen, keinen Gedanken daran zu verschwenden, sondern penibel seine mitternächtliche Exkursion zu planen.

Er hatte sich ein perfektes Timing zurechtgelegt. Genau um diese Zeit war gestern sein Fenster zerborsten.

Wenn ich mich täusche … Wenn ich sie verschreckt habe …

Er könnte sich einfach wieder schlafen legen.

Der Gedanke verfolgte ihn noch, als er aufs Dach kletterte und kurz durch die eisige Kälte einer anderen Welt stürzte. Genau aus diesem Grund hatte er jede Handlung akribisch geplant, jede einzelne veränderliche Größe, jede einzelne Eventualität in Betracht gezogen.

Das Einzige, wofür er keinen Plan hatte, war ihr Nicht-Auftauchen.

Nachdem er den Garten der anderen Botschaft nun kannte, konnte er ihn sich in Gedanken vorstellen und direkt dorthin reisen. Denizen war nicht sicher, was passieren würde, wenn man die Kunst der Apertura einsetzte, um an einen unbekannten Ort zu gelangen, aber das wollte er auch lieber nicht herausfinden.

Als er aus dem Schatten heraustrat, rieselte Dunkelheit von seinen Beinen. Sein Herz rasselte unmelodisch in seinem Brustkorb, und seltsamerweise wollte ein Teil von ihm Simons Stimme hören. Dann müsste er nämlich umkehren. Er bräuchte nicht zu reden. Er müsste sich nicht blamieren. Er könnte kampflos aufgeben.

»Hallo?«

Der Garten schien sich seit der letzten Nacht nicht verändert zu haben. Hinten gab es ein kleines Blumenbeet und ein paar Klappstühle, die offenbar von Angestellten hinausgebracht worden waren, um den Sonnenschein zu genießen.

Und …

Wenn er sich mit aller Kraft konzentrierte, konnte Denizen ganz schwach Tenebris spüren. Etwas im Schimmer der Straßenlaternen. Ein Zittern in den Blütenblättern der Blumen.

Offen und ehrlich.

»Es tut mir leid«, sagte Denizen in die leere Luft. »Du hast gestern Abend über Grey gesprochen, und ich … bin sauer geworden. Seit sie ihn weggebracht haben, werde ich jedes Mal, wenn ich an ihn denke, so … Ich werde wütend. Und ich habe ein schlechtes Gewissen. Denn das Trio war hinter meiner Familie her, und Grey wurde nur meinetwegen gequält.

Und ich …« Seine Stimme versagte. »Und ich bin schuld, dass D'Aubigny getötet wurde. Manchmal fühle ich mich *schrecklich*, dass ich Grey stärker vermisse als sie, weil ich ihn besser gekannt habe. Bei *ihr* scheint es überhaupt keine Spuren hinterlassen zu haben, und wenn ich in ihrer Nähe bin, fühlt sich meine Haut zwei Nummern zu klein an, und entweder blaffe ich sie oder sie mich an.«

Denizen holte tief Luft. »Meine Wut verändert mich. Sie macht jemanden aus mir, der ich – glaube ich – nicht sein möchte.

Das Feuer hilft. Aber es ist gefährlich, weil es so schwer zu kontrollieren ist, und … und manchmal, bin ich auch auf dich wütend. Weil du es noch schwieriger für mich gemacht hast. Und dann gegangen bist.«

Er redete nicht weiter. »Tja. Mmh. Noch mal. Ähm. Tut mir leid.«

Nein.

Ihre Stimme klang sanft, als sie in der Dunkelheit des Gartens sichtbar wurde, doch ihr Blick, mit dem sie Denizen in die Augen sah, war so durchdringend, dass er nicht wegschauen konnte.

Ich bin diejenige, die sich entschuldigen muss. Wir waren in einer verzweifelten Situation, und ich habe mir keine Gedanken gemacht, was nach diesem Moment passieren würde. Du hast ein Problem mit den Canti.

»Ja«, räumte Denizen ein.

Es war absurd, dass er es bisher noch nie zugegeben hatte – weder Simon gegenüber, noch Abigail, noch Darcie. Auch nicht Vivian gegenüber – obwohl sie ihn zu warnen versucht hatte.

Nun ja. Sie hatte ihm ein Messer geschenkt. Und eine wenig hilfreiche, kryptische Verleumdung des Anführers der Allianz abgelassen.

»Die Canti möchten benutzt werden«, sagte Denizen. *Ich wechsle nicht das Thema. Nein, tu ich nicht.* »Ich kann sie spüren. Mein ganzer Kopf ist voll von ihnen. Seit jener Nacht weiß ich ganz genau, was jeder von ihnen bewirken wird, aber sie … Aber es steckt noch mehr hinter ihnen, oder? Ich habe das Gefühl, dass wir sie *falsch* benutzen und dass, wenn ich sie richtig zusammensetzen würde …«

Das Feuer in seinem Magen knisterte nach oben, er musste sich anstrengen, ihr nicht zu *zeigen*, was er damit meinte, die Scintillasense mit dem Anathemabogen zu verbinden, der Staccatobresche und der Kunst der Apertura – zuzulassen, dass sie sich wanden und peitschten und *zu einem …*

Nein. Denizen errichtete kalte Mauern zwischen sich und dem Eifer des Feuers, und schließlich erloschen die Flammen.

Sie sind nicht für diese Welt bestimmt, Denizen. Du siehst ja, was sie bei dir anrichten.

»Wir nennen es Tribut – Narbengewebe«, erklärte Denizen und starrte auf das Eisen, das seine Hände befleckte. »Es ist der Preis, den wir dafür bezahlen, dass wir die Welt auf eine Art verändern, die nicht vorgesehen war.«

Es ist die Antwort deiner Welt auf ein Feuer, das sie niemals hätte spüren sollen. Sie schwebte näher. **Aber Narben sind nicht so schlimm, Denizen. Nicht immer.**

Sie spähte zur Seraphim Row hinüber.

Ich fand euch Schattenjäger schon immer tapfer.

»Was sind die Canti wirklich?«, bohrte Denizen. »Es ist so *frustrierend.* Ich weiß zwar, was sie bewirken können, aber sonst kaum etwas. Und ich kann niemanden fragen oder ...« *Oder sie werden mir Fragen über dich stellen.* »Was waren sie in deiner Welt?«

Ihr Gesicht zuckte, nicht wie bei einem Menschen mit Muskeln und Sehnen, sondern wie eine Wintersonne, vor die sich eine Wolke schiebt. **Was weißt du über Tenebris?**

Bei all den Gedanken und Hoffnungen, die sich Denizen zu diesem Gespräch gemacht hatte, eine Prüfung hatte nicht dazu gehört.

»Es ist eine andere Welt, die an unsere grenzt. Ihr kommt hierher, baut euch einen Körper aus allem, was gerade zur Verfügung steht, und ihr seid –«

Verkehrt. Das war das Wort, das ihm auf der Zunge gelegen hatte, und er schämte sich, als die Blätter hinter Venia raschelten und davontrieben, obwohl gar kein Wind wehte. Ihr Licht benetzte das Gras mit flammenlosem Feuer.

»Ihr seid anders«, beendete er feige seinen Satz. »Ihr passt nicht hierher.«

Nein, sagte Venia, **das tun wir wirklich nicht.** Sie hob eine Hand, und sie betrachteten gemeinsam die Blitzstränge, die zwischen ihren Fingern Funken sprühten. **Aber was das andere anbelangt ...**

Tenebris ist keine Welt, Denizen. Jedenfalls nicht so, wie du dir das vorstellst. Es ist ein Raum zwischen Welten – der Abgrund zwischen Königreichen, ein Meer, das an viele fremde Küsten schlägt.

Sie sagte es so beiläufig, als wäre die Existenz anderer Universen etwas völlig Selbstverständliches für sie. Sein Gesichtsausdruck brachte sie zum Lachen.

Tut mir leid. Es sollte mich eigentlich nicht überraschen. Du kannst sie von hier aus nicht sehen, oder? Ihr habt Zusammenstöße mit Tenebris und glaubt, das sei alles. Oh, es gibt so viele Welten, Denizen. Sie bevölkern unseren Himmel, scheinen aus jedem Winkel auf uns. Wenn du tapfer genug bist, an den äußersten Rand zu schwimmen, siehst du sie.

Denizen konnte nicht mehr an sich halten. »Was denn zum Beispiel?«, fragte er aufgeregt.

Sie beäugte ihn verschmitzt. **Nun ja ...**

Stirnrunzeln Nummer sechs – ›Das Hartnäckige‹, vermutlich ungehörig, wenn man von einer Würdenträgerin besucht wurde. »Sag schon. Du musst es mir erzählen!«

Schön, sagte sie mit gespielt finsterem Blick. **Stell dir Realität nach Realität vor, die wie die Wirbel einer großen Wirbelsäule aus zerbrochenem Glas aufeinanderliegen. Es gibt kleine Reiche aus nichts als Kälte und Sternen und Hoffnung.** Ihre Stimme war nun gedämpft, als empfände sie Ehrfurcht vor der Unermesslichkeit dessen, was sie beschrieb. **Es gibt alte und überhebliche Orte, wo große Köpfe nachdenken, Gedanken wälzen und sich mit Planeten kleiden, als seien es die Schuppen einer Schlange. Es gibt**

Galaxien aus Musik, die ein einziger schimmernder Akkord sind.

Denizen war verzückt.

Wenn du möchtest, könnte ich es dir irgendwann mal zeigen. Ein nachdenkliches Stirnrunzeln huschte über ihr Gesicht. **Du atmest … Sauerstoff, oder?**

Sie lachte wieder, es klang wie Regentropfen – falls Regentropfen tanzen konnten. Das Geräusch ließ Denizen schaudern.

Bei so vielen Universen, dem Licht so vieler Sterne, das auf unsere Haut trommelt … Wir sind Wechselbälger, Denizen – nie an eine Gestalt gebunden, aber wir finden viele. Ihre Miene verdüsterte sich. **Oder lassen sie für uns finden.**

»Moment«, unterbrach sie Denizen. Er wollte unbedingt zu dem Punkt zurück, an dem sie wieder lächeln würde. »Was meinst du mit ›lassen sie für uns finden‹?«

Die Luft wurde tot und kalt. Tenebris trieb in der Luft wie tausend miteinander vermischte Düfte, schwach aber intensiv genug, um einen Belag in der Kehle zu hinterlassen.

Nichts an uns ist festgelegt, Denizen, sagte sie. **Nicht wie in dieser Welt mit ihrer Starrheit. Wir sind Grenzgeschöpfe, und was wir sehen, verändert uns. Was wir tun und was uns angetan wird. Du bist dem Phantomjungen begegnet, oder?**

Dem Schwächsten des Trios – er hatte Denizen geholfen, weil er nach den Grausamkeiten, die ihm seine Zuchtmeister angetan hatten, nur noch sterben wollte.

Bevor der Mann in der Weste ihn in seine Klauen bekam, hätte er etwas anderes werden können. Genau wie die Frau in Weiß. Die beiden sind so lange zusammen unterwegs gewesen, dass sie zu zwei Aspekten desselben Geschöpfs

wurden. Und Vater hat Aufräumer geschickt, oder? Als ich verschwunden war?

»Ja«, sagte Denizen. Er versuchte immer noch, dem, was sie ihm da erzählte, zu folgen, aber es klang plausibel. Irgendwie. Ein bisschen. Er hatte schon gewusst, dass die Tenebrae ihre Gestalt abstreifen konnten und dass sie mit zunehmendem Alter immer besser darin wurden … »Grey und D'Aubigny haben gegen es gekämpft – äh … ihn.«

Nach diesem Kampf war nicht mehr viel von ihm übrig, sagte sie. **Wie sah er aus, als er kämpfte?**

»Wie Katzen«, sagte Denizen. »Zumindest so ähnlich.«

Aha, sagte sie mit seltsamer Zärtlichkeit. **Eine Jagdgestalt.** Sie bemerkte den Ausdruck auf Denizens Gesicht. **Genau das meine ich. Unser Ziel, unsere Umgebung, ein Name … Sie können uns beeinflussen. Uns verändern. Unsere fixen Ideen erschaffen uns neu.**

Denizen runzelte die Stirn. »Wie meinst du das mit den fixen Ideen?«

Sie antwortete zögernd. Fast … nervös, zum ersten Mal, seit sie sich kannten.

Nichts. Ich möchte nicht …

»Nein«, sagte Denizen. »Was?«

Sie sah ihn nicht an, ihre Worte richteten sich an den bewölkten Himmel.

In einem bestimmten Licht sehen sich deine Mutter und die Frau in Weiß sehr ähnlich.

Plötzliche Abscheu schnürte Denizens Kehle zu. *War das so?* Er versuchte, sich die ausgezehrten wolfsähnlichen Züge der Frau vorzustellen, aber ihm fielen nur Skalpellgliedmaßen und ein Gesicht aus klackernden, hungrigen Zahnrädern ein.

Ich weiß nicht, ob es die Entscheidung der Frau war

oder lediglich die Reaktion auf einen Gedanken, der sie beherrschte. Wir sind … schrecklich unbeständige Wesen.

Sie spähte erneut zu ihm.

Womit wir zum Feuer kommen.

»Es ist so hell«, sagte Denizen, enorm erleichtert über den Themenwechsel. »Aber ich war in Tenebris. Es ist dunkel und kalt … Das passt nicht zusammen.«

Das hat es auch nie, sagte sie. **Doch eine Zeitlang wärmte uns das Feuer. Wir leben im Schatten der Sterne, aber ihre Hitze erreicht uns nicht, und ihr Licht ist so weit entfernt, dass es uns nur daran erinnert, in welcher Dunkelheit wir leben.**

Das Feuer war unsere Sonne, Denizen.

Als habe es ihre Worte verstanden, trommelte Licht gegen den dünnen Käfig von Denizens Brust. Sobald sie es ausgesprochen hatte, *wusste* er, dass es die Wahrheit war. Ein Feuer, das sich selbst nährte, das begierig und rein und rauchlos loderte, heißer und greller, als es die Welt verkraftete. Es ergab Sinn. Kein Wunder, dass Tenebris so frostig und leer war. Er trug die Sonne der Tenebrae in sich, so wie die ganze Allianz, wo es entlangzüngelte, hinterließ es schwarze Brandspuren.

Venia blickte nachdenklich in den Himmel. Denizen fragte sich, ob sie die Sterne durch die Wolkenhaube erkennen konnte.

Sonne ist euer Wort dafür, sagte sie, ihre Stimme klang anders. Auch ihr Leuchten hatte sich verändert – es war schärfer und kälter, ihre Gesichtszüge schmolzen wie eisgesprenkeltes Wasser. Denizens Magen rumorte, und er erinnerte sich an ihre erste Begegnung, an das Artilleriedröhnen ihres Zorns.

Für uns war es das Licht, um das wir uns versammelt

haben, sein Schein wärmte uns. Und dann ... wurde es gestohlen, Denizen. Es wurde uns weggenommen. Und ohne das Feuer ...

Ihre Augen *flammten auf.*

Was konnten wir in der Dunkelheit werden außer Monstern?

17

Verhängnisvolle Familientraditionen

»Sie tut *was*?«

Abucad Croit rückte seine 100-Dollar-Krawatte auf seinem 1000-Dollar-Hemd zurecht und spähte mit verächtlich zusammengekniffenen Augen zu Eloquenz hoch. Einen anderen Gesichtsausdruck kannte Uriel von seinem Onkel nicht. Jahre konzentrierten Missfallens an der Welt hatten sich dauerhaft in Abucads Zügen verfestigt.

In Anbetracht des Weges, den sein Leben eingeschlagen hatte, war das durchaus nachvollziehbar.

»Sie spricht, Onkel.«

Der Pfad zu den Burgtoren war mit den Granatsplittern ihres Sturzes übersät, sie ragten aus dem Boden wie schiefe Zähne in einem fauligen Kiefer. Uriel hatte stundenlang auf einem der Trümmer gesessen und den Sonnenaufgang über dem Taleingang beobachtet. Er war der Einzige gewesen, der sich freiwillig gemeldet hatte, die Neuankömmlinge abzuholen.

Alle anderen waren in der Burg geblieben. Bei Ihr.

»Deshalb hat mich der alte Mann rufen lassen?«

Seine Verachtung verhärtete sich zu Abscheu. Abucad ähnelte Großvater nun noch stärker – dieselben dolchähnlichen Wangenknochen, dieselbe ausgezehrte Gestalt. *Sollte man ihnen diese Ehre erweisen*, dachte Uriel, *ihre Statuen wären absolut identisch.* Zu behaupten, dass Abucad sich nicht mit seinem Vater verstand, wäre eine Untertreibung gewesen, über die man bloß lachen konnte – hätte denn einer der beiden jemals gelacht.

Die Ähnlichkeit zwischen Großvater und Abucad ließ den jungen Mann neben ihm noch unangenehmer erscheinen. Uriel kannte seinen Namen nicht. Das war schon seltsam genug, denn Uriel wusste von jedem den Namen, von jedem, der wichtig war. Und der Fremde sah Großvater ebenfalls ähnlich, auch wenn seine Jugend und der Babyspeck diesen Eindruck milderten. Er starrte die zerstörten Festungsmauern an, als habe er plötzlich erkannt, dass er in einem Märchen falsch abgebogen war und den Weg zurück nicht mehr finden würde.

»Warum hast du *ihn* mitgebracht?« Uriel zeigte dem Fremden die Zähne, was dieser mit Zurückschrecken belohnte. *Jämmerlich.* Wenn Draußen eine solche Wirkung auf Menschen hatte, konnte es ihm gestohlen bleiben.

Abucad seufzte. »Weil dieser Ort unglücklicherweise immer noch großen Einfluss auf einige von den eher ... traditionellen Mitgliedern unserer Familie hat und ich der Meinung war, mein Sohn sollte das mit eigenen Augen sehen.«

»Daniel«, stellte sich der gunstlose Sohn vor und streckte ihm eine Patschhand entgegen. Uriel starrte sie so lange an, bis der junge Mann sie wieder zurückzog.

»Spar dir die Mühe«, brummte Abucad und musterte Uriel wieder mit kaltem Blick. »Sie spricht also, ja? Und sage mir, Neffe, wenn Sie spricht, kann das jeder hören? Oder nur Vater?«

Daniel lächelte kläglich. Uriel nicht.

»Vergiss es«, fuhr Abucad nachdenklich fort. »Wenn er es

hört, hört ihr es vermutlich alle. So weit ist es schon gekommen.« Er schüttelte den Kopf. »Uriel, du wirst vielleicht nicht begreifen, was ich sage, aber ich möchte trotzdem, dass du zuhörst.«

Er deutete auf die kahlen Hügel, das weiße Schimmern des Gartens und die schwarze Masse von Eloquenz; als er sich danach wieder zu Uriel wandte, lag etwas Unerwartetes in seinem Blick.

Mitleid.

»Das ist nicht alles«, sagte er. »Ich weiß, das mag schwer zu glauben sein, aber Draußen, jenseits dieses … Mausoleums, gibt es so *viel.* Ginge es nach mir, würde ich diese Insel an den erstbesten Idioten verkaufen, der sie haben will, und vergessen, dass es sie je gegeben hat.«

Uriel machte große Augen angesichts solcher Blasphemie, aber Abucad war noch nicht fertig.

»Ich erkenne an, dass unsere Familie … *anders* ist, aber in den Herzen der Croits schwelt schon zu lange Wahnsinn, und ich weiß nicht, ob ich länger tatenlos zusehen kann. Ich bin nicht hierherkommen, um mich auf die Knie zu werfen. Ich bin hergekommen, weil ich sehen wollte, ob einige von euch zu retten sind.«

Uriel schluckte, in seiner Kehle brannte Galle. Der Geschmack war seit Ihrem Erwachen dort – penetrant und widerlich, als wäre die Luft selbst sauer geworden. Sonnenschein milderte das Brennen ein wenig, deshalb hatte Uriel den Morgen im Freien verbracht und die Weite genossen und versucht, den ranzigen Geschmack auf seiner Zunge zu bestimmen.

Wahnsinn. Danach schmeckte es. Es schmeckte nach Wahnsinn.

»Großer Bruder«, unterbrach sie eine Stimme. Tabitha kam den Abhang herunterstolziert, ihr zerfetztes Kleid war voller Staub. Neben ihr lief Ambrel, deren Haare in der Sonne farblos schimmerten.

Uriel schämte sich, wie erleichtert er war. Abucads Worte hatten ihm zugesetzt. Er konnte nicht sagen, warum, es war einfach so. Aber jetzt, wo Ambrel da war …

Seit dem Erwachen der Erlöserin war eine knisternde strahlende Lebendigkeit über seine Schwester gekommen. Es war nicht bloß das Feuer unter ihrer Haut – eine Veränderung, die Uriel nur allzu gut verstand –, sondern noch ein anderes Licht, das durch sie hindurchzuscheinen schien und sie irgendwie größer und wirklicher machte als zuvor.

Soll sie doch mit Abucad reden und seiner schnöden Verachtung mit dem Feuer ihres Glaubens entgegentreten. Uriel konnte sich in ihrem Schatten verstecken. Als Ambrel ihren gewohnten Platz neben ihm einnahm, fühlte er sich sofort stärker und als ein Teil einer Einheit.

Aber trotzdem war da eine Stimme in seinem Kopf …

Warum kommt sie mit Tabitha?

Daniel war zwei Schritte zurückgewichen. Man musste seine Kindheit nicht auf Eloquenz verbracht haben, um die bedrohliche Absicht hinter Tabithas und Ambrels Kommen zu begreifen.

»Tabitha, Ambrel«, begrüßte Abucad sie misstrauisch. Auch ihm war es nicht entgangen. So war es immer bei den Auserwählten – Feuer schien Feuer zu kennen. Zwei Croits bedeuteten Streit. Drei ein Pulverfass.

Tabithas Stimme war kalt.

»Du bringst einen Gunstlosen hierher?«

Abucads Augen wurden schmal. »Er ist mein Sohn und

dein Neffe.« Ein merkwürdiger Ausdruck huschte über sein Gesicht, als hätte er überlegt zu lächeln und sich dann doch dagegen entschieden. »Schwester, das ist –«

»Interessiert mich nicht«, brummte Tabitha, und Abucads Augen wurden noch schmaler. Sie schien es nicht zu bemerken, sondern taxierte ihren Bruder mit einem trägen wütenden Grinsen.

»Aber es ist schön, dich zu sehen, Abucad. Wie lange ist es her?«

»Einer muss sich um unsere Firmen Draußen kümmern, Tabitha«, erwiderte Abucard reserviert. Er sprach sogar das Wort *Draußen* anders, als wäre es etwas Vertrautes, Bekanntes. »Sein ganzes Leben an einem Ort zu verbringen ist … ungesund.«

»Ich kann mich noch erinnern.« Tabithas Stimme hatte eine hämische Fröhlichkeit. »Vaters Zorn war weißglühend.« Sie schnurrte das Wort förmlich. *»Du. Hast. Den. Aufstand. Geprobt.* Dass wir Zeit Draußen verbringen müssen, ist ein notwendiges Übel, aber du hast dir dort ein *Leben* aufgebaut, oder?«

»Wie viele von uns«, erwiderte Abucad abweisend. »Du solltest es mal versuchen.«

»Warum?«, fragte sie. »Wir haben hier alles, was wir brauchen. Die Zeit ist gekommen, Abucad. Die Auserwählten müssen nach Hause zurückkehren, und wenn wir das nächste Mal Draußen besuchen, dann in einem Feuersturm.« Sie seufzte. »Nur ein Starrkopf wie du, Abucad, kann von der Existenz von Magie wissen und sie für eine unnötige Komplikation halten.«

»Tabitha, du bist verrückt«, sagte Abucad, in seiner Stimme lag bloß Überdruss. »Du warst schon immer verrückt. Und dieser Garten von Verrückten ist genau der Ort, wo du hingehörst.«

Er drehte sich zu den Zwillingen, Tabitha hatte eine so gründliche Abfuhr erteilt bekommen, dass Uriel nicht umhinkam, Bewunderung für ihn zu empfinden.

»Ich stand einmal am gleichen Punkt, an dem ihr jetzt steht«, sagte Abucad, die Augen auf Ambrel und Uriel gerichtet. »Meine Schwester redet zwar, als wäre es nicht so gewesen, aber es war so. Ich habe mir die Worte des alten Mannes angehört, ich bin vor Ihr niedergekniet. Ich besitze Ihre Gunst schon doppelt so lang, wie ihr beide am Leben seid. Ich war genauso bereit für unseren großen Aufstieg, den Krieg, den wir kämpfen würden ... aber dann wurde mir klar, genau wie es euch klarwerden wird, dass wir auf das Nichts warten.«

Nie hatte er Großvater ähnlicher gesehen als in diesem Augenblick. Ihr Zusammenstoß war legendär – er hatte lange vor Uriels und Ambrels Zeit stattgefunden, aber die Familie sprach trotzdem nur hinter vorgehaltener Hand darüber. Angeblich war Großvater *ausgetrickst* worden, aber Abucad hatte mit solcher Leidenschaft argumentiert, dass *er* Ihre Wünsche einen Moment lang besser zu kennen schien als Großvater.

»Was immer wir sind, *Kinder*, was auch immer unsere Macht ist – ein Fluch oder eine genetische Eigenart oder eine Krankheit –, sie hat keine Zukunft. Kein Ziel. Wir können Dinge tun. Ja, erstaunliche, unglaubliche Dinge ... aber dabei verlieren wir jedes Mal ein Stück von uns. Selbst der alte Mann weiß das. Man könnte jeden Croit hier aufmarschieren lassen, jede Linie unseres verzweigten Stammbaums, aber am Ende wären wir doch bloß ein Trupp Schläger, von denen jeder einen schlauen Trick beherrscht.

Wir sind nicht *auserwählt*: Wir sind an diesen Ort und seine alten Geschichten gefesselt. Wir könnten etwas Besseres aus unserem Leben machen. Wir sollten etwas Besseres aus unserem Leben machen. Unser Geld, unser Einfluss … Wir könnten etwas *erschaffen.*«

Er starrte finster auf die zerborstene Hülle von Eloquenz. »Euer Großvater will nur alles niederbrennen.«

»Da irrst du dich«, zischte Ambrel, in ihrer Stimme knisterte Feuer. Daniel starrte sie mit großen Augen an. Hatte er noch nie die entfesselte Gunst gesehen? »Wir sind auserwählt. Wir sind anders. Und Sie wird uns zeigen, was unsere Aufgabe ist.«

»Oder *du* suchst sie dir aus«, entgegnete Abucad. »Du musst nicht hierbleiben. In diesem Tal gedeiht nichts. Es gibt so viel anderes, was du mit deinem Leben anfangen könntest.«

Uriel schwieg.

»Eure Eltern vermissen euch«, sagte Abucad. Seine Stimme war sanft. »Sie haben euch vor Vater versteckt, weil sie euch davor bewahren wollten, wie er zu werden. In der Vergangenheit gefangen, zu einer Göttin betend, die nicht …«

Er sprach nicht weiter, sein Blick lag auf der Burg. Daniels erschrockener Aufschrei ging im Gepolter der bebenden Trümmer unter.

Aus dem Leichnam von Eloquenz stiegen Drähte auf. Sie ähnelten Kletterpflanzen, die nach Sonne suchten, sie bogen sich aufwärts, wuchsen und wuchsen und wanden und verschlangen sich umeinander, bis sich die Erlöserin zehn Meter über der Burgruine wiegte – eine kantige angedeutete Blume auf einem schwarzen Metallstiel.

Als sie einen schlanken Arm hob, verdoppelte sich die Übelkeit in Uriels Magen. Es war schwer zu sagen, ob die

Geste ein Heranwinken oder eine Anklage bedeutete. Tabitha fiel auf die Knie, und auf Ambrels Gesicht breitete sich ein Lächeln aus, als sei die Sonne an einem verhangenen Tag aufgetaucht.

»Geh zur Anlegestelle zurück«, flüsterte Abucad seinem Sohn zu.

»Aber –«

»Sofort.«

Daniel ging langsam davon, den Hang hinunter, während Abucad ihn zu erklimmen begann. Tabitha und Ambrel würdigten den Gunstlosen keines Blickes. Es war, als hätte es ihn nie gegeben.

»Du bist gekommen«, rief Tabitha. »Vergiss das nicht, Bruder. Du hättest es nicht tun müssen, aber du hast es getan.«

Abucad gab keine Antwort. Als Uriel schließlich den Blick von der Erlöserin abwendete, starrte Tabitha ihn an.

»Was ist?«, fragte er schnippisch. Aus dem Augenwinkel sah er die Erlöserin, die sich nach wie vor wie das Gerüst eines noch nicht errichteten Turms wiegte. Sie sah verkehrt aus in der Sonne, die merkwürdig von Ihr abprallte; die Ränder des Sonnenlichts waren fettig und kopfschmerzgrell.

»Wir dienen Ihr seit Tagen«, erklärte Tabitha. »Lehren Sie unsere Rituale und den Unvermeidlichen Krieg.«

Es gibt so viel anderes, was du mit deinem Leben anfangen könntest. Abucads Worte hallten noch immer in Uriels Kopf wider. *Draußen gibt es so viel, jenseits dieses … Mausoleums.*

»Komm zur Sache, Tabitha«, sagte er kalt. »Spuck die Beleidigung schon aus, die dir auf der Zunge liegt.«

»Keine Beleidigung«, säuselte Tabitha. »Bloß eine Frage. Wo bist du gewesen?«

Uriel wurde eiskalt.

»Was?«

»Wo bist du gewesen?«, wiederholte seine Tante in diesem schmeichelnden zuckersüßen Ton, der normalerweise bedeutete, dass sie sich mit tödlicher Geschwindigkeit auf einen stürzen würde. Uriel wich ihrem forschenden Blick aus und stellte fest, dass sich die Erlöserin entwirrt hatte und sich wieder in den Stein zurückstahl. Der eisige Knoten in seinem Magen verschwand mit ihr.

Es war ein schwacher Trost.

»Musste Abucad in Empfang nehmen«, erklärte Uriel. »Mehr nicht.«

»Ach ja?«, bohrte Tabitha, ihre wulstigen Lippen verzogen sich zu einem Lächeln. »Dies ist eine Zeit großer Veränderungen, Uriel. Keiner würde dir einen Vorwurf machen, wenn … du unschlüssig wärst. Und den Rost an dich heranlassen würdest. Vielleicht wolltest du Abucad ja deshalb treffen. Vielleicht hast du gehofft, er würde dich mitnehmen, wenn er abreist.«

Sie war näher gekommen. Uriel spürte, wie das Schwert in seinem Herzen darauf wartete, gezückt zu werden.

»*Zweifel* ist nichts Verwerfliches, Uriel …«

Doch. War es. Und Tabitha würde fröhlich jedes seiner Worte zu Großvater tragen, um noch einen Moment in Ihrer Gegenwart verbringen zu können. Dazu wurden alle Croits ermutigt.

Es liegt in unser aller Verantwortung, für den Fortbestand des Glaubens zu sorgen.

Hatte er Zweifel? Er hatte stundenlang dort gesessen und sich dieselbe Frage gestellt.

Ambrels Angst, für etwas verurteilt zu werden, das keine Sünde war.

Das kalte Lächeln auf Tabithas Gesicht, als Familie über Familie richtete.

Der verlorene, verwirrte Ausdruck in den Augen der Erlöserin.

Sie war nicht wie ein Racheengel aufgestiegen, erfüllt von brennender Croit'scher Gewissheit. Sie war ein verängstigtes kleines Mädchen gewesen, das Seine verlorene Liebe zurückhaben wollte. Selbst wenn Sie einmal wie eine Eroberin sprach, wirkte es irgendwie gekünstelt, wie eine Maskerade, die Sie zu tragen gezwungen war.

Gedanken wirbelten wie Eintagsfliegen durch Uriels Kopf, erwachten und starben in Sekundenschnelle, ohne dass er eine Antwort gefunden hätte. *Bis auf eine.* Der Rost war überall. Er versuchte, sich über Zweifel und Furcht einzuschleichen. Er war eine Krankheit.

Und Uriel fühlte sich durch und durch krank –

»Tabitha.«

Uriel hatte Ambrels Stimme noch nie so ruhig und kalt gehört.

»Jeder von uns dient Ihr auf seine Weise. Es steht dir nicht zu, dies in Frage zu stellen.«

Sie klang wie Großvater.

»Geh.«

Tabitha verbeugte sich wortlos und stolzierte wieder den Hang hinauf. *Ohne zu streiten, ohne zu beleidigen …* Sie ging einfach. Uriel starrte erschrocken ihrem Rücken hinterher.

»Tja, ich verstehe es auch nicht«, sagte Ambrel. »Aber ich finde es sehr praktisch.«

Plötzlich brannte sich ein Bild in Uriels Kopf – die Erlöserin und Ambrel von Angesicht zu Angesicht, seine Schwester, die die Angst der Gottheit besänftigte –

»Ich glaube, ich schon«, sagte er. »Du hast einen Draht zu Ihr.«

Ambrel wurde rot. Uriel konnte sich nicht erinnern, dass er das schon jemals bei ihr erlebt hatte. »Ach was. Ich möchte nur, dass Sie weiß, wie sehr ich Sie liebe. Wie sehr wir Sie lieben, wollte ich sagen.« Ihre Stimme bekam einen verschmitzten Ton. »Auch wenn es Spaß macht zuzusehen, wie alle um uns herumscharwenzeln und so tun, als hätten sie uns nicht all die Jahre wie Dreck behandelt. Ich habe Tabitha ihr anklagerotes Gewand mit dem Kommentar *Das hast du verloren* vorbeigebracht. Du hättest ihr Gesicht sehen sollen.«

Sie kicherte. Uriel zwang sich zu lächeln.

»Und haben sie ... irgendetwas zum Prozess gesagt?«

Einen kurzen Moment lang war Uriel wieder dort und beobachtete, wie die Tränen über das Gesicht seiner Schwester flossen. Die Erinnerung war so stark, dass er sich wegdrehen musste.

»Kein einziges Wort«, antwortete Ambrel. »Aber dies ist eine Zeit – hey, was hast du denn?«

»Nichts«, sagte Uriel, ein wenig zu schnell. »Mir geht es gut.«

»Das habe ich Tabitha auch gesagt«, meinte Ambrel stirnrunzelnd. »Ich weiß nicht, was sie sich einbildet. Dir geht es gut. Natürlich geht es dir gut.«

Das schlichte Vertrauen in ihrer Stimme schnürte Uriels Brust zusammen.

»Wirklich?«, fragte er betont ungezwungen. »Woher willst du das wissen?«

Sie strich sich die Haare aus dem Gesicht. »Kannst du dich noch daran erinnern, wie Großvater uns zum ersten Mal von der Gunst erzählt hat? Und wie ich geweint habe, weil mir der Gedanke an all das Feuer in uns Angst gemacht hat?«

»Ich … ja.«

»Du hast mich beruhigt und gesagt, dass nichts passieren würde, weil es ein Feuer sei, das alle Croits teilten, und dass du mir, wenn es zu stark für mich würde, etwas davon abnehmen würdest.«

»Das habe ich gesagt?«

Hatte er. Er konnte sich noch genau daran erinnern – an Ambrels von Schluckauf begleitetes Schluchzen, an die Muster, die die Kerze an die Wand warf. Uriel hatte genauso viel Angst wie sie gehabt und aus dem gleichen Grund, aber um sie zu trösten, hatte er einfach das Erstbeste gesagt, was ihm in den Sinn gekommen war.

So funktionierte das bei Geschwistern. Machte Uriel sich Sorgen, wurde Ambrel zuversichtlicher. Schwankte Ambrel, war es Uriels Stärke, an der sie sich wieder aufrichtete. Abucad hatte mit der Erwähnung ihrer Eltern eine Reaktion aus den Zwillingen herauskitzeln wollen. Als hätten Ambrel und er jemals einen Gedanken an zwei Gunstlose vergeudet, die sie von ihrem Schicksal fernzuhalten versucht hatten!

Sie brauchten keine Eltern. Sie hatten einander.

»Deshalb weiß ich, dass es dir gutgeht«, sagte sie. »Wenn es nicht so wäre, würdest du es mir erzählen.«

Sie schob ihre Hand in seine, und einen Augenblick standen sie einfach schweigend da, ihr Grinsen ein Spiegelbild des anderen. Sie hatte recht. Worüber sorgte er sich eigentlich? Ambrel machte sich keine Sorgen. Für sie schien der Prozess schon vergessen – als wäre er einem anderen Mädchen gemacht worden.

Vielleicht sollte ich es auch so angehen. Tabitha hatte recht:

Dies war eine Zeit großer Veränderungen. *Ja.* Nun war sogar die Übelkeit verschwunden, und in seiner Brust war nur noch die warme Glut der Gunst. Es fühlte sich gut an. Es fühlte sich richtig an.

In der frischen Luft zu sein half ebenfalls. Dunkelheit hatte für die Croits nichts Beängstigendes, weil sie den Glanz besaßen, aber hier draußen ließ es sich leichter denken, selbst wenn der Wind klang wie …

Schreie.

In Sekundenschnelle war Uriels Angst verflogen, und in seinem Herzen erwachte das Feuer einer Sonne. Bevor er wusste, was er tat, zog er sein Schwert aus der Scheide und rannte so schnell, dass er beinahe flog.

Ambrel sprintete neben ihm her. Selbstverständlich. Hinter allem, was man Uriel beigebracht hatte – die Geschichte, die Schriften, den Schwertkampf –, stand ein simples Gesetz. Das allersimpelste.

Familie war Familie. Man kämpfte, um sie zu beschützen.

Wir und sie.

Als er die Dunkelheit von Eloquenz betrat, bemerkte er nicht einmal den Schauder, der ihn durchlief. Es war nicht wichtig. Er trug Licht in sich.

Und die sehr leise Stimme in seinem Kopf – *Warum fühlt sich das so richtig an?*

Er sprang über gewaltige Blöcke, rutschte umgestürzte Pfeiler hinunter, bahnte sich den Weg durch Schuttberge. Ein angespanntes irres Lächeln tanzte auf seinem Gesicht, und mit einem Mal hielt er zwei Schwerter in den Händen – göttliches Feuer und weltlichen Stahl.

Er hörte Ambrels Stimme hinter sich.

»Uriel, was hast du –«

Ein Draht, wenige Zentimeter von seinem Auge entfernt.

Seine Reflexe retteten ihn. Uriel blieb abrupt und schweratmend stehen, sein Feuerschwert verschwand als qualmender Schrägstrich. Das andere fiel klirrend auf die zerbrochenen Steinplatten zu seinen Füßen.

Der Draht wand sich wie eine Kobra. Uriel hatte das Gefühl, bewertet zu werden, eingeschätzt, beurteilt. Obwohl es kein Licht gab, das sich darin hätte widerspiegeln können, leuchtete die Spitze, die dünne Länge des Drahtes hingegen war im Glanz nicht zu erkennen, seine Schwärze war vollkommen und absolut.

»Uriel.«

Ambrel holte ihn ein, ihre Augen funkelten, doch was immer ihr auf der Zunge lag, blieb unausgesprochen.

Im Schrein drängte sich jeder Croit, der auf Eloquenz lebte. Ein Meer weißer, müder Gesichter, die alle zu dem rechtmäßigen Platz der Erlöserin in Ihrem Netz aus Strängen hinaufblickten.

Großvater stand in Ihrem Schatten, seine frostblassen Augen waren auf seinen Sohn gerichtet. Ein hässliches Feixen lauerte um die schiefe Grabplatte seines Kiefers, er leuchtete wieder in Richtendem Weiß.

»Viel zu lange hast du dich mit Draußen beschäftigt, Abucad.«

»Ja, das habe ich«, antwortete Abucad leise und niedergeschlagen. »Weil –«

»Still«, fuhr ihn Großvater an. »Deine Gründe, dein Ungehorsam … bedeutungslos. Nun ist alles anders.«

Deshalb sah Abucad so verloren aus. Er hatte sein ganzes Leben lang einen anderen Krieg gekämpft als den, der ihnen versprochen war – nämlich den Krieg, seine Familie ins Licht zu bringen. Er hatte sich dem alten Mann widersetzt, um einige Croits in die Welt hinaus zu locken. Nur ein paar, aber vielleicht hatte er sich Hoffnungen gemacht, dass es eines Tages alle sein würden – dass sie unter realen Menschen leben würden, ihre Gunst und das Eiserne Vordringen unsichtbar, die Erlöserin ein vergessenes Geheimnis, das die Zeit niemals lösen würde.

Doch nichts davon hatte noch Bedeutung, denn Großvater hatte recht gehabt, und Abucad hatte sich geirrt.

Die Erlöserin existierte. Alles, was man sie gelehrt hatte, war wahr.

Wir wollten sicher sein. Wir nahmen es, um sicher zu sein.

Die Stimme der Erlöserin war beinahe ein Schrei. *Sie* war *es* gewesen, die gekreischt hatte – elend und unmenschlich, gegen jedes Gesetz von Laut. Alle im Schrein verstummten und klebten an jeder Silbe, die aus den Drahtgeflechtlippen kam.

War das so ... war das so schlimm?

Sie blickte sich kurz verstört um, die Stränge summten gegeneinander, doch dann verfielen sie – wie eine Spinne – von einer Sekunde auf die andere in völlige Reglosigkeit. Sie richtete den Blick auf Abucad, und als Sie sprach, klang Ihre Stimme genau so, wie Uriel sie sich immer vorgestellt hatte: nicht zitternd und ängstlich, sondern schneidend und kraftvoll.

Die Stimme einer Kaiserin.

Bringt alle zu mir, die das Feuer in sich tragen. Ich habe euch meine Gunst geschenkt, deshalb werdet ihr mir dienen.

»Und wenn ich es nicht tue?«

Abucads Provokation war weder ein Brüllen noch ein

Schrei, sondern ein Flüstern, das sich bei jedem Atemzug verhaspelte. Und trotzdem war es das Mutigste, was Uriel je gehört hatte.

Großvaters zuckte mit der Leere seines linken Ärmels. Die wartenden Croits teilten sich, und eine Gestalt stolperte nach vorn, von einem Draht um den Hals halb geführt, halb gezerrt.

»Vater!«

Aus Abucad wich auch noch der letzte Rest Farbe.

»Bring sie zurück«, knurrte Großvater. »Jeden Croit, den du mit der vergifteten Achtung für Draußen hast einrosten lassen. Befiehl ihnen, ihr Leben aufzugeben und herzukommen, um unsere glorreiche Wahrheit zu sehen. Unser Krieg beginnt, Abucad. Der Glaube muss aufrechterhalten werden. Und wenn du dazu nicht stark genug bist …«

Als der schwarze Draht noch tiefer in seine Haut schnitt, schrie Daniel auf. Die Erlöserin beobachtete ihn, wie eine Schlange eine Maus beobachtet. Falls die Schmerzen seines Enkelsohns ihn überhaupt berührten, zeigte es der alte Mann nicht. Uriel musste plötzlich an eine andere Szene vor einigen Tagen denken, als seine Schwester dort verängstigt gekniet hatte.

Er ist ein Gunstloser. Er gehört nicht zur Familie. Nicht wirklich. Er ist nicht …

Zweifel war ein Gift.

Wir werden ihn für dich aufrechterhalten.

18

Bloß nicht den Krieg erwähnen

»Ich muss mir ein Hemd kaufen.«

Vivians Augenbrauen zogen sich mit der grimmigen Würde zusammen, mit der sich zwei Kontinente aufeinander zubewegen. »Wie bitte?«

Rings um sie erledigten die Kellner mit zauberischer Anmut die Mittagessensroutine. Überall in der Eingangshalle saßen Schattenjäger, die meisten studierten aufmerksam den Einsatzplan (Personenbeschreibungen des Ewigen Hofes [aktualisiert]), andere starrten einfach in die Luft.

Das Konsilium war ursprünglich als einmalige Angelegenheit geplant gewesen. Keiner hatte mit einem zweiten Treffen gerechnet, doch jetzt, wo Frieden auf der Tagesordnung stand, dachte keiner mehr an Abreise. Eigentlich hätte man eine längere Reise nach Dublin auch als Ferienaufenthalt betrachten können, doch so hervorragend die Schattenjäger im Verteilen von Tod und Feuer waren – Denizen hatte noch nie einen kennengelernt, der irgendwann mal hätte lockerlassen können.

»Ein Hemd«, wiederholte er und trat verlegen von einem Fuß auf den anderen. »Zum … Anziehen.«

Vivian legte vorsichtig das Buch beiseite, in dem sie gelesen hatte, und musterte ihn gelassen. Venias Worte geisterten durch seinen Kopf –

In einem bestimmten Licht sehen sich deine Mutter und die Frau in Weiß sehr ähnlich.

– doch zum ersten Mal konnte Denizen den unirdischen Klang ihrer Stimme nicht auskosten. *Nein*, dachte er und starrte auf seine Mutter. Selbst wenn die Frau in Weiß sie auf irgendeine schräge Art nachgeahmt hatte, die beiden hätten nicht unterschiedlicher sein können. Vivians wettergegerbte Züge besaßen eine eisige Vornehmheit, an der Frau in Weiß war jedoch absolut nichts Vornehmes gewesen.

»Ich weiß, wozu Hemden da sind«, erklärte Vivian. »Ich habe mir sogar schon selbst welche gekauft.« Sie verzog keine Miene. »Bittest du mich um Geld, um dir ein Hemd zu kaufen?«

Wann kommt endlich dieser Teil in unserer Ausbildung dran?, überlegte Denizen. *Wann lernen wir, wie man cool reagiert?*

»Ja«, sagte er. »Ähm. Ich habe ja kein eigenes.« Und das stimmte auch. Geld stellte nach wie vor ein relativ fremdes Konzept für Denizen dar. Essen war für ihn seit frühester Kindheit mit einem Heim verbunden und kam für zweihundertfünfzig Münder auf einmal. In der Seraphim Row herrschte ein ähnliches Prinzip. Grundlegendes wie Mahlzeiten oder seine fünf Garnituren Sportsachen wurden einfach … *bereitgestellt.*

»Ich muss wegen dir schon ein Fenster ersetzen«, sagte sie.

»Ich weiß«, sagte Denizen. Er hatte es als verpatzte nächtliche Messerwurfübung dargestellt und bekam deswegen noch immer Rüffel, allerdings wesentlich seltener, als es der Fall gewesen wäre, wenn er die Wahrheit zugegeben hätte. Viel, viel seltener. »Tut mir leid.«

Vivian nickte bedächtig, ihr Blick wanderte zu dem Schattenjäger neben ihnen, der vollkommen erfolglos versuchte strammzustehen. Der stämmige junge Mann richtete sich sofort noch mehr auf und wandte sich zu ihnen.

»Ja, Mal – *Madam*?«

Denizen hatte ein bisschen Mitleid mit ihm. Die Schattenjäger waren alle angewiesen worden, sich unauffällig zu benehmen, aber Vivian nicht mit ihrem Titel anzusprechen, schien dem jungen Mann geradezu körperliche Schmerzen zu bereiten. Sie zog ein paar Geldscheine aus der Jackentasche und reichte sie Denizen.

»Simon kommt vermutlich auch mit?«, fragte sie.

»Und Abigail«, sagte Denizen.

»Gut.« Sie verlegte ihren Granitblick auf den jungen Schattenjäger, der mittlerweile fast über dem Boden schwebte. Vielleicht hatte Coolsein bei ihm auch noch nicht auf dem Stundenplan gestanden. »Mein Sohn wird ein Hemd kaufen gehen. Sorgen Sie dafür, dass er nicht umgebracht wird. Verstanden?«

Selbst sein Nicken hatte etwas Militärisches.

»Na, dann los«, befahl sie und vertiefte sich wieder in ihr Buch. Erst sehr viel später, als Abigail den Schattenjäger um Kriegsgeschichten anbettelte und Simon und er versuchten, den Unterschied zwischen Blau und anderen Blaus herauszufinden, wurde Denizen bewusst, dass Vivian um Geld zu bitten das bisherige Maximum an Mutter-Sohn-Beziehung gewesen war.

Bis ihm bewusst wurde, dass sie ihn absichtlich hatte zappeln lassen, dauerte wesentlich länger.

»Ist alles in Ordnung mit ihm?«

»Keine Ahnung. Was er wohl da drinnen macht?«

»Könnte alles Mögliche sein. Willst du nachsehen?«

»Bloß nicht.«

Denizen warf der Badezimmertür einen Blick zu, bei dem eigentlich die Farbe hätte abblättern sollen. *Ich bin seit höchstens zehn Minuten hier drin.* Höchstens zwölf, und vier davon unter der Dusche, es bestand *absolut* kein Anlass für die theatralisch lauten Stimmen von draußen.

»Vielleicht ist er tot.«

»Oder ins Klo gefallen.«

»Vielleicht hat er einen Höheren Cantus benutzt und ist wieder mal bewusstlos.«

»Kriegt ihr euch endlich ein?«, schnauzte Denizen. »Ich bin gleich fertig. Ich muss bloß …«

Er schlug auf seinen Pony ein. So tief war er gesunken – auf seine Stirnfransen einzuschlagen und sich zu fragen, warum sie sich weigerten, irgendeine andere Form als *Heuhaufenschopf* anzunehmen.

Oh, sie bewegten sich. Das war nicht das Problem. Bisher hatten sie *Ananaspüschel* und *Heuhaufen* (bei starkem Wind) durch, und nun hatten sie sich hartnäckig auf *Explodierende Kissenfabrik* festgelegt. Die Stirnfransen waren nicht einmal mehr Schopf zu nennen. *Schopf* setzte irgendeine Form von Zusammenhalt voraus. Das hier war ein *Wischmopp*, und er machte ihn fuchsteufelswild.

Denizen widerstand dem Bedürfnis, den Kopf gegen den Spiegel zu schlagen. Er konnte zaubern. Richtig zaubern. Warum bekam er diese Kleinigkeit nicht ordentlich hin? Er konnte das Feuer einer unirdischen Sonne aus seiner Hand lodern lassen und mit der anderen Luft zu einem unzerbrechlichen Schild schmelzen. Er konnte ein Loch in die Realität schlitzen und diese zerbrechlichen Wände zum Einsturz bringen. Achtundsiebzig Varianten, wie er die Welt verbrennen konnte.

Er zuckte vom Spiegel zurück. Seine Augen hatten geglüht, zwei Feuerpunkte strahlten seine Pupillen von innen an. Mit einem Mal war seine Stirn nass von Schweiß. *Wo kam der denn her?* Er hatte doch bloß seine Haare angestarrt, und plötzlich hatte es sich angefühlt, als wäre die ganze Welt Benzin, als würden seine Gedanken nicht ihm gehören.

Vivians Worte fielen ihm wieder ein. *Mit dem Wissen kommt auch die Lust.* Kein Wunder, dass die meisten Schattenjäger nur eine Handvoll Canti lernten. In achtundsiebzig steckte so viel begieriges Potential. So vieles, das er tun konnte. So vieles, das er nur mühsam unterdrücken konnte.

Der düstere Gedanke folgte ihm aus dem Badezimmer zum Kerzentrakt, wo Simon und Abigail im flackernden Licht warteten. Abigails leuchtendblaue Augen begegneten Denizens, dann wanderten sie zu seinem Kopf.

»Hast du … Hast du irgendwas mit deinen …«

Denizen zuckte verlegen die Achseln. »Ich wollte bloß mal sehen, was meine Haare …« Er suchte krampfhaft nach einer Antwort, die ihn nicht wie einen Idioten aussehen lassen würde. »Was meine Haare so alles können.«

Gut gemacht.

»Ach so«, sagte Abigail und starrte weiter. »Und wie hat es funktioniert?«

Simon musterte ihn scharf. Denizens bester Freund war nicht dumm. Es gab einen sehr offensichtlichen Grund, warum Denizen plötzlich Interesse an neuen Hemden hatte und an Haaren, die nur in eine Richtung standen.

Doch Simon sagte nichts, wofür Denizen ihm unendlich dankbar war, sich aber auch unendlich schämte. Simon sagte nichts, weil er es für ein harmloses albernes Verknalltsein hielt. Hätte er jedoch geahnt, dass die Körnchen eines Plans in

Denizens Kopf heranreiften, der entschieden gegen jeglichen gesunden Menschenverstand verstieß …

Düstere Gedanken. Düstere, düstere Gedanken!

»Denkt ihr manchmal darüber nach, jemanden kennenzulernen?«

Sie hatten sich in der Küche ausgebreitet, auf jedem Holztisch lag ein dicker Wälzer, die Seiten waren so groß wie Denizens Oberkörper. Es hatte ihre vereinte Kraft gebraucht, jeden der Bände hochzuhieven und aufzuschlagen.

Goldlettern auf schwarzem Leder, die Worte so gestochen scharf und leuchtend, als wären sie gestern geprägt worden.

INCUNABULAE FERRUM

»Ich glaube, ich bin schon verliebt«, seufzte Darcie. »In jede Blutlinie, in jeden Schattenjäger. In alles auf diesen Seiten. Fünfzehnhundert Jahre Geschichte. Unsere Geschichte. Es ist wunderschön.«

Sie hatte recht. Die Allianz der Schattenjäger hatte normalerweise keine Zeit für Kunstfertigkeit. Als einer von Greaves' Leuten die *Incunabulae* vorbeibrachte, hatte Denizen eine schnöde Liste von Namen und Daten erwartet. Stattdessen hatte er eine Landkarte bekommen – herabstürzende Linien, feine Bögen, Wasserfälle schwarzer, roter und goldener Tinte, die nicht nur den Weg jeder Familie im Laufe der Zeit festhielt, sondern ihn auch mit jeder ruhmreichen Einzelheit veranschaulichte. Jede Seite war mit Namen, Schlachten und sogar peniblen Zeichnungen von Tenebrae geschmückt, die Farben so leuchtend und frisch, als wären sie gerade eben gezeichnet worden.

»Ich habe verstaubte Schriftrollen erwartet«, sagte Simon. »Von Würmern zerfressen und so.«

»Davon gibt es jede Menge auf Tagesanbruch«, sagte Darcie. »Aber der Transport tut ihnen nicht gut. Die Allianz hat ihre Aufzeichnungen im Laufe der Zeit zu oft durch Verlust oder Zerstörung eingebüßt. Diese Bände sind die privaten Exemplare des Palatins. Es ist eine große Ehre, sie überhaupt einsehen zu dürfen.«

»Dann lasst uns loslegen«, sagte Simon. In seiner Stimme lag kaum verhohlener Eifer. »Wir arbeiten uns von der Vergangenheit nach vorn und Greaves' Team von der Gegenwart zurück. Er meinte, es sei vielleicht besser, wenn … sie sich den Unfall anschauen, nicht ich. Ich habe nur den zerquetschten silbernen Füllfederhalter, mehr weiß ich nicht.«

Der Federhalter war das Einzige, was Simon geblieben war. Denizen schauderte vor Scham, wenn er daran dachte, dass er Simon dieses eine kleine Andenken geneidet hatte.

Sie machten sich an die Arbeit.

Zu Anfang war es faszinierend. So viele Schattenjäger, so viele Kämpfe, Tausende von Leben, unwiderstehlich in Tinte festgehalten. Verzweifeltes Stellunghalten bis zum Ende, gewagte Angriffe, furchterregende Monster – wäre Denizen nicht bewusst gewesen, dass es sich dabei um reale Menschen handelte, Menschen, die dieselben Kämpfe gefochten hatten wie er, hätte es sich wie das faszinierendste Fantasybuch aller Zeiten gelesen.

Kein Wunder, dass Frieden so ein mächtiges Wort war. Die Allianz hatte nie etwas anderes gekannt als Krieg.

»Du hast gefragt wegen jemanden kennenlernen«, sagte Abigail träge, nachdem sie sich eine Stunde lang stumm Notizen gemacht hatte. »Wie meinst du das?«

»Keine Ahnung«, sagte Denizen. Seine Ängste hatten sich so fest um seine Wirbelsäule gewickelt, dass sein Hinterkopf auf einer Sprungfeder zu sitzen schien. »Einen Jungen zum Beispiel«, fügte er verlegen hinzu. »Oder ein Mädchen.«

Simon war in sein Buch vertieft, aber Denizen konnte förmlich spüren, wie sich seine Ohren spitzten.

»Ich wüsste nicht, wann ich dazu Zeit haben sollte«, sagte Darcie. »Allerdings ... dieser amerikanische Beauftragte. Strap, richtig?«

»Im Ernst?«, fragte Denizen. »Aber er –«

»Sah reichlich ramponiert aus«, beendete Darcie den Satz. »Sah er doch, oder?«

Sie lächelte leicht. *Warum lächelte sie?*

Es war beruhigend – wenn auch etwas irritierend, dass Darcie immer noch lächelte –, dass seine Freunde zumindest über Beziehungen nachdachten. Aber das war doch normal, oder? Sich in jemanden zu verknallen war normal.

Sich in *jemanden* zu verknallen.

»Vermutlich werde ich einfach jemanden in der Allianz kennenlernen«, sagte Abigail und kritzelte etwas auf ihren kleinen Block.

»Einen Schattenjäger?«, fragte Simon.

»Ja, natürlich«, erwiderte Abigail. »Ich meine, kannst du dir vorstellen, das alles einem Zivilisten zu erklären? Was wir tun? Wer wir sind?«

Denizen hatte ein schlechtes Gewissen, dass er über seine Herkunft nachdachte, wo sie doch eigentlich Simons herausfinden sollten, aber Soren Hardwick ging ihm nicht aus dem Kopf. Denizens Vater war kein Schattenjäger gewesen. Sein Leben war nicht von tausend Jahren Hardwick'scher Geschichte in eine bestimmte Form geschmiedet worden. Denizen wusste schon kaum etwas über Vivian, aber Soren war eine völlige Nullstelle für ihn. Er wusste nicht, welches sein Lieblingsessen gewesen war, welche Musik er gemocht hatte, ob seine Lippe auch eine merkwürdige Sommersprosse gehabt hatte …

Ich weiß nicht mal, wie er ausgesehen hat.

Vivian besaß keine Fotos, oder falls doch, hatte sie jedenfalls nie Anstalten gemacht, sie ihm zu zeigen. Alles, was Denizen wusste, war, dass das Uhrwerktrio seinen Vater umgebracht und seine Witwe in eine Kampfmaschine verwandelt hatte.

Sein Vater schien nichts weiter als ein toter Mann zu sein.

»Es ist schwierig«, sinnierte Darcie. »Die Kader sind auf der ganzen Welt verteilt. Man verbringt sein zweites Ausbildungsjahr in Tagesanbruch, und dort sind natürlich Neulinge.« Sie runzelte die Stirn. »Aber sie lassen einem nicht viel Zeit zum Turteln.«

»Turteln«, wiederholten Simon und Abigail gleichzeitig und kicherten los. Darcie warf ein Geschirrtuch nach ihnen.

»Was denn?«, fragte die *Lux*, musste aber selbst gegen ein Glucksen ankämpfen. »Ich habe viele alte Bücher gelesen. Es schleicht sich einfach manchmal ein – lasst das!«

Denizen beobachtete abwesend, wie sie miteinander herumblödelten. Er hatte nie darüber nachgedacht, dass in Tagesanbruch noch andere Neulinge sein würden. Es waren sechs hektische komplizierte Monate gewesen, seit Denizen sich mit der Tatsache hatte abfinden müssen, dass überhaupt noch andere Teenager auf der Welt waren.

Oh, theoretisch wusste er es natürlich, aber seine Kindheit im Waisenhaus hatte dazu geführt, dass Denizen normale, Eltern besitzende, die Schule besuchende Jugendliche als eine völlig andere Sorte Mensch betrachtete, und nun war in seiner

Hand auch noch diese kalte schwarze Mahnung, die ihm diesen Unterschied vor Augen führte.

Und seit Venia und den Canti …

Manchmal hatte er das Gefühl, dass es nur sehr wenige Menschen gab, mit denen er reden konnte.

»Und werden wir diese anderen Neulinge kennenlernen?«, erkundigte sich Simon und versuchte höchst erfolglos, Abigail das Geschirrtuch abzujagen. »Also, bevor sie uns irgendwelche Waffen in die Hand drücken und uns auffordern, uns gegenseitig umzubringen?«

Darcie schüttelte den Kopf. »In der Allianz gelten strenge Regeln, nicht zu viele Neulinge an einem Ort zu versammeln. Logisch.«

»O, ja, natürlich«, sagte Simon. »Gut. Nein. Natürlich nicht. Warum nicht?«

Darcies Lächeln verschwand. »Weil sie eine absolute Zielscheibe darstellen würden. Ein Schlag, und die Allianz wäre für eine Generation lahmgelegt.«

Die Fröhlichkeit floss aus der Küche, als habe jemand den Stöpsel gezogen. Abigails Hände wanderten eilig zu ihren Messern, und Simon saß allein mit dem Geschirrtuchzipfel da. Er sah aus, als würde er sich wünschen, er hätte etwas in der Hand, das besser zur Waffe taugte.

»Genau aus diesem Grund werdet ihr alle in Tagesanbruch ausgebildet«, fuhr Darcie fort. »Es ist der sicherste Ort der Welt. So etwas wie das Konsilium hat es noch nie gegeben. Es wird nicht gern gesehen, wenn sich zu viele Schattenjäger an einem Ort versammeln, einfach für den Fall, dass etwas passiert und …«

Die Hälfte ihrer Führerschaft in einem Raum … Das ist eine großartige Gelegenheit.

Edifice Greaves sprach ebenso zielgerichtet, wie die anderen Schattenjäger kämpften. Es gab kein einziges Wort, kein einziges nachdenkliches Bartreiben, das nicht aus Kalkül geschah. Er war einer von denen, die freudig über Frieden sprachen … solange die Wände mit Sprengstoff bestückt waren und er den Zünder in der Hand hielt.

Vivian hatte sich Sorgen gemacht, dass der Hof eine Falle stellen könnte. Aber was, wenn es stattdessen der Palatin tat?

Es konnte so leicht passieren. So unschuldig. Es genügte eine falsche Entscheidung, und diese rappelvolle Kammer würde sich in ein Schlachtfeld verwandeln; selbst wenn der König danach zum Vergeltungsschlag ausholen würde, hätte er nur noch die halbe Truppenstärke.

Ich muss sie warnen –

Nein. Es gab in jeder Situation ein richtiges und ein falsches Wort, und in dieser speziellen war sich Denizen des Unterschieds sehr bewusst. Sollte Greaves tatsächlich falsches Spiel mit Venia treiben wollen, es ihr zu sagen wäre keine *Warnung*.

Es wäre Verrat.

»Denizen?« Darcie musterte ihn besorgt. »Du bist irgendwie –«

Denizens Hirn ratterte auf Hochtouren. Er musste Venia vor dem, was passieren konnte, warn… – sie *informieren*, ohne dabei die Allianz und seine Art zu hintergehen. Vielleicht würde sich, wenn sie genug Zeit miteinander verbrachten, die Gelegenheit dazu ergeben. Und damit eine solche Situation überhaupt entstehen konnte, sollten sie vermutlich *viel* Zeit miteinander verbringen. Er würde das absolut Richtige tun. Unbedingt, keine Frage. Das Schicksal der ganzen Welt hing von ihm ab.

Wieder einmal. Vielleicht. Wenn man es sich ganz genau

überlegte und nicht darum kümmerte, dass es mit wesentlich höherer Wahrscheinlichkeit einen Riesenkrieg gab. Aber er dachte bloß über seine Gefühle nach.

»Mir geht's gut«, erklärte er Darcie. »Alles wird gut.«

19

Ein Stück weiter

Du hast keine Phantasie!

»Ich brauche keine Phantasie«, erklärte Denizen mit geschlossenen Augen. »Ich habe keine Zeit für Phantasie. Es gibt die Phantasie und die reale Welt, und die reale Welt ist immer schlimmer.«

In der Dunkelheit vor seinen Augenlidern nur Schweigen, dann eine sanfte melodische Stimme.

In jeder Hinsicht?

Nicht rot werden. »Nein. Okay. Nicht in jeder Hinsicht.«

Gut. Jetzt öffne deine Augen.

Denizen tat wie geheißen.

Sie lächelte ihn an. »Wie sehe ich aus?«

Venia stand vor ihm. *Stand.* Auf *Füßen. Füße*, die an Beinen hingen, die sich unter einem Torso mit zwei Armen und einem Kopf befanden, den wirre Locken krönten. Alles real. Alles menschlich.

Ihre Augen hatten die Farbe von Sonnenlicht auf Stahl, ihre Haut schimmerte im entfernten Licht der Straßenlaterne wie Bernstein. Die Locken, die sich über ihre Schultern ergossen, waren silbern wie frisch gestanzter Mondschein.

»Und?«, hakte sie etwas ungeduldig nach. »Wie habe ich das hingekriegt?«

Simon hatte sich geirrt. Es stimmte nicht, dass Denizen sich nie für andere Menschen begeistert hatte. Er hatte Filme und Werbungen gesehen, in denen jeder glatthaarig und symmetrisch war, aber Venia sah nicht wie ein Filmstar aus oder wie ein Model oder irgendwas in der Richtung. Ganz und gar nicht. Es war bloß so, dass Denizen noch nie jemanden gekannt hatte, der wie sie ausgesehen hatte.

Sie war nicht hübsch. Sie war ein Gedicht.

»Gut«, krächzte Denizen. »Du siehst sehr, sehr gut aus.« Er blickte an sich herunter. »Obwohl du genau die gleichen Kleider trägst wie ich.«

»Ich brauchte eine Schablone«, sagte sie. *Sagte*, mit einer Stimme, die auf Denizens Wirbelsäule wie auf einem Klavier spielte. »Kleider sind knifflig. Man muss verschiedene Strukturen und Farben hinbekommen, nicht bloß ein paar lockere Hautfalten.« Sie redete nicht weiter. »Aber das geht natürlich nicht, oder?«

»Nein«, sagte Denizen so aufrichtig er konnte, ohne sich die Hautfalten wirklich vorzustellen. »Nein, das geht nicht.«

»Du bist verzwickt«, sagte sie. »Jede Menge Teile, die sich bewegen. Die Organe habe ich weggelassen. Damit schlägt sich keiner rum. Viel zu kompliziert, sie am Laufen zu halten. Aber die Oberfläche funktioniert, und das ist schließlich das Entscheidende, oder?«

»Mmmh …«, nuschelte Denizen. »In dieser Situation vermutlich schon. Wie fühlst du dich?«

Venia hielt die Arme vor sich gestreckt und bewegte langsam jedes Gelenk – Finger, Handgelenke, Ellbogen –, bevor sie sich schließlich wie eine Tänzerin auf die Zehenspitzen stellte. »Gut«, erwiderte sie. »Finde ich jedenfalls. Schneidest du Gesichter für mich?«

»Wie?«, fragte Denizen und wurde rot.

»Schneide Gesichter für mich«, bat sie. »Ich muss sicher sein, dass ich – Moment, was ist das?«

»Verwirrung«, erklärte er. »Und jetzt kommt Freude.«

Sie warf ihm einen finsteren Blick zu. »Werfe ich dir gerade einen finsteren Blick zu?«

»Ja.«

»Gut.«

Sie zog an einer Locke und sah zu, wie diese zurückwippte. »Haut ist nicht so schwierig vorzutäuschen; es ist nur ... kompliziert. Vor allem, wenn man unter Menschen nicht auffallen will. Man muss sich konzentrieren, aufpassen, dass man nichts übersieht, aber je länger man hier ist, umso schwieriger wird es. Deshalb wählen viele Tenebrae Metall oder Stein. Man muss nichts damit tun und kann sich auf die Bewegung konzentrieren. Ich mag Licht.«

»Licht?«, fragte Denizen, und sie nickte, ein kurzes weißes Aufblitzen hinter ihren Zähnen.

»Mir gefällt die Vorstellung nicht, nur eine einzige Sache zu sein. Licht ist sehr schwierig ... aber genau deshalb mag ich es. Sowohl Teilchen als auch Welle – ständig in Bewegung, niemals das eine oder das andere. Ich will nicht festgelegt sein, verstehst du?«

Denizen nickte, obwohl er sich da nicht sicher war. In letzter Zeit hatte er ziemlich häufig genickt –Venia redete einfach drauflos, und er wollte ihren Redefluss nicht unterbrechen, denn sie hatte Dinge angesprochen, von denen er einfach nichts wissen konnte.

Es gab Dinge, die sie gemeinsam hatten – **furchterregende Eltern,** wie es Venia einmal ausgedrückt hatte –, und Dinge, die für jeden Jugendlichen zu gelten schienen, ganz gleich aus welchem Universum man kam. Vieles von dem, was sie sagte, verstand man jedoch nur als Tenebra, es waren Dinge, für die sie eine menschliche Bezeichnung finden musste. Es frustrierte sie, aber Denizen ließ sie lieber nach eigenen Worten suchen, als ihr seine vorzuschlagen. Die Freundschaft, die sie aufbauten, war so zerbrechlich und hauchdünn, dass er Angst hatte, sie würde zerbrechen, wenn er Venia unterbrach.

Aber das war, bevor …

Hey. Das macht Spaß. Und zwar richtig Spaß. Aber ich habe die Befürchtung, dass meine Vorgesetzten planen könnten, dich zu ermorden. Vielleicht auch nicht. Oder vielleicht durch einen nicht zufälligen Zufall. Außerdem bin ich nicht sicher, ob deine Untergebenen nicht vielleicht dasselbe mit uns vorhaben.

Denizen bohrte die Zehen in das Gras ihres – *des* Gartens – und suchte nach Worten, irgendwelchen Worten.

»Wo wollen wir hingehen?« Sie steuerte eifrig auf das schmiedeeiserne Tor zu, und als er sich vor sie stellte, sah sie ihn blinzelnd an.

»Warte«, sagte Denizen. »Es hat nichts damit zu tun, dass ich der Meinung bin, du hättest keine gute Arbeit geleistet mit …« Er schluckte. »Allem. Aber wir können nicht *raus*gehen. Es ist zu gefährlich.«

»Mach dir keine Sorgen«, sagte sie fröhlich. »Ich werde dich beschützen.«

»*Darum geht es nicht*«, sagte Denizen. »Was passiert, wenn du deine menschliche Gestalt verlierst? Wenn du von etwas abgelenkt wirst, oder wenn deine …« Er deutete mit einer Handbewegung die realitätsverzerrende Aura an, die jeder Tenebra hatte.

»Umbra«, sagte sie. »So nenne ich es.«

»Okay«, sagte Denizen. »Wenn deine Umbra alles durcheinanderbringt ... Es leben viele Menschen in Dublin. Mit Kameras. Und Telefonen, die Kameras sind. Und Telefonen, die Kameras sind, die Leute mit Kameras anrufen können.«

»Wovor genau hast du Angst?«, fragte sie und kniff die Augen zusammen, als überlege sie, einfach durch ihn hindurchzugehen.

»Gardaí«, antwortete Denizen prompt. »Kleinen Kindern. Überwachungskameras. Angehalten zu werden. Vor den Schattenjägern. Dem Palatin. Dem Ewigen Hof, wenn er merkt, dass du verschwunden bist, und beschließt, dich zu suchen. Meiner *Mutter*. Vor tausend Dingen.«

Sie seufzte. »Ich mag Kinder. Kameras mögen uns Tenebrae nicht, ich werde mich an die wichtigsten Verkehrsregeln halten. Die Schattenjäger und der Palatin liegen entweder im Bett oder überlegen, was sie tun sollen, wenn die Stimmung umschlägt, was aber nicht passieren wird, weil der Hof mucksmäuschenstill ist, seit mein Vater verfügt hat, dass sie mir gehorchen müssen. Und was Gardaí sind, weiß ich nicht.«

»Polizei«, erklärte Denizen. »So nennen die Iren die Polizei.«

»Aha.«

»Eine hast du noch vergessen«, sagte Denizen. »Die große und furchterregende Vivian Hardwick.«

Venia ahmte leidlich gut sein Stirnrunzeln Nummer zwölf nach – ›Hier Hast Du Ein Bisschen Mitgefühl, Obwohl Ich Nicht Weiß, Ob Du Es Verdienst‹. Sie hatten eine geschlagene Stunde damit zugebracht, dass er ihr, unter viel Gekicher, eins bis siebenundzwanzig vorgeführt hatte. »Du bist wütend auf sie.«

»So ... So einfach ist es nicht«, sagte Denizen und hatte

Angst, dass es hundertprozentig so war. »Sie schottet sich so ab. Ein einziges Mal hat sie mich an sich herangelassen, aber nur, weil ich ihr keine andere Möglichkeit gelassen habe. Wenn ich mit ihr zusammen bin, redet sie über alles, bloß nicht darüber, was mit meinem Vater passiert ist; gleichzeitig erwartet sie aber von mir, dass ich ehrlich zu ihr bin, was …«

»Was mich anbelangt?«, fragte Venia leise.

Er wand sich ein bisschen. »Wir sind Fremde füreinander, und ich kann mich einfach nicht öffnen, wenn sie es nicht auch tut.«

»Ich verstehe«, sagte Venia und spielte an einer silbernen Locke herum. »Meine Mutter war immer nur eine Geschichte für mich.«

Darauf herrschte Schweigen, bis Venia Luft holte und beim Geschmack der Luft losgrinste. »Ich habe von eurer Welt bisher nur zwei Keller und einen Berg gesehen.« Sie warf ihm einen verführerischen Blick zu, bei dem ihm fast das Herz stehenblieb. »Du bist ein schauderhafter Gastgeber. Komm schon. Zeig mir dir Stadt.«

Sie schlenderten, und sie redeten.

Daran musste er sich immer noch gewöhnen. Dies war die achte Nacht, in der sie sich trafen, und Denizen blieb danach ungefähr eine Stunde Schlaf, aber das war ihm egal. Er musste sich zusammenreißen, nach ihren Treffen nicht in sein Zimmer zurückzuschweben.

Sie *redeten.* Sie redeten tatsächlich. Denizen konnte nicht mehr mitzählen, wie viele Worte sie gewechselt hatten. Dieser Überfluss verblüffte ihn. In der Lage zu sein, *nicht* jedes gewechselte Wort, jeden Gesichtsausdruck, jede Lichtveränderung als Schatz zu betrachten …

Nachdem sie ungefähr eine Stunde unterwegs waren, fiel Denizen auf, dass er völlig vergessen hatte, sich über tenebrische Hinterhalte zu sorgen, oder dass sie Greaves und Vivian begegnen könnten, die noch mal losgezogen waren, um Pommes zu essen.

Vielleicht gibt es nichts, worüber ich mir Sorgen machen muss. Vielleicht bilde ich mir alles bloß ein. Das hier … das hier geht schon in Ordnung.

Die Autos, die sie überholten, kamen nicht in Panik von der Straße ab. Die wenigen Fußgänger musterten sie nicht intensiver, als sie irgendwelche normalen Jugendlichen gemustert hätten – das Mädchen mit erstaunlich hellem Haar, den Jungen mit dem Heuhaufenmopp auf dem Kopf.

Außerdem war es schwierig, sich Sorgen zu machen, wenn man ständig Fragen gestellt bekam.

»Aus welcher Periode stammen diese Gebäude?«

»Der georgianischen. Äh. Denk ich zumindest.«

»Sie sind also neuer als die, an denen wir vorher vorbeigekommen sind?«

»Denk schon. Die Stadt hat sich im Laufe der Jahrhunderte immer mehr ausgebreitet. Wir haben das Neue auf das Alte gebaut. Es ist eine Art … Flickenteppich.«

»Interessant.«

Der Weg, den sie einschlugen, mäanderte wie ihre Unterhaltung. Venia ließ sich leicht ablenken, schon eine rote Ampel genügte, dass sie die Richtung änderte – aber sie blieb gewissenhaft an jeder einzelnen stehen.

Besonders schien sie zu interessieren, was Dreizehnjährige in Dublin taten, ein Thema, zu dem Denizen ebenso wenig zu sagen hatte wie zu Architektur.

»Ich weiß nicht, was normale Teenager machen«, erklärte

er. »In der Seraphim Row verbringen wir viel Zeit mit Training. Joggen. Waffen – ich bin nicht sehr geschickt mit Waffen – und mit Nahkampf. Und mit den Canti, auch wenn ich natürlich nicht so viel üben muss wie …«

Außer, sie in den Griff zu bekommen.

Venia sah nachdenklich aus. »Wie fühlen sie sich in deinem Kopf an?«

Denizen zuckte die Achseln. »Willst du das wirklich wissen? Sie fühlen sich lebendig an. Manchmal bewegen sie sich gleichzeitig, und ich kann fast eine Form erkennen. Als wären sie einzelne Teile von etwas Größerem. Du hast mir beigebracht, wie ich sie einsetzen muss, aber ich bin nicht sicher, ob ich sie *verstehe.* Kannst du damit was anfangen?«

Nein, dachte er, doch Venia nickte.

»Ich weiß auch nicht, ob Vater sie ganz versteht«, sagte sie. »Ich glaube, er hatte früher mal den Traum, das Feuer selbst zu beherrschen, aber wir sind nicht … beständig genug dafür.«

»Manchmal habe ich das Gefühl, dass wir es auch nicht sind«, sagte Denizen und strich mit einem Finger über das kalte Eisen in seiner Handfläche.

»Das war der eigentliche Sinn der Canti«, sagte sie. »Eine Sprache, um es zu beherrschen, zu beeinflussen, sie wurden verfasst, um dem Feuer eine Gestalt zu geben, wie es die Gussform eines Schmiedes tut. Aber sie haben bei ihm nie funktioniert – zumindest nicht in seinem Sinne.« Sie spähte zu Denizen. »Machen sie es leichter, das Feuer in sich zu tragen?«

Denizen zuckte die Achseln. »Irgendwie schon. Es ist seltsam. Sie machen es einfacher und sicherer – wesentlich sicherer –, das Feuer zu kanalisieren, aber dadurch fällt es mir auch schwerer, es nicht einzusetzen.« Was sie bei ihrem zweiten

Treffen gesagt hatte, ging Denizen nicht mehr aus dem Kopf. »Du hast erwähnt, das Feuer käme aus Tenebris.«

Sie sah ihn fragend an. »Das ist nicht bekannt? Also der Allianz, meine ich. Es ist nichts, was man euch gelehrt hat?«

»Nein«, sagte Denizen. »Wir erfahren nur das Allernotwendigste.«

Im Wesentlichen, wie ich dich umbringen kann. Dieser Gedanke führte ihn wieder zu seiner Sorge wegen Greaves; der trügerische Frieden, den er empfunden hatte, begann sich aufzulösen.

Aber er konnte nichts sagen. Er wusste nicht einmal, ob seine Ängste gerechtfertigt waren. Vielleicht wollte Greaves ja wirklich Frieden. Wenn Denizen Venia erzählte, dass der Palatin vielleicht nicht hundertprozentig vertrauenswürdig war, würde der Hof dann vorsorglich selbst eine Falle stellen? Außerdem erhielt Denizen gerade wichtige Informationen über die Herkunft der Canti. Das war doch gut, oder? *Oder?*

»Verstehe«, sagte Venia. Falls sie Denizens plötzliche Anspannung bemerkte, zeigte sie es nicht. Denizen hatte mal in einer alten Fernsehserie, die der Waisenhausdirektor mochte, einen Spruch gehört – *Bloß nicht den Krieg erwähnen.* Er hing bedrohlich über allem, worüber sie redeten, spiegelte sich im Licht der Straßenlaternen und dem glanzlosen Schwarz von Denizens Handflächen wider – aber dann lächelte Venia, und plötzlich hätten sie einfach zwei ganz normale Jugendliche sein können, die spazieren gingen und die abgefahrenste Unterhaltung aller Zeiten führten.

Sie näherten sich nun dem Stadtzentrum. Taxis erhellten die Straßen, vor den Pubs drängten sich lachende und schwatzende Erwachsene.

»Ich weiß nicht, wo das Feuer ursprünglich herkam«, sagte

Venia. Die letzten fünf Minuten hatte sie versucht, eine Straßenkatze unter einer Mülltonne hervorzulocken, nun bummelten sie eine Seitenstraße hinunter, die Geschäfte waren dunkel und die Läden für die Nacht heruntergelassen.

»Manchmal erzählt Vater von den Reisen, die er vor seiner Krönung unternommen hat, und den Andenken, die er mitbrachte.« Etwas wie ein Lächeln zeigte sich auf ihrem Gesicht. »Ich glaube, er hat das Feuer gestohlen. Vermutlich geschieht es ihm also recht, dass es nun jemand ihm geklaut hat.«

Es klang wie ein Märchen, etwas, das schon so lange her war, dass jede Wahrheit darin überdeckt worden war – wie in einer Perle, wo das Perlmutt das Sandkorn im Inneren verbarg. Aber es war kein Märchen, oder? Denizen machte sich selten Gedanken darüber, wie sich sein Leben verändert hatte, denn gewöhnlich versuchten Teile davon, ihn umzubringen. Das war nun die Welt, in der er lebte – Diebe, die zwischen Universen hin und her huschten, unmenschliche Könige, die die Herzen von Sonnen bewachten …

Wenn Venia darüber sprach, wurde die Gefahr beinahe schön.

»Wer hat es gestohlen?«, fragte er. Denizen hatte eine leise Schwäche für Geschichten, in denen der Held ein Dieb ist. Normalerweise waren sie nicht drei Meter groß und hatten Laternen als Kiefer; sondern klein und schnell, und wenn sie für Ordnung sorgten, dann gewöhnlich bei dem Versuch, lebend herauszukommen.

Heldentum durch Zufall. Da kannte Denizen sich aus.

Sie lächelte schüchtern. »Wir beide sind wirklich eine Ausnahme, Denizen Hardwick. Wusstest du das?«

»Hrmpf«, sagte Denizen. »Ähm. Also – wie?«

»Es ist selten, dass ein Mensch und eine Tenebra zusammenarbeiten. Beinahe einmalig. Es war nie vorgesehen, dass sich deine und meine Spezies im selben Universum aufhalten. Jedes Zusammentreffen endete in Schmerzen und Tod. Bis wir uns begegneten.«

Die Welt stand vor dem Untergang, wollte Denizen sagen. *Ich war nicht edelmütig oder so, ich war bloß total gestresst. Ich sollte dir wirklich erzählen, dass eventuell ein Mord geplant wird, aber wenn ich es tue, ist dieser Moment vielleicht zu Ende. Und ich möchte auf keinen Fall, dass dieser Moment endet.*

Deshalb sagt er lieber »Oh. Cool.«

»Komm«, sagte sie. »Lass uns noch ein bisschen weiter gehen.«

Der Mann hinter dem Tresen des Eckladens sah noch älter aus als die Seraphim Row. Die Augen mit den schweren Lidern wanderten zu Venia, die an einem Ständer Zeitschriften durchblätterte, und dann zu Denizen, der sich Mühe gab, so unverdächtig wie möglich auszusehen.

Venia hatte die Auslagen der Kleidergeschäfte wie ein Habicht gemustert und ihre Kopie von Denizens Kleidern mehrmals nachgebessert. Nun trug sie eine Seidenbluse und Hosen und darüber einen schwarzen Mantel mit hohem Kragen und goldenen und silbernen Schnörkeln. Das beige Licht der Deckenlampen ließ ihre Haare – nun ein Pagenkopf – silbern schimmern.

Sie tippte sich mit einem pflaumenfarben lackierten Nagel – sie hatte unterwegs einen Schal in der Farbe gesehen, den sie toll gefunden hatte – gegen die Lippe und ging zu dem regenbogenbunten Sortiment von Süßigkeiten, um sie sich genauer anzuschauen.

»Nimm halt irgendwas«, sagte Denizen von der Tür. Weiter hatte er sich nicht in den Laden getraut. *»Echt jetzt.«*

»Ich schaue mich um.« Sie warf ihm den perfekt genervtesten Blick zu, den Denizen je gesehen hatte. »Ich weiß noch nicht, welche ich haben möchte.«

Über ihren Köpfen vertiefte sich das Surren des Neonlichts zu blechernem Knurren. Einer der Kühlschränke gab ein hüstelndes Gurgeln von sich. Der Ladenbesitzer blickte überrascht auf.

»Tutmirleidbittesehrdanke«, flötete Venia in einem langen Atemzug und legte eine Packung Süßigkeiten und eine Münze auf den Tresen, die auf der Kante landete, aber nicht wegrollte.

»Venia.«

Der Mann griff nach der Münze und bedachte Venia mit einem breiten Lächeln – das sich, als er Denizen ansah, in ein Stirnrunzeln verwandelte.

Warum werde ich mit einem Stirnrunzeln gemustert?

»Keine Manieren«, brummte der Ladenbesitzer und zwinkerte ihr zu. »Was willst du bloß mit dem.«

»Das frage ich mich auch«, sagte Venia betont langsam. »Bricht mir das Herz.«

Sie warf Denizen mit einem strahlenden Lächeln die Süßigkeiten zu. »Siehst du?«, flüsterte sie, als sie wieder auf die Straße traten. »Ich kann total menschlich sein.«

Im Laden erloschen alle Lichter mit einem knacksenden *Peng.* Ein Kühlschrank nach dem anderen schaltete sich hüstelnd ab, und die Kassenschublade flog so gewalttätig auf, dass der Ladenbesitzer von seinem Stuhl kippte.

Da rannten Venia und Denizen schon.

Sie machten kaum eine Pause, bis sie wieder im Garten waren. Trotz all des Trainings keuchte Denizen. Venia hingegen war, obwohl auf ihren Wangen die gleiche Röte wie auf Denizens lag, überhaupt nicht außer Atem.

»Das war albern«, schnaufte er.

»Ich weiß«, sagte sie, ihre Blicke begegneten sich. Und sofort kehrte Denizens aufgeschobene Verlegenheit mit voller Wucht zurück.

»Ich gehe … Ich gehe jetzt besser mal«, nuschelte er. *Erzähl es ihr. Sag was.* Es gab nicht den richtigen Zeitpunkt, um zum Verräter an der eigenen Spezies zu werden. Und möglicher Mord war einfach kein Thema, über das man sich unterhielt – nicht mal sie beide.

Schon während ihm der Gedanke durch den Kopf ging, wusste Denizen, dass es eine Lüge war. Er verschwieg es ihr nicht aus Loyalität zur Allianz oder zu Greaves oder der Menschheit. Er blieb stumm, damit sie nicht aufhörte, mit ihm zu reden.

»Ich, ähm …«

»Denizen.« Sie blickte zu Boden, ihre Haare fielen ihr in einer unirdischen Kaskade übers Gesicht. Ihre Stimme war leise, und er beugte sich vor, um sie zu hören.

Um sie zu hören. Jep.

Hinter ihren Augen schimmerte schwach Licht und schickte kaum wahrnehmbare Spiralen Blau und Weiß über ihre Wangen. Denizens Magen rumorte, und wie immer konnte er nicht sagen, ob es an der realitätsverzerrenden Umbra einer Tenebra lag oder … weil er sie wirklich, wirklich mochte.

Denizen wusste, dass er etwas sagen musste. Unbedingt, aber jedes Mal, wenn er die Worte zu fassen versuchte, zogen sie sich zurück.

»Mmrmph«, brachte er heraus und stellte plötzlich fest, dass Venia direkt vor ihm stand. Hinter ihren Pupillen tanzte Licht. Er spürte die Kälte auf seinem Gesicht. Ihre Stimme war leise.

»Ich habe gehört, dass man sich küssen kann.«

»Oh.« Denizens Antwort war ein ersticktes Flüstern. Zwischen sie passte kein Blatt mehr.

Als Denizen in Crosscaper den Kreis zertrümmert hatte, der Venia gefangen hielt, und sie ihn in ihrem Sturm nach oben gezogen hatte, waren sie sich schon einmal so nah gewesen. Nun fühlte er sich gerade ähnlich schwerelos.

»Wie ist das?«, flüsterte sie.

Denizen konnte nicht lügen. »Ich habe keine Ahnung.«

Er schloss die Augen.

»DENIZEN HARDWICK!«

20

Monster

Venia explodierte.

Durch Denizens Augenlider bohrte sich Licht, dann wurde er von einer Druckwelle aus verdrängter Luft und entschlossener, schmerzhafter Hitze zurückgeworfen und knallte mit jedem Teil seines Körpers ins Gras.

Er wäre wirklich gern dort liegen geblieben, um seine Schmerzen zu katalogisieren, aber sein Training schrie ihm zu, dass man nach einem Angriff nicht liegen bleiben durfte. Liegen zu bleiben bedeutete den sicheren Tod.

In seinem Körper loderten Flammen. Er brachte einen wackeligen Sprung zustande, der ihn zumindest auf die Füße beförderte, und stellte fest, dass Venia ihre menschliche Form abgestreift hatte und wieder zu einer schwebenden Skulptur aus Licht wurde.

Sie starrte zum Garteneingang. Sie starrte zum –

»O nein.«

Bevor er überhaupt mitbekam, dass er sie ausgesprochen hatte, schlüpften die Worte auch schon wie in einem Comic aus seinem Mund. Dann schaltete sich sein Hirn ab. Sein Mund funktionierte nicht mehr. Selbst das Feuer in seinem Magen ergriff die Flucht.

Am Gartentor stand Vivian, das Laternenlicht verlängerte

ihren Schatten auf die Größe einer Riesin. Ihre Augen waren schmale Schlitze.

»Was. *Tust.* Du. Da?«

»O nein«, wiederholte Denizen und presste sich die Hände auf den Mund. Sein Wortschatz verließ ihn wie Ratten ein sinkendes Schiff.

Sag irgendwas. Sag irgendwas. SAG IRGENDWAS. Er brauchte bloß ein Wort. Eine plausible Erklärung. Einen Grund, warum er kurz davor gewesen war, die Prinzessin einer Rasse von extradimensionalen Raubtieren zu küssen, die seine Mutter schon ihr ganzes Leben bekämpfte.

Gleich …

Malleus Hardwick, sagte Venia in demselben ruhigen diplomatischen Ton, mit dem sie bereits einen Raum voll unersättlicher Tenebrae und mit Adrenalin vollgepumpter Schattenjäger eingewickelt hatte. Ihr Schimmer wurde schwächer, offenbar wollte sie weniger unirdisch aussehen. **Welche Freude, Sie wiederzusehen.**

Vivian vibrierte geradezu vor Wut.

Ich weiß, das sieht … Venia schwebte vorwärts. **Wir können darüber reden.**

Denizen schaffte es bloß, mit Inbrunst zu nicken.

Vivians Stimme klang wie Schotter, der in einen Hochofen geworfen wurde. *»Ich fürchte, meine Wortwahl wird dir nicht gefallen.«*

Denizens Stimme meldete sich wieder, atonal vor Panik. »Warte –«

Venia schnitt ihm das Wort ab. Ihre Augen waren nun ebenfalls Schlitze. **War das eine Drohung?**

»Nein, nein, natürlich nicht –«, setzte Denizen an, aber Venias Licht strahlte schon greller, von ihren Armen glitten

Gletscher von dunklerem Blau, die wie eine Rüstung aussahen, ihre Augen waren Polarsterne. Ihre Stimme hatte die trügerische Ruhe von Eis, das jeden Augenblick auseinanderbricht.

Sie vergessen sich. Ich bin keine zurückgebliebene Hungerleiderin oder irgendeine primitive Bestie. Ich bin ein Mitglied der königlichen Familie.

»Also, ernsthaft –«

»Tatsächlich?«, säuselte Denizens Mutter durch zusammengebissene Zähne. »Wollen wir mal schauen, ob mein Hammer den Unterschied kennt?«

»Hört zu!« Denizen schrie fast, in seinen Worten schwelte so viel Feuer, dass sich die Malleus und die Tenebra zu ihm umdrehten und ihn anstarrten. »Können wir uns alle einfach beruhigen?«

Ich bin sehr ruhig, zischte Venia.

Ein Muskel in Vivians Wange begann zu zucken. Vielleicht wollte er die Flucht ergreifen.

»Gut«, raunte sie irgendwann und holte tief und ruckartig Luft. »Komm mit, Denizen. *Sofort.*«

Denizen wusste nicht recht, wo er ihn fand, aber irgendein winziger Tropfen Trotz sorgte dafür, dass er sich zu Venia umwandte und sich zu einem Lächeln zwang.

»Danke für den schönen Abend.«

Er ging auf das Tor zu, dabei sorgfältig darauf achtend, dass er sich genau zwischen den beiden befand, damit seine Mutter Venia keinen Cantus entgegenschleudern konnte. Nicht zum ersten Mal, seit er sie kannte, hatte Denizen das unbestimmte Gefühl, dass sie es möglicherweise trotzdem tun würde.

Denizen, rief Venia. Sie war bereits am Verblassen, in ihrer Stimme hallten seltsame Echos, als würde sie sich immer weiter entfernen. **Wir sehen uns –**

»Nein«, blaffte Vivian. Venia wurde wieder kurz sichtbar, Vivians Ton hielt sie in der Welt fest. »Ich habe zugelassen, dass du ihm vage Versprechen machst, und die Begnadigung, die du deinem Vater und meiner Erschöpfung in jener Nacht zu verdanken hast, habe ich *lange* bedauert. Aber damit ist jetzt Schluss. Ist das klar?«

Mir war gar nicht bewusst, dass Sie im Namen des Palatins sprechen können, konterte Venia eisig. **Möglicherweise liegt es gar nicht in Ihrer Hand, meinem Konsilium eine Abfuhr zu erteilen.**

Das gackernde Lachen, das Vivian von sich gab, klang so hart und barsch, dass Denizen zusammenzuckte. Venia flackerte wie eine Kerze kurz vor dem Erlöschen.

»Darum geht es also?« Das blutleere Grinsen auf Vivians Gesicht war wesentlich bedrohlicher als ein finsterer Blick. »Das ganze Theater? Bloß eine Ausrede, um meinem Sohn nachzustellen?«

»Das ist nicht –«, setzte Denizen an, doch Vivian unterbrach ihn wie bei den anderen Sätzen, die er in den letzten drei Minuten hatte beenden wollen.

»Wie Sie wünschen, *Hoheit.* Beenden Sie Ihr Konsilium. Führen Sie diese Horde von Abscheulichkeiten an, die Sie als Hof bezeichnen. Schützen Sie Höflichkeit vor. Menschsein.«

Plötzliches Feuer spukte in ihren Augen.

»Aber du wirst nie wieder unter vier Augen mit meinem Sohn sprechen.«

Venias blaues Licht erlosch eher als Vivians rotes, dann waren Denizen und seine Mutter allein.

Sie wird mir den Hals umdrehen.

Denizen hatte von Albträumen gelesen, in denen die Flure

immer länger wurden und die Dimensionen sich derart dehnten, dass man an einer Stelle gefangen war egal, wie schnell man rannte.

Er hätte gerade alles gegeben, um in einem dieser Träume zu sein.

Die Seraphim Row hatte noch nie so klein gewirkt wie in dem Moment, als Vivian ihn in sein Zimmer abführte, durch das Kerzenmeer im Eingangsbereich, die beeindruckende Treppe hinauf, die von ehrlich erschrockenen Mallei bevölkert war. Darcie ging, in einen flauschigen gestohlenen Goshawk-Bademantel gehüllt, an ihnen vorbei. Als sie seinen Gesichtsausdruck bemerkte, fiel ihr das Buch aus der Hand.

Nun gut, vielleicht lag es nicht an *seinem* Gesichtsausdruck. Er war wütend, aber es war eine armselige Angelegenheit – eine schwache, ›Ich-bin-im-falschen-Film‹-Wut – nichts im Vergleich zu der weißglühenden Rage hinter ihm, die wie ein Sonnenwind gegen seinen Nacken peitschte.

Vivians auf den Steinplatten widerhallende Schritte klangen für Denizen wie der Applaus eines Publikums, das auf die erste blutige Enthauptung des Tages wartet. Oder, noch schlimmer, wie das Ticken einer gnadenlosen schrecklichen Uhr, die seine letzten Minuten herunterzählte.

Denizen hasste Uhren. Er hatte Albträume deswegen. Nur er und eine große und entsetzliche Dunkelheit, als einzige Gesellschaft ein endloses *Ticken* –

Und dann waren sie in seinem Zimmer und sein letztes Stündlein schlug.

»Setz dich.«

Denizen setzte sich. Simons Bett war leer, die Decken zurückgeschlagen. Das war gut. Ein Minimum an Sicherheitsabstand musste sein. Die Straße sollte besser evakuiert werden.

Trotz des Zugs vom Fenster war das Zimmer unangenehm warm. Daran war Vivian schuld, vielleicht auch er: Die Hitze eines Schattenjägers übertrug sich auf den Raum. Sein eigenes Feuer war eine flackernde Glut in seinem Magen, Denizen fragte sich, wie sehr Vivian sich zurückhalten musste.

»Hör zu, Vivian, ich –«

»Wir werden Hilfe für dich organisieren«, sagte sie, und plötzlich lagen ihre Finger auf seiner Wange, das kalte Eisen pikte ihn schmerzhaft. Ihre Augen bohrten sich in seine. »Was immer sie getan hat, welche Macht sie über dich gewonnen hat … wir werden sie brechen. Das verspreche ich dir.«

Denizen sah sie verständnislos an. »Wovon redest du?«

Sie zog abrupt die Hand zurück und starrte die mit Pappe zugeklebte Fensteröffnung an. Denizen spürte immer noch den Abdruck ihrer Fingerspitzen auf den Wangenknochen.

»Greaves wird es absagen«, knurrte sie vor sich hin. »Er muss. Dieses ganze Konsilium ist sowieso schon ein waghalsiges Unternehmen, aber wenn er erfährt, dass sich einer von uns kompromittiert hat, wird er es niemals zulassen.«

»Kompromittiert?«, fragte Denizen ungehalten. »Was meinst du mit –«

Was immer er sagen wollte, verschwand aus seinem Kopf, als sich ihre Blicke begegneten.

Vivian weinte.

In ihrem Gesicht hatte sich kein einziger Muskel bewegt. Aber obwohl sie den gleichen grimmigen Gesichtsausdruck präsentierte wie immer, flossen ihr Tränen über die Wangen. Sie schenkte ihnen keine Beachtung. Vielleicht bemerkte sie sie überhaupt nicht.

»Wir bekommen sie aus deinem Kopf, Denizen.« Ihr Blick durchbohrte ihn wie ein Armbrustbolzen. »Versprochen.«

Mit einem Mal verstand er alles, was sie gesagt hatte.

»Du ...« Er konnte es nicht glauben. »Du glaubst, sie hat mich zu einem Leibeigenen gemacht.«

»Das hätte ich mir eigentlich denken können«, sagte Vivian. »Schon als sie dich mit diesem Wissen infiziert hat, war mir klar, dass mehr dahinter stecken musste als der Versuch, ihre Haut zu retten.« Sie trommelte mit den Fingern auf ihrem Oberschenkel. »Dass ich die Anzeichen bei ihm nicht erkannt habe, werde ich mir niemals verzeihen ... Aber dich habe ich so sorgfältig beobachtet. Wie konnte ich –«

Er. Grey.

»Als würde ein Tenebra jemals einem Menschen helfen«, knurrte sie, und nun ballten sich ihre Hände zu Fäusten. »Einem *Kind.*« Ihre Augen wanderten blind durch den Raum. *Sie suchen nach etwas, worauf sie einschlagen kann.* Darin fand Vivian Trost – in Gewalt und Zorn.

»Aber worauf will sie hinaus? Und wie kann sie es *wagen* –«

»Hör auf.«

Denizen brüllte die Worte beinahe. Vivian erstarrte in ihrer Tirade.

»Warum muss das so sein?«, fragte er. »Warum muss es Leibeigenschaft sein oder etwas Widerliches und Schreckliches? Glaubst du etwa, das Trio hat sie nur entführt, damit sie mich anbaggert? Sie wäre um Haaresbreite getötet worden. Grey hatte die Seite gewechselt; du wurdest *angeschossen* –«

Nicht dass du vorher besonders nützlich gewesen wärst, fügte eine grausame Stimme hinzu.

»Ich brauchte Hilfe«, sagte Denizen langsam und bewusst

wütend, »und *sie* hat mir geholfen. Das ist passiert. Und das ist alles.« Aber es war nicht alles, und die Worte hörten nicht auf. »Außerdem habe ich mich bloß mit ihr getroffen, weil … weil …«

Vivian warf ihm einen finsteren Blick zu. »Weil was?«

Offenbar gibt es wirklich nie den richtigen Zeitpunkt, um es anzusprechen, egal mit wem ich gerade rede, dachte Denizen. *Was soll's.*

»WeilichdenkedassGreaveseinenMordplantvielleichtmöglicherweisekeineAhnung«, platzte Denizen in einem Atemzug heraus.

Vivian starrte ihn bloß an. »Wie bitte?«, fragte sie irgendwann.

»Greaves kam vorbei und hat uns beim Training zugesehen.« Die Falten auf Vivians Stirn wurden noch tiefer, und Denizen zuckte zusammen. *Hätte ich vielleicht früher erwähnen sollen.* »Und er ließ eine Bemerkung über den Hof fallen. Dass es eine großartige Gelegenheit sei, die Hälfte ihrer Führerschaft in einem Raum zu haben.«

Schweres Atmen. Ein Ausruf. Vielleicht eine tiefe Ohnmacht: Von allen erwarteten Reaktionen stand Verärgerung ganz unten auf der Liste, aber Vivian stieß trotzdem einen verärgerten Seufzer aus.

»Was ist?«, fragte er, ein wenig getroffen, weil die Enthüllung nicht so brisant zu sein schien, wie er angenommen hatte.

»Du bildest dir ein«, sagte Vivian bissig, »dass der Palatin der Allianz seinen hochgeheimen Plan, einen interdimensionalen Krieg heraufzubeschwören, einer Gruppe *Teenager* auf die Nase binden würde?«

»So hat er es ja nicht gesagt«, murmelte Denizen. »Es

war …« Bei den folgenden Worten wand er sich ein bisschen. »Es war die Art, wie er es gesagt hat.«

Vivian schien nicht beeindruckt. Denizen überlegte, ob er noch erwähnen sollte, dass Greaves sich auch den Bart gerieben hatte, aber er beschloss, es bleibenzulassen.

»Ich habe dich vorher zu warnen versucht«, sagte sie. »Greaves kann man nicht über den Weg trauen. Er –«

»Du hast mich nicht *gewarnt*«, erwiderte Denizen. »Du hast bloß irgendwas Unverständliches geknurrt und bist davongerauscht. So wie *immer.* Woher soll ich wissen, was von mir erwartet wird, wenn du es mir nicht sagst?«

»Schön«, schnauzte sie ihn an. »Du willst Antworten? Greaves liegt mir seit dieser Nacht in Crosscaper in den Ohren, denn vorher wussten wir nicht, dass Tenebrae einen Schattenjäger zum Leibeigenen machen können. Plötzlich besteht, neben allem anderen, auch noch die Gefahr, dass unsere eigenen Leute gegen uns eingesetzt werden können. Und dann kommst du, ein Junge, der ein Scharmützel mit der Tochter des Königs überlebt hat, einem Geschöpf, das sowohl unglaublich mächtig ist als auch bis vor kurzem unbekannt war. Wir können von Glück sagen, dass Grey sich entweder nicht erinnert oder deine neuen Fähigkeiten nicht erwähnt hat. Sonst würde sich der Palatin nämlich nicht mit raffinierten Fallen aufhalten.«

»Was meinst du mit Fallen?«

Vivian musterte ihn mit durchdringendem Blick. »Das Haus wird von Schattenjägern beobachtet.«

Und plötzlich war Denizen alles klar. *Deshalb hatte er es gesagt. Um zu sehen, was ich tun würde.* Wie konnte man besser herausfinden, ob jemand ein Verräter war, als ihm geheime Informationen anzuvertrauen und dann abzuwarten, was er damit anstellte? Und das Erste, was ein Leibeigenenspion tun würde, wäre, zum Gegner zu laufen.

Und tatsächlich hatte Denizen genau das als Erstes getan … Aber das war doch etwas anderes. Oder?

Er lief rot an, aber die Verlegenheit erbleichte schnell zu Angst.

»Was sollen wir tun? Haben sie mich gesehen?«

Vivian schüttelte den Kopf. »Wir haben Vorsichtsmaßnahmen getroffen. Ich warte schon eine ganze Weile darauf, dass Greaves einen Versuch in diese Richtung unternehmen wird. Du hast die Kunst der Apertura benutzt, um das Haus zu verlassen, hab ich recht? So was von *leichtsinnig.* Nicht einmal ich hätte davon erfahren, wenn nicht –«

Wenn nicht was? Und welche Vorsichtsmaßnahmen? Denizen blieb nur ein Moment, um über diese Fragen nachzudenken, dann wurden sie auch schon von einer immer höher werdenden Welle von Wut überspült.

Der Wut darüber, erwischt worden zu sein. Der Wut, dass alle ihre Spielchen spielten. *Venia ist die Einzige, die bisher ehrlich zu mir war.*

»Ich bin es so leid«, knurrte Denizen, »dass jeder immer fünf Sachen gleichzeitig meint. Ich bin all diese Geheimnisse so leid. Ich bin kein Leibeigener. Ich bin kein Spion. Sie ist bloß … wir sind … Wieso kann es nicht einfach sein, was es ist? Warum kann es nicht einfach sein, dass sie … dass sie …«

»Dass sie was?«

»Dass sie mich mag?«

Seine Stimme versagte schmählich bei diesen Worten.

»Denizen, willst du mir erzählen, dass …?« Vivians Stimme hatte weniger entsetzt geklungen, als sie über Leibeigenschaft gesprochen hatte. »Dass ihr eine Art …?«

Vivian sah aus, als hätte er mit dem ausschlaggebenden Ende ihres Hammers nach ihr ausgeholt.

»Ich habe so was schon vermutet«, sagte sie. »Das neue Hemd. Dein seltsames Benehmen. Die entsetzliche Menge Deo.«

Denizen wurde puterrot.

»Aber ich dachte, es ginge um Darcie. Nicht …«

Vivians verfügte nur über ein begrenztes Spektrum an Gefühlen. Denizen brauchte einen Moment, bis er sagen konnte, welches davon ihre Stimme gerade so eisig machte.

Es war Abscheu.

»Du kennst sie nicht«, blaffte er sie an. »Du weißt überhaupt nichts über sie.«

»Es«, gab Vivian zurück, der Schock war wieder der Wut gewichen. »Nicht *sie.* Ich fasse es nicht, dass ich dir das überhaupt erklären muss. Du siehst ein hübsches Gesicht und einen niedlichen Namen und glaubst, das wäre die Wahrheit? Sie ist eine *Gestaltwandlerin*, Denizen. Schwarzes Öl und ein Gehirn, das so fremdartig ist, dass diese Welt es zurückweist. *Es*, Denizen. Nicht *sie*, eine Prinzessin. Ein Ding. Ein Monster.«

»Und kann sie nicht beides sein?«

Einen Moment lang starrte Vivian ihn an, als habe er gerade die Farbe des Himmels in Frage gestellt. Als sie weitersprach, kam jedes Wort mit der Härte eines Schlags.

»Das hat mich dein Vater auch einmal gefragt.«

Denizen fröstelte.

»Hast du jemals versucht, mit ihnen zu reden?« Ihre Stimme hatte mit einem Mal einen leicht singenden Tonfall, und Denizen wurde schaudernd klar, dass Vivian unbewusst in Sorens Akzent verfallen war. *»Hast du je versucht, ihnen ohne*

ein Schwert in der Hand zu begegnen? Wie bei vielen anderen Dingen, die dein Vater sagte, war ich nicht sicher, ob er es als Scherz meinte.«

Seit der Nacht, in dem sie Denizen die Umstände seines Todes erzählt hatte, war es das erste Mal, dass sie über seinen Vater sprach.

»In der Woche darauf rammte ein *Ding* namens Maske von Prospero mir seine halbe Klauenhand in den Magen. Er stellte mir die Frage nie wieder. Und drei Jahre später war er tot.«

Sie schüttelte den Kopf.

»Wie kannst du sie nach der Begegnung mit dem Uhrwerktrio für menschliche Wesen halten?«

Da passierte etwas in Denizen. Seine Wirbelsäule flammte in Rot und Gold auf. Wie konnte sie es wagen, Venia mit dem Uhrwerktrio zu vergleichen? Das waren *Tiere*, Hunger in menschlicher Gestalt. Ihr einziges Ziel war, Elend zu erzeugen, jedes Worte von ihnen eine Wunde.

Nicht sie. Nicht Venia. Sie trug keine Spur von Dunkelheit in sich.

Oder … zischte ein Teil von ihm, hervorgerufen von Übelkeit und Treulosigkeit, *vielleicht hat sie es bloß so gut versteckt, dass du es nicht bemerkst.*

Einige Tenebrae jagten. Andere legten Fallen aus.

Das Uhrwerktrio hatte sich in Greys Kopf geschlichen, ohne dass er es mitbekommen hatte. Konnte es sein, dass Venia dasselbe getan hatte?

Nein, sagte Denizen zu sich selbst. *Unmöglich.* Es war kein Plan gewesen. Es war kein Trick gewesen.

Durfte es nicht sein.

»Ich habe sie zufällig getroffen«, erklärte Denizen kühl. »Und sie hat mich die Canti gelehrt, weil es die einzige Chance war, das Trio zu besiegen. Sie hat uns in dieser Nacht gerettet, sogar in dem Moment, als wir sie gerettet haben.«

Er stand auf. »Ich glaube, du kämpfst schon so lange gegen die Tenebrae, dass du unter Verfolgungswahn leidest. Venia möchte diesen Krieg friedlich beenden, aber du würdest sie lieber alle umbringen.«

»Ja«, lautete Vivians schlichte Antwort. »Würde ich. Und wenn du kein liebeskranker kleiner Junge wärst, ginge es dir nicht anders.«

»Tja, tut mir auch leid«, konterte Denizen. »Vielleicht sollte ich versuchen, mehr wie du zu sein. Kalt. Jemand, der vor der Liebe davonläuft. Jemand, der *meinen toten Vater* nur erwähnt, wenn es darum geht, das letzte Wort zu behalten.«

Schon während er es sagte, wusste Denizen, dass er zu weit gegangen war. Vivian brüllte nicht, sie warf ihm auch keinen finsteren Blick zu oder knurrte. Nein, sie trat den Rückzug an. Hätte der Tribut in diesem Moment jeden Teil ihres Körpers gefordert, sie hätte nicht regloser sein können.

»Vivian«, sagte er, als das Schweigen unerträglich wurde. »Es tut mir leid. Ich wollte nicht –«

»Welche Fähigkeiten du auch haben magst, Denizen, welches Geschenk du auch immer von ihr erhalten zu haben glaubst … es wird dich nicht retten.« Ihre Stimme war nicht wütend, nur müde. »Die Allianz duldet keine Verräter. Hör mit diesem Wahnsinn auf, oder sie werden dich holen … und ich werde sie nicht aufhalten können.«

Sollen sie es doch versuchen. Ich beherrsche die Kunst der Apertura. Ich habe eine Sonne in mir. Sperr mich ein, bewache mich, beraube mich meiner Freiheit. Ich werde sie wiederfinden, zur Not mit Feuer. SIE KÖNNEN MICH NICHT AUFHALTEN.

Die Worte liefen durch Denizens Kopf und erloschen, eine Flamme ohne Brennstoff. Er würde sie nicht aussprechen. Er hatte schon genug gesagt.

Vivian schloss die Tür hinter sich. Denizen ging zum Fenster, zog das Papier ab und hielt sein Gesicht in den kühlen Wind. *Wären wir doch bloß im Goshawk.* Dort würde man ihm ohne mit der Wimper zu zucken ein Eisbad einlassen, wenn er darum bat. Er war eisenfest davon überzeugt, dass das Eis schneller schmelzen würde als sein Zorn.

»Denizen?«

Er hatte ganz vergessen, wie leise – und zwar schon bevor er die Gabe der Unsichtbarkeit entwickelt hatte – Simon sein konnte. Der hochgewachsene Junge schlüpfte durch die Tür und schloss sie behutsam hinter sich.

»Wie viel hast du gehört?«, fragte Denizen mit tonloser Stimme.

»Genug«, antwortete Simon. Er holte tief Luft. »Das war übrigens ich, der ihr gesagt hat, dass du verschwunden bist.«

»Wie bitte?« Die Vorstellung eines Eisbads verwandelte sich in seinem Kopf zu Dampf. Er wusste nicht, ob seine Augen leuchteten, aber Simon hielt seinem Blick trotzdem stand.

»Hab endlich deine Nachricht gefunden. Putzig, aber ich wusste, dass es gelogen war. Ich wusste, was du tust, zu wem du dich weggeschlichen hast. Nicht wohin, aber als ich es Vivian erzählte, meinte sie, sie würde deine Spur schon finden.« Er zögerte. »Sie sagte, mit der Jagd auf Monster habe sie viel Erfahrung.«

»Schönen Dank auch«, erwiderte Denizen bitter. »Da es dir keine Punkte bei Greaves eintragen wird, denkst du beim nächsten Mal vielleicht lieber erst mal nach, bevor du deinen besten Freund vor den Bus stößt –«

»*Wie bitte?*«, wiederholte Simon, und nun klang *er* wütend. Denizen konnte sich nicht erinnern, ihn je so gehört zu haben. »Du verschwindest fröhlich in die Nacht, um dich mit einer Tenebra zu treffen. Und zwar nicht mit irgendeiner Tenebra, sondern der Tochter des Unendlichen Königs. Soll ich dir jeden Punkt aufzählen, warum das bescheuert ist?«

»Venia ist kein Monster«, schnauzte Denizen zurück. »Bei uns war alles *bestens.* Sie hat eine menschliche Gestalt angenommen, und wir sind einfach … einfach spazieren gegangen. Und ich habe mich im Griff. Besser als du dich. Besser eigentlich als die meisten Schattenjäger. Ich kenne die Canti. Ich weiß um den Tribut –«

»Ich rede nicht von dem Tribut, Denizen. Ich rede von der *Gefahr*«, fiel Simon ihm ins Wort. Es musste offensichtlich mal alles heraus. »Weiß der Hof, was du tust? Was Venia tut?«

Stirnrunzeln Nummer eins. ›Verstehe Ich Nicht‹.

»Genau«, sagte Simon. »Ich nämlich auch nicht. Aber was passiert, wenn der Hof herausfindet, dass sie sich mit dir trifft? Oder wenn es ihr Vater rauskriegt? Oder die Allianz, falls das nicht schon längst der Fall ist? Merkst du nicht, dass du sie in Gefahr bringst? Abgesehen von dem Risiko für uns alle, weil du nicht weißt, was Venia will, und weil du nicht weißt, was sie zum Ausrasten bringen könnte.«

Stirnrunzeln Nummer drei – Die höher werdende Welle von ›Vielleicht Hast Du Recht‹.

»Tut mir leid, dass ich dich verpetzt habe.« Simon ließ sich auf sein Bett fallen. »Ich versuche ja, dich zu verstehen. Aber dir muss klar sein, dass ich nicht mehr schlafen kann. Ich liege im Bett und gebe Geräusche von mir, weil ich weiß, dass du zuhörst, und manchmal wird das zu echtem Schlaf, manchmal aber auch nicht. Denn sobald ich merke, dass mir die Augen zufallen … stelle ich mir vor, dass ich wieder in Crosscaper bin. Und schlafen würde. Für immer. Während das Trio fett würde von meiner Angst.«

Er klang so *müde.*

»Wir haben die ganze Woche nach meiner Familie geforscht, Denizen. Sind die *Incunabulae* durchgegangen. Manchmal verschwinden … Blutlinien. Manchmal *Familien.* Manchmal sind Leute einfach Waisen. Und Venia mag kein Monster sein, aber ich weiß, dass dort draußen welche sind, und du riskierst, dass sie dir etwas antun.«

Denizen starrte ihn eine ganze Weile an. Schließlich sagte er: »Ich fasse es nicht. Du bist so egoistisch.«

Simons Augenbrauen wanderten nach oben.

»Aber ich kann nicht mal sauer auf dich sein«, fuhr Denizen fort.

Und drückte seinen besten Freund kurz und fest an sich.

21

Zwei vom gleichen Schlag

Veränderung war etwas Ungewohntes für Uriel. Es war kein Konzept, das bisher unter den verfallenen Dachvorsprüngen von Eloquenz Platz gehabt hatte. Doch das Erwachen der Erlöserin hatte eine neue Welt erschaffen, und nun musste jeder Croit seinen Platz darin finden. Plötzlich wurde ihnen alles Mögliche abverlangt; hatte bislang das Festhalten an Gewohnheiten in der Familie als geschätzte Eigenschaft gegolten, wurde es nun schlicht als Todsünde betrachtet.

»Schlag zu!«

Fünf hasserfüllte Schreie, fünf übereinanderlappende Morgendämmerungen und fünf Trümmerflecken verwandelten sich in brodelnde Schlacke. Die Luft stank nach Ozon und Glas. Meredel hatte noch nie so kühn, so entschlossen geklungen.

»Noch mal!«

Die Auserwählten stießen unter Meredels Anleitung ihr Feuer aus und traten dann zurück – nicht ganz gleichzeitig, aber schon entschieden besser als bei ihrer Ankunft. Nur einer wankte, fiel auf die Knie und hustete mit flammenversengter Kehle.

Keiner der anderen kam ihm zu Hilfe. Das war beim Training nicht vorgesehen.

Ein Stück weiter oben am Hang hielt Großvater den jüngst Eingetroffenen einen Vortrag. Einige hatten bereits Tuniken und Hemden mit dem Emblem der Krähe und der Klaue übergestreift, andere trugen immer noch ihre Kleider von Draußen – seltsame Stoffe, schreiend grell. Mit seinem unfehlbaren Blick für Schwäche erkannte Uriel diejenigen, deren Augen vor Begeisterung leuchteten, und solche, die stumpf vor sich hin starrten, als sei Eloquenz ein Albtraum, den sie jahrelang zu vergessen versucht hatten.

Als Uriel näher kam, befahl Meredel seinen Schülern, ihr Feuer zu halten, sorgte aber vorsichtshalber für großen Abstand zwischen den Neuankömmlingen. Bei einigen, die lange nicht auf Eloquenz gewesen waren, ließ sich die Gunst nur schwer hervorholen, anderen wiederum fiel es schwer, sie zu kontrollieren. Es hatte bereits … Zusammenstöße gegeben.

Trotz der Kälte lief Uriel der Schweiß über die Wangen. Früher hatte er jede Felsnase und jedes Schlagloch dieses Hangs gekannt. Nun war alles durch die gewalttätige Verehrung der Croits verändert, zerlöchert von zischenden Kratern und Narben, zwischen denen er sich hindurchschlängeln musste.

»Meredel«, grüßte Uriel.

Sein Cousin nickte, ohne den Blick von seinen ›Neuankömmlingen‹ abzuwenden. Ein Platzhaltertitel – Uriel hatte so ein Gefühl, dass Großvater sich einen pompöseren Namen für sie ausdenken würde, der Bezug auf etwas aus der Familiengeschichte nahm –

Als ihm bewusst wurde, was er da gerade gedacht hatte und wie respektlos es war, drehte er unwillkürlich den Kopf Richtung Eloquenz, sein Gesicht brannte vor Scham.

Nichts. Sie ist nicht …

Uriel holte verunsichert Luft. *Was stimmt nicht mit mir?* »Wie … Wie sind sie?«

»Sie lernen«, erklärte Meredel.

Tiefer am Hang leitete die hochaufgeschossene Gestalt von Adauctus Croit eine schweißnasse Gruppe im Schwertkampf an. Ein Nachschub an modernen Waffen war unterwegs, aber so etwas dauerte seine Zeit – selbst wenn Croit-Geld im Spiel war –, und bis dahin musste jedes Schwert, jede Axt und jede Hellebarde herhalten.

Konzentration. Darum ging es Großvater. Die Waffen zu schwingen war zweitrangig. Die Tage solcher Kriegsführung waren längst vorbei, und das zerstörerische Potential eines Croit war ungleich größer als das eines Schwertes. Andererseits war die Gunst gefährlich, nur dem Willen des Croit unterworfen, der das Gebet aussprach. Jede Ablenkung, alles, was die Gedanken von der Zähmung dieses weißglühenden Feuers entfernte …

»Hast du eine Ahnung, wo Ambrel ist?«, fragte Uriel. »Ich … ähm … nämlich nicht. Hast du sie gesehen?«

»Weiß nicht«, antwortete Meredel. »Frag die Nacherwachten.«

Ein Name, so gut wie jeder andere. Uriel starrte zu ihnen hinunter. Er kannte ihre Namen noch nicht – es war immer noch seltsam für Uriel, Leute um sich herum zu haben, deren Namen er nicht wusste –, doch die Vorstellung, dass sie etwas über Ambrel wissen könnten, das er nicht wusste, ließ seinen Magen grummeln.

Es sind keine Croits, dachte Uriel. *Keine richtigen.* Sie waren nicht im Schatten der Burg aufgewachsen, hatten nicht auf Feldbetten geschlafen, hatten nicht alles, was sie wussten, direkt aus dem Munde Großvaters gelernt. Jeder Croit wurde zwar mit dreizehn Großvater zur Prüfung vorgeführt, doch Uriel und Ambrel hatten, nachdem man sie von ihren gunstlosen, treulosen Eltern beschlagnahmt hatte, ihr ganzes Leben hier verbracht.

»Nein«, erwiderte Uriel. »Ich finde sie schon allein.«

Noch etwas Neues, weitaus beunruhigender als die Neuankömmlinge. Vor dem Erwachen der Erlöserin hätte Uriel Ambrels Herzschläge zählen können, indem er seine eigenen zählte. Sie hatten nie mehr als eine halbe Sekunde auseinandergelegen.

Und sie tun es auch jetzt nicht. Und werden es auch nicht tun. Niemals.

Im Zeughaus, an dessen Wänden nun kein geschärfter Stahl mehr hing, war Ambrel ebenfalls nicht. Das neuerliche Gedränge auf den Gängen war zermürbend – an bestimmten Stellen musste sich Uriel durch die Nacherwachten hindurchboxen, auch wenn bei den meisten ein Blick auf seine düstere Miene genügte, damit sie wussten, wer er war, und ihm Platz machten. Er war nicht sicher, was lästiger war.

Er kletterte den ramponierten Brustkorb eines Turms hinauf und spähte in den Garten, doch die einzige Farbe, die zwischen dem weißen Marmor hin und her rannte, war Tabitha, die ihre Grausamkeit an einer stolpernden schreienden Gruppe von Nacherwachten erprobte. Auch in der Galerie der Tränen war Ambrel nicht, allerdings auch sonst niemand, und so stand Uriel lange dort und lauschte dem keuchenden Wind zwischen den Steintrümmern.

Nun gab es nur noch einen Platz, an dem er nicht nachgesehen hatte. Übelkeit bohrte sich durch seinen Magen, so wie jeden Tag, seit …

Warum gehe ich nicht hin? Dort ist sie. Dort ist Sie. Gesichter tauchten vor seinem inneren Auge auf, die beiden wichtigsten Gesichter in seinem Leben. Das seiner Schwester und das seiner Erlöserin. Sie verschwammen und wurden zu einem.

Was stimmt nicht mit mir?

Kommt her.

Er rannte schon, bevor diese unirdische Stimme das erste Mal widerhallte. So wie alle anderen. Die Enttäuschung in Uriel wuchs, als der Exodus ihn zwang, langsamer zu gehen, und er in Versuchung geriet, sich abzusetzen, ein paar der geheimen Spalten und Durchgänge auszuprobieren, die Ambrel und er ihre ganze Kindheit auskundschaftet hatten, aber …

Der Schatten der Burg war nun ein anderer – als wären ihre Steine neu angeordnet worden. Gänge führten nicht mehr zum bekannten Ziel. Stellen, an denen sie früher Halt gefunden hatten, gaben nach, andere, die zuvor stabil gewesen waren, schwankten nun, als würden sie jeden Moment einstürzen.

Alles war anders. Alles war gleich. Er hatte fast jeden Tag seines Lebens hier verbracht, aber mit diesen neuen Gesichtern und dem trostlosen Geschmack von Übelkeit und dem schwesternförmigen Loch neben sich, das früher nie da gewesen war … fühlte er sich wie ein Außenseiter.

Die Erlöserin thronte über dem Eingang zu Eloquenz, Ihre Haare hingen Ihr um die Wangen wie die nach Halt suchenden Beine einer Spinne, zu schwer, als dass der leichte Wind sie hätte bewegen können. In den letzten Tagen hatte Sie immer mehr Zeit draußen verbracht und die Berührung der Sonne neu erlernt.

Vor Ihr standen sechsunddreißig auserwählte Croits und Halb-Croits und Viertel-Croits und Ein-Tropfen-Croits. Jeder von ihnen hatte an seinem dreizehnten Geburtstag vor Ihr gekniet, und jeder von ihnen trug ein Gebet an Sie in seinem

Herzen. Einige hatten jede Minute von Uriels Kindheit auf Eloquenz verbracht. Einige waren nur zu Besuch gekommen. Einige waren völlige Fremde … aber ihr Schicksal hatte immer hier auf sie gewartet.

Als Uriels Augen denen Abucads begegneten, drehte er sich sofort weg.

Er drängte sich durch die Menge und hielt verstohlen Ausschau nach Ambrel. Er wollte bloß mit ihr *reden.* Wollte wissen, ob sie auch dieses Anderssein spürte, das Anderssein, das begonnen hatte, als sich die Drahtaugen öffneten. Er wollte wissen, ob sie Angst hatte.

Er wollte ihr in die Augen blicken und sein Spiegelbild sehen.

Spürt ihr es? Der Kopf der Erlöserin war zum Himmel gewandt, als warte sie auf den ersten Regentropfen. **Spürt ihr es kommen?**

Ihre Stimme war sanft und unbeteiligt, aber die Croits um Uriel nahmen trotzdem Haltung an. Er konnte das bestens nachvollziehen. Wenn Sie den Mund öffnete, wusste man nie, welche Stimme sprechen würde – die der eiskalten Eroberin oder die an ihrem Verlust leidende Geliebte.

»Was ist, Majestät?«

Als Ambrel mit Großvater im Schlepptau erschien, erstarrte Uriel. Er versuchte, ihren Blick auf sich zu ziehen, doch er war nach oben gerichtet.

Geh zu ihr, befahl sich Uriel, aber seine Beine rührten sich nicht. Der Aufruhr in seinem Magen verstärkte sich zu Schmerz.

»Ja«, sagte Großvater und legte Ambrel die Hand auf die Schulter. »Erzählt es uns.«

Kommt näher, sagte Sie und blickte auf die versammelten

Croits herab. **Ihr müsst alle näher kommen, ich dachte, ich wäre die Letzte … Ich dachte, es wäre vielleicht niemand mehr da außer …**

Sie hob die Arme und zog sie an sich wie eine Mutter ihre Kinder.

Erzählt mir, was ihr seid.

Großvater ahmte die Bewegung nach, den leeren linken Ärmel hielt er mit der rechten Hand hoch. Unter seiner Haut schlich Licht herum, das aus seinem geöffneten Mund quoll.

»Wir sind die Treuen. Wir sind die Auserwählten. Wir sind die Nachkommen des Ersten Croit, und wir tragen sein geheiligtes Wappen.«

In den Augen und Mündern erblühte noch mehr Licht und warf Flecken aus strahlendem und hungrigem Gold auf den grauen Staub. Auch seine Brüder und Schwestern ringsum kanalisierten ihr Feuer, und Uriel spürte, wie ohne sein Zutun seine eigene Gunst aufstieg, sie floss als Hitzewelle durch seine Gliedmaßen und brannte seinen Zweifel weg.

Das hier war richtig. *Das hier* war, wie es sein sollte.

Sechsunddreißig Croits vereint, jeder mit der Gunst in seinem Herzen. Was konnte man mit so viel Feuer tun? Was wollte man damit tun?

Zwei Croits bedeuteten Streit. Drei ein Pulverfass. So viele …

Das hier war ein Kreuzzug.

»Wir sind Croits!«, brüllte Großvater, und ein gellender Schrei fegte über den Abhang. Uriel stimmte ebenfalls ein, ergriffen von der Macht und dem Zorn, doch über ihnen runzelte die Erlöserin die Stirn, als habe sie das Wort noch nie zuvor gehört.

Nein.

Das Licht erstarb stufenweise, in einer Art verdrossenem Entsetzen. Die Erlöserin beachtete sie nicht länger; Ihr Blick war auf den Horizont gerichtet. Zu Ihren Füßen wechselten Croits wie gezüchtigte Kinder verstohlen Blicke. In der Stille schwoll ein langsames Surren an und umkreiste sie wie eine schläfrige Wespendrohne.

Drähte glitten aus den Trümmern, wanden sich in der Luft wie Ranken auf der Suche nach der Sonne. Sie verflochten sich, wickelten sich umeinander, stießen Croit gegen Croit. Mit einem Mal konnte man kaum noch sehen oder atmen; jemand stolperte gegen Uriel, und er schubste zurück. Die Drähte flüsterten miteinander, während sie sich immer fester um sie schlangen.

Die Erlöserin schenkte ihnen ein bitteres Lächeln.

Ihr gehört mir.

Ein ohrenbetäubendes Flattern von Flügeln.

Das kribbelnde Anderssein auf Uriels Haut verdoppelte sich, das Gefühl von Verkehrtheit war mit einem Mal so stark, dass es körperlichen Schmerzen ähnelte. Er schmeckte Blut, dann Blech. Das Drahtgitter bog sich um sie herum, und die Croits schubsten und rempelten in plötzlicher Panik. Der Boden bebte, und plötzlich waren *Vögel* da, stoben aus der Erde, flatterten wie ein Turm aus tausend Leibern um die Erlöserin herum.

Uriels Gunst trommelte gegen seine Brust, schrie danach, benutzt zu werden. *Nein.* In dieser Enge würde er nur seine Familie verletzen. Die kreischende Flut von Vögeln hatte nicht aufgehört, und als sie sich über ihm niederließen, sah es aus, als habe sich die Sonne verdunkelt.

Dann hörte es endlich auf. Die endgültige Gestalt erhob sich aus dem Staub und in den Himmel, und dann ließ sich der ganze wahnsinnige Schwarm auf einem der eingestürzten Wälle von Eloquenz nieder, Vogel klammerte sich an Vogel, die Steinklippe war unter dem wogenden Gewirr von Umrissen nicht mehr zu erkennen.

Es waren Krähen. Das konnte er nun erkennen – Spiegelbilder des Emblems auf seiner Tunika, auch wenn die Stickerei diesen Kreaturen nicht gerecht wurde – fetten weißen Dingern mit langen Schnäbeln und schwarzen Augen. Der Gedanke an so viel rasierklingenscharfe Schnäbel ließ Uriels Haut kribbeln.

Rings um ihn schwankten Croits. Uriel erhaschte einen kurzen Blick auf Hagar, die sich auf die Erde erbrach. Ein oder zwei waren einfach in Ohnmacht gefallen und wurden von ihren Cousins gestützt, damit sie nicht in den schimmernden Drahtzaun fielen. Sie wurden von den Krähen am eindringlichsten beobachtet, sie schienen ein Auge für Schwäche zu haben.

Aasfresser, ging es Uriel durch den Kopf und dann sprachen sie.

Siiich zu streeeeeeecken fühlt sich sooooo guuuut an!

Die Stimme sickerte aus tausend Schnäbeln. Obwohl Uriel noch nie zuvor eine Stimme mit diesem Klicken und diesem feuchten Knurren gehört hatte, war sein einziger Gedanke, dass sie *vertraut* klang.

Sie klang wie die Erlöserin.

Nicht die Worte, aber die Art der Stimme – ihr merkwürdiges Echo und wie sie nadelähnlich in die Ohren glitt.

Nun hast du zum ersten Mal gedacht, dass Sie verkehrt ist, flüsterte eine Stimme, aber die Göttinnenlästerung blieb unbemerkt.

Zurück!, knurrte die Erlöserin. Ihre Stimme wie berstender Stahl. **Meine!**

Und ich dachte, ich hätte eine gut gefüllte Speisekammer, kicherten die Vögel. Aus der unruhigen wogenden Masse erhob sich etwas, das einem Kopf ähnelte – ein Klumpen aus Augen und Schnäbeln und zappelnden Zungen. Jemand erbrach sich auf Uriels Rücken, aber er wagte nicht, den Blick von dieser Bestie zu nehmen, die der Göttin ähnelte, der sie dienen sollten.

Der wir dienen, flüsterte eine Stimme, aber Uriel schenkte ihr keine Beachtung mehr. Er konnte nicht. Das Grauen in der Luft war zu stark.

Wo ist Ambrel?

Uriel bewegte sich langsam und gegen den Druck ankämpfend vorwärts. Über ihm verbanden sich die Drähte immer wieder aufs Neue, verbreiterten die Schultern der Erlöserin, hoben Sie höher, machten Ihre spindeldürre Gestalt massiver. Auf Ihrem Rücken stiegen Wirbelsäulen auf – lange Messer aus Schwarz. Als Sie das nächste Mal sprach, klang sie vollkommen verändert, als habe die *Kreatur* Ihr durch Angst Klarheit verschafft.

Malebranche. Du lebst. Du …

Wir alle leben, Liebes. Das gewaltige Ding schien belustigt. **Du warst es, die tot war.**

Etwas von einem verwirrten Kind schlich sich in ihre Stimme ein. **Ich bin in die Tiefe gestürzt.**

Die Erinnerungen lassen dich ein bisschen im Stich, oder? Federn schabten gegen Federn. **Das überrascht mich nicht. Wenn wir uns zu lange in dieser Welt aufhalten, lösen wir uns irgendwann auf. Du bist nicht gestürzt, Coronus. Du wurdest gestoßen.**

Uriel war in dem Gedränge nur ungefähr einen Meter weiter gekommen. Er wollte bloß noch sein Schwert ziehen und sich den Weg zu seiner Schwester *freischneiden*, jedes Wort der beiden Riesen bestärkte ihn nur in seinem Verlangen. War dieses Ding, dieser Malebranche, ebenfalls ein Gott? Wie viele von ihnen gab es?

Warum wussten wir nichts davon?

Die Erlöserin zitterte. Ihre Drähte verbanden sich mit einem Zischen.

Wie hast du mich gefunden?

Ein vereinzeltes Krächzen zerriss die Luft. Der dichte Schwarm schwankte aufwärts und verband sich zu etwas, das fast die Gestalt eines Menschen hatte – Gliedmaßen, bedeckt mit Federn und winzigen Körpern –, und fing eine herabsinkende Krähe aus der Luft. Sie war im Gegensatz zu den anderen grau und zitterte in der Umklammerung der Kreatur, aber sie schmiegte sich an sie, als freue sie sich, bei ihren Brüdern zu sein.

Ich habe dich nie verloren, Liebes. Ich habe meine Augen überall. Und es ist lustig, woran Menschen sich erinnern.

Die Krähe und die Klaue. Uriel widerstand dem Bedürfnis, das Emblem auf seinen Kleidern herunterzureißen. Dies war das Geschöpf, das sie jahrhundertelang als Wappen getragen hatten. Dies war ihre Lüge.

Krähen hatten immer ihren Platz auf dem Schlachtfeld.

Die Kreatur streichelte sanft ihren widerspenstigen Sohn und sang leise vor sich hin.

So lange draußen in dieser strengen sengenden Welt … So lange allein … Nun ist es fast etwas Eigenes, ein kleiner Kopf, der sich von meinem entfernt hat.

Ein Knacken war zu hören.

Siehst du. Schon besser.

Uriel sah zu, wie der schlaffe Körper der grauen Krähe in die raschelnde Masse eingeordnet wurde. Die Kreatur streckte sich unter vielstimmigem Krächzen.

Ich habe mich schon gefragt, ob unsere Rückkehr dich aufwecken und wie deine Reaktion aussehen würde. Endlich schien Malebranche zu bemerken, wie sich unter ihm die Croits in ihrem Drahtgestell drängten. **Hast du aus dem letzten Mal nichts gelernt? Was fasziniert dich bloß an diesen kleinen Kindern und ihren Blitzlichtseelen?**

Das verstehst du nicht. Die Erlöserin knurrte so tief, dass Uriel sein Zwerchfell vibrieren spürte. **Du hast es nie verstanden.**

Nein, brummte die Bestie. **Das habe ich nie verstanden.** Sie rollte auf ihren Beinen aus plappernden Krähen vorwärts und hinterließ zerquetschte Körper. Sie war entsetzlich nahe. Uriel wischte sich Blut von der Nase.

Ambrel.

Er drängte sich entschlossener vorwärts, quetschte sich zwischen seinen Cousins durch, stieg über diejenigen, die gestürzt waren, und sein einziger Gedanke war –

Sie gehören zusammen. Sie fühlen dasselbe, und sie kennen sich von früher.

Komm nach Hause, sagte die grässliche Kreatur, aller Spott war aus ihrer Stimme gewichen. **Komm nach Hause, und vergiss diese Welt. Du warst so lange weg, dass der König vielleicht … Milde zeigen wird.**

Ambrel stand einige Schritte entfernt und starrte die Erlöserin an, ihre Hände waren zu Fäusten geballt. Uriel hatte sie fast erreicht.

Die Dunkelheit ist nicht so schlimm, Coronus. Wir haben uns angepasst. So wie wir es immer getan haben.

Die Stimme der Kreatur war rau.

Das Licht ist nichts für uns.

Ambrel drehte sich zu ihrem Bruder und ergriff seine Hand. Gold floss durch sie und verlieh ihrer Haut das Leuchten eines sommerlichen Sonnenaufgangs. Uriels Gunst erhob sich, um die ihre zu begrüßen, und mit einem Mal waren alle um sie herum in honigfarbenes Licht gehüllt. Uriel konnte angsterfüllte Augen erkennen, zitternde Hände – sie fürchteten sich, aber sie blieben stehen, und in ihnen stieg Licht auf.

Sie sind treu. Sie sind die Auserwählten. Die Erlöserin zögerte bei jedem Wort. **Sie sind Nachkommen des Ersten Croit, und sie tragen sein geheiligtes Wappen.**

Das tun wir.

Und genau in diesem Moment, trotz der entsetzlichen Entweihung durch Malebranches Anwesenheit und der Zweifel, die wie dunkle Blumen in seiner Brust wuchsen, glaubte Uriel an Ambrel. Und das war genug.

Die Drähte dröhnten vor Spannung.

Sie sind Croits. Und sie sind alles, was mir von ihm geblieben ist.

Malebranche schüttelte den großen Kopf mit der Federmähne. **Wie du willst.**

Warte.

Die Stimme der Erlöserin klang gequält. **Ich wollte nie … Ich wollte nie die Ursache für …**

Das weiß ich, erwiderte das Monster ruhig.

Die Vögel breiteten die Flügel aus, und die Kreatur zerfiel in herumflatternde Krähen.

Vielleicht hast du recht, riefen tausend Kehlen. **Vielleicht sollten wir alle unsere kleinen menschlichen Sekten um uns versammeln. Der König hält sich schließlich auch eine …**

Die Drähte surrten plötzlich einen Meter nach innen. Uriel fiel gegen seine Cousins, und seine Cousins fielen auf ihn. Ambrels Hand wurde aus seiner gerissen.

Die Stimme der Erlöserin war ein Zischen.

Die Allianz lebt?

Oh, du hast wirklich geschlafen, gackerten die Vögel. **O ja, Coronus – sie blühen gerade auf, jetzt, wo ihnen das Blut von Tausenden unserer Art zur Verfügung steht, aber wir treffen sie trotzdem unter der Friedensflagge. Und alles nur, weil sich die kleine Tochter des Königs in einen von ihnen verknallt hat. Seid ihr nicht genau deshalb damals zu Widersachern geworden?**

Weißt du, da ist dieser *Junge* …

22

Eisberge

Wörter waren wichtig.

Denizen war an Wörtern gewachsen. Sie gaben ihm Trost und Schutz. Und hatten den Mangel an Familie und gelegentlich auch Nahrung ausgeglichen. Ihr Zauber hatte ihn schon ergriffen, bevor er von *wirklicher* Zauberei erfuhr.

Aber das Problem waren nicht irgendwelche Zauberwörter.

Sondern dass manche Wörter ihren eigenen Zauber hatten. Kleine Wörter mit gewaltigen Bedeutungen – Wörter wie *Liebe* und *Familie.* Sie mussten möglichst klein sein, weil die Menschen sowieso schon Angst vor ihnen hatten. Je einfacher die Frage, desto komplexer die Antwort, das hatte Denizen einmal gelesen. Riesengroße Fragen reduzieren sich auf eine Zahl, wohingegen sich Fragen nach dem Motto *Wie konntest du nur?* vielleicht nie beantworten ließen.

Worte besaßen Macht. Unsichtbare, schreckliche Macht. Und im Moment hatten seine Worte Denizen in eine völlig andere Welt katapultiert.

Vor seinem Zimmer stand ein Wachposten.

Denizen rieb sich den Schlaf aus den Augen. Weil er hoffte, ein paar Extrapunkte zu machen, wenn er sich neben dem Hausarrest, zu dem ihn Vivian verdonnert hatte, selbst noch welchen auferlegte, hatte er sein Zimmer seit gestern nicht verlassen. Er wusste nicht, ob Abigail über seine Treffen mit Venia Bescheid wusste. Oder Darcie. Er wusste bloß, dass er sich nicht mehr verstecken konnte.

Sein Plan war, unchristlich früh aufzustehen und Vivian aufzusuchen, bevor irgendjemand aufwachte. Denizen hatte sich am Tag zuvor jedes seiner Worte genau zurechtgelegt, und zwar bis zum letzten Satzzeichen, hier und da wollte er noch angsterfüllte Vermutungen einfügen, was Greaves ihm möglicherweise antun würde.

Ihn aus der Allianz ausschließen.

Ihn nach Crosscaper zurückverfrachten.

Ihn in Abgeschiedenheit einkerkern, bis das Erschießungskommando kam.

Ihn nach Crosscaper zurückverfrachten.

Nein. Alles würde gut werden. Hatte Darcie nicht erzählt, dass Vivian beinahe zum Palatin gewählt worden war? Bestimmt hatte sie irgendeinen Plan oder konnte um irgendeinen Gefallen bitten; sie musste Denizen bloß zuerst verzeihen –

Aber da war dieser Wachposten. Vor seiner *Tür.*

»Morgen, Jack«, begrüßte Denizen ihn zögernd.

»Morgen«, erwiderte der Schattenjäger. Er lehnte lässig an der Wand, als wäre vor Denizens Tür herumzustehen genau das, was er immer um sieben Uhr morgens tat.

»Ähm …«

War Jack einfach zufällig vorbeigekommen? Das konnte eigentlich nicht sein. Hier war nichts, wohin er hätte unterwegs sein können. War er hergeschickt worden, um Denizen irgendwohin zu bringen?

»Entschuldigung?«, fragte Denizen. »Werde ich irgendwo erwartet?«

»Nein.«

»Aha«, sagte Denizen langsam. »Wirst du irgendwo erwartet?«

»Nein«, wiederholte Jack.

Wusste er Bescheid? Hatte Vivian ihn informiert? Hatte *Greaves* es herausgefunden? In der panischen weichen Masse von Denizens Hirn tauchten alle möglichen kleinen wichtigen Wörter auf.

Wörter wie *Sicherheitsrisiko.* Wörter wie *Verräter.* Wörter wie –

»Frühstück?«, fragte Jack und winkte Denizen, ihm zu folgen.

Er hatte es aus dem Goshawk mitgebracht – *woher auch sonst, ein nobles Mahl für einen verurteilten Mann* – Sauerteigbrot mit Eiern einer Vogelart, von der Denizen noch nie gehört hatte, auf dem wie der Sonnenschirm einer Dame ein einzelner Petersilienstengel balancierte. Das Brot schmeckte nach Asche.

Außer ihnen befand sich niemand in der Küche. Da war Denizen ganz sicher, denn er wich beflissen Jacks Blick aus, um jede Unterhaltung zu vermeiden. Obwohl Jack vielleicht sowieso nicht mit ihm reden würde. Mit Gefangenen sprach man nicht. Sie konnten einen auf gefährliche Ideen bringen.

Toll. Ich werde als der erste Mensch in die Geschichte eingehen, der versucht hat, eine Tenebra zu küssen. In der Seraphim Row werden Bilder von mir hängen. Denizen Hardwick – der niemals zum Schattenjäger Geschlagene. Sie werden ein Kapitel im Lehrbuch nach mir benennen. Mit dem Titel »Den Denizen machen«. Werden sie natürlich nicht. Denn nie zuvor und niemals danach würde in der Geschichte der Allianz jemand so dumm sein.

Er starrte verdrießlich auf sein Frühstück.

Ich kam nicht mal dazu, sie zu küssen.

»Wie geht's dir, mein Junge?«

Der Tisch knarzte unter Jacks kräftigen Unterarmen.

»Gut«, antwortete Denizen missmutig.

»So klingst du auch.«

Denizen fand sich plötzlich in der komplizierten Situation wieder, einerseits herausfinden zu wollen, wie viel Jack wusste, ihm andererseits aber auch nichts zu verraten, was er nicht wissen sollte.

Ich werde einfach über normale Dinge reden. Das Wetter oder die Lieblingshinrichtungsmethode der Allianz …

»Ich weiß übrigens Bescheid«, sagte Jack und tat Zucker in seinen Kaffee. »Willst du darüber reden?«

Oh. Denizen stopfte ein Stück Brot in den Mund, um eine Ausrede zu haben, erstmal nicht zu antworten. Er sah starr geradeaus und wartete darauf, dass Jack angewidert wäre, ihn einen Idioten nennen würde oder schlimmer –

»Ich verstehe das, Denizen.«

Denizen warf ihm einen Seitenblick zu.

»Na ja.« Jack rührte seinen Kaffee um, in seiner Hand wirkte der Löffel lächerlich klein. »Eigentlich nicht, wenn ich ehrlich bin. Aber ich verstehe es … teilweise. Nicht, dass du sie magst. Das verstehe ich nicht. Nein, ich kann bloß … nein. Also –«

»Aha«, sagte Denizen. »Ich verstehe.«

Jack zuckte zusammen. »Tut mir leid. Aber ich weiß, wie es ist, jung und in die falsche … Person verliebt zu sein. Du kommst dir vermutlich ein bisschen blöd vor.«

»Könnte man so sagen«, antwortete Denizen und stocherte in seinem Essen herum.

»Ein bisschen wie ein Idiot.«

»Jep.«

»Wie ein totaler –«

»Ja«, sagte Denizen. »Ich versteh schon. Danke.«

»Tut mir leid«, sagte Jack. »Aber die Allianz macht sich große Sorgen. Bislang wusste keiner von uns, dass man einen Schattenjäger umpolen kann. Nicht einmal Vivian wusste es, und sie kämpft länger als jeder andere lebende Schattenjäger gegen das Trio. Was mit Grey passiert ist –«

Als er Greys Namen erwähnte, lag keine Wut in Jacks Stimme. Das sprach für eine Stärke, an der sich das Trio die Zähne ausbeißen würde.

In Denizens Hinterkopf klapperten die Stahlboxen. *Die Art Stärke, die ich gern besitzen würde.*

Jack rieb mit dem Daumen über einen Eisenschnörkel in seinem Nacken. »Vivian wollte dich schützen. Sie wusste, dass Greaves alle Hebel in Bewegung setzen würde, um herauszubekommen, was vorgefallen ist: Nicht, weil er ein fieser Typ ist – denn das ist er nicht –, sondern weil er seine Leute schützen muss. Wenn wir uns verteidigen wollen, müssen wir wissen, wozu Tenebrae in der Lage sind.«

Die Art, wie Jack sowohl Greaves als Vivian in Schutz nahm, sorgte dafür, dass Denizen ein Licht aufging.

»Es wurden Vorsichtsmaßnahmen getroffen«, hauchte Denizen. »Das hat Vivian gesagt. Sie meinte dich.«

»Die Allianz schickt ihre Schattenjäger gern an unterschiedliche Standorte«, erklärte Jack. »So können wir voneinander lernen.« Er sah ein wenig schuldbewusst aus. »Insoweit war es nicht ungewöhnlich, dass ich, nach dem, was passiert ist, von dieser Garnison weg wollte. Und natürlich packte Greaves die Gelegenheit beim Schopf, mich in seinen Kader aufzunehmen, schließlich bin ich mittendrin gewesen, als es passierte. Und ehrlich gesagt ist es ihm auch ein Rätsel, warum überhaupt irgendjemand mit deiner Mutter zusammenarbeiten will.«

»Dann hat Vivian *ihn* also«, sagte Denizen langsam, »die ganze Zeit *durch dich* überwachen lassen?«

Die Genialität dieser Maßnahme erstaunte ihn. Es war nicht so, dass er Vivians Klugheit anzweifelte, aber es passte überhaupt nicht zu ihrer Art, wie sie sich als, nun ja, Anhängerin der Holzhammermethode inszenierte. Es entsprach ...

Es war sehr Edifice Greaves.

»Du hast das Haus bewacht«, sagte Denizen. »Damit Vivian kontrollieren konnte, was Greaves genau wusste.«

»Nein, nein«, erwiderte Jack. »Nicht ich. Greaves ist ja nicht blöd. Aber ich habe den Überwachungsplan zusammengestellt. Wer hätte ihn besser beraten können als ich? Schließlich kenne ich ein paar von Vivians Tricks. Aber du würdest staunen, wenn du wüsstest, wie viele Schattenjäger Vivian einen Gefallen schuldig sind. Hätte einer von ihnen irgendetwas mitbekommen, wären sie bestimmt nicht zu Greaves damit gegangen. Nicht dass sie irgendetwas gesehen haben, aber andererseits, wer würde einem Dreizehnjährigen schon die Kunst der Apertura zutrauen? Oder die Dummheit, sie einzusetzen?«

Dass Denizen rot wurde, lag nicht nur an Jacks Formulierung. Der unglaubliche Aufwand, den Vivian – nein *jeder* – unternommen hatte, um ihn zu schützen, brachte sein Gefühl, dass ihm unrecht getan wurde, ins Wanken.

»Ich bin kein *Leibeigener*«, beharrte Denizen.

»Woher willst du das wissen?«

Der gestrige Tag war vierundzwanzig endlose Stunden lang gewesen, von denen er den Großteil damit verbracht hatte, in den Spiegel zu starren und sich dieselbe Frage zu stellen.

Noch länger hatte es gedauert, eine Antwort zu finden, die nicht *Weil ich mich nicht so fühle* lautete.

»Weil Grey nicht mehr er selbst war«, antwortete Denizen und verspürte einen schändlichen Stolz darüber, dass er den Satz aussprechen konnte, ohne dass ihm die Stimme versagte. »Ihr Druck in seinem Kopf hat ihn wahnsinnig gemacht. Und ich fühle mich gut.«

Gedemütigt, gestresst und wütend, aber gut.

»Aber Denizen, das ist –«

»Ich vertraue ihr«, fiel ihm Denizen ins Wort, und Jack verstummte. »Das ist alles. Ich vertraue ihr, dass sie mir das nicht antun würde. Ich vertraue darauf, dass sie Ehrgefühl besitzt. Und jedes Gespräch über Frieden ist doch völlig sinnlos, wenn wir nicht anfangen, wenigstens einer von ihnen zu trauen.«

Jack sah ihn verblüfft an. »Da hast du … irgendwie recht.« Er seufzte. »An diesem Punkt hast du wirklich recht. Aber du kämpfst diesen Krieg erst ein halbes Jahr. Hass und Angst setzen sich wie Rost an, und die Schicht wird immer dicker, Denizen, diese Gefühle verschwinden nicht einfach so. Man hat uns geliebte Menschen genommen. Das ist eine Schuld, die sich nicht so einfach begleichen lässt.«

D'Aubigny. Grey. Mein Vater.

»Hör zu«, sagte Jack, »wir schaukeln das mit Greaves. Du hast nichts Verdächtiges getan – zumindest nichts, wovon er wüsste. Es dauert vielleicht eine Weile, und du wirst immer vorsichtig sein müssen, aber irgendwann wird etwas Anderes seine Aufmerksamkeit in Anspruch nehmen. Lass uns erst das Konsilium hinter uns bringen.«

»Glaubst du, er wird versuchen, Venia in einen Hinterhalt zu locken?«

Jack runzelte die Stirn. »Ich kenne ihn mittlerweile ein bisschen, und ich glaube, ihm liegt nur die Sicherheit der Schattenjäger am Herzen. Ein Krieg würde niemandem weiterhelfen. Aber darüber solltest du nicht nachdenken.«

»Nein?«

»Nein«, erklärte Jack entschieden. »Du musst dein Verhältnis mit Vivian in Ordnung bringen. Sie ist nun seit langer Zeit, wie sie ist. Ich weiß nicht, ob sie den ersten Schritt machen kann, und ich weiß, es ist schwer zu akzeptieren, aber am Ende ist das auch nicht wichtig.«

Denizens Stimme bekam etwas Unwirsches. »Warum?«

Zum ersten Mal seit Denizen ihn kannte, sah Jack alt aus.

»Weil wir in einer Welt voller Verlust leben. Man geht durchs Leben und bildet sich ein, man hätte irgendwann noch Gelegenheit, alles zu sagen, was einem wichtig ist … aber manchmal gibt es keine zweite Chance und keine letzten Worte. Keiner von uns weiß, wie viel Zeit ihm gegeben ist, ich weiß bloß, dass es nie, *nie* genug ist …«

»Verstehe«, antwortete Denizen leise.

»Gut«, erwiderte Jack. »Dann kümmere dich darum.«

»Jack?«

»Ja?«

Denizen schluckte. »Ist es meine Schuld?«

Der massige Mann sah ihn erstaunt an. »Was?«

»Alles«, sagte Denizen. »Was mit dem Trio passiert ist. D'Aubigny. Grey. Ist es meine Schuld? Meine und Vivians, weil wir sie angelockt haben?«

Jack seufzte. »Ich war nie ein großer Schattenjäger, Denizen. Ich stelle lieber etwas mit meinen Händen her. Ich fürchte mich nicht vor dem Kampf, habe ich auch nie, aber ich hänge nicht am Krieg, wie Corinne es getan hat. Sie war eine Naturgewalt, meine Frau. Und sie kannte die Risiken.

Grey ebenfalls. Es gehört dazu, wenn man in der Allianz ist. Du hast kein Unheil über uns gebracht. Die Dunkelheit war etwas Altbekanntes für uns. Es ist einfach … Manchmal gewinnt sie eben.«

Er klang so ruhig.

»Willst du keine, ich weiß nicht, Rache?«

Jack zuckte die Achseln. »Rache ist sinnlos. Entweder bekommt man sie nicht, dann wächst der Wunsch danach immer mehr, bis er deine Welt irgendwann zum Einsturz bringt; oder man bekommt sie und hat sie dann. Prima. Zeig mir etwas, das man aus Rache bauen kann, was man nicht auch aus Akzeptanz bauen könnte.«

»Und hast du? Akzeptiert, was passiert ist?«

»Ich versuche es«, sagte Jack. »Und Vivian und du, ihr solltet es ebenfalls versuchen. Und jetzt iss endlich dein Frühstück auf.«

»Danke«, sagte Denizen und lächelte ihn verlegen an. »Ich wusste gar nicht, dass Motivationsgespräche zu deinen Wachpostenpflichten gehören.«

»Wachpostenpflichten?«, wiederholte Jack. »Moment mal, hast du etwa gedacht, ich behalte dich im Auge, damit du nicht ausbüxt?«

Denizen lief rot an. »Hast du nicht?«

»Nein, du Blödmann«, sagte Jack ein wenig verärgert. »Ich wollte mich vergewissern, dass es dir gutgeht. Und du hast mich für einen Kerkermeister gehalten, oder?«

Er schüttelte mitleidig den Kopf.

»Ihr Hardwicks seid doch alle gleich.«

23

Sichtweite

Also dann. Denizen würde sein Stahlboxenverlies enthüllen. Er würde Vivian erklären, dass sie reden mussten und dass sie füreinander die einzige Familie waren, die sie hatten. Sie würde ihn lange anstarren, und dann würde kurz ihr Mund zittern, und ihre vernarbten Arme würden sich weit öffnen.

Sie würden sich umarmen. Innig umarmen. Ein Schwall gestammelter Entschuldigungen, ihre an ihn und seine an sie, und dann würden Mutter und Sohn vereint in das Licht eines neuen Tages treten und ihre dunkle Vergangenheit hinter sich lassen.

Sie mussten nur erst das Konsilium überleben.

Denizen streifte ein weites Hemd über, um den Harnisch mit Schnallen für eine Scheide links und rechts zu verbergen, den Jack für ihn zurechtgebastelt hatte, weil er fand, nachdem Denizen bislang bei keiner Art von Waffe irgendwie Talent gezeigt hatte, könne die doppelte Dosis nicht schaden.

Nun ragte unter einer Achselhöhle der Griff seines Steinmessers heraus, unter der anderen der Griff eines Langmessers. Denizen hatte geübt, beide gleichzeitig zu ziehen, überraschenderweise ohne sich dabei die Hände abzuhacken, das machte ihn ein wenig optimistischer.

Vorausgesetzt allerdings, dass Greaves nur hatte austesten

wollen, ob er kompromittiert worden war, und nicht tatsächlich einen gezielten Anschlag auf die Edelleute von Tenebris plante. Weiterhin vorausgesetzt, dass der Hof nicht seinen eigenen Hinterhalt gegen die Allianz plante. Und vorausgesetzt, dass seine Mutter tatsächlich auftauchen würde, damit er Größe beweisen und sich entschuldigen könnte.

»Wo ist Vivian?«, fragte er.

Sie war weder am Vorabend zum Abendessen erschienen noch zum morgendlichen Frühstück.

Ich versuche, dir zu verzeihen. Tauch auf, damit ich dir verzeihen kann.

»Keine Ahnung«, sagte Jack. »Vielleicht ist sie schon in Abgeschiedenheit. Die Mallei haben Tag und Nacht beraten, um irgendwelche Bedingungen auszuarbeiten.«

»Und?«, fragte Abigail und beugte sich interessiert auf ihrem Stuhl vor. Sie hatten sich in der Eingangshalle versammelt, um Denizen und Jack zu verabschieden, die Morgendämmerung draußen war hell und klar.

»Ich glaube, sie sind bis *Hört auf, uns zu fressen* gekommen«, meinte Jack sarkastisch. »Aber ich habe keine Ahnung von Taktik.«

»Das ist doch immerhin ein Anfang«, sagte Darcie.

Sie und die anderen Neulinge trugen Jogginganzüge. Vivian hatte dieselbe Anweisung hinterlassen, die sie immer hinterließ, wenn sie zu einer ihrer unangekündigten Spritztouren aufbrach – weiter trainieren. Denizen konnte die Haltung allerdings nachvollziehen. Wegen dieses Treffens hörte die Welt schließlich nicht auf, sich zu drehen.

Bis sie es doch tut.

Darcie sah Denizen forschend an. »Wie geht es dir?«

»Mir?«, fragte Denizen. »Wie? Mir geht es gut, ich –«

Simon und er hatten stillschweigend beschlossen, dass kein Grund bestand, den Mädchen zu erzählen, was passiert war – oder fast passiert war; darüber würde Denizen nie hinwegkommen –, schließlich würde es keine zweite Gelegenheit geben, und es half niemandem weiter, wenn Denizen vor Verlegenheit starb.

Denizen hatte dabei allerdings nicht berücksichtigt, dass den Schattenjägern und selbst den Neulingen nur wenig verborgen blieb, vor allem nicht, wenn es sich um ihre Kameraden handelte.

Und Darcie war seine Freundin.

»Mit mir ist alles okay«, sagte Denizen. »Bin ein bisschen nervös. Ich weiß nicht, was ich genau tun soll.«

»Nichts«, lautete die einstimmige Antwort von Jack und Simon. Abigail und Darcie wechselten verdutzte Blicke.

»Ähm«, sagte Simon.

»Hmm«, sagte Jack. »Also, du wirst einfach den Mund halten und die Dankesbezeugungen entgegennehmen. Dann schaffen wir dich dort raus und schauen, ob wir irgendeine Friedensvereinbarung aushandeln können.«

»Dank entgegennehmen. Heimgehen. Super.« Denizen hasste es, wenn seine Stimme diesen Tonfall hatte. So zermürbend die Gedanken an das Konsilium und die Aussöhnung mit Vivian auch waren, sie konnten ihn nicht von der Tatsache ablenken, dass es vielleicht das letzte Mal wäre, dass er Venia sah.

Es kann nicht sein. Es kann einfach nicht sein. Es war ein Berufsrisiko, wenn man ein Bücherwurm war. Man dachte nicht mehr über reale Dinge nach, sondern fing an, über Rettungen im allerletzten Moment und die Macht einer dramatischen Rede nachzudenken. Es konnte nicht vorbei sein, weil es nicht vorbei sein sollte.

Das Universum war vieles – offenbar auch ein *Multiversum* –, aber ganz bestimmt konnte es nicht so unfair sein?

»Okay«, sagte Jack. »Es ist Zeit.«

Simon umarmte Denizen, sein finsterer Blick übermittelte innerhalb einer Nanosekunde eine Fülle von Anweisungen. Als Abigail ihn so fest drückte, dass seine Rippen knackten, überkam ihn Scham. Er hatte ein sehr schlechtes Gewissen, dass er es den Mädchen verschwieg. Bei Darcie bestand die Chance – die kleine Chance –, dass sie ihn ausreden lassen würde, aber bei Abigail konnte Denizen nicht einschätzen, wie sie reagieren würde. Das Geschlecht der Falx war, wenn es um das Töten von Tenebrae ging, ebenso alt wie das der Hardwicks, außerdem war ihr Vater, als die Unterherolde des Königs nach Venia gesucht hatten, im letzten Jahr verwundet worden.

Vielleicht sehe ich Venia heute zum letzten Mal, dann muss ich es Abigail nie erzählen.

Er rannte wieder mal davon. Ironischerweise schien das die Kernkompetenz der Hardwicks zu sein.

»Sei vorsichtig«, ermahnte sie ihn und rempelte ihn leicht an.

»Aua«, beschwerte sich Denizen. »Und danke.«

»Bist du so weit?«, fragte Jack und warf einen zerschlissenen alten Seesack über die Schulter, in dem gedämpft Waffen klirrten.

»Ja.«

Als Darcie ihn noch einmal hastig umarmte, fiel ihm die Müdigkeit in ihren Augen auf. »Alles in Ordnung mit dir?«, fragte er besorgt – und ärgerte sich über sich selbst, dass er so mit sich beschäftigt gewesen war, dass er es nicht früher bemerkt hatte.

»Ja«, antwortete sie. »Bloß ... schlecht geträumt. Das ist alles.«

Dass es ein wunderschöner Morgen für einen Spaziergang war, nervte Denizen ohne Ende, denn es wäre – hätte sie denn geruht aufzutauchen – der perfekte Zeitpunkt gewesen, Vivian alles zu sagen, was ihm auf der Seele lag.

War das irgendeine besondere Fähigkeit? Eine, die nur Mütter besaßen, nicht Schattenjäger – die Fähigkeit, genau dann da zu sein, wenn man es nicht wollte, und vom Erdboden verschluckt, wenn man es wollte? Gut möglich. Da Denizen bislang keine Mutter gehabt hatte, konnte er es nicht sagen.

Ich sollte einfach noch mal versuchen, Venia zu küssen, dann würde Vivian schon wie durch Zauberhand auftauchen.

Es dauerte eine volle Minute, bis ihm klarwurde, was er da gerade gedacht hatte.

Nein. Böser Denizen.

Auseinandersetzungen aus dem Weg zu gehen – außer den gewalttätigen – war eine besondere Begabung der Familie Hardwick.

Jack hatte bei Denizen das brennende Bedürfnis nach einem Gespräch mit Vivian ausgelöst, doch als sie sich dem Trinity College näherten, schien das Feuer in Ermangelung von Brennstoff zu erlöschen.

Sie bahnten sich den Weg durch eine konfuse Truppe Sprachstudenten und überquerten den großen kopfsteingepflasterten Platz. Denizen versuchte, sich an die Bewegung der Messer in den Scheiden zu gewöhnen. Immer wieder überprüfte er seine Hemdknöpfe, um sicher zu sein, dass sie sich nicht versehentlich geöffnet hatten und der gesamten Bevölkerung seine stechenden Absichten verrieten.

Ein kleiner Teil von ihm überlegte, ob es gegen die Konsiliumsregeln verstieß, das Steinmesser mitzubringen, aber eigentlich war ja nur die Rede von *keinen Hämmern* gewesen, oder? Im Vergleich zu einem Überraschungspaket Tretminen war das doch sicher entschuldbar.

Tja, nun war es sowieso zu spät, und er musste bei Vivian so viele Punkte machen, wie es nur ging. Menschen ärgerten sich, wenn man sich für ihre Geschenke nicht dankbar zeigte, und das Messer war schließlich kein Sackpullover oder ein Buch, das er schon gelesen hatte, sondern eine einzigartige Zauberwaffe mit der Macht – vielleicht –, die Unbezwingbaren zu bezwingen. Abgesehen davon war Denizen die natürliche Sparsamkeit eines Waisen eigen: Geschenke waren selten, und man gab sie nicht aus der Hand.

Vor dem Eingang des Long Room wartete eine Gruppe Schattenjäger. Und dort schließlich war Vivian: Einige Meter von allen entfernt starrte sie finster in die Luft.

Denizen lief langsamer, die Pflastersteine unter seinen Füßen schienen sich in Klebstoff verwandelt zu haben. Jacks Anwesenheit wehte wie ein freundlicher Wind in seinem Rücken, Vivian hingegen strahlte wie ein geborstener Atomreaktor *Nicht jetzt* aus. Was sonst. Selbst ihr seltenes Lächeln hatte eine gewisse Freudlosigkeit, sie schien immer genau zu wissen, wie viel mal Lächeln sie noch übrig hatte.

Und nun war vermutlich gerade nicht der richtige Zeitpunkt dafür. Vielleicht gab es den auch nie. Wenn sie ihm wenigstens irgendein Zeichen geben würde, dass unter all dieser angestauten Verärgerung ein menschliches Wesen steckte!

Eine Hand legte sich auf seine Schulter.

»Hallo, mein Junge«, begrüßte ihn Edifice Greaves. »Schön, dich zu sehen.«

Stirnrunzeln Nummer fünf – ›Komm Mir Nicht Gönnerhaft, *Erwachsener*‹. Auch bekannt als ›Ich Weiß, Was Du Im Schilde Führst‹, ›Ich Durchschaue Dich‹ und ›Lüg Mich Nicht An Und Tu Nicht So, Als Würdest Du Einen Interdimensionalen Krieg Nur Auslösen, Um Zu Sehen, Wie Ich Reagiere, Du Schleimscheißer‹.

Greaves schien angesichts Denizens neuer und verbesserter Nummer fünf den Mut zu verlieren. Er sah tatsächlich ein bisschen geknickt aus. Ein Teil von Denizen zögerte – er wusste ja nicht sicher, ob Greaves ihm eine Falle gestellt hatte. Oder? Jack hielt ihn für einen anständigen Typen, und Vivian hatte die Tendenz, die Welt weniger in Kategorien wie Gut und Böse zu betrachten als nach dem Prinzip *Entweder nach meinem Kopf* und *Gar nicht.*

Ich möchte ein Formular, dachte Denizen. *Ich möchte, dass jeder ein Formular hat, auf dem er alle seine Absichten einträgt und aufführt, warum er tut, was er tut. Und Lügen sind nicht erlaubt.*

»Bringen wir es einfach hinter uns«, erwiderte er.

»Dann also los«, erwiderte Greaves unbeteiligt, und mit einem Mal setzten sich alle Schattenjäger in Bewegung. Denizen steuerte sofort pfeilgerade auf Vivian zu – nicht, um mit ihr zu reden, sondern weil er sich ein Nicken oder einen Blick erhoffte, etwas, das die Kohlen in ihm wieder anfachen würden.

Es war sinnlos. Sie verschwand in der plötzlichen Flut gefährlicher Leute und war mit ihren langen Beinen immer einen Schritt voraus. Während er sich einmal hierhin und einmal dahin durchkämpfte, versuchte Denizen, sich einzureden, es sei Zufall, dass jedes Mal, wenn sich zwischen Vivian und ihm eine Lücke auftat, diese sofort von einem Schattenjäger geschlossen wurde.

Es ist einfach eng hier. Mehr nicht.

Denizen blieb nichts anderes übrig, als hilflos Vivians Hinterkopf anzustarren. Man machte ihr Platz. War das eine Fähigkeit, die man auch irgendwann lernte?

Im Souvenirshop hielten sich nur wenige Touristen auf, die über gedruckten Karten brüteten. Durch die hohen Fenster des Long Room stahl sich Sonnenlicht herein und versuchte vergeblich, den Marmorbüsten vor den Alkoven Glanz zu verleihen. Hier war mehr los – vielleicht ein halbes Dutzend Leute, ein Professor in Tweed, der mehr Zeit damit zu verbringen schien, die hereinkommenden Schattenjäger anzugaffen, als in dem Buch zu lesen, das er in den Händen hielt. Denizen widerstand dem Bedürfnis, ihn ebenfalls mit einem Stirnrunzeln zu bedenken. Seit dem Vorfall im Buchladen hatte Denizen Tweed gegenüber gewisse Vorbehalte.

Greaves hielt nach einem Wachmann Ausschau, der die Bibliothek schließen würde, doch es kamen nach wie vor Leute herein. Ein Mädchen starrte finster auf die Samtkordel vor den älteren Büchern, ein Junge las eine Broschüre.

Denizen musterte sie zerstreut. Greaves konnte einfach keinen Hinterhalt planen. Und selbst wenn, dann würde er doch keinen Neuling hineinziehen, oder?

Er hat dich in einen Raum voller Sprengstoff gebracht, oder? Vielleicht weiß er ja auch, dass du die gesamten Canti beherrschst. Vielleicht ist das noch ein Test.

Nein. Es würde das erste Mal sein, dass eine Tenebra mit einem Menschen Friedensverhandlungen führte. Nach jahrhundertelangem Krieg ein Schritt in die richtige Richtung. Alles würde gut werden.

Denizen spähte zu den letzten Sonnenstrahlen im Durchgang zum Long Room, er wollte ein letztes Jota Bestärkung –

Da erloschen die Lichter.

Und die Ursache war nichts Naheliegendes wie ein Stromausfall. Der Saal schien vielmehr unter einer herunterfallenden Decke aus elektrisch geladenem Schwarz zu verschwinden. Unter Tischen und hinter Säulen kamen Schatten hervor – verschluckten Bücherregale und fraßen Auslagen. Die Luft schien sich in das Wasser eines Tiefseegrabens verwandelt zu haben und war so dunkel, dass sie beinahe einfarbig war.

Die Hälfte der Lampen erlosch mit dem trockenen Schnappen herausgeflogener Sicherungen. Die anderen nahmen ein Dutzend blutiger Purpurtöne an, ihre Glühbirnen pochten im Takt eines Herzschlags.

Denizen hatte geglaubt, die Größe des Raums einschätzen zu können, doch nun war er verloren, ertränkt in Dunkelheit und Stille. Er drehte sich, dann drehte er sich noch einmal, aber außer dass ihm extrem schwindlig davon wurde, änderte es nichts. Er sah nur eine sich verschiebende Obsidiandüsternis mit roten Lichtern, die an weit entfernte erlöschende Sterne erinnerten.

Der kurze schreckliche Moment erinnerte Denizen an alle seine kindlichen Ängste vor der Dunkelheit. Er hatte vergessen, wie sie sich anfühlte, denn Schattenjäger sahen sie nicht. Er blinzelte und wartete darauf, dass sich das *Lucidum* einschalten würde, aber nichts geschah. Furcht kroch seine Wirbelsäule hinauf. War Dunkelheit schon immer so schwarz gewesen? So kalt?

Er hatte vergessen, welche Angst sie einem einjagen konnte. Er hatte vergessen, wie sie einem zusetzte.

Der Hof. Griff er an? Er spürte nicht dieses übelkeitserregende Ziehen im Magen, das Tenebrae normalerweise ankündigte. Denizen verstand es nicht – wenn es so wäre, würde er es spüren, hätte er –

Plötzlich flammte ein Licht auf. Obwohl sich die Dunkelheit nicht lichtete, sondern sich wie ein unbewegliches Gewicht um das Leuchten ballte, brannte Erleichterung durch Denizen. Alles war gut. Denizen erkannte den satten Schimmer von flackerndem Gold.

Die Farbe von Feuerschein und Zuhause.

Ein Schattenjäger. Denizen rannte auf die Gestalt zu – sie wusste sicher, was zu tun ist. Er kniff die Augen zusammen, um zu erkennen, wer …

Es war das Mädchen von der anderen Seite des Saals. Die Fremde. Sie hielt ein Schwert in der Hand. Ihr bösartiges Lächeln qualmte.

›*Verbrenne für Sie*‹, flüsterte sie.

24

Schattenmarionetten

Denizens Welt verwandelte sich in prasselndes Feuer.

Er hatte mittlerweile genug Situationen erlebt, in denen es um Leben und Tod ging, um zu wissen, dass es eine Täuschung war anzunehmen, die Zeit verstriche langsamer, wenn man angegriffen wurde. In Wirklichkeit wurde man schneller. Das Hirn erkannte früher als man selbst, dass jede Sekunde zählte. Denizen hatte also alle Zeit der Welt, um zuzusehen, wie sich der Mund des Mädchens öffnete und weißglühendes Licht *durch* sie schoss, getragen von der Welle eines Schreis.

Das ist kein Cantus, dachte er im ersten Drittel einer Sekunde, als das Feuer den Abstand und die Dunkelheit zwischen ihnen fraß und Boden und Regal wie ein Stroboskop anstrahlte. Er musste es wissen. Schließlich trug er alle achtundsiebzig Canti in seinem Hinterkopf.

Sie kanalisiert das Feuer einfach selbst, war der nächste Gedanke, eine Drittelsekunde später. *Das ist Wahnsinn.*

Und dann noch einer, dieser wesentlich dringlicher.

WEG HIER!

Mit einem verzweifelten Sprung rettete er sich vor der mörderischen Flammenzunge, das augenblickliche Brennen auf seiner einen Gesichtshälfte konnte Denizen nur als Sonnenbrand bezeichnen.

Stein zischte und zersprang. Nachbilder verwirrten Denizens Sicht und verwandelten die Welt, bis sich seine Augen an die Düsternis gewöhnt hatten, in ein leuchtendes Adergeflecht. Nach einem halben Jahr ohne Dunkelheit waren sie, was Anpassung anbelangte, abscheulich und widerlich aus der Übung.

Irgendwo hinter ihm ertönte ein heiseres weit entferntes Dröhnen, gefolgt von einem Feuerblitz, der die Heerscharen umherhuschender Gestalten jedoch nur kurz umriss – Schattenmarionetten vor den dichten Nebelschwaden. Durch die Dunkelheit krachte und schimmerte Licht, ein Sturm irgendwo außer Sichtweite.

Nein, dachte Denizen, der versuchte, sich vorwärts zu tasten, um irgendeine Art Deckung oder Schutz zu finden. *Kein Sturm. Ein Sperrfeuer.*

Die Schattenjäger wurden angegriffen.

Denizens panisches Herumtatschen fand schließlich die Kante eines großen Regals. Das Mädchen pirschte sich an, ihr Licht erleuchtete nur sie, sonst nichts, aber das war nur eines von einer Lawine von Dingen, die absolut unverständlich waren.

Sie ist ein Mensch. Warum tut sie das?

Wie tut sie das?

Denizen hatte das Feuer in sich nur ein einziges Mal ohne die schützenden Einschränkungen eines Cantus benutzt, und es hatte ihn für einen Tag und eine Nacht außer Gefecht gesetzt. Die Canti waren – wie hatte es Venia ausgedrückt? – *eine Sprache, um es zu beherrschen.* Eine Gussform, um dem Inferno eine Richtung und eine Gestalt zu verleihen.

Dieses Mädchen nutzte das Feuer jedoch frei und ungehindert, nur seinem Willen unterworfen. Es musste unfassbar anstrengend sein. Die Gefahr, die es barg, der Tribut … und sie setzte es gegen einen anderen Menschen ein. Einen anderen Menschen, bei dem es sich zufälligerweise um Denizen handelte, das wurde ihm nach dem ersten Schock über den Verrat allmählich bewusst. Das konnte nicht sein. Das hatte es noch nie gegeben, in keiner der Schlachten, die die Schattenjäger gefochten hatten. Es war nicht –

O nein, schoss es Denizen durch den Kopf, *war sie etwa eine Leibeigene?*

Die entsetzliche Vorstellung hatte keine Zeit, sich weiter zu entfalten, denn da tauchte bereits ein zweites Licht auf. Hätte es sich nicht um den Jungen mit den flüssigen Augen gehandelt, den er zuvor gesehen hatte und der im unruhigen Licht hager und tödlich wie ein Butterflymesser aussah, wäre Denizen für die Unterbrechung beinahe dankbar gewesen. Die Waffe, die in seiner Hand leuchtete, war aus reinem Feuer und sah wie das Schwert eines gefallenen Engels aus.

Er war genau der Anstoß, den Denizen brauchte. Vielleicht meldete sich auch endlich sein Training. Vielleicht hatte es auch damit zu tun, dass es nun zwei gegen einen waren und keiner der beiden Fremden den Eindruck machte, als wolle er eine Erklärung abgeben. Vielleicht lag es sogar daran, dass Denizen ein Hardwick war und ihm tausend tote Vorfahren zubrüllten, dass seine Familie Angriffe nicht kampflos hinnahm.

Die Fragen konnten warten. Das hier war Krieg.

Das Mädchen kreischte erneut Feuer, doch Denizen riss das Universum mit einer Fingerbewegung auf und ließ das Licht in den bodenlosen Tiefen von Tenebris verschwinden. Die Augen des Jungen wurden riesengroß, die Canti knisterten wie Gelächter in Denizens Kopf, und dann knurrte er die Form der Qaiyim-Myriade.

Mit einem Knall wurde ein Dutzend winziger Sonnen lebendig, umkreiste ihn einmal, zweimal – röstete den Boden mit schwankenden Linien –, bevor es unter eifrigem Geheul vorwärtsschoss. Feuer pochte gegen seine Brust und wollte unbedingt eingesetzt werden, aber ein Schattenjäger musste strategisch denken, und in Denizens Kopf tickten die Berechnungen.

Das Mädchen schrie die Hälfte der Sonnenbälle mit einem schlampigen Flammenspritzer nieder. Das Feuerschwert schnellte vor und ließ drei weitere explodieren, bevor sie etwas bewirken konnten; der Junge zog den Kopf ein, sprang beiseite und schlug Salti – *Salti* – in einer Abfolge, auf die Corinne D'Aubigny stolz gewesen wäre. Der Rest knallte in die Wand und explodierte in Funken und Ruß.

Denizen kümmerte das ebenso wenig wie das Kneifen und Kitzeln seiner abkühlenden Haut. Die Myriade hatte gerade einige Leerstellen der laufenden Gleichung ausgefüllt, wie er lebend aus dieser Sache herauskommen sollte.

Die meisten Schattenjäger lernten ungefähr zwanzig Canti. Mehr brauchte man nicht, und der Tribut war ein großartiges Abschreckungsmittel, damit herumzuprotzen. Spezialisierung vereinfachte alles, erlaubte einem Schattenjäger aber trotzdem, spontan seine Strategie zu ändern, falls … Nun ja, falls man sich in einer solchen Situation befand.

Das Mädchen machte sich bereit, erneut zuzuschlagen. Denizen erkannte es an ihren Zehen, die sich in den Boden krallten, um den Rückprall abzufangen, und an dem reflexartigen Befeuchten ihrer Lippen. Geübte Bewegungen, die auf Training schließen ließen. Bei einem Schattenjäger nahmen die Canti einen Teil des schweren Hochhebens ab, das zum Formen des Feuers notwendig war, doch diese Fremden taten es mit der Hand, was bedeutete –

Helioslanze. Denizen schleuderte einen streifigen Lichtpfeil nach dem Mädchen und als der Junge erneut sein Schwert herbeirief, um ihn abzuwehren, wusste Denizen, dass er recht hatte.

Jeder von ihnen beherrschte genau einen Trick. Denizen kannte diese Einschränkung nicht. Unglücklicherweise musste er sich allerdings sofort um die eine, riesengroße Einschränkung kümmern, die er hatte –

Sie versuchten, ihn umzubringen. Aber er konnte sie nicht umbringen.

Irgendwo in der Ferne – oder auch nicht in der Ferne, Denizen hatte kein Gefühl mehr dafür, wie groß die Bibliothek war – krachten Explosionen, er erkannte die Umrisse von Gestalten, bevor sie wieder verschwanden, traumähnlich und unvergesslich. Geräusche ertönten und verstummten wieder, aber falls Greaves oder die anderen Befehle brüllten, konnte Denizen sie nicht hören. Es war, als hätte es sie nie gegeben, weggezaubert von dieser magischen Düsterheit – noch eine Macht, die Denizen niemals für möglich gehalten hätte.

Wer waren diese Leute?

Seine Angreifer kamen näher, und Denizen gingen allmählich die Ideen aus. Er war nicht einmal mehr sicher, ob er es noch richtig finden sollte, seine Macht auf Tenebrae loszulassen – nicht nach den Mondscheingesprächen und den von Blitzen heimgesuchten Lippen. Und so bleich und wolfsähnlich seine Angreifer auch sein mochten, sie waren Menschen. Sie waren *Jugendliche.* Denizen konnte sie nicht bei lebendigem Leib verbrennen.

Und sofort folgte auf diesen Gedanken der zweite – *Warum nicht?* Furcht verwandelte sich in Wut und Wut in Zorn, die Canti wirbelten wie Papierdrachen durch seinen Kopf. Darum ging es doch schließlich für einen Schattenjäger, oder? Seine Kameraden zu verteidigen? Bei weitem das Beste, bei weitem das Einfachste wäre doch, diese Verräter zu Kohle zu verarbeiten und sie anschließend anhand ihrer Zähne zu identifizieren.

Der nächste Schrei verwandelte das Bücherregal, hinter dem Denizen Schutz suchte, in eine Flammenklippe. Rings um ihn polterten Bücher herunter, ihre Seiten brannten lichterloh. *Tu etwas. Tu etwas.* In dieser Situation an einer Rauchvergiftung zu sterben wäre ja absolut idiotisch.

Die zwei kamen in perfektem Gleichschritt auf ihn zu stolziert. So aus der Nähe waren sie eindeutig Bruder und Schwester. Dieselben kantigen Züge, dieselben blindfischbleichen Gesichter, seine Finger griffen ständig nach ihren –

Geschwister. Und plötzlich war da Triumph, und Denizen war nicht sicher, ob er stolz oder beschämt sein sollte von dessen Grausamkeit.

Als Samuel Taylor Coleridge im Feuer zerbarst, wurden Denizens Wangen von Marmorscherben aufgeschlitzt, er taumelte durch den öligen Qualm, aber er bekam es kaum mit. *Näher. Muss näher ran.* Eine typische Dummheit beim Nahkampf.

Durch Denizens Kopf wirbelte Feuer – und der Junge und das Mädchen verschwanden.

Nicht für Denizen, er stand genau vor ihnen, aber füreinander – ein Vorhang aus gebeugtem Licht trennte sie. *So kann ich sie gut sehen.* Der Vorhang war nicht annähernd so perfekt wie der Simons, doch in diesem Chaos aus Schatten und Rauch musste er das auch nicht sein. Canti waren nicht in der Lage, Leute einfach verschwinden zu lassen, aber Denizen setzte darauf, dass keines der beiden Geschwister das wusste.

Für sie würde es so aussehen, als wäre der andere einfach erloschen.

Denizen hatte auf einen Moment der Verwirrung gehofft. Stattdessen bekam er einen totalen Zusammenbruch. Der Klageschrei des Mädchens war ohrenbetäubend, ihr zu Tode erschrockener Blick wanderte von Denizen zu der Stelle, an der gerade noch ihr Bruder gestanden hatte. Auf der anderen Seite des verzerrten Vorhangs tat ihr Bruder genau das Gleiche, er starrte sie mit einer Mischung aus Entsetzen und Wut an, bis Denizens heftiger Angriff ihn zu Boden warf.

Schlag ihm ins Gesicht, dachte Denizen fieberhaft, und dann schlug er ihm ins Gesicht. Da er es für keine gute Idee hielt abzuwarten, ob ein Hieb ausreichte, drosch er noch einmal auf ihn ein und schürfte sich die Haut an dessen kantiger Wange. Als sich das Licht in den irren Augen des Jungen zu sammeln begann, schlug Denizen so brutal zu, dass er umkippte und mit dem Kopf auf den Boden knallte.

Autsch, dachte er und rollte sich nach Luft schnappend auf den Rücken – was ihm eine ausgezeichnete Sicht auf das Mädchen verschaffte, das mit dem Stahlschwert in der Hand *durch* den Lichtvorhang angriff.

Sie sah ausgesprochen wütend aus.

Hätte sie einfach mit dem Schwert zugestochen, wäre Denizen auf der Stelle tot gewesen, doch sie holte Luft, und in ihren Augen erblühten Rosen aus Gold. Denizen konnte mit ihr mitfühlen, seiner bescheidenen Meinung nach ließ sich das Feuer schon unter normalen Umständen nur schwer ignorieren. Es hielt ihn allerdings nicht davon ab, ihr gegen das Knie zu treten, und als sie rückwärts stolperte, zielte er mit einem Anathemabogen nach ihr, der sie auf den Rücken schleuderte.

Sie rührte sich nicht mehr. Von ihrer Lippe kräuselte sich Rauch.

Beweg dich, Denizen. Sie war nicht tot. Er hatte den Bogen kaum verbunden, es musste sich wie eine Ohrfeige mit einer Matratze angefühlt haben. Sie würde jeden Augenblick zu sich kommen. Aber mit einem Mal war der Boden sehr gemütlich, und wenn er den bäuchlings daliegenden Körper ihres Bruders als Kissen benutzte …

BEWEG DICH!

Irgendwann überwand er sich aufzustehen und taumelte von den beiden weg, drei Schritte genügten, und die Schattenflut hatte sie komplett verschluckt. Mit jedem heimtückischen Aufblitzen und jedem erstickten Brüllen pochte Denizens Herz heftiger. Die Welt war so dunkel, dass er das Gefühl hatte, auf der Stelle zu rennen. Manchmal zischten Gestalten an ihm vorbei, nahe genug, um sie zu berühren, aber dann verschwanden sie, als hätte es sie nie gegeben.

Geschichtsbücher stellten Schlachten als geometrische Linien dar – als Duelle zwischen Gedankenwelten, in denen die Regimenter Waffen waren und die Toten eine Fußnote am Seitenende. Aber so funktionierten Schlachten nicht.

Sie waren Chaos.

»Dort!«

Die zwei Männer kamen aus dem Nichts und lösten sich wie Geister vom Dunkel. Angst zischte durch Denizen. *Sind sie die ganze Zeit nur Zentimeter von mir entfernt gewesen?* Dass die Männer genauso panisch zu sein schienen wie er selbst, änderte nichts an seiner Nervosität. Derart hünenhafte Männer durften nicht ängstlich aussehen.

Einer von ihnen hielt eine Spritze in der Hand. Der andere umklammerte ein Stück Seil.

Denizen griff nach seiner Macht, da kam eine Gestalt durch den Nebel geschossen, deren Gliedmaßen den Rauch herumwirbelten. Der erste Mann brachte noch ein klägliches Jaulen heraus, als Hände und Füße seine Gelenke fanden und sie auseinanderbogen; der zweite hatte sich kaum umgedreht, da machte ihn Vivian Hardwick auch schon unschädlich.

Als die beiden zu Boden gingen, drehte sie sich schweratmend um.

»Hi«, sagte Denizen. »Hmm. Was ist denn hier los?«

Es war ein seltsames Gefühl, wieder zu sprechen. Vivian schien es ähnlich zu gehen – sie schluckte, dann sprach sie mit leiser und trockener Krächzstimme.

»Vier Zauberer und vielleicht noch ein Dutzend anderer Männer. Söldner, wenn ich mir ihre Ausbildung anschaue.«

»Hast du dabei schon die zwei Jugendlichen mitgezählt?«, fragte Denizen. In stillschweigender Übereinkunft standen seine Mutter und er mit dem Rücken zueinander und drehten sich nun in einer langsamen Kreisbewegung um.

»Nein«, erwiderte sie. »Du –«

»Sie liegen bewusstlos neben der Tür«, erklärte Denizen. »Keine Ahnung, wie lange schon. Moment – *Zauberer*?«

»Irgendeine Bezeichnung eben«, knurrte Vivian. »Bis ich ein paar Informationen habe.«

In diesem Moment bemerkte Denizen auf ihrem Hemd das saubere Loch an der Schulter.

»Du bist *angeschossen* worden«, sagte er.

»Was?«, fragte sie unkonzentriert. »Ach das. Richtig. Ja. Ist vom Eisen abgeprallt.« Sie sah nicht einmal an sich herunter, und die nächsten Worte galten eindeutig nur ihr selbst. »Wenigstens wusste Grey, wo er hinschießen musste.«

Ihr Hammer hing immer noch quer über ihrem Rücken.

Er betonte stärker als alles andere, was hier gerade vor sich ging – die schiere Unmöglichkeit der ganzen Situation. *Wir werden angegriffen. Von Menschen.* Mit einem Mal schienen die Ängste der Allianz vor Leibeigenen vollkommen nachvollziehbar. Die Schattenjäger hatten Jahrhunderte damit zugebracht, den Kampf gegen Monster zu trainieren. Das hier war etwas völlig anderes.

»Sie setzen keine Canti ein«, sagte Denizen. »Ich habe keine Ahnung, wozu sie fähig sind.«

Vivian deutete nach vorn. »Diese Verschwörung hat alle Geräusche verzerrt und die Richtung durcheinandergebracht. Wir sammeln uns zum Gegenangriff. Sobald die Quelle dieser Dunkelheit ausgemerzt ist, kriegen wir sie.«

Denizen versuchte, Mitleid mit demjenigen zu empfinden, der als Nächster mit Vivian zu tun haben würde, aber sein Kopf war voll mit Feuer und dem Glanz einer Nadel im Dunkeln.

Lass es raus, knurrte ein Teil von ihm. *Vertreib diesen Qualm mit einem Schrei. Wenn er sich bewegt, verbrenn ihn. Über die Folgen kannst du dir später Gedanken machen. Oder überhaupt nie …*

»Führ mich hin«, flüsterte Denizen.

25

Der Unvermeidliche Krieg

Uriel rappelte sich auf, in seiner Kehle steckte der Geruch brennender Bücher.

Von seinem linken Wangenknochen strahlte Schmerz aus, sein Rücken war von den Schlägen des Jungen mit blauen Flecken übersät. Er holte tief Luft und ignorierte den Schmerz, wie man es von einem Croit erwartete. Beim Training hatte er schon Schlimmeres abbekommen.

Sogar wesentlich Schlimmeres. Croits wussten, wie man zuschlagen musste.

Tabithas Dunkelheit vernebelte noch immer die Luft, aber Uriel spürte ein zitterndes Zögern darin. Es war unglaublich, dass sie es so lange durchgehalten hatte, doch dann erinnerte sich Uriel an Tabithas Gesichtsausdruck, als die Erlöserin ihr die kalte schwarze Hand auf die Wange gelegt hatte. Wäre es nach ihr gegangen, hätte Tabitha sie für immer festgehalten.

Ambrel. Uriel blickte sich panisch um und rief sein Gebet herbei, dessen goldenes Licht … nichts zum Vorschein brachte. Sie war nicht da. Hatte der Widersacher sie getötet? Verbrannt? War sie schon Asche, weil er *so dumm gewesen war, sich bewusstlos schlagen zu lassen –*

»Nein«, sagte er. Er sprach es laut aus, weil seine Stimme ein wenig ihrer ähnelte und ihn beruhigte. »Nein.«

Der Junge – *Denizen Hardwick*, so hatte Malebranche ihn genannt – hätte sie umbringen können. Seine Macht übertraf alles, wozu Uriel und Ambrel fähig waren, *so vielseitig* – Uriel hörte noch immer diese unirdischen Silben in der Luft nachklingen. *Wörter.* Wie konnten Wörter solche Macht besitzen?

Eine Sekunde lang verspürte Uriel den Wunsch, die Wörter selbst auszusprechen. Wie hatten sie geklungen? Wenn er einfach –

Nein. Er verdrängte den blasphemischen Gedanken.

Uriel rannte in die Dunkelheit und ließ das Schwert in seiner Hand erlöschen. Es brachte nichts, seinen Standort preiszugeben; er wusste schließlich nicht, ob er erst einem Freund oder einem Feind begegnen würde. Er musste jemanden von der Familie treffen oder, falls ihm das nicht gelang, ein paar der Männer, die Großvater für diesen Überfall angeheuert hatte. Leibwächter – weltliche Männer mit einer weltlichen Vorliebe für Gewalt und Geld. Hatten sie eine Ahnung, worum es hier ging? Fürchteten sie sich?

In seinem Magen entzündete sich Angst, doch Uriel zapfte die Gunst der Erlöserin an, um sie zu ersticken. Dies war der Unvermeidliche Krieg. Dies war das Versprechen, das man ihnen gegeben hatte. Wenn sie sich tapfer schlugen – wenn sie dienten –, würden sie alle erlöst werden.

Wenn …

»Hör auf damit«, flüsterte er sich zu. »Hör auf damit.«

Wenn man dir die Wahrheit gesagt hat.

Der Widersacher war angeblich eine Armee kalter Eisenstatuen, denen ein grausamer Verstand Leben einhauchte, lebende Avatare aus dem Eisernen Vordringen und Schande. Und nicht Jungen mit Namen und weitaufgerissenen verängstigten Augen und einer Macht, die im gleichen Goldton leuchtete wie die der Croits. *Es war die Gunst gewesen.* Da war sich Uriel ganz sicher, denn er hatte das Eisen von Denizens Knöcheln auf seiner Wange gespürt – das Eisen, das eigentlich nur die Croits haben sollten.

Wenn nicht alles eine Lüge ist.

»AUFHÖREN!«

Das Wort kam nicht aus Uriels Mund, sondern von einer Frau in einem Blümchenkleid, die ein Breitschwert in der Hand hielt. Nein – keine Frau. *Eine Widersacherin.* Als sie mit dem Fuß nach Uriels Kopf trat, wippten ihre schwarzsilbernen Locken, und er hätte fast einen Seufzer der Erleichterung ausgestoßen.

Endlich etwas, das ich verstehe.

Uriel duckte sich und war somit genau auf der richtigen Höhe, als sie den Tritt in eine heimtückische Pirouette verwandelte. Er drehte sich mit – nun brannte sein anderer Wangenknochen vor Schmerz – und rammte ihr den Fuß in die Magengrube. Sie schwankte, zielte jedoch sofort mit ihrem Schwert auf Uriels Augen, bevor er ihre kurzzeitige Schwäche ausnutzen konnte.

Aber sie prallte an der Kante von Uriels Gebet ab.

Sie starrten sich an – sie den Stab aus wellenförmigem Licht, der aus Uriels Hand herausragte, er das stählerne Schwert, das ihn abgewehrt hatte.

Das kann eigentlich nicht sein, dachte er stumm. Auf Eloquenz gab es Unmengen zerstörter Schwerter als Beweis.

Sie schien genauso überrascht wie er. Auch von ihrer Waffe schimmerte Licht, feine Spiralen in Rot und Gold. Das Schwert war wunderschön. Wäre es nicht eine zitternde Haaresbreite von seinem Gesicht entfernt gewesen, hätte Uriel es sich gern genauer angesehen.

Und dann war der Moment ebenso plötzlich zu Ende. Ein verschwommener Schimmer drang durch die Nacht, ein bewölkter Sonnenaufgang, dann greller Mittag. Der Schock warf sowohl Uriel als die Widersacherin um, und der Schatten über ihnen verwandelte sich in den Schatten eines umstürzenden Bücherregals.

Es streifte ihn nur – streifte ihn, mehr nicht –, aber er stürzte auf den Boden, sein Kopf drehte sich. Bücher prasselten mit ohrenbetäubendem Lärm herunter. Als er sich schließlich aufrappelte, war die Frau verschwunden, und das Bimmeln in seinem Kopf wurde zu einer Glocke – einer Art Alarm. Dass er es so deutlich hören konnte, war ein schlechtes Zeichen. Tabithas Kraft schwand.

Uns bleibt nicht viel Zeit.

Uriel rannte zu der Stelle, wo die Feuer am hellsten loderten. Dort würde er Ambrel finden. Dort würde er den Widersacher finden. *Sollte nicht so schwierig sein*, flüsterte eine grausame Stimme in seinem Kopf. *Er sieht genauso aus wie ihr.*

Uriel war mit Geschichten über die Armee des Widersachers großgezogen worden – der bösartigen Nacht zum rechtschaffenen Tag der Croits. Aber so war er nicht. Es waren keine Monster der Sünde, die von einem heimtückischen Geist angetrieben wurden – es waren Menschen, Menschen mit denselben Gaben wie er.

Sie könnten ebenso gut Familie sein …

Rings um seine Ohren stürzte die Welt ein, das Kampfgeschrei verkündete den Zusammenbruch von allem, was er kannte. Der Widerspruch zwischen dem, was man ihm eingetrichtert hatte, und dem, was er mit eigenen Augen sah, war wie ein Messer, das zwischen seine beiden Gehirnhälften gerammt wurde.

Uriel hatte das Gefühl, sich aufzulösen. Zu fallen – aber dann packte ihn etwas am Fuß, und er stürzte tatsächlich. Ihm blieb eine Sekunde, um sein Schwert zu zücken und auszuholen nach – was immer ihn festgehalten hatte.

Tabitha musterte ihn mit von Eisenfäden durchzogenen Augen. Nur das Weiß war noch unverändert. Alles andere war stumpf und schwarz.

Uriels instinktiver Hieb hatte vier Finger von ihrer ausgestreckten Hand abgetrennt. Tabitha schien es nicht zu bemerken.

»Uriel …«

Selbst ihre Stimme war tiefer – bleiern, schwer, wie Luft, die aus steifen Blasebälgen gepumpt wurde. Jedes Wort kam mühsam, ihre eisernen Locken klirrten auf dem Boden.

»Sag Ihr, dass es mir leidtut, nicht stark genug gewesen zu sein. Sag Ihr, ich …«

Die Dunkelheit wogte, zerfetzte, verblasste, aber Tabitha weigerte sich, ihre Erlöserin zu enttäuschen; selbst als das Eiserne Vordringen sie verschluckte, klammerte sie sich an die Nacht.

Tabitha starb mit Ihrem Namen auf den Lippen, und Uriel übermannte die Angst.

Ich muss Ambrel finden. Wir müssen hier raus. Die Erlöserin vergessen. Großvater vergessen und den Krieg und wer immer diese Leute sind. Hier ist es nicht sicher. Hier sind wir nicht sicher.

Das Einzige, woran ich glaube, sind wir.

Und dann blickte er auf, und Denizen Hardwick stand vor ihm. Die Zielscheibe. Die Quelle für den Hass der Erlöserin.

Er war wirklich nur ein Junge. Vielleicht älter als Uriel, aber er hatte diese Weichheit von Draußen, die ihn jünger aussehen ließ. Seine zerzausten roten Haare waren rußverschmiert, ein Bluterguss verdunkelte eine Gesichtshälfte, sein linkes Auge zitterte. Uriel kannte dieses Zittern. Auch er kämpfte jedes Mal, wenn die Gunst frei sein wollte, dagegen an.

»Warte«, sagte Denizen. Uriel zuckte zusammen, als er seine Stimme hörte. »Du musst nicht … Wir können reden, okay? Du musst das nicht tun.«

Auch wenn sein Gesichtsausdruck starr und ruhig wurde, um sich nicht zu verraten, lief ein ungläubiges Verstehen durch Uriel.

»Doch«, beharrte er und starrte an Denizen vorbei. »Muss ich. Sie hat meine Familie in Ihrer Gewalt.«

Da sprang Ambrel vor.

Denizen blieb kaum Zeit, um aufzuschreien, bevor sich die Nadel tief in ihn hineinbohrte. In seinen Augen, in seinem Mund sammelte sich Feuer – und verblasste, als die Droge zu wirken begann.

Seine Augen blickten kurz in Uriels, dann war nur noch das Weiße zu sehen.

Sie bewegten sich gleichzeitig, Ambrel packte ihn an den Beinen, Uriel an den Schultern. Unter Denizens Hemd waren zwei Messer in Scheiden. *Er hätte sie gegen mich einsetzen können, als ich am Boden lag.* So hätte ein Monster reagiert. So hätte ein Croit reagiert.

Uriel zog die Messer aus ihren Hüllen. Ohne sie wog Denizen kaum noch etwas. Um sie herum erstarb die Dunkelheit in weichen herabfallenden Schuppen, und Uriel und Ambrel hoben ihren Widersacher hoch und rannten ins Licht.

26

Denizen Hardwick im Rohzustand

Denizen erwachte, aber nur teilweise.

Das war neu. Normalerweise war er sofort wach, selbst in den ersten Wochen in der Seraphim Row nach dem ganzen Gerenne und Gespringe und Abigail, die ihn durch irgendwelche Gegenstände trat. Der Prozess war einfach und vertraut: seine Augen öffneten sich, der Körper lieferte seine durch Schlaf verzögerten Kommuniqués für eine schnelle kognitive Karte – Beine, Torso, Kopf und selbst die entfernte Kälte seiner Eisenhandflächen.

Im Moment fühlte es sich allerdings an, als habe der Wind die Buchstaben durcheinandergewirbelt. Das Postamt war im Belagerungszustand, die Brieftauben knallten in Scharen herunter oder wurden von listig trainierten Falken aus der Luft gepickt. Diejenigen, die überlebten, waren schmuddelig und verdrießlich und absolut keine Hilfe.

Nach ausgiebiger Konzentration kam Denizen endlich zu dem Schluss, dass er Beine hatte. Er hatte hundertprozentig schon vorher Beine gehabt. Er würde sich doch garantiert daran erinnern, wenn er sie verloren hätte? Andererseits hatte eine Schlacht stattgefunden. Da passierten allerhand schreckliche Dinge. Aber er hatte seine Beine noch, das war ein Triumph, oder?

Gut. Großartig! Zwei Gliedmaßen waren durchgekommen. Fast die Hälfte. Vierzig Prozent vielleicht. Wie viel machten Beine bei einem Körper aus?

Denizen wurde irgendwohin geschleift. Er merkte es an dem Klong-klong-klong, mit dem seine Schuhspitzen über den Boden hüpften, jeder Aufschlag zitterte seinen Körper in ein verträumtes Bewusstsein.

Weitere Anhängsel meldeten sich zum Dienst. Er hatte offenbar einen Kopf, aber irgendwas musste ja auch schließlich für ihn denken, selbst wenn er gerade keine Glanzleistung ablieferte. Allerdings hatte ihn jemand – *haha, ein Kopf* – mit Wolken vollgestopft, vor seinen Augen trieben silberne Flecken.

Vielleicht konnte ihm derjenige helfen, der ihn hinter sich herschleifte? Denizen öffnete den Mund – es waren ein paar Anläufe nötig: Jemand hatte ihn mit Haaren und Kleber beschichtet – und stellte den Händen unter seinen Schultern eine freundliche Frage.

Bedauerlicherweise kamen die Worte wegen der ganzen Haare und dem Kleber nur als ersticktes ›*Grmpf*‹ – als würde jemand einen Uhu erwürgen. Die Hände gaben keine Antwort. Vielleicht hatten *sie* ja keinen Kopf. Vielleicht ging ein gewisser Schwund bei Körperteilen um, wie eine eigentümliche und grauenhafte Erkältung.

Müde unternahm Denizen einen zweiten Versuch, doch als keine Worte kamen, rasselte in seinem Kopf mit dem Schwung einer Guillotine ein einziger Gedanke herunter.

Ich sehe das ganz locker.

Ein anderer Gedanke.

Ich sehe nie irgendetwas locker.

Das war nicht normal. Die Flauschigkeit und die überflutende Wärme waren angenehm … aber überhaupt nicht Denizen. Das war irgendjemand anderes. Die Wolken klebten an jedem Gedanken und machten ihn träge, aber Denizen schwang seine immer größer werdende Angst wie ein Messer und schnitt sich langsam zur Klarheit durch.

Denn irgendjemand will mich daran hindern. Das ließ ihn beharrlich weitermachen.

Jemand wollte, dass er schwieg.

Auch wenn er bislang kleine Räume gemieden hatte, weil er es lieber nicht herausfinden wollte, hielt sich Denizen nicht für klaustrophobisch. Er hegte allerdings den leisen Verdacht, dass er das Zuhause eines unerschöpflichen Vorrats von Phobien war, die er bloß noch nicht kannte, weil er bisher nicht mit ihnen konfrontiert worden war.

Doch nun fühlte er sich in seinem eigenen Körper gefangen – niedergedrückt von Gliedmaßen, über die er keine Kontrolle hatte, sein Hirn benebelt und verschwommen, und am allerschlimmsten … man hatte ihm seine Stimme genommen und durch ein schwaches Maunzen ersetzt.

So klingt meine Stimme nicht.

»Ist … wach?«

Die Stimme schwebte in sein Bewusstsein. Denizen versuchte, die Worte zu erkennen, einerseits, um zu verstehen, was hier vor sich ging, andererseits als eine Art Trost. Sie hatten Stimmen. Vielleicht würde er seine auch wieder zurückbekommen.

»Nich –ass ihn nicht –uf wachen!«

Denizen öffnete den Mund zu einem entsetzlichen Gähnen, als wolle er um den Klumpen herumsprechen –

Dann war wieder dieses Spitze in seinem Nacken.

»... hörst du mich?«

Dieses Mal gelang es Denizen, dreiviertelwach zu werden, und obwohl er sich immer noch in Watte gepackt fühlte, wusste er zumindest sofort, dass es sich bei der Watte um eine Fremdeinwirkung handelte.

Jemand redete mit ihm, und er wurde nicht länger irgendwohin geschleift. Das waren, dachte Denizen schwerfällig, doch schon zwei eindeutige Fortschritte.

Als er den Kopf hob, schwamm die Welt wieder in Sicht.

Er lehnte – nein, man *hatte ihn* angelehnt, das war definitiv nicht er selbst gewesen – an einer rauen eiskalten Steinwand, die ihn durch sein Hemd hindurch zittern ließ. Soweit er es in seiner Benommenheit erkennen konnte, sah der Rest des Raums mittelalterlich aus, der Boden war ein schräger Abhang aus zerbrochenen Steinplatten und Schutthaufen. Denizen überlegte eine ganze Weile, was die Muster auf dem Stein darstellten, doch dann zerrte er sich wieder in die Gegenwart zurück.

Okay. Vielleicht immer noch nicht ganz normal.

Seine Gedanken fühlten sich rutschig an – flatterten herum wie regennasse Vögel, hielten keinen Moment still oder blieben unzusammenhängend. Er musste sich ständig auf sie stürzen und sie festhalten.

Man hat mich gefangen genommen. Das ist schlecht.

Als die Hand ihn schlug, klirrte sowohl bei ihr als bei ihm Eisen. Hinter seinen Augen stiegen Sonnen auf, nicht die vertrauten, sondern dunkle Dinger in Purpur und Grau und Blau.

»... ihm zu viel gegeben, oder?«

Denizen unterdrückte den Impuls zu kichern. Sie machten sich offenbar Sorgen um ihn. Vielleicht zu Recht – die Watte in seinem Schädel hatte sich in scharfkantige Stahlspäne verwandelt. Er hegte den leisen Verdacht, dass am Horizont noch eine Menge Schmerzen auf ihn warteten. Wenn sie kamen, wollte er lieber weg sein.

»… er wieder.«

Dieses Mal war der Klaps beinahe sanft.

Benommen betrachtete Denizen die beiden jungen Männer vor ihm. Sie sahen sich beunruhigend ähnlich – blasse Augen, die fiebrig aus beinahe durchscheinenden Gesichtern brannten, die von einem dichten Schopf ergrauender Haare umrahmt wurden. Bei dem linken der beiden waren große Flächen des Halses und der Hände schwarz und hart. Denizen erkannte den Tribut sofort. *So viel.*

Der andere hatte nur blaue Flecken.

»Du …«, krächzte Denizen. »Gegen dich habe ich gekämpft. Ich …«

»Hol Großvater«, blaffte der Jugendliche. Er hatte nichts mehr von dem verunsicherten Jungen, mit dem Denizen zu reden versucht hatte. Nun war er kalt und herrisch, und der andere Junge rannte förmlich davon.

»Ja«, lallte Denizen, der alles eindeutig nicht so ernst nahm, wie er sollte. »Großvater. Prima.«

Allerdings sah der andere Junge aus, als würde er gleich wieder zuschlagen, und so sagte Denizen lieber nichts mehr. Doch als sich die Minuten dahinzogen und sich immer stärkere Schmerzen bemerkbar machten, begann er zu überlegen, dass es nicht schaden könnte – jedenfalls nicht mehr als bisher – zu reden. Die Art, wie der Junge ihn im Long Room angesehen hatte …

Denizen kannte diesen Blick. Er hatte ihn in der Nacht, als er erfuhr, dass die Welt ein viel dunklerer und seltsamerer Ort war, als man ihn bis dahin glauben gemacht hatte, auch gehabt. Es war das Stirnrunzeln nach schrecklichen Enthüllungen, und trotz der furchtbaren Umstände, in denen er sich gerade befand, verspürte ein kleiner Teil von ihm einen noch kleineren Funken Mitleid.

»Und …«, sagte er zögernd, »ist das eine Burg? Es sieht aus wie eine Burg.«

Nachdem Denizens Augen so lange zusammengeklebt gewesen waren, leuchtete das Schwert des Jungen nun plötzlich sehr grell. Die Spitze zeigte unschlüssig auf Denizens Kehle, die Hitze versengte etliche seiner inneren Spinnweben. Vielleicht war das aber auch das Adrenalin. Denizen war sich nicht sicher.

Er wusste bloß, dass Denizen Hardwick zum ersten Mal, seit ihm irgendjemand eine Nadel in den Hals gerammt hatte, sein Feuer zurückkehren spürte. Es war schwach, nur ein Glimmen … aber es war da und in seinem Hinterkopf zitterten Formen, als würden sie aus dem Winterschlaf aufwachen.

Nun hieß es nur noch überleben, bis es wieder volle Kraft besaß.

»Woher wusstest du das?«, knurrte der Junge. »Ich schwöre bei Ihrem Namen, falls du deine Widersacher … Hexen … -kräfte einsetzt, werde ich –«

Das Schwert war *sehr* heiß.

»Ich tue überhaupt nichts!«, beteuerte Denizen. »Es … sieht einfach bloß aus wie eine Burg.« Er überlegte, ob er die Hände mit der üblichen *Nichts für ungut*-Geste hochhalten sollte, kam aber zu dem Schluss, dass sie vermutlich wenig Sinn hatte, wenn man Feuer aus seinen Händen schießen lassen konnte. »Wollte mich nur ein bisschen unterhalten, mehr nicht.«

Dort. Entzündete sich da nicht gerade andere Glut? War das seine Macht, die sich noch ein bisschen mehr streckte?

»Ein bisschen unterhalten«, flüsterte der Junge. »Wir wissen, was du bist, *Widersacher.* Und wir lassen uns nicht in Versuchung führen.« Er sah sich in der Kammer um, als mache er sich Sorgen, jemand könne mithören. Denizen folgte seinem Blick, hauptsächlich, weil er so auf etwas anderes schauen konnte, als das glühende Schwert vor seinem Gesicht.

In der Ecke des Raums lag eine Rolle Draht. Wegen der Drogen und des Schwerts und der ganzen Kidnapperei war sie Denizen zunächst nicht aufgefallen, doch in all der Mittelalterlichkeit sah sie in ihrer langen Schwärze völlig fehl am Platz aus. Dass der Junge auf alles im Raum starrte, nur nicht auf den Draht, sprach in Denizens Augen Bände.

Er wollte gerade den letzten Rest seines chemisch verursachten Leichtsinns ausnutzen und einige schnippische Fragen stellen, aber da trat Großvater in den Raum, und Denizens Kopf dachte schlagartig sehr klar.

»Uriel. Das ist also der Widersacher?«

Sein erster Eindruck des Zaubereranführers – und etwas anderes konnte diese Person nicht sein – war der von Gewicht. Nicht körperlichem Gewicht: Aber wenn Großvater den Kopf wandte, kam es Denizen jedes Mal vor, als würden seine Wangenknochen ihm die Haut aufschlitzen. Nein, es war eine Art *Dichte*, als wären niedrigstehendere Menschen einem Samurai-Schwert ähnlich immer wieder gefaltet worden, um diesen Mann zu schmieden, der weitaus mehr Substanz hatte, als seine Größe vermuten ließ.

Nicht groß, aber *tief.*

Das Schwert des Jungen löste sich in einem Funkenwasserfall auf, und Uriel machte eine tiefe Verbeugung.

»Jawohl, Großvater.«

Widersacher.

Es war das dritte Mal, dass Denizen dieses Wort hörte, und allmählich machte es ihm Sorge. Großvater hatte ihn nicht *den Jungen* genannt oder *den Gefangenen* oder *den Unschuldigen, den wir auf jeden Fall freilassen werden, vielleicht mit einer Tüte Pommes.* Das Wort *Widersacher* war ein Eisberg von einem Wort, weil es so vage war und man den größten Teil davon gar nicht sah. Es konnte alles Mögliche bedeuten – eine Ideologie, ein Land, ein komplettes Lebenskonzept. Wenn man etwas *Widersacher* nannte, brauchte man es nicht als Person zu betrachten.

Komm schon. Das Feuer in ihm wurde langsam stärker, es schien sich zu wundern, dass es überhaupt weg gewesen war. *Komm schon.*

»Denizen Hardwick«, zischte der alte Mann, sein perlgrauer Blick heftete Denizen an die Wand. Die Silben mochten andere sein, aber das Gefühl war dasselbe. *Feind. Gräuel. Verkehrt.*

Denizen hätte als Allererster zugegeben, dass er nicht perfekt war. Er konnte stur sein, bockig, unkooperativ, und in letzter Zeit schien er die innere Skala, die zwischen *feige* und *leichtsinnig* hin- und herraste, nicht mehr im Griff zu haben, und das waren bloß die Sachen, die ihm spontan einfielen. Aber Denizen wusste, dass er nie etwas getan hatte, um einen solchen Blick von Großvater zu verdienen.

Es war Hass. Innig und persönlich. Um jemanden so zu hassen, musste man ihn schon sein ganzes Leben lang kennen. Denizen wollte nicht von ihm geschlagen werden. Er wusste, wenn das geschah, würde ihn die bloße Schwerkraft von Großvaters Hass zermalmen, wie ein schwarzes Loch eine Sonne in sich aufsaugte.

»Ihr seid Zeugen, Familie«, sagte er. Auch wenn Denizen

den Blick nicht von der ausgeblichenen Opaleszenz abwenden konnte, die den Schülern dieses Mannes eigen war, hatte er das Gefühl, dass draußen auf dem Gang sehr viele Leute standen. Großvater sprach jedenfalls, als hinge die ganze Welt an seinen Lippen. »Es mag wie ein Mensch aussehen. Es mag sogar aussehen wie einer von *uns.* Aber das ist es nicht. Es ist ein Monster – eine lebendige Beleidigung von Ihr, der wir dienen. Doch wir haben es trotz seiner schrecklichen Kräfte zur Strecke gebracht, und wir –«

Denizen versuchte, den Worten Großvaters zu folgen und gleichzeitig seine Gedanken zu ordnen. Die Chemikalie, mit der sie ihn betäubt hatten, machte es beinahe unmöglich, die erforderliche Konzentration für den Einsatz des tenebrischen Feuers aufzubringen. In ihrem Fall schon gar nicht – selbst wenn sie ihn nicht mit was-auch-immer vollgepumpt hätten, ihre Manipulationen des Feuers wiederzuerschaffen wäre Denizen niemals gelungen.

Aber das muss ich auch nicht. Ein Schattenjäger besaß schließlich die geheime Sprache der Canti, die ihm half, und Denizen beherrschte Venias Leihgabe fließend.

Komm schon. Das Feuer zuckte und wuchs. *Ich würde jetzt wirklich gern gehen.*

»Lange haben wir auf den Unvermeidlichen Krieg gewartet«, erklärte Großvater salbungsvoll. »Und nun ist es so weit. Der Widersacher treibt sein Unwesen auf der Welt. Unsere Erlöserin ist zurückgekehrt, um uns in eine glorreiche Schlacht zu führen, und unsere Erlösung steht kurz bevor –«

»Moment mal«, unterbrach ihn Denizen ziemlich angeschlagen und eher, um den letzten Pelzrest aus seiner Kehle loszuwerden. »Du willst mir hier nicht irgendwas von einer Prophezeiung erzählen, oder?« So lief das immer in Büchern.

Seit seinem dreizehnten Geburtstag war es seine geheime Angst.

Großvater überhörte ihn einfach. »Unser neuer Kreuzzug wird mit dem Blut dieses Monsters geweiht werden und –«

»Moment mal«, wiederholte Denizen. Dieses Gespräch nahm eine sehr ungute Wendung. »Über wie viel Blut reden wir denn hier?«

»Warte, Großvater.«

Das Mädchen aus der Bibliothek drängte sich durch die wartenden Zauberer. Ihr war dieselbe ausgewaschene Bleichheit eigen wie den anderen, was ihre Augen allerdings nur noch heller brennen ließ – wild und grün und voll von etwas, das noch wesentlich besorgniserregender war als Uriels Angst und Großvaters Verachtung.

Interesse.

»Ambrel«, sprach der alte Mann in diesem ungehaltenen Ton, den Vivian immer anschlug, wenn jemand die Dummheit beging, sie in einer ihrer Tiraden zu unterbrechen. »Bilde dir nicht –«

»Du warst nicht *dort*«, entgegnete sie,

Er starrte sie ungläubig an.

»Ich habe noch nie jemanden gesehen, der wie er mit der Gunst umgehen kann«, fuhr sie fort. »Und im Unvermeidlichen Krieg könnten wir jemanden gebrauchen –«

»Es hat nichts mit der Gunst zu tun«, knurrte Großvater.

Ambrel nickte. »Natürlich, Großvater. Aber … wäre es nicht ratsam, alles von dem Gefangenen – dem *Widersacher* – zu lernen, was wir können? Für den Unvermeidlichen Krieg?«

»Ich halte das für eine vorzügliche Idee«, sagte Denizen. Uriel, Großvater und Ambrel standen über ihm. Vier weitere blockierten die Türöffnung. Dahinter … Denizen hatte keine

Ahnung. Wenn alles gut lief, würde er es zum Glück auch nicht herausfinden müssen.

Nur noch ein kleines bisschen …

»Jede noch so winzige Information über den Widersacher ist lebenswichtig«, beharrte Ambrel. »Und wir können ihn doch danach immer noch töten.«

»Dem kann ich weniger zustimmen«, mischte sich Denizen ein, aber Großvater hörte nicht zu.

Er starrte Ambrel an. Genau wie alle anderen. Ihre Augen waren hell, weit aufgerissen und unschuldig, und ein lästiger Teil von Denizen wies darauf hin, dass ein Teil ihres Vorschlags entschieden logischer klang als alles, was die anderen bisher gesagt hatten. Leider bestand die andere Hälfte ihrer Idee darin, ihn umzubringen, und das eine ohne das andere gab es wohl nicht.

»Ich finde es hier wirklich toll«, sagte er, alle drehten sich mit unterschiedlichen Mischungen aus Wut, Verachtung und Angst zu ihm. »Und ich würde euch wirklich gern alles erzählen. Erstens –«

Denizen machte einen Satz nach vorn und griff nach jedem einzelnen Funken Macht in seiner Brust.

»*Das hier* ist die Kunst der Apertura.«

27

Schwerkraft

Großvater taumelte rückwärts, als Denizen seine Finger zu Krallen krümmte und *zog*; ein Loch von tieferer Dunkelheit teilte die Luft vor ihm … doch dann schnappte es sofort wieder zu und schleuderte Denizens Kopf mit dem schlimmsten und unverzüglichsten Schädelbrummen nach hinten, das er je erlebt hatte.

O nein. Nachdem er die Canti ein halbes Jahr unnatürlich perfekt beherrscht hatte, war Denizen fast entfallen, dass sie unvorbereitet zu benutzen sich anfühlte, als würde man Wespen erbrechen. Angespitzte Wespen. Die Zahnstocher hielten.

Aua. Aua aua aua. Keine höheren Canti. Höhere Canti waren böse.

Denizen wollte sich nur noch zusammenrollen und den Schädel auf den kalten Steinboden pressen, vielleicht bis er zerbrach. Allerdings war das letzte Gesprächsthema auf aller Lippen gewesen, ihn zu ermorden, und der Schock der versammelten Zauberer verhärtete sich allmählich zu Wut.

Vor allem Großvater schien fuchsteufelswild, was ungeheuer dazu beitrug, dass Denizen sich auf das Wesentliche konzentrierte. *Okay. Eine Nummer kleiner.*

Der Anathemabogen – kein Brüllen, sondern ein Flüstern, kein Schild, sondern eine Harke. Zwei Peitschenhiebe aus geschmolzener Luft schleuderten Großvater und Uriel zur Seite, dann zischte Denizen noch einmal, und ein dritter warf Ambrel mitten *durch* den im Türrahmen stehenden Zauberer.

Bevor einer von ihnen auf dem Boden aufschlug, war Denizen schon in Bewegung. Bei den ersten zwei Schritten fühlten sich seine Beine wie nasses Seil an, aber Feuer und Furcht zogen sie gerade, und er rannte – die ganze Joggerei an kalten Vormittagen entlud sich in einem verzweifelten Geschwindigkeitsausbruch. Er sprang über umgemähte Körper, knallte mit der Schulter gegen die Wand im Gang, und weg war er.

Wohin er gehen würde, stand noch nicht ganz fest, aber Denizen hatte gelernt, dass in lebensbedrohlichen Situationen nur der Weg zählte, nicht das Ziel.

Hinter ihm wurden Schreie laut. Denizen schnipste eine angedeutete Qaiyim-Myriade auf sie. Die Kugeln schlugen Rauch und Scherben sprühend in die Steinmauern.

Nachdenken. Nachdenken. Er stürmte durch eingestürzte Bogengänge, die Macht zuckte durch die Kanäle in seinem Gehirn. Es war tatsächlich eine Burg – nicht, dass es in diesem Moment ein großer Trost gewesen wäre, seine These bestätigt zu sehen –, und zwar eine, die in noch erbärmlicherer Verfassung war als er.

Die Türen waren eingeschlagene Münder mit abgebrochenen Zähnen. Der Boden stand in seltsamen Winkeln schräg oder fehlte gänzlich. Denizen wob zweimal einen Anathemabogen, um einen gähnenden Abgrund zu überqueren. Nirgendwo war Licht – natürlich nicht –, aber das *Intueor Lucidum* ließ alles in einem matten dumpfen Silber schimmern.

Sie jagten ihn. Nein, *pirschten* sich an ihn heran. Denizen konnte durch die Ritzen und Hohlräume in den Mauern düstere Gestalten erkennen und weiße gegen Risse gepresste Gesichter erkennen, die davonrannten, sobald er näher kam.

Denizens sehnlichster Wunsch war, eine Apertura zu öffnen und zu verschwinden. Er wollte Simon und Abigail und Darcie und irgendwelche blödsinnigen Unterhaltungen, nicht diese bleichen Dinger mit den hungrigen Augen.

In seinem Kopf verschwamm alles, von den Schmerzen, weil er sich mit der Kunst der Apertura übernommen hatte, aber auch von der Anstrengung, seine Macht im Griff zu halten. Er duckte sich unter einem Torbogen hindurch, ihm war schwindlig vor Verlangen, ihn einfach beiseitezudreschen. Die Canti schwirrten in seinem Kopf herum, wanden sich. Es war schwierig, zwischen ihren zerklüfteten Formen Raum zum Denken zu finden.

Vielleicht war der Schmerz gar nicht *so* schlecht gewesen. Vielleicht würde es den Tribut wert sein …

Er bog um eine Ecke nach der anderen, lief ohne jede Orientierung durch verlassene Gemächer. Seine Verfolger waren zwar nicht mehr zu sehen, aber Denizen spähte trotzdem vor jedem Abbiegen um die Ecke, das Herz klopfte ihm bis zum Hals. Noch einmal nach links, noch einmal nach rechts, er lief mit eingezogenem Kopf durch einen halb eingestürzten Türrahmen …

Und wurde langsamer, als er den Draht sah.

Er lief als diagonaler Schrägstrich durch die Kammer, rabenschwarz im *Lucidum.* Wie Uriel den Draht angesehen hatte … In Denizen wuchs eine kriechende Übelkeit, die nichts mit Chemikalien zu tun hatte, eine Übelkeit, die immer stärker wurde, je näher er dem Draht kam.

Eine Übelkeit, die er kannte.

Hier war ein Tenebra. Alles, was passierte – die merkwürdige Sekte, diese zerstörte Burg, Denizens *unerträgliche* Kopfschmerzen – in allem steckte Tenebris.

Ich muss hier raus. Das war eine Nummer zu groß für ihn. Das Konsilium und Venia und sein Verhältnis zu Vivian ... wie konnte überhaupt *Platz* auf der Welt sein für dieses komplizierte Durcheinander und was sonst noch so alles passierte? Mit wie viel musste ein Mensch gleichzeitig zurechtkommen?

Plötzlich schlängelte sich der Draht hastig davon und hinterließ eine Minilawine Staub. Denizen näherte sich vorsichtig. Schreie hallten durch die Burg, weit genug entfernt, dass er die Worte nicht verstehen konnte, doch nah genug, um sich der bloßen Anzahl der Stimmen sehr bewusst zu sein.

Verbrenne sie. Durch das Mauerwerk dröhnten Stimmen, doch die Stimme in Denizens Kopf war lauter. *Mit dem Eulice-Rammbock durch die Wand. Und dann durch die nächste Wand. Und noch eine. Brenne den Schutt einfach weg. Verbrenne jeden, der sich mir in den Weg stellt, zu Asche und Kohle, und wenn sich ein Tenebra hier aufhält, dann mach ihm klar, welche Folgen es hat, unsere Welt unbefugt zu betreten.*

Denizen zitterte. Es dauerte eine geschlagene Minute, bis er mitbekam, dass er stehen geblieben war und die Hände gegen die Schläfen presste. All die Schmerzen, die er zufügen konnte, und er rannte weg? Sie sollten rennen! Jeder von ihnen!

Wie konnten sie es wagen, ihn anzugreifen!

Er schnellte herum, um einen Blick zurück zu werfen, doch in dem staubigen Labyrinth rührte sich nichts. Bis auf ...

Drähte überspannten den Weg, den er gekommen war, mit einem nachtschwarzen Gitter, glänzend, glitschig und scharfkantig. Vor einer Sekunde waren sie noch nicht da gewesen, und während er sie beobachtete, streckten sich weitere aus den dunklen Steinwänden und tasteten sich blindlings wie Wurzeln auf der Suche nach Wasser vorwärts.

Denizen rannte.

Eine Kammer voll zerfetzter Banner aus längst gefochtenen Kriegen mündete in einen engen Durchgang, der sich blitzschnell in ein Drahtdickicht verwandelte. Rückzug, nach rechts – halb rennend, halb stolpernd einen abfallenden Schacht hinunter, um gerade noch rechtzeitig zu sehen, wie Stränge ein winziges Sonnenglitzern erwürgten. Am Ende einer langen Halle eine Gruppe Leute. Denizen ließ eine halbherzige Helioslanze los, sie sprangen auseinander, doch wieder sanken die Drähte herunter und versperrten ihm die Sicht.

Schlossen ihn ein. Schleusten ihn, lenkten ihn dorthin, wo sie ihn haben wollten.

VERBRENNE SIE!

Wollte er ja. Wollte er wirklich. Aber wenn er erst mal anfing, würde er vielleicht nie wieder aufhören, und so rannte er lieber, sein Kopf ein Flammenmeer von Schmerzen. Die Drähte verschlossen jeden Weg, den er fand, bis auf einen – tief, tief in das Herz der Ruine hinein. Denizen folgte ihm. Er hatte ja keine andere Wahl.

Er stieg nach unten, rings um ihn zischten die Drähte über Stein.

Er hatte sich so lange mit dem *Lucidum* vorwärtsbewegt, dass er das Dunkel um ihn herum kaum noch wahrgenommen hatte, aber das hier war eine besondere Art von Nacht – ein flüssiges, schweres Ding, das er auf seinem Gesicht spürte. Diese Übelkeit, dieses Verzerrte – der vertraute und doch wieder fremde Schock von Tenebris – wurde so stark, dass Denizen sich ihr wie ein Seemann dem Wind entgegenstellen musste.

Eindrücke glitten über ihn hinweg – der modrige Geruch von Alter, schwacher Schweißdunst. Tausende von staubigen Handabdrücken legten sich übereinander, bis die Wände nur noch aus schmutzigem Fingergeschmier bestanden; die Geister von Seeanemonen in der Dunkelheit.

Sein Magen rumorte von der tenebrischen Kälte, die aus jedem Stein sickerte. Sein Hirn schrie vor Bedürfnis, dies alles wegzufegen. Die letzten Schritte waren eine Qual, und als er in eine riesige Kammer taumelte, sagte sich Denizen, dass es nur an den unsäglichen Schmerzen lag, dass er vor Ihr auf die Knie fiel.

Zur richtigen Zeit am richtigen Ort.

Als die Tenebra auf ihn zustürzte, um ihn anzusehen, spannte sich die große Klinge Ihrer Wirbelsäule, sie streckte die Arme aus wie eine Schlittschuhläuferin, die zum ersten perfekten Sprung ansetzt. Denizen machte sich keinerlei Hoffnung, die auf ihrem Gesicht widergespiegelten Gefühle zu entziffern.

Mehr sind Helden nicht, Denizen Hardwick. Mehr waren sie nie.

Gestalten tauchten auf. *Viele* Gestalten. Zwanzig … Dreißig …? Wer immer diese Leute waren, beim Angriff im Trinity College hatten sie nicht mit ihrer vollen Stärke zugeschlagen. Was die anderen wohl in der Zwischenzeit getan hatten?

Ihren zerlumpten Sonntagsstaat hatten sie gegen Gewänder von tiefstem, dunkelstem Rot eingetauscht.

Mehr war er nicht, bis du und die Verfluchten deiner Art kamen und die Liebe zerstörten, die wir zu schaffen versuchten.

Kann mich nicht erinnern, irgendwas kaputt gemacht zu haben, wollte Denizen erwidern, aber der flapsige Kommentar blieb ihm in der Kehle stecken. Seit seinem ersten Schritt in die Dunkelheit der Seraphim Row hatte Denizen das Gewicht der Allianz auf sich gespürt. Als habe die Geschichte Schwerkraft und die Allianz sei eine riesige Bestie, der ein winziger Denizen gegenüberstand.

Dieselbe Art Kleinsein spürte er nun.

Wie hatte Großvater sie genannt? *Die Erlöserin.* Sie entblößte die Drahtzähne in Ihrem schwarzen Drahtschädel. Denizen war bislang nur wenigen Tenebrae begegnet, aber er begann zu begreifen, dass der verzerrende Einfluss eines Tenebra – ebenso wie jede menschliche Stimme eine einzigartige Karte von Gefühlen und Charakter war – seinen eigenen Beigeschmack und Widerhall besaß.

In gewisser Weise ähnelte Sie dem Ewigen Hof – diese verdrehte, übelkeiterregende Vornehmheit –, doch als er Sie anstarrte, entdeckte er auch Venia in Ihr. Sie hätten Schwestern sein können mit diesen betörend schönen Zügen, dieser Ausstrahlung großer Macht und seltsamer Anmut.

Der König hätte nicht tun müssen, was er getan hat, murmelte Sie, und Denizen fragte sich stumm, ob er bereits anfing, in Großbuchstaben von Ihr zu denken. **Wir wollten nur frei sein. Und ein neues Leben beginnen. Wir hätten es nicht stehlen sollen, aber wir brauchten Sicherheit, und mein Geliebter … Er sagte, das Beste wäre, wenn wir uns bewaffneten … um uns wehren zu können …**

Sie schien Denizens Anwesenheit vergessen zu haben, ihre Augen wanderten durch die Kammer, als beobachte sie umherhuschende fliehende Beute. Als Denizen den Haufen eiserner Gliedmaßen und glotzender Köpfe bemerkte, die mit dem übrigen Schutt in der Ecke lagen, erbleichte er. Erstarrte Arme, in schiefen Winkeln verdrehte Beine – hätte er nicht gewusst, dass das hier einst Menschen gewesen waren, verzehrt vom Tribut und dem Feuer in sich, hätte es beinahe komisch sein können.

Dem Feuer in sich. Die Worte der Erlöserin hatten irgendetwas. Irgendetwas Vertrautes.

Großvater beobachtete ihn aus Ihrem Schatten heraus mit unerbittlichem Hass, hinter ihm standen Uriel und Ambrel. Die anderen stellten sich um ihn herum und starrten mit einer Mischung aus Faszination und Furcht zu ihm.

»Wisse, nicht ich spreche das Urteil über dich, unser Urteil steht schon lange fest.«

Seine dünnen Lippen verzogen sich zu einem höhnischen Grinsen.

»Wir wurden beurteilt und für unzulänglich befunden, und wir tragen das schwarze Vordringen auf unserer Haut. Es lässt sich nicht vermeiden, wenn wir für unseren Krieg gegen den Widersacher trainieren – gegen die Monster, die von einem Monster angeführt werden, die Dinger, die vor langer Zeit Eloquenz und den Ersten Croit stürzten. Hätte es in ihrer Macht gestanden, hätten sie ihn getötet. Und dann würde es keinen von uns geben. Unsere Gebräuche wären vergessen. Unsere Erlöserin ohne Gefolgschaft. Denn genau das will das Ding.«

Denizens verängstigter Blick wanderte von Gesicht zu Gesicht. Keines zeigte Mitleid. Oder Gnade. *Sind sie alle Leibeigene?* Das mussten sie wohl sein.

Denn die Alternative war noch viel, viel schlimmer.

»Macht ihm den Prozess«, befahl Großvater.

Auf dem Draht bildeten sich schwarze Perlen. **Wie konntet ihr euch gegen uns wenden? Was haben wir getan? Was hat er getan? Ihr wurdet alle in der Nähe zur Dunkelheit geboren. Ihr gehörtet alle … ihr gehörtet alle zur Familie.**

Die riesige Frau aus Draht nahm zwar den größten Teil von

Denizens Aufmerksamkeit in Anspruch, doch aus dem Augenwinkel bemerkte er, dass Ihre Worte eine Welle von Verwirrung bei den versammelten Croits auslöste. Doch auch das gab Denizen kein besseres Gefühl.

Und dann bietet euch der König die Canti an, und ihr wendet euch gegen uns. Dabei wollten wir nur in Ruhe gelassen werden –

Denizen kam die geheimnisvolle Terminologie in Greaves' Einsatzplan in den Sinn und die klägliche Erleichterung, die er empfunden hatte, als er eine vertraute Formulierung darin gefunden hatte. *Der König.* Dieses Geschöpf war eine Tenebra. Es gab nur einen König, den Sie meinen konnte.

So überfordert zu sein, dass man den Unendlichen König als Rettungsleine zu betrachten begann, war ein schlechtes Zeichen. Einige Teilchen fügten sich in Denizens Kopf zusammen, doch es fehlten immer noch so viele, und es war extrem schwierig, sich zu konzentrieren, während einen dreißig und noch was verrückte Leute anstarrten und eine Tenebra der Welt Wahnsinn einhämmerte.

Und ihr werdet *geduldet.* Du und seine Tochter. Dass ihr über *Frieden* schwafelt. Warum sollt ihr Frieden haben?

Drähte spannten sich an. Die Wände zitterten. Die schwarzen Perlen in Ihren Augenwinkeln sahen wie Tränen aus.

Wenn man uns keinen gewährt hat?

Ambrels Stimme war leise.

»Majestät?«

Die Erlöserin hatte zu schluchzen begonnen. Sie vergrub den Kopf in den Händen. Das Mädchen trat vor, ging an einem überraschten Uriel und einem wütend blickenden Großvater vorbei und blickte mit einem, wie Denizen fand, extrem gruseligen Blick von Verehrung zu Ihr auf.

Die Schultern der Erlöserin bebten.

»Majestät, würdet Ihr Euch besser fühlen, wenn wir ihn umbrächten?«

Denizen hatte das Angebot, ihn zu ermorden, noch nie in so sanftem Tonfall gehört.

»Wäre das eine angemessene Vergeltungsmaßnahme? Wäre das genug?«

Das Zittern hörte auf.

Es wird niemals genug sein, grollte die Erlöserin. Ihre Hände wurden größer, die Drähte verwoben sich miteinander, bis jede Klaue eine Ansammlung kurzer Schwerter war und die Schultern zerklüftete Zinnen mit Eisenspitzen. Denizen war so sehr auf das Albtraumspektakel vor ihm fixiert, dass er den Draht erst bemerkte, als er sich um seinen Hals wand.

Er zuckte zurück. Die Schlinge folgte seiner Bewegung. Er konnte sie spüren, glatt und geschmeidig, fein und trotzdem stärker als Stahl.

Beweg dich nicht. Beweg dich nicht.

Die Erlöserin bäumte sich auf.

Es ist nicht euer Feuer. Es gehört ihm. Und mir. Es zu berühren, selbst daran zu denken …

Denizen spürte, wie der eifrige, mörderische Draht um seine Kehle scharfkantiger wurde.

Ich werde über dein Schicksal nachdenken, Denizen Hardwick. In der Zwischenzeit … Soll sie sich Sorgen machen. Soll sie warten. Soll sie wissen, wie sich Verlust anfühlt.

Ihre Stimme war rau vor Zorn und Trauer.

So wie ich ihn fühle.

28

Was ein Croit glaubt

Atmen.

Das ist mein Glaube.

Füße stapften über rissige Erde.

Wir sind auserwählt. Wir sind besonders. Die Erlöserin hat aus einem dunklen und weit entfernten Ort Feuer gestohlen und uns, Ihrer Familie, dessen Gunst gewährt.

In seinen Augen brannte Schweiß.

Doch wir haben Sie enttäuscht in der großen Schlacht gegen den Widersacher – Geschöpfen aus Eisen, belebt von einem einzigen schrecklichen Geist –, und so wurden wir mit dem schleichenden Schwarz des Eisernen Vordringens verflucht.

Uriel war weit genug entfernt von Eloquenz, um das Salz des Meeres zu riechen, weit genug entfernt, dass seine Beine nur noch Säulen aus Schmerz waren, aber trotzdem konnte er Sie immer noch *spüren*, ein Jucken zwischen den Schulterblättern.

Und so warteten wir auf den Tag, an dem Sie zurückkehren und uns in den Unvermeidlichen Krieg führen würde, auf dass wir erlöst würden.

Atmen.

Das ist mein Glaube. Das ist der Glaube eines Croit.

Das ist, was man uns zu glauben gelehrt hat –

»Uriel?«

Er ging langsamer und stieß unbeabsichtigt ein Zischen aus, als ihn die Strapazen in einem Chor von Schmerzen einholten. Durch den Garten der Wartenden …

Alle, alle warteten und … worauf?

… und den Steilhang des Tals hinauf, über Hügel und durch vertrocknetes Dickicht bis hierher, wo die Klippen ins stürmische Meer abfielen.

Doch es war immer noch nicht weit genug gewesen.

»Du weinst«, stellte Ambrel fest. »Alles in Ordnung mit dir?«

»Der Wind«, log er mit tonloser Stimme und rieb sich über die Augen. »Mehr nicht.«

Sie starrte ihn noch einen Moment an, dann drehte sie sich weg, um auf die Unermesslichkeit des Ozeans zu blicken. Bestimmt trug er einen Namen von Draußen. Wahrscheinlich würden sie ihn lernen müssen. Wenn die Croits die Welt regieren würden, müssten sie die Namen der Dinge wissen.

Es sei denn, wir benennen alles neu, dachte Uriel. Eine ganze Welt, benannt nach dem Gefasel einer trauernden Göttin. Würde das übelkeiterregende Sargtuch Ihrer Anwesenheit dann alles bedecken? Würde es irgendeinen Ort geben, an dem man ihm entkommen konnte?

Es war das erste Mal seit dem Angriff, dass die Zwillinge allein waren. Immer hielt sie *irgendetwas*, irgendeine Predigt oder Trainingsstunde, voneinander fern. Uriel hätte es für Absicht gehalten, aber er kannte die Wahrheit: Wenn er willens wäre, all seine Zeit mit Ihr zu verbringen, könnte er alle Zeit der Welt mit Ambrel verbringen.

»Und wie fandest du es?«, fragte Ambrel.

Uriel war einen Moment lang überrumpelt.

»Fand wen was?«

»*Dublin*, du Dämlack«, sagte sie. »Hättest du dir je vorstellen können, dass etwas so groß ist? Ich meine, ich kenne Bilder von Städten aus Büchern, aber ich hatte keine Vorstellung, dass es so viele Menschen, so viele Farben und Gebäude und seltsame Apparate sind … Es war *unglaublich*, oder?«

Er konnte nicht anders, als ihr Lächeln aufrichtig zu erwidern, zum ersten Mal seit einer gefühlten Ewigkeit. Er konnte sich in Büchern und den Geschichten verlieren, doch wenn *sie* etwas fand, das sie begeisterte, war es ansteckend. Inspirierend.

»Wann hast *du* denn mal ein Buch gelesen?«

Sie schlug ihm leicht aufs Ohr.

»Vermutlich irgendwann über deine Schulter. Aber, jetzt ernsthaft, diese Stadt war magisch. Einfach … magisch.« Ihr Grinsen wurde verträumt. »Und sie wird uns gehören.«

Ein eisiger Schauder durchlief Uriel. »Wie?«

Ambrel hatte ihn nicht gehört. »Also, vielleicht nicht uns direkt, aber wir könnten Großvater fragen. Es gibt noch viel größere Städte. Und dann könntest du in dieser Bibliothek wohnen – wir würden sie natürlich wiederaufbauen –, und ich könnte einen Wolkenkratzer ausprobieren, und wir könnten in den Parks joggen und die anderen besuchen, und – warum siehst du mich so an?«

»Ambrel …« *Sag es. Sei ehrlich zu ihr.* Eine Weile war es fast eine Neuheit gewesen, ein Geheimnis vor seiner Zwillingsschwester zu haben. Zuvor hatte es nie einen Anlass dafür gegeben. Würde sie ihm zuhören? Würde sie ihn verpetzen bei Großv– *nein.* Das würde sie nicht tun. Er vertraute ihr.

Aber die kindische Hoffnung in ihrer Stimme …

»Ambrel, glaubst du das wirklich?«

Ihr Lächeln verschwand. »Was soll ich glauben?«

Alles. Von ihnen beiden war immer Uriel der gewissenhaftere Schüler gewesen. Er konnte sich gut Einzelheiten merken. Aber die Erlöserin war erwacht, und seither hatte sich der Glaube seiner Familie, jede einzelne Lehre als Lüge entpuppt.

Dass Sie zusammen mit Eloquenz während einer großen Schlacht in die Tiefe gestürzt war, entsprach der Wahrheit. Es schien jedoch alles zu sein, woran Sie sich erinnern konnte. Allerdings hatte man ihnen eine Retterin versprochen, kein Geschöpf, das verrückt war vor Wut und Trauer. Malebranche war nie erwähnt worden, und von der Erlösung der Croits war bislang überhaupt nicht die Rede gewesen.

Und dann war da noch Denizen Hardwick. Ein lebender, atmender Widersacher, der kein Geschöpf des Eisernen Vordringens zu sein schien, sondern von dem ganzen Geschehen nur sehr verwirrt. Ein Junge, der dieselben Gaben besaß wie sie, nur sehr viel wandelbarer … fast so, als habe ihm niemand beigebracht, dass jeder nur ein Gebet haben konnte.

War das eine Sünde? Machte ihn das zu einem Widersacher?

War nicht genau das der Grund, wofür Ambrel angeklagt worden war?

Uriel brachte die Worte nicht heraus. Es war so offen hier draußen, dass er sich vorstellen konnte, Himmel und Erde und Meer seien alles, was die Welt ausmachte; so einsam und öde, dass er bis in längst vergangene Zeiten zurückblicken konnte – auf den verschlungenen Pfad seiner Familie, der durch tausend Lügen geformt worden war.

Doch für das, was er sagen wollte, gab es immer noch keinen Raum.

»Ambrel, dort waren so viele *Leute.*«

Zeit gewinnen. Zeit gewinnen, während er nach einem Mittelweg suchte zwischen dem, was er sagen wollte, und dem, was sie vermutlich verkraften würde. Großvater hatte keinen Zweifel daran gelassen, was mit denjenigen passieren würde, die man dabei belauschte, dass sie ihre Zweifel mit anderen teilten. Aber das war Uriels geringste Sorge.

»Und?«, fragte sie und musterte ihn mit ihrem durchdringenden grünen Blick.

»Was meinst du mit *und*«, erwiderte er. »Du hast doch gesehen, wie viele Menschen in der Stadt leben. Wie viele mag es wohl in Irland geben? Auf der Welt? Wie sollen wir das jemals einnehmen? Alles, was man uns erzählt hat –«

Nein. Noch nicht. Mach einen Rückzieher.

Er hustete. »Ich will bloß ... Du glaubst doch nicht, dass wir einfach ... alles bekommen, was man uns versprochen hat? Einfach so?«

»Natürlich glaube ich das«, lautete ihre schlichte Antwort. »Du etwa nicht?«

Er drehte sich weg, bevor ihr durchdringender Blick die Wahrheit aus ihm herausziehen konnte. Doch aufs Meer zu starren gab ihm keinen Trost, dahinter warteten nur Draußen und Krieg. Ein Krieg, bei dem man ihnen den Sieg versprochen hatte.

Doch was taugen Versprechen nun noch?

»Ich glaube es«, log er. »Ich sehe bloß nicht *wie*, okay? Ich kann nicht von *hier* nach *dort* blicken. Ich habe keine Ahnung, was wir auf dem Weg dorthin alles verlieren werden.«

»Sieg bedeutet immer Verlust, Uriel«, ermahnte ihn Ambrel mit sanfter Stimme. »Der Erlöserin hat von uns allen am meisten verloren.«

»Erzähl das mal Tabitha«, sagte er bitter und verschränkte die Arme.

Ambrel runzelte die Stirn. »Uriel … Du hast Tabitha gehasst.«

Uriel erwiderte ihren finsteren Blick. »Alle haben Tabitha gehasst. Darum geht es nicht. Ich habe einfach … Ich habe einfach Angst, das ist alles.« *Ja.* Lieber in einem sicheren Moment ihr gegenüber seine Schwäche eingestehen, als die Risse aufzuzeigen, die sich überall sonst auftaten. Mit seiner Schwäche kam sie klar, aber dass die Wahrheit Schwachstellen hatte …

»Oh, Uriel«, sagte Ambrel und schlang ihm die dünnen Arme um den Hals. »Das ist alles?«

»Hmh«, erwiderte er und stolperte überrascht rückwärts. Aber sie ließ nicht locker, sondern packte ihn am Kragen, so dass ihm nichts anderes übrigblieb, als sie anzusehen.

»Uriel«, sagte sie. »Ich habe schreckliche Angst.« Er wehrte sich, aber sie hielt ihn fest. »Ich habe immer schreckliche Angst. Ununterbrochen, seit Sie erwacht ist. Manchmal ist sie das Einzige, was mich weitermachen lässt. Manchmal ist mir einfach nur schlecht –«

Eine furchtbare Art Hoffnung – *Sie spürt es auch?*

»Aber dann erinnere ich mich daran, dass man uns unser ganzes Leben lang erzählt hat, wir seien besonders. Wir seien besser als alle anderen. Wir seien *auserwählt.* Doch erst jetzt, nachdem ich zu Ihr aufgeblickt habe, nach allem, was passiert ist, wird mir klar …

Sie hatten recht. Das sind wir wirklich, Uriel. Unsere Zeit ist gekommen. Man hat es uns versprochen, und wir werden erlöst werden.«

Erlösung. Kein Eisernes Vordringen mehr, ihr Feuer würde frei fließen ohne die hinterherkriechende Kälte. Und dann … was? Noch mehr Krieg? Würden sie diese dichtgedrängten

Straßen, die Ambrel so sehr gefallen hatten, mit Feuer füllen? Tausend Drahtschlingen um die Hälse derjenigen legen, die nicht Folge leisten würden?

Ihre Augen waren so groß und ihr Lächeln so strahlend, und Uriel wollte partout nicht einfallen, wann die halbe Sekunde zwischen seiner Schwester und ihm so lang geworden war.

»Und der Junge? Denizen?«

Seine Stimme klang müde. Es machte keinen Unterschied, was er sagte oder wie er es sagte. Sie würde sowieso nicht zuhören. Ihre Entscheidung war schon vor Jahrhunderten durch den Ersten Croit und die erste Lüge festgelegt worden.

Sie hatte keine Zweifel.

Ambrels Augen leuchteten. »Er kann sie uns beibringen. Mit dieser Macht und Ihr als unserer Anführerin wird uns nichts mehr aufhalten.«

Einen grauenvollen Moment lang wünschte sich Uriel, sie möge recht behalten. Die einzige Hoffnung, die absolut einzige Hoffnung für Uriels Familie gegen den Widersacher und die unzähligen Millionen von Draußen bestand darin, dass Uriel sich irrte und die Erlöserin recht hatte.

Es sei denn …

»Stimmt«, erwiderte Uriel schnell. »Es ist bloß Angst. Ich muss darauf vertrauen, dass die Wahrheit meinen Verstand übersteigt und dass der Weg, der mir vorbestimmt wurde, der richtige ist. Oder?«

Ambrel drückte seine Schulter. »Uns vorbestimmt, Bruder. Wir werden ihn gemeinsam gehen. Ins Licht einer neuen Welt.«

Sie begann mit federnden Schritten nach Eloquenz zurückzulaufen, und nur der Wind und das Meer hörten Uriels letzte Worte.

»Ich will keine neue Welt. Ich war glücklich mit der, die ich hatte.«

Als Uriel näher kam, stand kein Wachposten vor der Kammer. Warum auch? Sie hatten Denizen weit entfernt von den Räumen untergebracht, in denen sich Croits aufhielten – offenbar um den verderblichen Einfluss zu unterbinden –, in diesem Teil der Burg war es bis auf das Flüstern von Stein, der nach seinem Platz suchte, vollkommen still.

Als Uriel auf ihn zukam, blickte der Junge auf.

»Also gut«, sagte Uriel. »Bekehre mich.«

29

ENTHÜLLUNG

Es dauerte nicht sehr lange. Anfangs war Denizen misstrauisch gewesen, aber bei Uriels Fragen ging es nicht um strategischen Vorteil. Er erkundigte sich einfach nach den Tenebrae. Über das Eisen in ihrer beider Hände. Denizen redete, bis seine Kehle wund war und sich Uriels widerwilliges Interesse in Entsetzen verwandelte, und dann … saßen sie einfach schweigend da.

Schließlich sprach Uriel.

»Ich hatte nie Angst vor der Dunkelheit. Nicht einmal vor meinem dreizehnten Geburtstag. Nicht sehen zu können ist bedeutungslos, wenn man weiß, dass die anderen sehen.«

Eine Träne rollte langsam über seine staubfleckigen Wangen.

»Wenn die Nacht kommt und der Schatten fällt, nistet sich in unbedeutenden Herzen die Furcht ein … doch nicht in unseren. Nicht in denen der Croits. Wir erkennen immer den Weg vor uns.«

»Intueor Lucidum«, sagte Denizen. »Der Leuchtende Blick.«

»Wir nennen es den Glanz«, erwiderte Uriel hilflos.

»Oh«, sagte Denizen. »Das klingt viel schöner.« Seine nächsten Worte kamen zögernd. »Und … Und glaubst du mir nun? Dass ich nicht euer Widersacher bin?« *Und deshalb nicht geopfert oder als Kreuzzugsfarbe benutzt werden muss?* Das war der entscheidende Teil für ihn.

»Es geht nicht darum, ob ich dir glaube«, sagte Uriel dumpf. »Sondern dass es so logisch klingt. Mir sind die Löcher vorher nicht aufgefallen, weil ich nicht nach ihnen gesucht habe. Und solange Sie schlief, war es leicht – wir taten einfach, was man uns befahl, und alles schien … weit weg zu sein.«

»Eine Geschichte«, sagte Denizen.

»Ja«, antwortete Uriel. »Eine Geschichte, die jeder von uns lebte … Aber sie ist nicht wahr. Sie ist falsch. Alles ist falsch, und ich bin der Einzige …«

Er sah aus, als würde er sich jeden Augenblick übergeben; Denizen wurde plötzlich klar, dass Uriel genau deshalb alleine gekommen war. Dies war keine offizielle Freundschaftsgeste – Uriels Zweifel waren ganz allein seine Zweifel. Das wiederum bedeutete, dass die ganze Einsalberei mit Lebenssäften noch nicht vom Tisch war. *Na prima.*

Denizens bittere Respektlosigkeit verschwand, als Uriel sich mit einem dumpfen Schlag die Faust gegen die Schläfe knallte. Trotz der Kälte in der Zelle lief ihm der Schweiß übers Gesicht, sein Atmen war ein dünnes verängstigtes Nach-Luft-Schnappen.

»Alles ist eine Lüge. Jedes Wort. Sie ist einfach nur eine große Lüge –«

Denizen zuckte zusammen, als Uriel sich noch einmal schlug und mit wildem Blick auf die zerbrochenen Steinplatten auf dem Boden starrte.

»Alles ist eine Lüge gewesen … alles, jeder von uns, Großvater, sein Arm, o nein, o nein, o nein …«

Der Croit-Junge brach völlig zusammen, und Denizen

konnte es ihm nicht verdenken. Was sollte man jemandem sagen, der sein ganzes Leben lang angelogen worden war?

Wenn er so darüber nachdachte …

»Ich weiß, dass du wütend bist«, sagte Denizen. Es war lustig, auf eine schräge Art jedenfalls – er hatte sich diese Worte so lange ausgemalt, aber er hatte nie gedacht, dass er derjenige sein würde, der sie aussprach. »Ich weiß, sobald man eine Lüge herausfindet, fängt man an, alles andere in Frage zu stellen. Sogar sich selbst. Ich weiß, es zerstört das Vertrauen. Und ich weiß nicht, ob es wiederhergestellt werden kann, und es sollte vor allem nicht deine Aufgabe sein. Ich weiß, es ist nicht fair.«

Uriel starrte ihn völlig aufgelöst an, aber seine Faust zitterte nicht mehr an seiner Schläfe. Denizen wertete das als gutes Zeichen und fuhr fort. Er wollte gerade mit dem zweiten Teil von Vivians imaginärer Entschuldigungsrede weitermachen – er war richtig gut, voll raffinierter Symmetrie und herzerweichender Ehrlichkeit –, aber die Worte kamen nicht.

Es war wie bei den Canti, die manchmal auch ihre eigene Form annahmen, als wüssten sie besser als er, welche Gestalt sie annehmen mussten. Was Denizen sagen wollte … was er hatte hören wollen … war verschwunden.

Stattdessen war da die kalte harte Wahrheit.

»Aber das hier ist Krieg.«

Uriel hörte auf zu zittern.

»Du magst verletzt sein, und diese Verletztheit mag ihre Rechtfertigung haben, aber das Einzige, was zählt, ist das, was vor dir liegt. Es geht nur noch um die Sicherheit der Menschen. Sie sind auf dich angewiesen, selbst wenn sie es nicht wissen, selbst wenn sie es niemals erfahren; und wenn deine Narben der Preis sind, den du für ihr Leben bezahlst, dann zahlst du ihn eben. Verletzt zu sein … *menschlich* zu sein kann warten. Wir haben eine Pflicht zu erfüllen.«

O, Vivian. Er war ein Idiot gewesen. Das verstand er nun. Endlich verstand er es – knochentief und nervenscharf. Er konnte ihr ebenso wenig die Schuld für die Entscheidung geben, die sie getroffen hatte, wie er der Welt die Schuld geben konnte, dass sie war, was sie war. Vivian hatte alles zu seinem Schutz Notwendige getan, und ob es richtig oder falsch gewesen war …

Das Leben war jedenfalls zu kurz, um sie dafür zu bestrafen.

»Und«, fragte er. »Was wirst du tun?«

In den glasgrauen Augen wich Panik Gewissheit. »Ich werde meine Familie retten.«

»Genau«, sagte Denizen. »Gut. Ähm … Und wie?«

Stirnrunzeln Nummer siebenundzwanzig – ›Ich Stehe Vor Dem Unmöglichen‹. Damit kannte sich Denizen aus.

»Es liegt an Ihr«, sagte Uriel schließlich. »Bevor Sie erwachte, gab es diese Einigkeit, diese Angst nicht. Nun leben und sterben alle durch Ihr Wort.«

»Okay«, erwiderte Denizen, dem allerdings sehr bewusst war, dass Uriel, auch wenn er nun ruhiger wirkte, noch vor einem Moment versucht hatte, seine Gedanken mit innerem Abstand neu zu ordnen. Das Letzte, was Denizen wollte, war, zu hart oder zu schnell nachzubohren. *Er soll es selbst sagen.* »Was tun wir also?«

Uriels Stimme zitterte. »Die Allianz. Deine Leute. Würden sie uns helfen? Ich kann nicht allein gegen Sie kämpfen. Oder gegen die anderen der Familie.« Er überlegte kurz. »Nun ja. Gegen ein paar von ihnen schon. Aber nicht gegen alle. Wenn SIE weg wäre, könnte ich vielleicht versuchen, Ambrel zu überzeugen und noch ein paar andere …«

»Uriel.«

»Was?«

Denizens Worte kamen vorsichtig. »Dir ist klar, was die Schattenjäger tun werden, wenn sie herkommen. Deine Familie ... wenn es irgendeine Möglichkeit gibt, sie zu schonen, wird die Allianz sie finden, aber ... was die Erlöserin angeht, kann ich dir das nicht versprechen.«

Er war nicht sicher, ob er das zu Uriel sagte oder zu sich selbst. Denizen konnte sich nichts vormachen, was eine Rettungsaktion bedeuten würde. Die Allianz kämpfte seit Jahrhunderten gegen Tenebrae, und Denizen musste immer wieder an einen Spruch denken: *Wenn du nur einen Hammer hast, sieht irgendwann alles wie ein Nagel aus.*

Was hatte Venia gesagt?

Es war nie vorgesehen, dass deine und meine Spezies sich im selben Universum aufhalten. Jedes Zusammentreffen endete in Schmerzen und Tod. Bis wir uns begegneten.

Und die Worte der Erlöserin, voller Wahnsinn und Elend.

Warum sollt ihr Frieden haben? Wenn man uns keinen gewährt hat?

Bruchstücke. In Denizens Kopf setzten sich Bruchstücke zusammen. Er schluckte. »Zuerst musst du Kontakt mit der Allianz aufnehmen. Wo sind wir genau?«

»Auf Eloquenz. Dem Sitz unserer Familie seit ... na ja, seit immer schon.«

»Alles klar. Welches Land?«

Uriel wirkte ratlos. »Auf ... Eloquenz. Wir sind auf einer Insel, falls das weiterhilft?«

»Nicht übermäßig«, sagte Denizen. »Wie seid ihr zum Trinity College gekommen?«

»Die Familie hat Leibwächter, Leute die wir für ... Anlässe

anheuern«, antwortete Uriel. »Sie hatten ein Flugzeug, das auf uns wartete, und dann einen Lastwagen.«

Denizen sah ihn fragend an. »Wie lange hat der Flug gedauert? Konntest du irgendwelche Straßenschilder erkennen?«

Uriel schüttelte den Kopf. »Man hat uns gesagt, wir sollen uns nicht um die Fallen von Draußen kümmern. Ich habe deshalb ... Ich habe meditiert. Ich glaube, der Flug hat einige Stunden gedauert.«

Also zu lange, um zu laufen oder zu fahren. Genauer würde er es nicht herausfinden.

»Wie seid ihr ...« Er wollte sich Uriel nicht zum Feind machen, aber Niedergeschlagenheit und Angst ließen seinen Kopf schmerzen. »Wie kann man nicht wissen, wo man ist?«

»Wir lernen nur, was für den Unvermeidlichen Krieg nützlich ist«, sagte Uriel. »Waffentraining, unsere Gebete, unsere Geschichte, wichtige Technologien von Draußen. Mehr müssen wir nicht wissen.«

»Und wie viel weiß Großvater?« Uriel hatte kapiert, dass die Erlöserin als Mittel zur Rettung seiner Familie zu streichen war, aber Denizen hatte in die Augen des alten Mannes geblickt und den heimtückischen Wahnsinn darin gesehen.

»Hör auf damit«, fuhr ihn Uriel an. »Er konnte es nicht wissen – er wurde genauso in die Irre geführt wie alle anderen. Es ist *Ihr* Werk. Sie ist diejenige, die wir aufhalten müssen.«

»Ich bin ganz deiner Meinung«, log Denizen. Ganz gleich wie verworren das Netz zwischen Vivian und ihm war, im Vergleich zu den Prüfungen von Uriels Kindheit war es ein *Klacks.* »Was ist mit –«

Uriels Gesichtszüge waren vor Wut verzerrt. »Was weißt

du schon über uns? Es ist Ihre Schuld. Meine Familie hat nichts damit zu tun. Das Vogel-Ding sagt, ihr seid genauso Sklaven wie wir und –«

»Ich wollte nicht … Moment mal.« Uriel wirkte ungehalten, dass er unterbrochen wurde, aber das war Denizen egal. »Ein Vogel-Ding?«

»Ja. Es war ein … ein Tenebra. Denke ich zumindest. Es fühlte sich verkehrt an, wie –«

»Wie eine Wunde in der Welt«, beendete Denizen den Satz. »War es eine Gruppe von Vogel-Dingern? Wie ein Schwarm, bei dem sich alle gleichzeitig bewegen?«

Uriel nickte. »Woher weißt du das?«

Malebranche.

Denizen hätte wirklich nicht gedacht, dass es in seinem Kopf noch irgendwo Platz für dringende Angelegenheiten geben könnte. Die ganzen Befürchtungen, dass Greaves einen Hinterhalt planen könnte oder dass ein Verräter in Venias eigenen Reihen die ganze Zeit einen solchen vorbereitet hatte. Es klang völlig plausibel: Wenn es Schattenjäger gab, die keinen Frieden wollten, warum nicht auch Tenebrae?

»Du musst zur Allianz«, sagte er. »Sie müssen von dem … Vogel-Ding erfahren. Und du musst sie dazu bringen, dass sie auch Venia davon erzählen.« Einen Moment lang war er so abgelenkt von der Überlegung, ob Malebranche wohl als Großwesir zählte, dass ihm entging, wie Uriel ihn anstarrte.

»Venia«, wiederholte Uriel. »Ist das *deine* Tenebra?«

»Wie bitte?«, fragte Denizen. »Was willst du –? Hör zu. Sie ist nicht *meine* Tenebra –« *Wenn überhaupt, bin ich vermutlich ihr Mensch*, dachte er und pfefferte die Gefühle in eine Box für später. »Hör zu … Die Allianz will nicht gegen deine Familie kämpfen. Wir haben schon einen Krieg am Hals.«

Nachdenken. Nachdenken. »Wie sieht es mit Telefonen oder Computern aus?«

»Großvater hat ein Telefon«, sagte Uriel. »Sonst niemand. Vielleicht könnte ich beim nächsten Überfall …«

Denizen widerstand dem dringenden Bedürfnis, seinen Kopf gegen den Stein hinter ihm zu schlagen. »So lange können wir nicht warten. Hat irgendjemand gesagt, was mit mir passieren soll?«

Uriel schüttelte den Kopf. »Meine Schwester will, dass du uns alles beibringst, was du kannst. Diese … Canti.«

»Oh.« Tja, das würde ein Problem werden. Denizen hatte keine Ahnung, ob er die Canti *lehren* konnte. Eigentlich hatte er sie nie wirklich gelernt. Venia hatte sie einfach in seinen Kopf geschüttet. Davor hatte er nur den Sonnenaufgang beherrscht, allerdings eher, weil er Grey dabei zugehört hatte, als von wirklichen Lehrstunden. Das war genau das Problem der höheren Canti – sie auszusprechen war nicht so schwer, man musste bloß wissen *wo* und *wann* …

»Uriel«, sagte er plötzlich. »Weißt du noch, wie wir in der Bibliothek gekämpft haben? Und wie ich von hier fliehen wollte? Erinnerst du dich noch, was ich getan habe?«

»Ja, warum?««

»Erinnerst du dich noch, wie ich, als Ambrel mich angeschrien hat, ein Loch in der Luft geöffnet habe, damit es ihr Feuer verschluckt? Und wie ich mit Großvater über die Kunst der Apertura sprach?«

»Ja«, antwortete Uriel. »Du hast ein komisches Gesicht geschnitten und bist fast umgekippt.«

Denizen warf ihm einen finsteren Blick zu. »Na ja – ja, aber erinnerst du dich noch an den *Klang*? Das war ein Cantus. Man kann damit Tenebris als Abkürzung zu einem anderen

Ort benutzen. Du bist im Trinity College gewesen – du könntest dorthin zurückkehren und der Allianz erzählen, wo ihr seid. Es geht nullkommanichts: Deine Familie würde nicht mal mitkriegen, dass du weg warst.«

Falls es funktioniert, fügte seine Skepsis hinzu.

Und falls du es überlebst, flüsterte alles andere. Bei dem Plan, der sich allmählich in Denizens Kopf formte, setzte er nur sein eigenes Leben aufs Spiel. Das eines anderen zu riskieren war etwas vollkommen anderes.

Als er die ahnungslose Hoffnung auf Uriels Gesicht sah, verdoppelten sich seine Gewissenbisse sogar noch.

»Dann würden sie es nie erfahren«, flüsterte Uriel. »Ambrel würde es nie erfahren.«

»Vielleicht nicht. Aber es ist gefährlich. *Sehr gefährlich.*«

»Das ist mir egal.« Uriels Stimme zitterte vor Begeisterung. Denizen fühlte sich sofort noch schlimmer. »Aber …« Uriels Lächeln verschwand. »Ich bin nicht sicher, ob ich mich erinnere. Es war das Seltsamste, was ich je gehört habe. Eigentlich überhaupt kein Geräusch.«

»Ich weiß«, sagte Denizen. Er konnte die Kunst der Apertura im Hinterkopf spüren, hellwach und begierig. Er musste seine Worte sorgfältig wählen; wenn seine Konzentration nachließ, würde sie sich vielleicht in seinen Mund drängen. »Aber manchmal möchten die Canti gesprochen werden. Ich wünschte, ich könnte es für dich tun, aber die Canti ziehen das Feuer durch denjenigen, der sie spricht …«

Der Draht um seinen Hals zitterte.

»Ich habe jahrelang mein Gebet geübt«, sagte Uriel. »Und meine Gedanken in Form eines Schwertes gebündelt. Was, wenn ich nicht –«

»Nichts weiter sind die Canti«, sagte Denizen. »Nur eine

Methode, das Feuer zu kanalisieren.« Er versuchte, die Hoffnungslosigkeit aus seiner Stimme zu verdrängen. »Wir müssen es einfach probieren. Erinnere dich, denke daran, wie es geklungen hat, welches Gefühl du dabei hattest. Du musst dich *erinnern* –«

Seine nächsten Worte wurden von dem Draht um seinen Hals abgewürgt, der ihn zur Zellentür zerrte. Uriel sprang zurück, seine Augen waren plötzlich weit aufgerissen vor Angst.

»Hör zu«, sagte Denizen. »Stell dir den Ort vor, zu dem du möchtest. Stell ihn dir am anderen Ende eines dunklen Gangs vor, als ein Gemälde hinter einem Gemälde, und hebe die Finger, als wolltest du es zerreißen, um hindurchzukommen. Du wirst durch dunkles Wasser fallen. Öffne nicht die Augen, nicht –«

Der Draht *zerrte.* Denizen wurde fast auf die Füße hochgerissen. *Einen Moment noch*, dachte er, *nur noch einen Moment.*

»Öffne nicht die Augen. Das Eisen wird dich hinterherziehen. Es gibt *Dinge* in –«

Der Druck um seinem Hals verhinderte jedes weitere Wort. Die Botschaft der Erlöserin war eindeutig.

Komm.

30

Das Ziehen des Drahtes

Die Burg mochte einst gewaltig gewesen sein, doch der Sturz hatte das Innere in ein Labyrinth verwandelt, das einen zum Wahnsinn treiben konnte. Es gab unendlich viele Wege durch Eloquenz, und Uriel kannte jeden davon.

Sobald Denizen dem Ziehen des Drahtes nachgab, war Uriel auf und davon. Als Kinder hatte Großvater ihnen erzählt, die Erlöserin könne sündige Gedanken in ihren Köpfen sehen, und nun pochte in seinem Herzen die Angst eines Kindes. *Wusste Sie Bescheid?*

Das konnte nicht sein. Wäre dem so, wäre Uriel schon längst entlarvt worden. Großvaters Warnungen waren Lügen. Genau wie alles andere.

Es ist nicht seine Schuld. Uriel kletterte eine halb eingestürzte Wand hinauf, quetschte sich zwischen zwei bröckelnden Säulen hindurch, die das Tor des Abgrunds von dem eingestürzten Tunnelsystem trennten, das früher einmal der Ostturm gewesen war. Großvater war ebenfalls angelogen worden, die Lügen waren seit dem Augenblick erzählt und wiedererzählt worden, als Eloquenz abgestürzt war, vom Ersten Croit bis zum Letzten.

Sie stammten alle von Ihr.

Irgendwann rannte er langsamer und mischte sich unter

eine Gruppe Croits. Dort liefen Abucad, hager und abgekämpft, und Osprey und Magnus. Letzterem war Uriel seit Tabithas Tod nicht mehr begegnet.

Uriel eilte im Gleichschritt neben Abucad her. Sein Onkel hatte Gewicht verloren, und unter seinem linken Auge prangte ein blauer Fleck. Niemand wusste besser als Uriel und Abucad, dass das normal für diejenigen war, die in Großvaters Gunst niedrig standen – sie mussten unter denen leiden, die sich ihrer erfreuten, und tiefer als Abucad konnte man im Moment nicht sinken. Mit ihm gesehen zu werden war beinahe genauso schlimm, wie im Gespräch mit Denizen ertappt zu werden, doch Uriel hatte plötzlich das dringende Bedürfnis, mit jemandem zu *reden*, statt immer nur zu hören, wie Ihre Worte nachgeplappert wurden.

»Uriel«, begrüßte ihn der ältere Mann. »Hast du dich von der Schlacht erholt?«

»Ja«, antwortete Uriel. »Ich glaube schon. Es … Es tut mir leid wegen Tabitha.«

»Sie wollte es so.«

Er sprach es wie eine Verwünschung aus.

Sie stiegen immer tiefer in die Ruine. Uriel blickte sich um, bevor er weitersprach, nur Abucad sollte seine Stimme hören »Glaubst du … Glaubst du, Großvater wusste, wozu diese … wozu der Widersacher fähig war?«

Glaubst du, er weiß, was sie wirklich sind?

Abucads Stimme klang grimmig. »Hat er gesagt, er wüsste es nicht?«

»Ja.«

»Dann wusste er es auch nicht.«

Uriel öffnete den Mund, um nachzuhaken, aber Abucad warf ihm einen zornigen Blick zu.

»Hör auf damit, Uriel, ich … Dafür ist es nun zu spät. Es tut mir leid.« Er schluckte. »Ich habe einen Sohn.«

Ich bin auch deine Familie, wollte Uriel einwenden. *Wir sind alle eine Familie.* Aber damit war alles gesagt, oder? Abucad würde jeden Befehl der Erlöserin erfüllen, weil er sich Sorgen um seine Angehörigen machte. Und das Schlimmste war – die Allianz tat dasselbe. Allerdings waren die Croits bereit, für eine Erlösung, die niemals eintreten würde, jeden Schattenjäger niederzumetzeln, der ihnen in die Finger kam … das war die Allianz nicht. Diese Wahrheit hatte Uriel schon vor seinem Gespräch mit Denizen erkannt. Die Schattenjäger hatten gezögert, gegen die Croits zu kämpfen.

Die Allianz hatte aufrichtig überrascht gewirkt, dass Menschen Menschen angriffen.

In Uriels Magengrube ballte sich die Übelkeit wie eine Faust zusammen. Er konnte nicht denken. Nichts schien Bestand zu haben – weder der Stein um ihn herum noch die vertrauten Gesichter seiner Familienmitglieder, die nun einer nach dem anderen den Schrein betraten.

Nicht einmal Sie.

Mit langsamen und schrecklichen Bewegungen drehte Sie sich Stück für Stück zu ihnen und musterte sie, die schwarzen Augen wanderten von Gesicht zu Gesicht. Die aufgetürmten Eisenstatuen der seit langem toten Widersacher starrten Uriel bloß an, ihre Hände waren eigenartig angewinkelt und griffen nach der Luft.

Uriel wandte den Blick ab. Ambrel neben Großvater stehen zu sehen löste einen mittlerweile vertrauten Schmerz in ihm aus. Früher hatten sie am Eingang aufeinander gewartet. Wann hatte das aufgehört?

Denizen Hardwick.

Die Menge teilte sich, als Denizen, die Schlinge um den Hals, halb laufend, halb stolpernd in die Kammer trat. Auf einen scharfen Blick Großvaters hin kamen zwei Cousins nach vorn und hüllten ihn in Schwarz. Uriel verspürte einen Anflug von Angst. Ein Gewand von dieser Farbe hatte er noch nie zuvor gesehen.

Noch etwas Neues und Schreckliches.

Das Richtende Weiß von Großvaters Robe hatte nach all den Wochen fast Versagergrau angenommen. Er sah aus, als habe er seit dem Erwachen der Erlöserin nicht geschlafen.

»Wir haben lange und angestrengt über das Schicksal dieses Widersachers nachgedacht und –«

Kennst du sie?, fragte die Erlöserin mit der eisigen Stimme einer Herrscherin. **Die Canti. Kennst du sie?**

Sie zuckte, als sei Ihr ein Gedanke gekommen, und als die Drähte sich nicht mehr bewegten, klang Sie wie ein verängstigtes Mädchen.

Das Feuer, es zeichnet dich. Hätte ich es gewusst, hätte ich nicht … Ich hätte niemals zugelassen, dass ihr …

Ein Zucken, und die Stimme war wieder kalt.

Die Waffen des Feindes werden unsere Waffen sein. Du wirst uns die Canti lehren, die uns der König verweigert hat, und dann werden wir eine Armee aufstellen und das Dunkel stürmen. Er wird für seine Taten bezahlen. Und für das, was er nicht getan hat.

»Nein.«

Er war winzig vor Ihr, bloß ein magerer kleiner Junge ohne Waffen und mit einer scharfen Leine um den Hals, doch seine Stimme war fest.

»Ich werde dir keine Waffen in die Hand geben, damit du Menschen verletzen kannst, die mir wichtig sind. Um ehrlich zu sein, ich weiß nicht einmal, ob ich es kann. Ich habe sie nicht auf die … herkömmliche Art gelernt. Du wirst mich nicht töten, denn dann hast du überhaupt keinen Gefangenen mehr. Und du willst es auch nicht …«

Er holte Luft.

»Denn du weißt, was Trauer ist –«

»Sprich nicht so mit Ihr!«, knurrte Großvater, aber die Erlöserin hob eine Hand, und der Mund des alten Mannes schloss sich mit einem *Klack*.

Sie schwieg eine ganze Weile. *Er hat Sie zum Schweigen gebracht.* Ihre Miene war nicht zu deuten, und als die Stille andauerte, fragte sich Uriel, wer aus diesem Drahtgeflechtmund sprechen würde. Die gramgebeugte Witwe? Oder die Herrscherin, die Kriegerin, die Königin der Rache?

Er brauchte nicht lange auf die Antwort zu warten. Aus dem Körper der Erlöserin drehten und wanden sich mit dem Krächzen aufgeschlitzter Luft Drähte. Sie schlängelten sich durch die Menge, lebendig und suchend, schließlich holten sie aus und schlugen die Croits zu Boden. Bis auf eine – sie stand zitternd und allein in der Mitte.

Wie hieß sie? Uriel wusste es nicht. In den letzten Wochen waren so viele gekommen … Sie hatte die bleiche Haut und das angegraute Haar einer Croit, aber ihre Augen waren leuchtend blau – sie war irgendeine entfernte unbedeutende Cousine, nicht mal zwanzig, ein Mädchen, das zu Großvaters Füßen trainiert hatte und dann in die Welt hinausgegangen war.

Du hast recht, sprach die Erlöserin, während die Drähte wie scharfkantiger Regen herunterstießen. **Ich will, dass du lebst.**

Uriel hatte das Mädchen wirklich schon einmal gesehen. Er hatte sie bloß nicht erkannt, weil sie nicht mehr diesen verzückten Blick hatte, den sie bei ihrer Rückkehr gehabt hatte. Den Blick, der auf allen Gesichtern lag, seit die Göttin erwacht war und ihnen einredete, sie seien etwas Besonderes.

Mittlerweile sah sie bloß verängstigt aus.

Die Drähte hielten Zentimeter vor der bleichen Haut des Mädchens an und folgten, wie der tastende Stachel eines Skorpions, den Tränenspuren auf ihren Wangen.

Ich werde stattdessen eine von ihnen töten.

»Du … Du *Monster.*«

Die Worte schienen viel länger durch die Kammer zu hallen, als sie sollten. Vielleicht lag es an dem Schweigen, das immer auf Ihre Worte folgte, oder an Ihrer Aura von Verkehrtheit, die alle Geräusche verzerrte … Uriel hatte jedoch das ungute Gefühl, dass es die Worte selbst waren.

Erst einen Moment später wurde ihm klar, dass er die Worte gesprochen hatte.

Ungefähr dreißig Augenpaare starrten ihn an. Darauf folgte ein leichtes Scharren, als sich die Croits neben ihm unauffällig davonzuschleichen versuchten.

»Was hast du da gesagt?« Großvaters Stimme ließ alle zusammenzucken. »Wie kannst du es wagen –«

»Wir sind doch angeblich Ihre Auserwählten«, gab Uriel zurück. Er konnte sich nicht beherrschen. Seine ganze Wut und Frustration und Einsamkeit brodelten an die Oberfläche. Er hatte es *so sehr* versucht. Jedes Mal, wenn ihm die Familie den Verrat seiner Eltern vorgeworfen hatte, jedes Mal, wenn das Training nicht bewältigbar schien oder Ambrel Angst gehabt hatte – hatte er durchgehalten. Er hatte *geglaubt.*

Familie. Das einzig Wichtige. Und dieses Ding betrachtete sie bloß als *Druckmittel.*

»Das könnt ihr doch wohl nicht hinnehmen?«, schrie er

verzweifelt den versammelten Croits zu. Keiner sah ihn an. »Das ist *ungerecht.*«

Meredel starrte zu Boden und bewegte stumm die Lippen. Osprey, Adauctus, die Nacherwachten ... alle wandten den Blick ab.

Die einzigen Ausnahmen waren Großvater, Denizen – der extrem verärgert aussah – und das Croit-Mädchen, das die Erlöserin töten wollte.

Er sah alle an. Doch irgendwann, das wusste er, würde er sich ihr stellen müssen.

»Ambrel ...« Es war fast eine Bitte. »Ambrel, du kannst das doch nicht für richtig halten.«

Ihr Gesicht zeigte keinerlei Gefühl. Uriel war so daran gewöhnt, jede noch so kleine Regung in ihren Zügen lesen zu können, dass ihm die Leere größere Angst einjagte als die Erlöserin. Schließlich sprach Ambrel.

»Es war meine Idee.«

Sein Herz blieb stehen. Einen Moment lang war nur noch ein kalter Klumpen Eisen in seiner Brust, der träge Entsetzen durch seine Adern pumpte. »Was?«

»Sieg bedeutet Verlust«, flüsterte sie. »Wenn wir es für Sie tun, ist es kein Opfer.«

Er taumelte rückwärts, fort von diesem Blick. *Wie ... Wie ... kann sie ...*

»Du wirst tun, was von dir *verlangt* wird, Uriel Croit.« Großvater kam näher. »Du wirst tun, wofür du erzogen wurdest. Wofür wir alle erzogen wurden. Das ist die Bedeutung von Familie.«

Uriel sah Ambrel nicht an, er wusste, dass ihm sonst das Herz brechen würde.

»Dieses. Ding. Gehört. Nicht. Zur. Familie.«

Kaum war das Wort aus seinem Mund, *peitschte* Großvaters linker Ärmel durch die Luft und riss ihn von den Füßen. Uriel spürte eine Rippe brechen, wie ein Scharnier, von dessen Existenz er nichts gewusst hatte, und der Schmerz folgte ihm bis zum Boden hinunter.

Er brauchte lange, um den Kopf zu heben.

Über ihm stand Großvater, flankiert von der Familie, und schob mit wohlüberlegten ruckartigen Bewegungen seinen Ärmel hoch.

Ein Croit wählte sein Gebet aus der Geschichte, doch was Großvater getan hatte, zeugte von einzigartiger Hingabe. Uriel hatte immer geglaubt, es habe mit einem dicken Buch oder einem Kodex zu tun, den er nicht kannte … denn, das wurde Uriel nun klar, er war immer davon ausgegangen, dass Großvater mehr wusste als er.

Doch wenn die Erlöserin nur eine Tenebra war, nur ein *Ding*, und die Geschichte der Croits nichts als Lügen waren, dann hatte Großvater es vielleicht nur getan, weil er der Meinung war, dass es getan werden sollte, weil es richtig aussah. Aber vielleicht beruhte der ganze Glaube der Croits nur auf der Raserei eines Irren in der Dunkelheit.

Es begann in der Armbeuge des alten Mannes, wo die Haut schon lange an die Schwärze verlorengegangen war. Das Eisen war *gefeilt* – die marmorierten Schichten von Muskeln und Knochen waren bis zum Gelenk hinunter in ihren unterschiedlich dunklen Tönen freigelegt, die Handfläche und ein einziger Finger endeten in einer scharfen Spitze.

Es war ein Versprechen. Eine Erklärung. Keine Handschuhe, keine Schminke und keine Masken. Großvater würde niemals vorgeben, etwas anderes zu sein als eine Waffe für eine unmenschliche Hand.

»Du weißt nicht, was ich getan habe«, zischte der alte Mann, »und wie bereitwillig ich es getan habe. Mein ganzes Leben lang. Die Leben jedes einzelnen Croits vor mir. Jeder Moment ein Versprechen. Jede Entscheidung ein Kampf.«

Aus den Knochen seiner angespitzten Hand entwich Feuer. Nun machte sich Uriel ernsthaft Sorgen, dass er sterben könnte.

»Du warst dazu bestimmt, es fortzuführen. Alles, was diese Familie ausmacht, ist in dir vervollkommnet.

Und du stellst es *in Frage.* Wie kannst du es wagen? Alles, was ich getan habe. Alles, was ich tun werde. Es hat Bedeutung.« Das Licht in Großvaters Augen wurde ein klein wenig schwächer. »Muss es haben.«

»Hör auf.«

Denizen hatte sich so weit genähert, wie die Drahtschlinge es zuließ. »Hör einfach auf. Wenn du ihn in Ruhe lässt, wenn du ihn am Leben lässt … werde ich es tun. Ich werde sie dir beibringen.«

Gut, erwiderte die Erlöserin, als hätte es die letzten Momente nicht gegeben. **Wir fangen morgen an. Der König wird von seinen eigenen Canti umgebracht werden. Meine Liebe wird gerächt werden.**

Denizen wurde davongezerrt. Uriel verstand nicht, warum Sie die Schlinge überhaupt für nötig hielt. Sie hatte doch nun eine wesentlich wirkungsvollere. Denn Denizen Hardwick würde niemals zulassen, dass andere an seiner Stelle starben.

Welches Monster würde so handeln?

Langsam und unter Schmerzen rappelte sich Uriel auf. Großvater entfernte sich bereits mit großen Schritten. Niemand beachtete ihn.

»Ambrel, ich …«

Sie starrte ihn an, als sei er ein Fremder.

»Sprich nicht mit mir«, flüsterte sie. »Lass es einfach.«

Sie lief hinter Großvater her, und am Eingang drehten sich beide zu ihm um. Uriel kannte diesen Blick, doch bislang hatte er nie ihm gegolten.

»Geh mir aus den Augen«, sagte Großvater. »Und denke über deine Sünden nach.«

»Ja, Großvater«, murmelte Uriel. *Das werde ich.*

31

EINFACHHEIT

Tja, das war danebengegangen.

Denizens Gestolper den Gang hinunter war irgendetwas zwischen unbeholfenem Sprint und hinausgezögertem Kollaps. Ging er zu langsam, zurrte sich der Draht um seinen Hals fester, ging er zu schnell, prallte der Knoten schmerzhaft gegen seinen Adamsapfel. Was bei einem Sturz passieren würde, überstieg seine Vorstellungskraft, aber er wollte es auch lieber nicht herausfinden.

Er hatte nicht gesehen, wohin Uriel nach seinem Ausbruch gegangen war, im Stillen hoffte er allerdings auf möglichst weit weg – ob mit der Kunst der Apertura oder ohne.

Sie gingen durch Innenhöfe mit umgestürzten Säulen, durch schiefwinklige Treppenhäuser und eingestürzte Türbögen, bis sie schließlich das Nachtasyl und Denizens Zelle erreichten. Simon an seiner Stelle hätte aus der Kleidung und den Eigenarten des Wächters seine Schlüsse gezogen. Abigail hätte längst ein verstecktes Messer hervorgezaubert und sich losgeschnitten. Darcie hätte mit einmal Einatmen den genauen Standort der Burg bestimmt.

Vivian wäre erst gar nicht gefangen genommen worden.

Denizen blieb jedoch nichts anderes übrig, als in der Mitte der Zelle zu stehen und darauf zu warten, dass sich der Draht lockerte und er sich hinsetzen konnte. Der Croit-Wächter warf ihm einen letzten angewiderten Blick zu, dann ließ er Denizen mit seinen Zweifeln und seiner Erschöpfung allein.

Und seinen magischen Fähigkeiten.

Es begann langsam. Denizen hatte versucht, ruhig zu bleiben, und vorsichtig ausprobiert, ob der Draht nachgeben würde, wenn sich das Feuer wie eine Katze im Sonnenschein räkelte. Denizen erstarrte. Normalerweise kam die tenebrische Macht nur, wenn man sie rief, oder als Reaktion auf starke Gefühle wie Wut und Angst.

Dies war das erste Mal, dass sie sich von selbst meldete, wie ein Schwert, das aus der Scheide gezogen und in seine Hand gelegt wurde.

Eine Schweißperle rann über Denizens Stirn. Obwohl sein Hirn wusste, dass es Selbstmord gleichkäme, hatte sich sein Bedürfnis, nach der Erlöserin zu schlagen, in Ihrer Nähe kaum noch bändigen lassen. Es hatte ihm fast noch mehr Angst gemacht als Sie selbst. Hätte er dem Impuls nachgegeben, wäre er jetzt tot, allerdings änderte es nichts an dem Wunsch, es trotzdem zu tun.

Das Feuer wartete in seiner Magengrube, ein Reservoir von so reiner und eifriger Macht, dass sich Denizen einerseits winzig vorkam, andererseits wie der mächtigste Mensch der Welt. Es war bereit und willig; er konnte die Lichtmuster in seiner Zelle förmlich sehen, jede Stelle, die das Feuer berühren würde.

Seine Kontrolle über das Feuer geriet ins Schwanken. Beim sicheren Training in der Seraphim Row oder im Kampf, wo man sofort dagegen einschreiten konnte, wenn man es nicht mehr brauchte, war das ja gut und schön.

Aber hier …

Kam das Feuer bei Gefahr. Es kam, wenn es Tenebris in der Luft schmeckte. Es kam, wenn sein Träger wütend war oder Angst hatte.

Kein Wunder, dass die Croits verrückt waren. Dieser Ort hungerte danach, abgefackelt zu werden.

Wie weit würde er kommen? Wie weit würden ihn die Canti tragen, wenn er richtig, richtig losschlug? Denizen konnte sie auf seinen Nervenenden spüren, wo sie darauf warteten, gerufen zu werden. *Es müsste etwas Großes sein*, dachte er. Die Canti in seinem Kopf formierten sich neu, das Feuer zitterte bei jedem neuen Weg, den es einschlagen konnte.

Die Kälte der Burg schien mit einem Mal weit entfernt. Denizen wusste, sobald sich seine Haut erwärmte, würde sich der Draht zuziehen, aber vielleicht, wenn er so viel Macht in sich zog, wie er nur konnte ... vielleicht, wenn er sie so vollständig aufsaugte, dass er selbst eine Sonne wurde, eine wandelnde Sonneneruption ... vielleicht würde der Draht dann brennen, statt zu schneiden, und er könnte ebenfalls brennen.

Denizen.

Die Canti konnten kombiniert werden. Das war eine übliche Praxis bei den Schattenjägern. Worte wurden Satzglieder wurden Sätze, jede Silbe veränderte die vorhergehende. Das machte Sprache aus. Die Canti marschierten wie Soldaten im Gleichschritt durch seinen Kopf. Zehn, fünfzehn, zwanzig – wie viel Haut müsste er wohl opfern, um sie alle gleichzeitig zu sprechen?

Würde danach überhaupt noch ein Denizen übrig sein?

Aufhören.

Das Feuer schlug sanft gegen den Grund seines Herzens, darüber kreisten die Canti, und dazwischen befand sich Denizen – nichts weiter als ein Knoten aus Gedanken und Ängsten und Stirnrunzeln; ließe er die drei aufeinander los, würde er ausgelöscht. Wäre das nicht die bessere Lösung? Sollten sie sich doch haben und auf dem Aufwind seiner Opferung reiten.

»Widersacher.«

Denizen schlug die Augen auf, ohne sich allerdings erinnern zu können, sie geschlossen zu haben. Einen Augenblick lang hörte sein Hirn seinen Namen und wies ihn als unwichtig ab. Mit *diesen* Silben ließ sich nichts anzünden. Feuerschnörkel tanzten vor seinen Augen und bettelten darum, Wirklichkeit zu werden, umrissen die Mauern, den Boden und das Mädchen, das etwas Scharfes in der Hand hielt.

Warte. Wieder zurück.

»Was hast du mit meinem Bruder gemacht?«, zischte sie.

Denizen wurde plötzlich bewusst, dass er nicht sagen konnte, wie lange Ambrel dort gestanden hatte – oder wie lange er dort gestanden hatte, auf schwankenden Füßen, der Musik von achtundsiebzig Sternen lauschend. Selbst in den verblassten Tönen des *Lucidums* konnte er erkennen, dass ihre Augen verweint und ihre Haare bis zur Schulter hinunter zerzaust waren, als hätte sie sie gerauft.

Das Messer jedoch hielt sie mit absolut ruhiger Hand.

So muss es sein, wenn man ein Büro hat, dachte Denizen abwesend. *Ständig kommt jemand vorbei, weil er einen sprechen will.* Zugegebenermaßen hatte bisher jeder irgendeine Waffe dabei gezückt, aber das gehörte wohl nun zu seinem Leben. Deshalb waren die Schattenjäger äußerlich immer so ruhig. Irgendwann navigierte man auf Autopilot um die scharfen Kanten.

»Was hast du mit ihm gemacht?«, fuhr sie ihn noch einmal an, jedem Wort wurde mit einem Messerpiken Nachdruck verliehen. Denizen versuchte, sich zu konzentrieren. Autopilot hin oder her, das hier war ein ausgesprochen scharfes Messer. Nein, kein Messer. Etwas Scharfes, das dieselbe Form hatte.

Konzentriere dich.

»Ich habe nichts getan«, sagte er vorsichtig. »Und ich dachte, der Plan sei, mich nicht zu töten?«

Ambrel ging auf und ab. »Ich brauche dich nicht umzubringen«, sagte sie.

»Oh«, erwiderte er. »Gut.«

Plötzlich waren ihre Finger in seinen Haaren und zerrten seinen Kopf nach hinten, um seine Kehle zu entblößen. Denizens Hände hoben sich, um sie festzuhalten – doch als sie die Spitze der Klinge in die Kuhle an seinem Hals drückte, sanken sie herab.

Sie standen beide völlig reglos da, und Denizen wurde klar, dass er ganz und gar nicht an Situationen gewöhnt war, in denen es um Leben und Tod ging.

»Was hast du getan?«, flüsterte sie. »Irgendetwas stimmt nicht mit ihm, und ich ... Ich weiß nicht, wie ich es ändern kann ...«

Ein Blutstropfen rann langsam Denizens Hals hinunter. Adrenalin pochte durch ihn hindurch und beschleunigte seine Gedanken, drängte ihn zu handeln.

Nein. Denizen mochte ein außergewöhnliches Verständnis der Canti haben, aber er brauchte trotzdem eine funktionstüchtige Kehle, um sie zu sprechen. Selbst wenn es ihm gegen alle Wahrscheinlichkeit gelingen würde, Ambrel niederzuringen, bevor sie ihm die Kehle aufschlitzte, wäre da immer noch die Schlinge der Erlöserin, um die er sich Sorgen machen müsste.

Also hielt Denizen ganz still und hoffte darauf, dass menschliche Worte ausreichen würden. »Ambrel.«

Obwohl er hundertprozentig sicher war, dass sich die Wunde an seinem Hals durch das Sprechen noch vergrößert hatte, redete er weiter.

»Ich habe nichts mit deinem Bruder gemacht. Ehrlich. Ich bin doch bloß ein *Junge.*«

Beim letzten Wort versagte ihm die Stimme, und er schluckte. War er doch, oder? Im letzten halben Jahr war er beim Training herumgeworfen, getreten, geboxt und fix und fertig gemacht worden, aber er hatte es ertragen, weil ein geheimer Teil von ihm wusste, dass die Canti quasi die Du-kommst-aus-dem-Gefängnis-frei-Karte bei Monopoly waren. Daneben treten? *Super.* Er hatte ein halbes Dutzend Canti, die wesentlich größeren Schaden anrichten konnten. Ein Ziel zum dreißigsten Mal verfehlen? *Na und.* Er konnte die Zielscheibe mitsamt der halben Wand dahinter mit einem Gedanken zerstören.

Ohne die Canti war er allerdings einfach nur ein Junge. Ein müder Junge, dessen Leben ausgelöscht werden konnte, ohne dass jemand ins Schwitzen kam.

»Ich bin genau wie du. Wir sind nur unterschiedlich aufgewachsen, das ist alles. Ich besitze keine besondere Macht oder so. Na ja – bis auf die magischen Fähigkeiten. Und ich habe Uriel nicht verdorben. Er hat bloß …«

Ambrel zog das Messer so weit zurück, dass Denizen es nicht mehr bei jedem Mal Schlucken streifte, aber nicht weit genug, dass er sich auch nur eine Sekunde sicher gefühlt hätte.

»Er hat bloß was?«, fragte sie.

Dies war schon die zweite aus der Croit-Sippe, bei der er in weniger als vierundzwanzig Stunden als Psychotherapeut einsprang. Es überraschte ihn nicht. Mit wem sollten sie sonst reden? *Sie sind auch bloß Jugendliche.*

»Er hat Angst um dich«, sagte Denizen. »Das ist alles. In dieser Kammer konnte ich es deutlich sehen.« *Denn wir haben auf keinen Fall seine Flucht hinter deinem Rücken geplant.* »Ich weiß, was das bedeutet. Und Uriel weiß es auch. Du bist seine Familie. Nur das zählt.«

Ambrel starrte ihn eine ganze Weile an, dann nickte sie bedächtig.

»Das stimmt«, sagte sie. »Du hast recht.« Sie ließ abrupt von Denizen ab. Aber bis er den Kopf heben konnte, war sie bereits verschwunden.

32

Wir und sie

Wie viel Zeit bleibt mir? Wen werden sie schicken?

Das waren die Fragen, die Uriel bei seinen Sprüngen zwischen den Turmspitzen und Grabplatten der Familientoten von den zermürbenden Schmerzen seiner gebrochenen Rippe ablenkten. Die beiden waren schließlich untrennbar miteinander verbunden. Jedem Sprint durch den Garten war eine Analyse der Fähigkeiten seiner Verwandten vorangegangen. Und zwar nicht nur ihrer Gebete, sondern auch der Strategien ihrer Herzen.

Uriel wusste genau, wie lange es bei Adauctus dauerte, bis er keine Kraft mehr zu Gewalttätigkeiten hatte, oder wie bösartig Clothilde wurde, wenn man sie in die Ecke trieb. Er wusste es selbst bei den Nacherwachten – nur ihre Namen hatte er sich zu lernen erspart.

Sobald man Denizen davongezerrt hatte, war Uriel in den Garten gerannt. Keiner hatte befohlen, ihn aufzuhalten, aber das würde nicht lange auf sich warten lassen. Schließlich war er nun die *Versicherung*, dass Denizen sich gut benehmen würde.

Uriel sprang von einem schiefen Marmorturm, drehte sich in der Luft und beobachtete, wie sehr ihn die Rippe einschränkte. Das war das Nächste, was er wissen musste. Lieber jetzt als später, wenn Waffen im Spiel waren.

Die Familie hatte die Zwillinge nie wirklich akzeptiert. Großvater hatte sie zwar mit doppelter Härte trainiert, um das Vergehen ihrer Eltern wiedergutzumachen, aber eben dieses Vergehen hatte sie zur Zielscheibe gemacht. Selbst zu den Auserwählten zu gehören hatte ihnen keinen Frieden beschert – obwohl diejenigen, die sie danach angegriffen hatten, dies sehr schnell zu bedauern lernten.

Aber dann war *Sie* erwacht, und alles hatte sich verändert. Er war Teil von etwas gewesen – vielmehr Ambrel war es gewesen, doch das hatte ihn wie immer eingeschlossen, lediglich mit einer halben Sekunde Verzögerung.

Doch nun hatte dieses unsichere Ansehen ein Ende gefunden.

Uriel kletterte den Turm seiner Großmutter hinauf – Übung glich aus, was die Verletzung ihm an Anmut nahm – und zählte die Gestalten, die aus den Toren von Eloquenz kamen.

Einer. Castabel, ein unangenehmes Stück Arbeit. Er war mehr oder weniger ein Fremder – Großvater setzte ihn als Meuchelmörder ein, wenn irgendwo auf der Welt Croit-Besitz bedroht war.

Zwei. Hagar. *Hagar? Undankbare …* Was war mit dem Vorfall am Strand, wo er sie ertappt hatte, als sie ohne Anlass ihr Gebet einsetzte? *Eine Übung*, hatte sie ihm erklärt, als sei es nicht offensichtlich, dass sie schlicht der Versuchung der Flamme nachgab. Uriel hatte es Großvater verschwiegen, und hier kam sie nun.

Also zwei. Zwei war kein Problem, selbst wenn einer davon Castabel war. Hagar war zu nichts zu gebrauchen, wenn man sie frontal angriff, und Castabel hatte zu viel Spaß daran, andere zu quälen, um effizient zu sein. Wenn Uriel Hagar angriff, wäre er frustriert, und dann konnte Ambrel –

Oh. Er war es nicht gewohnt, von sich in der Einzahl zu denken. Sich an eine gebrochene Rippe zu gewöhnen war der einfache Teil gewesen.

Uriel unterdrückte das Zittern, indem er die Nägel in das eisendurchsetzte Fleisch seiner Handflächen bohrte. *Nicht darüber nachdenken.* Er musste es tun. Die Erlöserin würde Ambrel und ihn skrupellos benutzen – und sie dann wie Tabitha fallenlassen. Sie machte sich keine Gedanken.

Uriel schon.

Er schwang sich noch höher, dabei immer darauf achtend, dass die Turmspitze seine schlanke Gestalt verdeckte. Es war seltsam: Erst jetzt, auf dem Gipfel des Verrats, verstand er wirklich, was es bedeutete, den Croits zu dienen.

Sie würden ihm nicht vergeben. Kein Einziger von ihnen. Wenn bekannt wurde, was er getan hatte – und das würde es, er hatte abgeschlossen mit den Lügen, sogar sich selbst gegenüber –, gälte er als Verräter. Vielleicht würden ihm Denizens Leute eine Art Asyl anbieten, allerdings nicht als Croit. Er würde verstoßen werden. Namenlos sein.

Es war egal. Von einem Croit wurde verlangt, dass er alles für die Sicherheit der Familie opferte.

Sogar die Familie.

Was war mit –

Uriel erwürgte den Gedanken, bevor er größer werden konnte. Er erstach ihn mit einer Feuerklinge, zerstückelte ihn und verscharrte ihn im tiefsten Dunkel. Ambrel würde es verstehen. Und selbst wenn sie es nicht verstand, sie würde leben. Selbst wenn sie ihn bis ans Ende ihres Lebens hasste, sie würde leben.

Uriel warf noch einen Blick auf die Tore von Eloquenz und fragte sich, ob es das letzte Mal sein würde, dass er sie sah, doch dann erblasste er – soweit das bei seinem Croit-Antlitz eben ging.

Dutzende von Gestalten kamen aus den Toren, sie hielten sich die Hände vor Augen, um nicht von der untergehenden Sonne geblendet zu werden. Nein, nicht Dutzende. Dreiunddreißig. Die exakte Anzahl auserwählter Croits, die momentan auf Eloquenz lebten, abzüglich Großvater, Ambrel und seiner selbst.

Ambrel war nicht dabei. Ein winziger Hoffnungsfunke flammte in Uriels Brust auf, aber er ignorierte ihn lieber, für den Fall, dass er wieder erlöschen sollte.

Lauf, Uriel. Die Worte kamen in ihrer Stimme, es klang so tröstlich, dass er Tränen wegblinzeln musste. *Lauf.*

Er rannte.

Pfade hinunter, zwischen Monolithen und unter Dolmen hindurch und über Gräber. Eine Seite seines Brustkorbs war nur noch Schmerz, aber er kümmerte sich nicht darum, sondern wühlte in seinem Kopf nach fremdartigen Silben.

Oh, die *Gunst* war da. Mit hassenswerter Ironie: Je weniger er an die Erlöserin glaubte, umso stärker brannte sie. Allerdings half ihm ein Schwert in diesem Moment nicht weiter.

Sie würden ebenfalls rennen.

Durch das Viktorianische Zeitalter mit seiner Armee von Marmorschnurrbärten hindurch, danach ein Schlenker zu den Halskrausen und Rapiers der Elisabethanischen Ära, falls Osprey in seinem Lieblingsversteck zwischen

DAVENTRY CROIT
– verstorben im Dienst –

und

lauerte. Sie würden das Labyrinth der Toten von allen Seiten betreten, mögliche Routen verhindern und Uriel wie einen Hund einfangen. Was würden sie ihm antun? Damit Denizen sein Wissen weitergab, musste Uriel *am Leben* sein, mehr aber auch nicht. Welchen Preis zahlte ein Auserwählter, wenn er gegen die Erlöserin aufbegehrte? War sein Blut noch immer zu kostbar, um vergossen zu werden, oder war er zu weit gegangen?

Denk nach. Gehasst zu werden statt tot zu sein war Uriels einzige Chance. *Denk nach.*

Stell dir den Ort vor, zu dem du möchtest. Stell ihn dir am anderen Ende eines dunklen Gangs vor, als ein Gemälde hinter einem Gemälde, und hebe die Finger, als wolltest du es zerreißen, um hindurchzukommen.

Uriel konzentrierte sich auf die Pracht des Long Room im Trinity College, stellte sich die ernsten Marmorbüsten vor – nicht weiter schwierig in dieser Umgebung – und die blankgebohnerten Holzböden. Das College war beinahe selbst eine Burg, allerdings nicht gespalten und zerstört wie Eloquenz, sondern hell und sicher und massiv. Ein Ort, der Sonne hereinließ.

Uriel stellte es sich am Ende eines langen Tunnels vor. Nein – er stellte die Rettung seiner Familie ans Ende dieses Tunnels; er legte sein Herz und seine Seele in diese Vorstellung und streckte die Hände aus um sie näher heranzuziehen.

Die Gunst flackerte und brodelte, unsicher, welche Form sie annehmen sollte. Uriel dachte an die Form von Denizens Mund, als er gesprochen hatte, ungehobelt und eilig …

Komm schon.

In seiner Kehle brannte Feuer.

Komm schon.

War das die erste Silbe? Sie rutschte und schlitterte wie etwas Lebendiges, und Uriel kämpfte, um sie im Zaum zu halten, um sie zu sprechen …

Bitte.

Er setzte zum Sprung an –

Athelstan Croit – zweieinhalb Meter Muskeln, Narben und blinder Glaube. Er fing seinen jüngeren Cousin mühelos aus der Luft.

Unerträgliche Schmerzen. Nun hatte er seine Antwort, wie sehr ihn eine gebrochene Rippe einschränkte. Als Uriel auf das Dach von

KAELAN CROIT
– als Märtyrer gestorben –

knallte, verlor er die schwache Verbindung zu dem Cantus.

Er unterdrückte einen Schmerzensschrei, einerseits, um seinen Standort nicht zu verraten, andererseits, weil der Schmerz einfach zu groß war. Seine Gedanken durch das Kreischen in seiner Brust zu hören war schwierig.

Athelstan. Athelstan. Sein Gebet war irgendetwas mit …

Der Riese öffnete die Hände, aus seinen Handflächen schossen Zwillingsbögen tröpfelnden Lichts, die wie die Mittagssonne strahlten.

Ja, das war es.

Instinktiv spielte Uriel mögliche Kampfvarianten durch. Er war verletzt. Er war allein. Sein Gegner war ausgeruht, unverletzt und konnte auf Verstärkung bauen, was schon mehr als genug gewesen wäre, selbst ohne seine riesenhafte Statur, die bei jedem Schritt den Boden erbeben ließ.

Nur zwei Punkte sprachen zu Uriels Gunsten. Der erste war, dass Uriel diese Nekropolis wie Ambrels Handrücken kannte, wohingegen Athelstan viele Jahre Draußen gelebt hatte.

Der andere war, dass Athelstan immer noch glaubte.

Uriel machte sich nicht die Mühe, den ersten Hieb, der auf ihn niedersauste, zu parieren. Er hätte ihm die Arme gebrochen. Stattdessen duckte er sich unter den zischenden Klingen hindurch und taumelte rückwärts, während Athelstan weiter auf ihn zukam. Ein kleiner grausamer Teil von ihm schüttelte den Kopf über die Dummheit seines Cousins. Wenn man mit seinen Klingen alles durchschneiden konnte, war Kraft überflüssig, die gewaltigen Muskeln des Mannes schränkten nur seine Wendigkeit ein.

Uriel schleppte seinen verwundeten Körper durch Spalten, die Athelstan nicht treffen konnte, und führte den Riesen zur hoch aufragenden Marmorgestalt von Kaelan Croit. Athelstans Züge waren zu diesem frustrierten Zähnefletschen verzogen, mit dem man eine besonders nervtötende Ameise zu zertreten versucht.

»Bleib stehen!«, brüllte er. Uriel gehorchte und blieb genau so lange stehen, dass Athelstan triumphierend seine beiden Feuersensen in einem weißglühenden und nicht aufzuhaltenden Bogen schwingen konnte. Hätte Uriel sich nicht weggeduckt, hätten sie alles oberhalb seiner Schlüsselbeine abgetrennt.

Stattdessen verwandelten sie die Schienbeine von Kaelan Croit in einen Regen aus Marmorsplittern.

Die gewaltige Statue stürzte unaufhaltsam nach vorn, und hätte Abucad ihn nicht weggerissen, wäre Athelstan in seiner

Schockstarre wie ein Nagel von einem Hammer in die Erde geschlagen worden. Die beiden Croits schwankten zur Seite, und die Statue knallte ins Gras.

Uriel wusste nicht, warum er zögerte, aber eine halbe Sekunde lang trafen sich sein und Abucads Blick.

»Geh«, sagte er. Athelstan war böse gestürzt und hatte sich den Kopf an einem Sockel angeschlagen. Bewusstlos, aber nicht entmutigt. Abucads Stimme war leise und eindringlich. »Ich werde sie ablenken. Ich weiß nicht, wie viel Zeit ich dir verschaffen kann, aber –«

»Danke«, sagte Uriel. »Ich –«

»Geh einfach«, sagte Abucad, »und wenn du irgendeinen Plan hast, denk an Daniel. *Denk an meinen Sohn.*«

Uriel rannte los, und hinter ihm ertönte Abucads Ruf.

»HIER IST ER NICHT! SUCHT WEITER!«

Es gab ihm vielleicht eine Minute. Vielleicht auch zwei. Er musste es noch einmal mit dem Cantus versuchen.

Uriel griff nach der ersten Silbe und stieß einen Fluch aus, als sie ihm entglitt. Es ähnelte dem Versuch, Nebel festzuhalten.

Er war sich nicht einmal mehr sicher, in welchem Zeitalter er sich gerade befand. All die Marmorgesichter um ihn herum verschwammen miteinander – missbilligend, grausam griffen sie mit weißen kalten Händen nach ihm. Wie verzweifelt er war, zeigte sich in dem Trost, den er empfand, als er das vertraute vom Eisernen Vordringen gezeichnete Gesicht von

ISKOR CROIT
– in Schande gestorben –

sah.

Denk nach, Uriel. Denk an Flucht. Denk an –

»Bruder!«

So ein einfaches Wort, aber mit einem Mal strömte Erleichterung wie kühles Wasser durch Uriels Brust. Er drehte sich um und vergaß seine Verfolger, die Gefahr und die Erlöserin.

Sie ist gekommen. Sie ist gekommen, um mir zu helfen.

Gemeinsam haben wir eine Chance.

Aber dann sah er ihr Gewand.

Ambrel sprang vom Rand des Mausoleums und landete leichtfüßig auf der Erde, ihre Arme und Beine steckten in Anklagerot. Der lebhafte Farbton bleichte ihre Haut, und mit der hochgestellten Kapuze war sie nur ein Totenkopf, blass und mit starrem Blick, in Stoff von der Farbe von Blut schwimmend.

Im Schrein hatte sie noch Richtendes Weiß getragen. Wie die anderen.

Sie hat sich für die Jagd umgezogen.

»In dir ist Rost, Uriel.«

Voller Entsetzen bemerkte Uriel, dass Ambrel eine Feile in der Hand hielt.

»Ambrel«, flüsterte er und war auf der Stelle angewidert, wie schwach seine Stimme klang. »Ambrel, warum hast du eine –«

»Es wäre nicht genug«, zischte sie. Zwischen ihren Zähnen knisterte goldenes Licht. Die Feile war ein hässliches gezacktes Ding, mit dem man Eisen wie weiches Fett vom Knochen reiben konnte. »Ich könnte mich schärfen und meine Verehrung wie Großvater zeigen, aber es wäre noch immer nicht genug. Denn nicht ich bin schwach. Sondern du. Nur noch eine Sache mehr, die du mir verheimlichst.«

Bei keiner Übungsstunde, bei keinem Kampf hatte Uriel je solchen Schmerz in der Stimme seiner Schwester gehört.

»Wann wolltest du es mir erzählen?«, fragte sie. »Wann ist es passiert – Wann hast du zu glauben aufgehört?« Ihr liefen Tränen über die Wangen. »Was stimmt nicht mit dir?«

»Nichts –«

»Hör auf zu lügen«, fuhr sie ihn an. Uriel konnte den Blick nicht von der begierig glänzenden Feile in ihrer Hand abwenden. »Großvater hat recht. Unsere Zeit ist gekommen. Die Erlöserin hat sich erhoben, und wir haben die Chance, mit Ihr aufzusteigen. Das ist unsere Bestimmung. Aber du hast sie vergessen.«

»Ich habe überhaupt nichts vergessen«, erwiderte Uriel. Nun erhoben sich überall in der Nekropole Stimmen. Die Sekunden vergingen. »Ich bin der Einzige, der sich noch erinnert. Wir wurden erzogen, uns um unsere *Familie* zu kümmern, Ambrel. Aufeinander aufzupassen. Aber das spielt gerade keine Rolle mehr. Die Erlöserin ist nichts weiter als ein Monster, das den Ersten Croit mit hübschen Worten gefüttert hat, und wir warten so verzweifelt auf unsere Erlösung, dass wir sie einfach schlucken. Sie ist *wahnsinnig*. Genau wie Großvater. Deshalb wollten uns unsere Eltern hier wegbringen –«

»Unsere *Eltern.*« Ambrels Lachen wurde von Bitterkeit und Zorn erstickt. »Zwei Fremde, deren einzig nützliche Tat darin besteht, uns gezeugt zu haben. Mit ihnen wirst du meine Meinung nicht ändern. Sie haben versucht, uns von unserer Bestimmung abzuhalten. Von Ihr.«

Sie spuckte ihm vor die Füße. »Und du tust dasselbe.«

»Ich möchte doch nur, dass dir nichts passiert –«

»Ich weiß«, flüsterte sie, und mit einem Mal war ihre Stimme offen und weich, die Wut floss ab wie Eiter aus einer Wunde. »Das weiß ich. Aber das ist das Problem. Wir sind nicht wichtig, Uriel. Nur der Krieg ist wichtig. Das bedeutet Familie. Erlösung für uns alle, nicht nur für einen. Tabitha hat uns richtig eingeschätzt. Du und ich haben nur füreinander gelebt. Aber das war falsch. Und genau deshalb muss ich es tun.«

Uriel wurde kalt. »Was?«

»Ich muss beweisen, dass ich würdig bin. Ich muss beweisen, dass ich auserwählt bin.«

Er ging einen Schritt auf sie zu. »Ambrel, was sagst du da –«

Sie verpasste ihm einen Kinnhaken.

Uriel stolperte rückwärts, und sie folgte ihm mit flatterndem Gewand. Ihrem zweiten Schlag wich er aus, und den dritten wehrte er mit der Handfläche ab, aber er war verletzt, und die Wut verlieh ihr eine verzweifelte Stärke. Sie war immer schneller gewesen als er. Immer rascher mit Gewalttätigkeiten bei der Hand. Ambrel war eine Croit durch und durch.

Sie stach mit der Feile zu, als wäre sie ein Schwert.

»Eigentlich hätten es *wir* sein sollen«, knurrte sie. »Wir sollten gemeinsam stark sein. Warum musstest du mich im Stich lassen –«

Uriels Faust tötete den Rest des Satzes, und plötzlich lagen sie im Gras, seine Fäuste bearbeiteten ihre Schläfen, ihre Finger suchten seine Kehle. Die Zeit der Lügen war vorbei. Jeder Treuebruch, jede Kränkung, alles, womit sie einander enttäuscht hatten – es kam heraus als ein Wirbel von Knochen und Muskeln.

Und Ambrel war dabei zu gewinnen.

Dies war der Kampf, für den Croits geschaffen worden waren. Die Gläubige und der Ungläubige, eine stark in ihrem Glauben und einer schwach in seinen Zweifeln. Als sich Ambrels Eisenfinger in die Haut seines Halses bohrten, wurde Uriel schwarz vor Augen. Ihre Stimme war Säure in seinen Ohren.

»Warum konntest du nicht einfach *glauben*?«

Weil es falsch ist.

Durch den Schmerz hindurch erhob sich Feuer und floss in halbtaube Gliedmaßen. Ambrels Griff lockerte sich, nur ganz kurz; Uriel wollte bloß noch die Worte, die diesem Kampf ein Ende bereiten würden, und dieser Situation entfliehen –

Und die Kunst der Apertura schlüpfte heraus.

Plötzlich fielen die Grabmäler und das Gras und die ungetrübten Sterne *nach oben.* Ambrel erstarrte neben ihm, und sie wurden von schwarzem Wasser überspült.

Nicht die Augen öffnen.

Kalt.

Kalt.

Kalt.

Es dauerte mehrere Jahrhunderte, bevor Uriel irgendetwas anderes denken konnte. Und dann kam jeder Gedanke langsam und starr vor Eis. Denizen hatte ihn gewarnt, aber ... die Nichtweltlichkeit, die Unendlichkeit ...

Die demütigende Kälte, die Uriel klarmachte, wie klein und unbedeutend und allein er war.

Allein. Ambrel.

Uriel nahm schwerfällig wahr, dass immer noch Hände um seinen Hals lagen, zu Klauen gefrorene Finger. Ein Knie stieß gegen seinen Magen, vom Wasser jeglichen Schwungs beraubt, er hob die Arme, um sie festzuhalten, kämpfte gegen das Zerren der vom Eisernen Vordringen durchsetzten Hände, die nun so schwer waren wie Planetenkerne.

Das Eisen wird dich hinterherziehen.

Wer hatte das doch gleich gesagt? Uriel ließ den Gedanken fallen. Oben und unten hatten keine Bedeutung mehr. Die einzige Richtung für ihn war sie.

Er versuchte, eine Hand in den kalten Tang ihres Haars zu schieben. Ihr ganzes Leben waren sie nur eine halbe Sekunde voneinander entfernt gewesen, und wenn er all diese halben Sekunden sammeln und dazu verwenden könnte, mit ihr zu reden, ihr klarzumachen –

Etwas rieb über seinen Rücken. Es war nicht Ambrel; ihre Hände lösten sich von seinem Hals, ihre Beine schlugen schwach gegen seine. Nein, es bewegte sich zu schnell, zu anmaßend –

Wie ich früher, dachte Uriel in verträumter Unterkühlung.

Es gibt Dinge in …

Tenebris. Das war es. Dort kam *Sie* her. Als Uriel sich Hunderte von Ihrer Sorte vorstellte, die mit abscheulicher Anmut um sie herumschwammen und ihre Ranken – auf der Suche nach um ihr Leben kämpfender Beute – hinter sich her zogen, blühte eisblumenähnlich Panik in seinem Kopf auf.

Das Eisen auf seinem Körper zog ihn in die Tiefe, er mühte sich, Ambrel festzuhalten, die sich losreißen wollte. *Hör auf, bitte, hör auf* –

Er würde es ihr erklären. Er würde sie festhalten. Sie würde wütend sein, aber sie waren Bruder und Schwester, zwei Menschen mit einem gemeinsamen Leben. Er musste es ihr nur erklären. Seine tauben Finger schlossen sich –

Eine halbe Sekunde zu langsam.

Etwas entriss ihm Ambrel mit solcher Gewalt, dass ihn das Kielwasser wie ein Schlag traf. Uriel schrie, und die Kälte von zuvor war *nichts* im Vergleich zu dem dunklen Wasser in seinem Mund. Es spülte das Feuer aus seinem Magen, ließ ihn vom Herzen bis nach außen zu Eis erstarren, er spürte Zähne klappern, als er schrie –

Ambrel … Ambrel, NEIN –

Seine Sünden zogen ihn in die Tiefe, aber Uriel kämpfte dagegen an – *seine Schwester war weg, man hatte ihm seine Schwester genommen*; auf seinem Rücken war brennende Hitze und auf seiner Wange die schmerzhafte Kälte von Leere –

AMBREL!

Die eisige Schwärze verwandelte sich in den Geruch von Rauch. Uriel trat auf unerwartet festen Grund, aber dann gaben seine Beine nach, und er klatschte der Länge nach hin. Seine Haut prickelte, als Perlen aus schwarzer Flüssigkeit in Tausenden von Rauchranken von ihr aufstiegen, doch in seinem Inneren blieb ein festgefrorener Klumpen zurück – der Raum, den früher seine Schwester eingenommen hatte.

Menschen schrien. Seine Arme wurden gepackt und auf den Rücken gedreht. Sonnenschein versengte seine eiskalte Haut.

Uriel bekam es kaum mit.

Er hielt ein Büschel Haare in der Hand. Seine Finger hatten sich endlich geschlossen.

33

Widersacher

»Eine Bewegung«, drohte das Mädchen und bohrte ihren Finger in Uriels Schläfe, »und du brennst.«

Uriel starrte sie bloß an. Nebensächlichkeiten zogen durch seinen Kopf – der Bernsteinton ihrer Haut, die seltsamen Kleider und das hochgesteckte schwarze Haar –, aber keine davon fand Halt. Keine drang zu ihm durch. Er war nur noch eine Nachricht. Eine Nachricht und ein halbes Herz.

»Ich muss mit Edifice Greaves sprechen.«

»Das wissen wir«, blaffte der Junge. »Hast du bereits erwähnt.«

Tabithas Dunkelheit war längst verschwunden, und Uriel konnte nun sehen, wie viel Schaden im Long Room zurückgeblieben war. Die Bücherregale waren zerkaute Skelette aus Holz und Kohle, der Boden von Glasscherben zerkratzt und mehrere Bereiche mit schwarzem Klebeband abgesperrt.

Der Saal hatte Ähnlichkeit mit Eloquenz, und Uriel fragte sich im Stillen, ob die Welt nach einem Sieg der Croits wohl auch so aussehen würde – bloß noch Trümmer und Asche mit dem Emblem der Krähe und der Klaue.

»Edifice Greaves«, wiederholte Uriel heiser. »Ich muss mit –«

»Wir haben es gehört«, sagte das wütende Mädchen und

drückte schmerzhaft mit dem Finger zu. *Einfach, aber wirkungsvoll*, war Uriels nüchterner und abwesender Gedanke. Ein Wort, und aus Uriels Schädel käme Rauch.

Zu sprechen war schmerzhaft. Das Innere seines Mundes war von herausgebrochenen Zähnen aufgerissen, seine Zunge ein gefrorener Ziegel, seit er eine Ladung von dem … was auch immer zwischen hier und Eloquenz lag, geschluckt hatte. Es war kein Wasser. Wasser kämpfte sich nicht als bänderförmiger Rauch aus dem Mund heraus. Wasser stumpfte nicht Gedanken und Haut ab.

Das Einzige, was nicht dumpfer wurde, war der Schmerz.

Sie ist weg. Sie ist weg. Sie ist weg.

Hätte Uriel noch einen Funken Kraft gehabt, hätte er die Kunst der Apertura gesprochen und sich wieder hineingestürzt, immer und immer wieder, bis er sie gefunden hätte. Aber er hatte keine Kraft mehr. Nicht das allerkleinste bisschen. Das Feuer flackerte in ihm wie eine feuchte Kerze, die zu brennen versucht. Vielleicht würde es zurückkehren. Vielleicht auch nicht.

Im Moment hatte ihn die Gunst verlassen.

Ein Stück weiter stand ein anderes Mädchen, über ihrem Arm lag zusammengefaltet ein langer blauer Mantel, ihre Augen hinter den dunklen Brillengläsern waren weit aufgerissen.

»Wo ist Denizen?«, fragte der Junge. So blass und mager wie er war, hätte er ein Croit sein können, allerdings fiel Uriels geübtem Blick auf, dass er bei seinem Schwert nicht vorne und hinten unterscheiden konnte. »Ihr habt ihn verschleppt. *Sag uns, wo er ist.*«

»Edifice Greaves«, krächzte Uriel. »Ich muss mit –« In den Augen des Jungen glänzten Tränen. Uriel spürte, wie der Eisenfinger des Mädchens auf seiner Haut zitterte. Sie hatten

Angst. Aber nicht vor ihm, auch wenn ihm sein Croit'scher Stolz das einreden wollte.

Sie hatten Angst um ihren Freund.

»Er lebt«, sagte Uriel. »Er hat mich hergeschickt. Er –«

Am anderen Ende des Saals öffnete sich die Tür, dann waren Schritte zu hören. Uriel drehte sich nicht um, weil er den Finger an seiner Schläfe nicht aufschrecken wollte, doch er beobachtete, wie sich auf den Gesichtern seiner Geiselnehmer Erleichterung mit Niedergeschlagenheit vermischte. Schließlich schoben sich Hände unter Uriels Achseln und stellten ihn auf die Füße, damit er den Anführer der Allianz ansehen konnte. Den Widersacher, den man ihn sein ganzes Leben zu hassen gelehrt hatte.

»Edifice Greaves«, stellte sich der Mann vor. »Und du bist?«

Er sah nicht aus wie der riesige schreckliche Geist, der in einem Heer eiserner Körper lebte, aber das überraschte Uriel an dieser Stelle nicht mehr. Um Greaves standen fünf weitere Schattenjäger, von denen jeder Gewalttätigkeit ausstrahlte.

»Sie sind hier der Boss«, sagte Uriel. Es war keine Frage.

»Scheint mir nicht so«, erwiderte Greaves, sein Lächeln hatte nichts Angenehmes. »Wie ich gehört habe, bist du vom Himmel gefallen.«

»Sie sind eine verlorengegangene Blutlinie«, blaffte der Junge. »Eine andere Erklärung gibt es nicht.«

»Tanglearches«, sagte das Mädchen mit dem blauen Mantel. »Oder vielleicht Kenns. Wir gehen die Einträge in den *Incunabulae* seit vor dem Überfall durch, wir haben nicht mehr geschlafen seit –«

»Natürlich sind sie eine verlorene Blutlinie«, erwiderte Greaves scharf. Die Jugendlichen verstummten sofort und machten ein erschrockenes Gesicht. Greaves wandte sich zu dem Schattenjäger, der neben ihm stand. »Schaff sie hier raus. Sofort.«

»Wir gehen nirgendwohin«, sagte der Junge. »Glauben Sie etwa, Sie sind der Erste, dem wir das erzählen?«

Die Türscharniere waren seit der Schlacht nicht im besten Zustand gewesen, aber das Eintreten der Frau gab ihnen den Rest. Als sie klirrend auf den Boden fielen, war sie schon fast durch den Raum, ihre Bewegungen besaßen die mechanische Anmut, mit der ein Schwert aus der Scheide gezogen wird. Ihre kurzgeschnittenen Haare lagen silbrig am Kopf an, an ihrem Hals tröpfelten Narben hinunter. Der Blick, den sie Uriel zuwarf, ließ seine Rippe schmerzen.

»Ihr habt meinen Sohn genommen«, sagte sie. Noch nie in der Geschichte hatte es eine eindeutigere Kriegserklärung gegeben.

»Ja«, antwortete Uriel. »Möchten Sie ihn zurückhaben?«

Der Junge setzte sich unvermittelt auf den Boden und schlang die Arme um sich, als wäre ihm kalt. Das Mädchen mit dem blauen Mantel legte ihm beide Arme um die Schultern, und für einen kurzen Moment verharrten sie in dieser Haltung und wiegten sich hin und her.

Uriel wandte verlegen den Blick ab.

»Und wir sind keine verlorene Blutlinie«, sagte er. »Sondern ihr. Jeder von euch. Wir waren die Ersten. Der Erste Croit traf die Erlöserin im Dunkel, sie stahlen gemeinsam das große Feuer und brachten es in diese Welt zurück. Doch dann kam der Widersacher, Männer und Frauen aus Eisen, und sie schleuderten unsere Burg in die Tiefe. Die Erlöserin schlief, und wir warteten. Auf diesen Moment. Auf das hier.«

Trotz allem, was er durchgemacht hatte, rebellierte seine

Kehle noch immer gegen die Worte, die er gleich aussprechen würde.

»Aber das sind Lügen. Sie ist nicht unsere Erlöserin. Sie ist eine Tenebra. Ein Monster. Und Sie muss aufgehalten werden.«

Uriel war nicht sicher, was er erwartete. Schock vielleicht, oder Ungläubigkeit. Warum sollten sie ihm glauben? Das Einzige, was sie wussten, war, dass seine Familie sie angegriffen hatte.

»Okay«, sagte Greaves.

»Okay?«, wiederholte Uriel. Verwirrung verbeulte den schwarzen Gifthauch in seinem Kopf endlich so weit, dass er etwas fühlen konnte. »Ist das … alles?«

Die Schattenjäger teilten sich mit militärischer Präzision, einige verschwanden durch die Tür, andere sprachen schnell und ruhig in ihre Telefone. Die Jugendlichen warfen sich Blicke zu oder starrten Uriel an.

»Nein«, knurrte die Frau. »Wo ist Denizen?«

»Auf Eloquenz«, antwortete Uriel. »Er hat mir gezeigt, wie ich hierher komme. Die ähm … Die Kunst der Apertura – so hat er es genannt. Er meinte, ihr würdet mir helfen.«

Der Junge zuckte zusammen. Die beiden Mädchen rissen die Augen auf. Das Gesicht von Denizens Mutter war Granit. Uriel hatte plötzlich das Gefühl, dass jeder von ihnen demonstrativ jeglichen Blickkontakt mit Greaves vermied.

»Hat er das?«, fragte der Anführer der Allianz. »Interessant.« Er spielte an der schwertförmigen Anstecknadel an seiner Krawatte herum. »Nun gut. Du wirst uns alles erzählen, was du über diese Tenebra weißt. Weiterhin möchte ich eine kurze Beschreibung von jedem Mitglied deiner Familie, des Ortes, der Verteidigungsmaßnahmen –«

»Ich werde Ihnen alles erzählen«, versprach Uriel. »Unter einer Bedingung.«

Er sah Greaves nicht an, als er es sagte, sondern beobachtete die Mutter und die Freunde von Denizen. So seltsam es klingen mochte, Uriel konnte ihre Wut wesentlich besser verstehen als Greaves. Vergeltung, darum ging es bei Familie.

Wir und sie.

»Sie müssen meine Familie retten.«

Greaves Lächeln verschwand.

»Ich weiß, was ich da verlange. Sie werden nicht kampflos aufgeben. Aber wir sind wie ihr, und wir haben es nicht verdient, wegen der Lügen, die man uns erzählt hat, zu sterben. Versprecht mir, dass, wenn ich euch gebe, was ihr braucht, ihr sie nicht töten werdet. Sondern dass ihr ihnen helft.«

»Merkwürdiges Ansinnen«, erwiderte Greaves, »von jemandem, der bereit ist, seine Familie zu verraten.«

»Ich verrate meine Familie nicht.« Die Leere in Uriels Kopf zitterte, als wolle sich etwas Darunterliegendes nach draußen stoßen. »Ich verrate *die Tenebra.*«

»Dir ist natürlich klar, dass sie alles dransetzen werden, um uns umzubringen.«

Uriel nickte. »Das sind meine Bedingungen.«

»Wir könnten dich einfach zwingen, uns alles zu erzählen«, sagte Greaves milde. Er machte sich nicht die Mühe, weiter zu drohen. Das war auch nicht nötig – Denizens Mutter strahlte ausreichend Bedrohlichkeit aus. Schon ihre bloße Anwesenheit gab einem das Gefühl, über einen Abgrund gehalten zu werden.

Fast hätte Uriel gelacht, doch ein bitterer Nachgeschmack schnürte ihm die Kehle zu. »Nein, könnten Sie nicht.«

Greaves' Augenbraue wanderte nach oben.

»Warum nicht?«

»Weil ich ein Croit bin.«

Es war so lange her, dass er die bösartige Gewissheit seines Erbes gespürt hatte, so lange, dass er es irgendwo anders als in den Augen seiner Schwester gesehen hatte. Es verlieh seinen Worten kalte Wut. »Wir werden dazu erzogen zu hassen. Man lehrt uns zu töten. Sie glauben, das hier –« er deutete mit dem Kopf auf die zerstörte Bibliothek – »war eine Schlacht? Das war die Eröffnungssalve. Das Strecken eines Muskels, der lange geschlafen hat. Ihr erinnert euch nicht mehr, wo ihr hergekommen seid, aber mir wurde meine Geschichte vom ersten Atemzug an eingebläut. Hinter mir stehen fünfzehn Jahrhunderte von Croits, fünfzehn Jahrhunderte, in denen wir um einen Krieg gegen euch gebetet haben, und wenn wir kommen, werden wir gewinnen, weil ihr Regeln habt und wir nicht.

Wir sind ... Wir sind Fanatiker.«

Seine Worte ließen den Raum verstummen. Selbst Denizens Mutter sah betroffen aus.

»Und trotzdem bist du hier«, sagte das wütende Mädchen. »Warum?«

Die tote Schwärze in Uriels Kopf brach auf. Er ballte seine zitternden Hände zu Fäusten.

»Ich habe versucht, meine Schwester zu retten. Meine Zwillingsschwester. Ich habe das alles nur für sie getan, und ich ... Ich ...«

In seinen Augen brannten Tränen. Er brachte kaum ein Wort heraus.

»Ich habe sie in der Dunkelheit verloren.«

Greaves und Vivian wechselten Blicke. Uriel hatte das Gefühl, dass sich die Kälte dauerhaft in seiner Brust eingenistet hatte. Sein Herz setzte jeden zweiten Schlag aus. Es dauerte eine Weile, bis Greaves' Worte diese schmerzhafte systolische Pause durchdrangen.

»... Denizen vor dem Angriff rausholen. Es ist das Beste. Wenn dieser Junge ...«

»Das kann ich nicht tun«, sagte Uriel, seine Stimme kam immer noch stockend. »Keiner von ihnen traut mir über den Weg. Außerdem, die Erlöserin –« Als er Ihren Namen aussprach, durchflutete ihn Hass. Das war gut. Hass war stärker als Trauer. Er würde ihn aufrecht halten, bis alles erledigt war. »Die Tenebra ist aus Draht. Sie hat Denizen eine Schlinge um den Hals gelegt.«

Vivians Hände ballten sich unter hörbarem Quietschen zu Fäusten. Uriel erinnerte sich an Abucads verzweifelte Worte.

»Und es gibt noch mindestens einen zweiten Gefangenen. Einen Gunstlosen ... einen normalen Jungen. Ich komme nicht an ihn heran. Ambrel konnte es, aber ...«

Halte den Hass aufrecht. Uriel zitterte noch immer, aber nun vor Wut. Es war die Schuld der Erlöserin. O ja.

Greaves runzelte die Stirn. »Das ist eine Geiselnahme. Und zwar eine klassische. Wir können sie nicht angreifen; sie werden uns in Stücke reißen. Wir müssen uns irgendwie hineinschmuggeln.«

»Ähm ...«

Der große dünne Junge hatte eine Hand gehoben. Greaves verzog ärgerlich das Gesicht, aber Vivians finsterer Blick schloss seinen Mund, bevor er etwas sagen konnte. Eine Tatsache, die ihn selbst zu überraschen schien.

»Simon?«, fragte sie.

»Ich kann es selbst nicht glauben«, erwiderte er und spähte nervös zu ihnen hinüber. »Aber ich habe eine Idee.«

34

Holzhammermethode

Als Denizen dieses Mal in den Schrein gezerrt wurde, wartete nur die spinnenartige Geometrie der Tenebra höchstpersönlich auf ihn. Ihre Umbra spülte über ihn und presste Schweiß aus seiner Haut und Tränen aus seinen Augen, Denizen zuckte zusammen. In Eloquenz war es überall schrecklich. Aber hier war es kaum auszuhalten.

Ihre stecknadelgroßen Pupillen leuchteten.

»Wir werden dich unsere Sitten lehren. Die wahren Sitten.«

Denizen hatte nicht bemerkt, dass Großvater zwischen zertrümmerten Säulen gelauert hatte. Er eilte an Denizen vorbei und stellte mit großer Sorgfalt etwas auf den zerborstenen Stein.

»Und als Gegenleistung wirst du mich Dinge lehren. Ich werde die Bürde deines dunklen Wissens auf mich nehmen und entscheiden, wie es sich am besten einsetzen lässt.«

Großvater hatte eine kleine Tafel auf eine Staffelei gestellt. Es war das Deprimierendste, was Denizen je gesehen hatte.

»In Ordnung«, sagte Denizen. »Aber wo ist Uriel?«

Die Augen des alten Mannes wurden schmal.

Denizen zwang etwas Eisen in seine Stimme. »Ich habe versprochen, euch zu helfen, wenn ihr Uriel nichts zuleide tut. Wo ist er? Bevor wir anfangen, möchte ich ihn sehen.«

Es war eine lange und schlaflose Nacht für Denizen gewesen. Er hatte reichlich Zeit gehabt, sich Gedanken darüber zu machen, was seine Gespräche mit den Zwillingen möglicherweise in Gang gebracht hatten. Im besten Fall hatte sich Ambrel mit Uriel zusammengetan, und sie waren mit Hilfe der Kunst der Apertura geflüchtet. Leider gab es noch eine ganze Menge anderer Möglichkeiten, und in vielen davon war Denizen Hardwick schlicht ein Mörder.

Wie hätte ich ihn schicken können?

»Großvater!«

Einer der anderen Croits – *Osprey?* – trat keuchend und schweißüberströmt in den Schrein, hinter ihm kamen die anderen, mindestens zwanzig, und stellten sich vor die Steintüren. Denizen verließ der Mut.

»Wo ist Ambrel?«, fragte der alte Mann. »Sie sollte –«

Osprey schüttelte den Kopf. »Wir haben die Totenstadt stundenlang abgesucht. Sie sind nicht –« Als er Denizen ansah, verstummte er so abrupt, dass es in einer anderen Situation lustig gewesen wäre.

Nicht vor dem Gefangenen …

Also schlechte Nachrichten. Hatte Uriel fliehen können? Hatte Ambrel ihm geholfen?

Nein. Denizen hatte sich schon früher in Sachen Hoffnung versucht. Wie jede Waise in Crosscaper. *Vielleicht wird jemand kommen und mir erklären, dass alles nur ein Fehler war, dass ich nicht hierher gehöre – dass draußen vor diesen elenden Mauern eine Familie und ein Zuhause und Liebe auf mich warten.*

Hoffnung war lähmend. Sie ermunterte einen, die eigene Entschlossenheit beiseitezuschieben und sich auf die eines anderen zu verlassen, statt diese Energie einzusetzen, um seines Glückes Schmied zu sein, sein eigener bester Überlebensplan.

Aber es ist jemand in Crosscaper aufgetaucht.

Halt den Mund.

Wäre er doch jetzt bloß hier.

Und dann teilte sich die Menge, und jeder Gedanke an Hoffnung schwand. Ambrel Croit führte ihren Bruder mit einem Messer an der Kehle in den Schrein. Beider Augen waren weit aufgerissen und leuchteten – seine vor Angst, ihre vor Triumph.

»Hier ist er, Großvater. Bereit, das Urteil zu empfangen.«

O, nein …

»Gut«, sagte der alte Mann. »Sind alle anwesend?«

Ambrel nickte. »Alle sollen Zeugen dieses Augenblicks sein.« Während sie sprach, kamen die letzten Croits herein. Die Erlöserin musterte jeden einzelnen. Ihre Hände pressten sich gegen Ihre Schläfen.

Echos … Sie flüsterte. **Ich sehe Echos …**

Ambrel stieß Uriel auf die Knie und stellte sich hoch erhobenen Hauptes neben Denizen, dann schob sie ihr Messer unter das blutrote Gewand. Sie würdigte ihn keines weiteren Blickes.

»Uriel Croit«, sprach Großvater in ernstem Ton. »Wisse, nicht ich spreche das Urteil über dich, unser Urteil steht schon lange fest.«

»Nein.«

Uriel stand nicht auf. Er zog auch nicht sein Schwert, noch unternahm er einen Versuch zu kämpfen. Stattdessen tat er etwas, während ringsum nach Luft geschnappt wurde, das bislang nur ein Croit getan hatte.

Er *diskutierte.*

Mit *Großvater.*

»Das alles ist eine Lüge, Großvater. Kannst du dir das eingestehen? Oder bist du so fanatisch, dass du mich lieber töten würdest, als der Wahrheit ins Gesicht zu blicken?«

Großvaters Mund öffnete und schloss sich, die bleichen Augen waren weit aufgerissen. Eine Sekunde lang war der Patriarch nichts weiter als ein alter Mann, nicht besonders groß, nicht besonders irgendwas.

Sein Gewand war zerknittert. Er sah aus, als habe er schon sehr lange nicht mehr gebadet oder geschlafen. Auf dem Rücken seiner verbliebenen Hand waren Leberflecken, und während sich die anderen Croits in dem ununterbrochenen Surren der Erlöserin aneinanderdrängten, stand er ziemlich allein da.

Aber dann wurde sein Gesichtsausdruck finster, und mit einem Mal war seinem Willen zu trotzen ebenso unmöglich, wie auf der Sonnenoberfläche herumzuspazieren.

»Ich hätte nicht gedacht, dass du derjenige sein würdest.«

Uriel erblasste, eine bemerkenswerte Leistung für einen Croit.

»Der Rost ist immer da. Er schleicht sich durch die Kälte und Feuchtigkeit an und gedeiht durch Zweifel und Angst. Er sickert durch das Blut. Ich wusste, dass Ambrel einiges vom Eigensinn eurer Eltern besitzt, aber dich hätte ich für stärker gehalten. Ich dachte, du könntest trotz der Sünden deiner Eltern errettet werden. Es gibt keinen stärkeren Geist als den, der gezweifelt hat.«

Er schüttelte den Kopf. »Aber du bist verdorben. Du bist voller Rost. Und ich weiß nicht, ob ich dich jemals zu etwas Nützlichem schärfen kann.«

Hört ihr das? Zum ersten Mal seit Denizens Ankunft

in dem Irrenhaus beachtete niemand die Erlöserin. **Echos, Echos, Echos …**

Uriel zitterte mittlerweile. Die anderen Croits wechselten hilflose Blicke und schienen nicht zu wissen, was sie tun sollten. Ambrel hatte ihr Messer gerade so weit aus der Scheide gezogen, dass die Klinge aus der Tasche ihres Gewandes herausblitzte, ihre Finger zitterten auf dem Heft.

»Es tut mit leid, Großvater«, sagte Uriel. »Es tut mir leid, dass ich nicht einfach glauben kann. Es tut mir leid, dass ich die falsche Form von Stärke habe.«

Denizen starrte auf die Klinge, ihre glatte Länge und wie sie das Licht mit tausend wimmelnden Punkten einfing. *Jetzt* sah ihn Ambrel an, ihre Augen waren grün-weiß und leuchteten.

»Uriel«, flüsterte Großvater.

Denizen kannte diese Klinge. Er wusste, wer sie geschmiedet hatte.

»Was hast du getan?«

Ambrel blinzelte, und die Welt verlor den Verstand.

Tenebris überschwemmte die Kammer nicht; es *stach auf sie ein*, ein Dutzend Punkte klaffendes Dunkel. Aus jedem sprangen Gestalten, die flüssiges Licht hinter sich herzogen. Alles geschah mit der genüsslichen trügerischen Langsamkeit einer Flamme, die eine Hand berührt, und Denizen konnte nur starr zusehen, als Ambrels Gewänder sich auflösten, als bleiche Wangen noch bleicher und grüne Augen blau wurden und Blitze schleuderten.

Vertraute Blitze.

Die Erlöserin kreischte. Großvater brüllte. Der Draht um Denizens Nacken zog sich fester zu –

Und Venia durchtrennte ihn.

Feuer.

Ehe ein halbes Hundert Drähte seine Haut berühren konnten, verwandelte Denizen sie in Dampf. All die Canti, die er sich vorgestellt hatte, all die Sonnen, die er so sehr hatte aussprechen wollen, wurden – wie Regen aus einem Sturm – aus ihm herausgeschleudert, die Erlöserin wich zurück, Ihre Gliedmaßen loderten auf.

Als Schattenjäger und Croits in offenem Kampf aufeinandertrafen, erbebte Eloquenz. Ein verschwommenes *Etwas* stapfte durch die Kammer, und durch sein eigenes Inferno hindurch erkannte Denizen einen Hephaistoskrieger – der auf Knäuel von Gegnern losging und sie zurückschleuderte. Obwohl Denizen wusste, dass ein Verbündeter unter dem Plattenpanzer steckte, war es irgendwie furchteinflößend. Etwas so Großes sollte nicht so schnell sein dürfen.

Es war Greaves, vornehm in seinem Plattenharnisch, seine eleganten Hiebe hatten viel Ähnlichkeit mit denen Greys. Jack war das genaue Gegenteil – ein Katapult, das Kugeln mit den Fäusten wegstieß, seine ganze Gestalt eine leuchtende goldene Flamme.

Vivian Hardwick lieferte sich ein Duell mit Großvater höchstpersönlich.

Der Mann war uralt – seine Knochen Bündel trockener Zweige, sein Kopf ein Krähenschädel auf einem ausgemergelten wippenden Hals –, aber er kämpfte wie ein Dämon, weit ausholenden Hieben seines Schwertarms folgten gnadenlose Schläge seiner Rechten. Seine Bewegungen waren steif, aber beständig, Denizen hatte das grauenerregende Bild vor Augen, wie sich Eisen unter der Haut ausbreitete – die Muskeln verhärtete, die Knochen schwer machte und seinen starren Krebs in Adern und Sehnen verteilte.

Der alte Mann frohlockte. *Das war, was er wollte.* Die

Schlacht, die er sich gewünscht hatte. Der Moment, auf den er gewartet hatte.

Endlich war der Unvermeidliche Krieg da.

Vivian verzog keine Miene. Ihr weißer Umhang bauschte sich hinter ihr auf, ihr Hammer war eine Zentrifuge, die sie einen Schritt vor Großvaters spitzem Eisenstachel herdrehte.

Denizen nahm es mit einem einzigen Blick auf: die Schreie und das Gebrüll, die Gewalt, die Luft voller Erschrecken und Flammen. Mehr Zeit hatte er nicht, denn die Erlöserin stürzte mit der Gewalt einer Naturkatastrophe und der Bösartigkeit eines gebrochenen Herzens auf ihn zu.

Als die Drähte Sie von Neuem formten, fiel schichtweise Staub von der Decke; Sie war nicht länger eine schöne und gebieterische Statue, sondern eine Raubvogel-Hexe aus Wirbelsäulen und Klauen, eine lebende Guillotine, die auf ihn niederrasselte. Ihr erster Hieb wurde von Denizens hastig herbeigerufenem Schild abgefangen, der Eisensplitter durch seine Finger bohrte. Ihre Arme schwollen zu zerklüfteten Dreschflegeln an, die zuschlugen und zuschlugen und zuschlugen.

Ihr Gesicht war ein schwarzes Nest kreischender Stränge.

Denizens Welt schrumpfte zu der kurzen Pause zwischen jedem Cantus zusammen. Alle Beherrschung, alle Zurückhaltung ... verschwunden. Ihm war nach Lachen zumute. Schreien. Er war nicht länger ein Junge; er war nicht mehr Crosscaper und Bücher und Soren und Traurigkeit. Er war ein Lampion mit dem Herzen eines Sterns.

Als eine seiner Pupillen knisternd explodierte, sah er alles durch ein rissiges Netz aus Eisen. Der Schnitt an seinem Hals war bereits von der Hitze verätzt. An den Stellen, wo sich sein Schweiß in Dampf verwandelte, wand sich Weiß um ihn herum.

Aber es war noch nicht alles.

Das wusste Denizen schon, als er sich seitlich wegduckte, um Ihrem kreischenden Angriff auszuweichen. Als ein rasierklingenscharfer Fangarm an seinem Gesicht vorbeipeitschte, verbrannte er ihn zu Asche, aber er wurde allmählich müde, und müde war schlecht, weil es den Canti egal war, ob noch etwas von ihm übrig sein würde, wenn sie ihre Arbeit beendet hatten.

Sie wollten bloß brennen.

Lass sie. Lass sie brennen. Sind sie nicht genau dafür gedacht? Haben wir sie nicht immer so benutzt? Tenebrae umzubringen ist unser Bestimmung. Unsere Pflicht. Unser Recht.

Was konnten wir in der Dunkelheit werden außer Monstern?

Die Traurigkeit in den Augen der Erlöserin.

Das hat mich dein Vater auch einmal gefragt. Drei Jahre später war er tot …

Denizen wandte sich um, die Canti riefen, schrien, *kreischten* danach, benutzt zu werden.

Es war nie vorgesehen, dass deine und meine Spezies sich im selben Universum aufhalten. Jedes Zusammentreffen endete in Schmerzen und Tod. Bis wir uns begegneten.

Du bist echt süß.

»SCHLUSS JETZT!«

Sie hielt inne. Sie hielt tatsächlich inne. Die zitternde Klinge eines Drahtes schwankte einige Zentimeter vor seinem Auge. Weitere waren auf andere Stellen gerichtet gewesen. Denizen wagte nicht, nach unten zu blicken.

Der Kampf dauerte noch immer an; er konnte es hören, aber es war ihm egal.

Er hatte nur Augen für Sie.

»Du hast geliebt. Du hast gestohlen. Und wir hatten das Feuer.« Er sprach sehr schnell, die Drähte waren sehr nah. »Das Feuer des Unendlichen Königs. Ihr habt es gemeinsam gestohlen.«

Es ist seine Idee gewesen. Ihre Augen waren weit aufgerissen. **Ich dachte, es sei nur für unsere Sicherheit, aber er sagte, es gäbe so vieles, was er damit anfangen könne … Und dann machte der König Menschen zu Schattenjägern und bewaffnete sie mit großen und machtvollen Worten …**

»Den Canti«, sagte Denizen. »Ein besserer und sicherer Weg, das Feuer zu kanalisieren und den Tribut klein zu halten. Wie … Wie viel hatte es vom Ersten Croit genommen, als sie angriffen?«

Wir wussten nicht … Wir wussten nicht, was das Feuer anrichten konnte …

Ihre Stimme steigerte sich zu einem Knurren.

Wir wollten nur unsere RUHE HABEN!

»Natürlich«, beeilte sich Denizen zu sagen. »Und dann kamen sie, und die Burg stürzte in die Tiefe … Du wurdest verletzt … Du schliefst … Und er überlebte. Und er erinnerte sich an Dich.«

Mittlerweile hatten auch andere Schattenjäger zu kämpfen aufgehört, vor allem, weil die Croits den Kampf eingestellt hatten.

Die Stimme der Erlöserin klang kläglich.

Wir waren verliebt.

»Genau darum geht es«, sagte Denizen. »Deshalb nannte er es das Eiserne Vordringen. Deshalb widmete er sein ganzes Leben dem Aufbau einer Dynastie, die Dich schützen würde.«

Er holte tief Luft.

»Es waren die Schuldgefühle eines Überlebenden. Er hat

Dich geliebt und er hat Dich verloren und er hat sich diese Geschichte erzählt, um den Schmerz zu verdrängen. Er hielt es für seine Schuld.«

Die Erlöserin stimmte eine Totenklage an und umklammerte den Kopf mit den geschmolzenen Zacken von Händen.

DAS WOLLTEN WIR NICHT!

»Nein«, sagte Denizen. »Ich weiß.« Tenebrae waren kurzlebig und formbar. Wie viel von Ihrem Ehrgeiz, Ihrer Wut war auf den Ersten Croit zurückzuführen?

Und wie viel bei ihm auf das Feuer?

Denizen spürte es sogar in diesem Moment – wie es gegen seinen Brustkorb schlug und frei sein wollte. Sie war so nah. Das Feuer könnte Sie einfach verbrennen, und die Sache wäre erledigt. Könnte sie alle verbrennen. Wer würde es wagen, sich dagegenzustellen?

Ich, dachte Denizen und wies das Inferno in seine Schranken. *Weil ich auch kein Monster bin.*

»Es muss nicht wie beim letzten Mal enden. Du kannst einfach gehen. Du kannst frei sein. Wäre das nicht sein Wunsch gewesen?«

Nun starrten alle Denizen an, als habe er den Verstand verloren. Was ja auch eindeutig der Fall war.

Aber er musste es wenigstens versuchen.

»Wir alle haben jemanden in diesem Krieg verloren. Deshalb muss er aufhören. Bitte.«

In den Brechrändern der Hephaistoskrieger brodelte Licht. Eloquenz erbebte und fiel in sich zusammen, doch hier in dieser Kammer existierten nur Stille und Denizens Worte.

»Wir dürfen nicht noch mehr verlieren.«

Die Erlöserin blickte ihn wie ein kleines Mädchen an, das nicht mehr weiter wusste. Sie öffnete Ihren Mund –

»*Nein!*«

Und Uriel Croits Schrei verwandelte die Hälfte Ihres Kopfes in Flammen.

Aus seinem Kiefer schlug goldenes Feuer, das Spiegelbild des Gebetes seiner Schwester, und riss Bündel von brennendem Draht weg. Als das Licht schwächer wurde, rief Uriel sein Schwert herbei, schwang es wie einen Speer – immer und immer wieder – und befreite die Menschheit vom Schrei der Erlöserin.

Mit einem Mal war Sie von noch mehr Feuer umgeben – Edifice Greaves führte seine Schattenjäger in roten und goldenen Salven heran. Ein Hephaistoskrieger wühlte seine Hand in einen Drahtklumpen und *zog* daran, die Erlöserin sprang in einem Funkenregen beiseite. Uriel machte immer weiter, und jeder zweite Schrei war der Name seiner Schwester. Großvater ging unter Vivians Fäusten zu Boden. Croits rannten schreiend und stolpernd davon. Abucad richtete sein Feuer sogar direkt auf die Erlöserin.

Sie wehrte sich nicht. Flüchtete nicht. Sondern sank einfach zu Boden und schmiegte Ihren brennenden Körper an die Gestalt von jemandem, der nicht da war.

Und Denizen starrte in Ihr Feuer, bis er sicher sein konnte, dass seine Augen getrocknet waren.

35

Blitzlichtseelen

Es gibt immer solche, die näher am Licht geboren werden. Ein neugieriges Mädchen, das zum Rand der Dinge schwamm und die Silhouette des Jungen vor der Sonne sah.

»Verrätst du mir deinen Namen?«

Es gibt immer solche, die näher an der Dunkelheit geboren werden. Ein ruhiger Junge, und klug, ein Junge besessen von Rändern, der den Umriss einer Mädchengestalt im Dämmerlicht sah. Ihre Stimme rief ihn –

Was bist du?

Sie flüsterte ihm durch die Haut der Welt zu. Sie erzählte ihm von dem Zwielicht, in dem sie lebte, und dem König, den sie heiraten sollte, und wie sehr sie sich danach sehnte, unter anderen Himmeln zu wandeln.

Er beschrieb ihr die weit entfernten Sterne. Er erzählte ihr von seinem Wunsch, ein Held zu sein, und dass die Dunkelheit ihn nicht am Sehen hindere und dass er froh darüber sei. Weil es ihn zu ihr gebracht habe. Sie sei die einzige Familie, die er je brauchen würde.

Weil sie sich nach dem Licht sehnte, erzählte sie ihm Dinge, die sie niemand anderem erzählen konnte.

Weil er keine Angst vor der Dunkelheit hatte, erzählte er ihr Dinge, die er niemand anderem erzählen konnte.

Sie verliebten sich ineinander.
Sie liefen zusammen weg.
Sie waren unzertrennlich.

»Wenn er uns verfolgt, werden wir vorbereitet sein. Es muss *irgendetwas* geben. Irgendein Geheimnis, irgendeine Schwäche an Ihm!«

Er ist der König. Aber da gibt es etwas ... eine Waffe. Ein Feuer. Er hat es gestohlen. Wir könnten ... Wir könnten ...

Sie wollte einfach nur frei sein. »Eine Waffe ...«

Sie führte ihn in das Halbdämmerlicht ihrer Welt.
Er saugte das Feuer in sich auf.
Und Tenebris um sie herum wurde dunkel.
Die Kälte tötete ihn beinahe.
Und sie rannten davon.

In seiner Handfläche war ein Eisenfleck.

Der Zorn des Königs war schrecklich.

Aber vor allem ... war er verschlagen.

Warum nur Rache nehmen, wenn Er mit seiner Rache dafür sorgen konnte, dass kein Mensch je wieder einem Tenebra

trauen würde? Warum nur Rache nehmen, wenn Er die Menschen bewaffnen und ihre Grenzen bewachen lassen konnte, so dass Er es nicht tun musste?

So muss es im Kopf des Königs aussehen.

»Hier werden wir sicher sein. Sicher vor allen. Was ich nun alles tun kann. Die *Macht.*«

Deine Hand. Was geschieht da mit dir?

Sobald das Feuer im Reich der Menschen war, wuchs es in vielen Herzen (es gibt immer solche, die näher an der Dunkelheit geboren werden).

Der König suchte sich Seine Krieger und bewaffnete sie mit Seinen Canti, um das Eisen aufzuhalten.

Vielleicht war seine Entscheidung richtig gewesen.

Menschen liebten Feuer.

Und Tenebrae sind leicht zu verwandeln.

Ihr Geliebter hatte ihren Kopf schon mit Machtgelüsten gefüllt.

Sie hatte immer nur frei sein wollen.

Vielleicht war es der richtige Befehl.

»Bitte, meine Liebste. Lauf davon. Ich kann nicht –«

ICH WERDE DICH NICHT VERLASSEN!

Eine Burg stürzte in die Tiefe.

Ein Herz zerbrach in der Dunkelheit.

Und eine Familie erinnerte sich.

Sie liebte.
Sie stahl.
Und die Welt kannte das Feuer.

36

Die Farbe des königlichen Hofes

Am Ende der Geschichte wurde Venias Stimme immer schwächer, ihr Licht zeichnete beinahe so etwas wie Schattenmarionetten an die mit eingemeißelten Bildern bedeckten Mauern von Abgeschiedenheit. Hinter ihr lauerte der Hof – der glänzende massige Körper von Vom-Ehemann-Verhöhnt und ein aalglatt lächelnder Vertreiber.

Ein Stück weiter führte wieder einmal ein schlichter Holztürrahmen in einen dunkleren Ort.

Die versammelten Schattenjäger hatten sich nicht die Mühe gemacht, Fackeln anzuzünden, sondern begnügten sich mit dem fahlen Unlicht, das das *Lucidum* und Venia abgaben. Das Licht der Tenebra war nicht gnädig – es schimmerte hell auf Verbänden und vertiefte Narben zu schwarzen Pinselstrichen.

Noch nie in seinem Leben war Denizen Hardwick so müde gewesen. Nach der zweitägigen Rückreise von Eloquenz – die Burg lag, wie sich herausgestellt hatte, auf einer kleinen Insel vor der schottischen Küste – waren sie sofort nach Abgeschiedenheit geeilt. Der Erste Croit und die Erlöserin hatten ihr Versteck gut gewählt gehabt – es war auf keiner Karte verzeichnet, und aus dem Wasser ragten so viele Felsen auf, dass es aussah, als habe das Meer Zähne.

Die Kunst der Apertura hätte sie im Nu wieder zurückgebracht, aber nachdem er von Ambrel Croits Schicksal erfahren hatte, verspürte Denizen keinerlei Bedürfnis mehr, den Cantus je wieder einzusetzen. Abgesehen davon hatten sowieso schon alle mehr als genug Haut geopfert.

Für mich. Auf dem Heimweg hatte er vor Scham nicht schlafen können. Scham denjenigen gegenüber, die verletzt worden waren, und Scham einer schwarzen Gestalt in goldenen Flammen gegenüber.

So ist das nun mal im Krieg, sagte er sich. Aber es gab ihm kein besseres Gefühl. Außerdem hatte er trotz Venias Geschenk, die Canti perfekt sprechen zu können, seinen eigenen Tribut in der Schlacht bezahlt. Seine Hände waren nun vollständig aus Eisen und kalt und steif, und seine linke Pupille voller Risse. Er sah die Welt jetzt halb in den Farben der Wirklichkeit und halb in wechselnden Grau- und Blautönen. Es war auch der Grund, warum er lieber auf Vivians Rücken starrte, als den Hof anzusehen.

Er hatte Angst vor dem, was er sehen könnte.

»Du erzählst uns, der Unendliche König habe die Allianz der Schattenjäger gegründet.«

Obwohl Greaves ebenso müde aussah wie Denizen, hielt er sich aufrecht, und seine Stimme war so volltönend und gebieterisch wie eh und je. Vielleicht aus Stolz, vielleicht aus der einfachen Logik heraus, dass er vor Raubtieren nicht schwach wirken wollte. Doch nachdem der Palatin ihm nach der Schlacht als Erstes sein Telefon für einen kurzen und sehr erleichterten Anruf bei Simon und den anderen angeboten hatte, war Denizen sowieso bereit, Greaves das eine wie das andere durchgehen zu lassen.

Venia fuhr fort.

Die Erlöserin – Coronus, wie wir sie nannten – und ihr Geliebter stahlen das Feuer, doch in unserer Welt war es nicht das, was es in eurer wurde. Sobald es im ersten menschlichen Herzen war, breitete es sich aus und erblühte in allen, die eine Verbindung zu Tenebris haben.

Da der König nicht zulassen konnte, dass seine Vasallen in diese Welt kamen und ihre eigenen Kleinstaaten gründeten, bewaffnete er die Allianz mit den Canti, und sie besiegten Coronus und ihren Geliebten. Sie glaubten ihre Pflicht erfüllt ... und suchten sich deshalb eine neue.

»Nämlich diese Welt vor den Tenebrae zu beschützen«, sagte Greaves. Von den Schattenjägern im Hintergrund kam ein Murmeln. Die Ursprünge der Allianz waren jahrhundertelang ein Rätsel gewesen. Ab einem gewissen Punkt wurde Geschichte zu Geschichten und die Geschichten zu Schatten an einer Höhlenwand. Es waren zu viel Kämpfe auszutragen gewesen, um sich noch die Frage zu stellen, warum sie überhaupt gefochten wurden.

Genau.

»Und haben sie?«, fragte Greaves.

Haben sie was?

»Haben sie ihre eigenen Kleinstaaten gegründet?«, fragte der Palatin mit unschuldiger Stimme und kaltem Blick. »Hat der König uns wirklich beschützt ... oder nur dazu benutzt, um die unglücklich Liebenden, die ihn so sehr beleidigt hatten, aus dem Weg zu schaffen?«

Möchtet Ihr ihn das selbst fragen?

Denizen verstand nicht viel von Taktik, aber eine versteckte Zurechtweisung blieb ihm nicht verborgen. Ebenso wenig Greaves; die Augen des Palatins wanderten unruhig zu der Dunkelheit hinter der Tür.

Als das Schweigen andauerte, legte Denizen eine Hand über das gebrochene Auge und spähte zu Venia. Sie hatte wieder ihre Gestalt aus Rauch und Silber angenommen, die Hand, die Vivians Steinmesser geschwungen hatte, lag über ihrer Brust, als würde sie ihr Schmerzen bereiten. Die aus einem Malleus-Hammer gemeißelte Waffe war ein Gräuel für eine Tenebra. Denizen fragte sich, wie viel Schaden das Messer ihr zugefügt hatte, als Venia es zu seinem Schutz geschwungen hatte.

Vom-Ehemann-Verhöhnt drehte ihren Tränentropfenkopf zum Palatin.

Was wird mit den Croits geschehen?

Greaves lächelte freudlos. »Wir werden uns um sie kümmern, immerhin sind sie unsere Brüder und Schwestern. Sie werden die Allianz stärken.«

Es war eine optimistische Auslegung der Situation. Einige Croits hatten sich bei den ersten Anzeichen, dass die Erlöserin verlieren würde, ergeben. Andere wiederum hatten sich, nachdem die andere Geisel befreit war, unter der Führung von Abucad den Schattenjägern angeschlossen.

Noch andere waren geflohen, und ein paar hatten weitergekämpft. Sie wurden … festgenommen.

Gut, erwiderte Venia trocken. **Damit kommen wir zu unserem letzten Punkt.**

Vertreiber tauchte einen langen Arm in die brodelnde Dunkelheit der Türöffnung und zog eine lange Stoffrolle heraus, die an einen zusammengerollten Teppich erinnerte. Wäre sie nicht gegen den Spalt zwischen den Welten gehalten worden, hätte Denizen sie als schwarz bezeichnet.

Der Tenebra legte die Stoffrolle auf die Stelle, wo nun statt der winzigen eingemeißelten Schattenjäger nur noch schnöder blanker Steinboden glänzte. Ohne Vertreiber anzusehen – was Denizen auf keinen Fall wollte –, ließ es sich schwer sagen, aber wirkte er etwa *unruhig*?

Denizen Hardwick.

Denizen schluckte und begann, sich zwischen den Schattenjägern hindurchzuschlängeln. Jack lächelte ihm im Vorübergehen grimmig zu. Vivian deutete ein Kopfnicken an, das Denizen erwiderte. Einer der Hephaistoskrieger trat beiseite, was an einen sich ablösenden Kontinentalsockel denken ließ, und dann stand Denizen plötzlich neben Edifice Greaves und nichts trennte ihn mehr vom Ewigen Hof.

Vom-Ehemann-Verhöhnt riss den Kiefer auf und entblößte mehrere Reihen kantiger Glaszähne. Vertreiber grinste sein öliges anzügliches Grinsen, und vor zwei Wochen hätte sich Denizen vermutlich noch weggeduckt.

Aber das war damals. Jetzt war jetzt.

Er nahm die Eisenhand von seinem eisernen Auge und starrte den Hof an – unter den geborgten Gestalten steckte die Schar schwarzer Leere und belebte Kristall, Fleisch und Knochen. Was hatte er doch gleich gedacht, als er seinem ersten Tenebra begegnet war und Vivian wissen wollte, was er gesehen habe?

Dunkelheit: Lebende Dunkelheit.

Und dann stand plötzlich Venia vor ihm und überflutete Denizen mit ihrem Licht.

Für den Dienst, den du uns erwiesen hast. Für deine Hilfe. Für deine Tapferkeit und deinen Mut ...

Denizen errötete.

Vielen Dank.

Soll ich mich ... verbeugen oder so? Zu spät, er verbeugte sich bereits, und zwar mit wesentlich mehr Eleganz, als er sich zugetraut hätte. Dem Gesichtsausdruck der anderen Schattenjäger nach zu urteilen, hatten sie es ihm ebenfalls nicht zugetraut.

Ich kann cool sein.

Venia deutete auf die Stoffrolle, und Denizen kniete sich auf den Boden, seine erschöpften Beine schwankten ein wenig. Er zog an einer der Falten und erwartete etwas Schreckliches. *Schlangen. Versteckte Tenebrae. Keine Ahnung. Nadeln.* Der Stoff fühlte sich leicht ... schleimig an, als wäre er nicht gewebt, sondern gewachsen.

Er schlug ihn zurück und schnappte nach Luft.

Hämmer. Ein Dutzend davon, schmucklos und düster, mit langen Holzschäften und massiven Eisenköpfen. Sie waren weder schön noch kunstvoll – bis auf die dunkle Alterspatina hätten sie auch aus dem Baumarkt um die Ecke stammen können. Aber dem war natürlich nicht so.

Greaves kniete sich mit knarzendem Plattenharnisch neben ihn, nahm mit jeder Hand einen Hammer und erhob sich. Vom-Ehemann-Verhöhnt ließ ein promptes, unwillkürliches Zischen hören, es klang wie Dampf, der einem kaputten Boiler entwich. Venia schwebte auf einer nicht wahrnehmbaren Strömung rückwärts, und selbst Vertreibers Augen wanderten zu der Türöffnung hinter ihm.

»Wo habt ihr ...« In der Stimme des Palatins lag ein untypisch ehrfürchtiger Unterton. Die Allianz hütete ihren Vorrat antiker Hämmer mit Eifersucht, denn die Waffen waren vor sehr langer Zeit geschmiedet worden und konnten selbst die mächtigsten Tenebrae vernichten. Sie waren der Grund, weshalb Mallei nicht allein in den Kampf ziehen durften. Gingen diese kostbaren Waffen verloren, waren schon ganze Kader eingesetzt worden, um sie zurückzuholen. Ein Hammer war eine unbezahlbare Reliquie.

Und hier lagen zwölf davon – einfach, brutal und unbestreitbar, unaufhaltbar *wirklich.* Vielleicht fand es nur in Denizens Einbildung statt, aber die verzerrende Umbra des Hofes schien zu flackern und schwächer zu werden, ein wenig zumindest.

Eure mächtigsten Waffen, sagte Venia. **Einbehalten aus Kriegszeiten. Dieser … Zwischenfall hat uns vielleicht gezeigt, dass es, bevor Frieden herrschen kann, noch mehr zu tun gibt, und zwar auf beiden Seiten, doch nehmt die Rückgabe dieser Reliquien als Geste des Respekts. Des Verständnisses.**

Denizen konnte sich nur schwer vorstellen, welche zerstörerische Kraft einer dieser Hämmer in Kombination mit einem Harnisch aus Hephaistosmetall entfalten würde. Dem Ausdruck auf den Gesichtern der Tenebrae nach zu urteilen, stellten sie ähnliche Überlegungen an. Hinter sich spürte Denizen plötzlich die Anspannung der versammelten Schattenjäger, die sich ausrechneten, wie schnell sie es zu dem Bündel auf dem Boden schaffen würden.

Wir werden keinen weiteren Kampf kämpfen.

»Danke.« Er stellte sich zwischen Greaves und Venia. »Für deine Hilfe bei meiner Rettung. Für alles.«

Venia senkte den Kopf. **Gern geschehen.** Sie blickte sich um. **Uriel. Er ist nicht …**

Denizen schüttelte den Kopf. Vivian hatte ihm auf dem Heimweg einiges erzählt. Nur widerwillig hatte sie eingeräumt, dass Venias Verkleidung ihnen nicht nur den Zugang zum Schrein ermöglicht hatte, sondern dass sie die Schattenjäger bei ihrer Reise nach Eloquenz auch bei der Kunst der Apertura angeleitet hatte, damit die Last des Transports nicht allein auf Uriel liegen würde.

Noch etwas Neues.

Doch es war nur ein schwacher Trost gewesen. Obwohl Venia ihre Ambrel-Gestalt so schnell wie möglich abgelegt hatte, deutete sich von Zeit zu Zeit die Mimik von Uriels Schwester auf ihrem sich ständig verändernden Gesicht an und brachte selbst Denizen ein wenig aus der Fassung. Er erinnerte sich plötzlich an Tränen und die scharfe Spitze an seiner Kehle.

»Er … hat die Einladung abgelehnt«, erwiderte Denizen. »Aber ich bin sicher, dass er dankbar dafür ist.«

Damit wäre alles geregelt. Fürs Erste.

»Ist es das?« Greaves wog noch immer die Hämmer in den Händen. »Ich kann Malebranche nicht entdecken. Er hat den Croits verraten, wo sie uns auflauern sollten. Der oberste Spion des Unendlichen Königs arbeitet gegen dessen Tochter. Was bedeutet das für uns? Für den Frieden?«

Venia nickte, unter dem schimmernden Vorhang ihrer Haut tanzte Licht. **Malebranche … ja. Hat er ihr aus Mitleid geholfen? Oder hat er eine Gelegenheit gewittert? Eine Chance, den König zu schwächen, eine Chance, eine geheime versteckte Waffe in einer anderen Welt zu entwickeln? Es ist kein Zufall, dass die Croits seit Jahrhunderten Krähen tragen.**

Allerdings, sagte sie, **ziehe ich die Sichtweise vor, dass er einst Zeuge der Trennung zweier Liebender wurde und einfach helfen wollte.**

»Ihr werdet mir sicher nachsehen, dass ich das nach den letzten Ereignissen schwierig finde«, erwiderte Greaves.

Wir sind nicht wie früher, entgegnete Venia ruhig. **Aber es hat sowieso keine Bedeutung mehr.**

»Ach nein?«, fragte Greaves.

Als Venia ihre unversehrte Hand hob, fiel eine einzelne Feder herunter. Sie war verkohlt.

Hinter Venias Lächeln wand sich Dunkelheit. Denizen konnte sie zum ersten Mal erkennen.

Kümmert Ihr Euch um Euer Haus, ich werde mich um das meinige kümmern.

37

Die falsche Art Stärke

»Du weißt, dass du auch bleiben könntest, oder?«

Denizen Hardwick und Uriel Croit saßen vor der Seraphim Row auf der Bordsteinkante. Denizens Kopf war so weit zurückgelegt, wie es ohne etwas auszurenken möglich war. Die Sonne wärmte seine Haut, und er hätte ewig dort sitzen bleiben und sich immer wieder daran erinnern können, dass es so etwas wie Wind und Licht und Wachstum gab.

Sein Nacken schmerzte. Versehentliche Hautverätzung gehörte zu den Berufsrisiken eines Schattenjägers, und er würde für den Rest seines Lebens eine Narbe zurückbehalten. Dann hatte seine Stimme seit neuestem auch noch diese leichte Heiserkeit, als müsse er sich ständig räuspern.

»Ich kann nicht«, antwortete Uriel. Einer der Schattenjäger hatte den *Blasebalg Adiuvat*, den Heilungscantus, an seiner gebrochenen Rippe angewendet. Er presste immer wieder die Hand darauf und schien überrascht, dass er keinen Schmerz mehr spürte. »Einige aus der Familie wollen Schattenjäger werden. Es ist ihre Entscheidung. Wir hatten so lange keine Wahl. Aber ich will kein Schattenjäger sein. Noch nicht.«

Vivian und Greaves standen ein Stück weiter in der Einfahrt und waren in ein ruhiges Gespräch vertieft. Ohne hinzusehen, wusste Denizen, dass Vivian sie im Auge hatte. Seit sie wieder vereint waren, hatte sie sich nie mehr als sechs Meter von ihm entfernt.

Es gab seltsamere Familien auf der Welt.

»Sondern?«, fragte Denizen.

»Mein Onkel will mich bei der Suche nach den geflüchteten Croits unterstützen, damit wir ihnen helfen können«, erklärte Uriel. »Wir wollen versuchen, unserer Familie einen guten Start in die Welt zu ermöglichen. Aber zuvor … werde ich meine Schwester suchen.«

Denizens Augenbrauen wanderten nach oben. »Ich dachte …«

Seine müde Entschlossenheit ließ Uriel zehn Jahre älter aussehen, als er war. »Es besteht die Chance, dass sie noch am Leben ist. Die Chance ist gering, aber immerhin. Die … Venia hat versprochen, alles in ihrer Macht Stehende zu tun, um sie ausfindig zu machen. Und egal, ob sie in jener Welt ist oder in dieser … ich werde alles tun, um sie zurückzuholen.«

Er stieß einen langen zittrigen Seufzer aus.

»Und sei es nur, um sie zu begraben.«

Er stand auf. Ein schwarzer SUV bog um die Ecke und bremste langsam ab, Uriel nahm seine Tasche und ging auf den Wagen zu.

Denizen sah ihn fragend an. »Du gehst mit Greaves weg?«

»Nur für kurze Zeit«, sagte Uriel. »Es gibt noch etwas, das ich vor meiner Abreise erledigen muss.«

»Hör zu«, sagte Denizen. »Wenn du je irgendwas brauchst … du weißt ja, wo du uns findest.« Er hielt ihm die Hand entgegen. Uriel starrte sie einen Moment an, als sei er unsicher, was er damit anfangen sollte, aber dann schüttelte er sie.

»Es gibt etwas, das du tun könntest.«

»Was?«

»Vor dem Kampf, musste ich eine Stunde mit ... Venia verbringen. Ich musste ihr Ambrel beschreiben. Wir mussten ein Bild entwerfen, das Venia imitieren konnte. Es ...« Uriels Stimme zitterte ein wenig, dann fing er sich wieder. »Sich die Bilder anzuschauen hat weh getan. Variante nach Variante, während ich dastand und sagte: *Ein bisschen größer, die Nase ein wenig länger.* Und keine Ahnung – vielleicht hat sie es mitgekriegt, vielleicht hat sie auch an den Hass gedacht, den ich für die Erlöserin empfunden habe ... empfinde; jedenfalls hat sie mir erzählt, dass Ambrel möglicherweise noch am Leben ist und sie mir eventuell helfen kann.«

»Aber das ist doch ... gut, oder?«

»Denizen – ich habe gesehen, was Sie meiner Familie angetan hat, was meine Familie sich selbst angetan hat ... alles aus dieser verzerrten Vorstellung von Pflicht heraus. Aus Schuldgefühl. Und jetzt stehe ich wieder genau da, wo ich angefangen habe.« Der Zorn und Verlust in Uriels Miene ließ Denizens eisernes Auge jucken. »Sei vorsichtig, wem du etwas schuldig zu sein glaubst.«

Es war ein langer und nachdenklicher Weg die Einfahrt hinauf. Als Denizen bei seiner Mutter und Greaves ankam, beobachtete dieser lächelnd, wie die Sonne langsam über die Wasserspeier über ihnen kletterte.

»Ich mochte Dublin schon immer«, sagte er. »Ich komme nicht oft genug hierher.«

Vivian verzog keine Miene. Denizen ebenso wenig.

Es war unanständig früh am Morgen. Denizen hatte keine Ahnung, wie lange er schon wach war. Ein Teil von ihm wollte ins Haus und Simon und die anderen aufwecken, aber er wusste, dass sie ihn sofort ausfragen würden, und so weit war er noch nicht.

Als Greaves ihm die Hand entgegenstreckte, schüttelte Denizen sie und strengte sich an, dass Stirnrunzeln Nummer fünf seine Züge nicht allzu sehr verzerrte.

»Nun ja, so richtig nach Plan ist es nicht gelaufen«, erklärte der Palatin. »Aber Venia scheint ganz vernünftig zu sein. Wahrscheinlich müssen wir abwarten, was die Zukunft bringt.«

»Was ist mit dem Long Room?«, erkundigte sich Denizen. »Man wird sich doch bestimmt fragen –«

Greaves winkte ab. »Irgendjemand fragt sich immer irgendwas. Momentan kursieren in verschiedenen Medien achtzehn Theorien, die von *Werbegag* bis *Gasleck* reichen. Ein Blogger ist überzeugt, dass es Außerirdische waren. Wir könnten alles abstreiten – Trinity College wird das mit Sicherheit tun –, aber man kann die Leute nicht davon überzeugen, dass nichts geschehen ist. Ich finde, im Allgemeinen fährt man am besten, wenn man sie davon überzeugt, dass *alles* passiert ist. Ein paar der besten Theorien sind –«, er räusperte sich, »unsere Vorschläge. Und keine davon kommt der Wahrheit auch nur im Entferntesten nahe.«

»Und die Croits?«, fragte Vivian. Ihre Stimme war tonlos und kalt vor Ekel.

»Sie können es kaum erwarten, den Eid abzulegen. Sicherere Zauber und die Chance, sich an den Monstern zu rächen, die ihre Familie zerstört haben? Leute brauchen ein Ziel, und du würdest staunen, wie leicht sich Fanatismus neu ausrichten lässt.«

Er sagte es so beiläufig, als handle es sich bei dieser Ewigkeit an Elend nur um das i-Tüpfelchen an der ganzen Sache. Denizen konnte sich nicht mehr beherrschen. »Dann ist es für Sie wohl ziemlich gut gelaufen?«, fragte er, krampfhaft bemüht, neutral zu klingen.

Greaves lächelte ihn selbstzufrieden an. »Für uns, Denizen. Für die Allianz. Siege sind Gelegenheiten. Wenn ich die Möglichkeit sehe, mehrere Dinge gleichzeitig zu erreichen, warum soll ich sie nicht ergreifen?« Sein Lächeln wurde härter. »Und da wir gerade von Siegen sprechen, wollen wir uns über die Fähigkeiten unterhalten, die du an den Tag gelegt hast, als du uns den jungen Uriel geschickt hast? Und wie du gegen die Erlöserin gekämpft hast?«

Denizen erstarrte. Er hatte jedes Fitzelchen seiner Canti-Kenntnisse gebraucht, um am Leben zu bleiben. Für Zurückhaltung war wirklich keine Zeit gewesen.

»Es muss nicht jetzt sein«, sagte Greaves und wandte sich zu Vivian. »Nicht wenn ich Denizen vorübergehend in die Geschäftsstelle des Palatins versetze, damit wir euer Verhältnis zur Tochter des Unendlichen Königs angemessen und … ehrlich erkunden können.«

NICHT ROT WERDEN. NICHT ROT WERDEN.

»Fabelhafte Idee«, lautete Vivians Kommentar.

»Wie?«, fragten Greaves und Denizen gleichzeitig.

»Geschäftsstelle des Palatins«, wiederholte Vivian. »Klingt großartig. Wann fange ich an?«

»Wie?«

Greaves war sonst ein Meister darin, seine Mimik unter Kontrolle zu halten, aber der Zorn, der sein Gesicht nun verzerrte, war alles andere als kontrolliert. Vivian schien es nicht zu bemerken. Sie starrte in die Luft und zählte mit untypisch großäugiger Unschuldsmiene etwas an den Fingern ab.

»Du müsstest natürlich zuerst abgesetzt werden, aber ich wette, die Enthüllung, dass du die Kräfte der Allianz dazu verwendet hast, einen dreizehnjährigen Jungen auszuspionieren, würde in Tagesanbruch für etliche hochgezogene Augenbrauen sorgen. Und der Posten wurde mir schon mal angeboten.«

»Vivian«, zischte Greaves leise und bedrohlich. »Das würdest du nicht tun.«

Vivian schaute ihm tief in die Augen, und im Vergleich zu ihrem Blick sah die ramponierte Fassade der Seraphim Row geradezu mitfühlend aus.

»Edifice Greaves, du weißt ganz genau, was ich mit Dingen tue, die meiner Familie Leid zufügen.«

Greaves zuckte zurück, dann wandte er sich zu Denizen und schlug den am wenigsten bedrohlichen Weg ein.

»Und was sagst du dazu, Denizen? Bist du zufrieden damit, hier zu sein und kleinliche Kämpfe auszutragen?«

»Was soll ich darauf antworten?«, erwiderte Denizen und zeigte Greaves sein bestes Malleus-Gesicht. »Ich bin vermutlich eher für die Holzhammermethode geeignet.«

Greaves musterte ihn mit finsterem Blick.

»Die Unterhaltung ist noch nicht beendet.« Er begann, die Einfahrt hinunterzustolzieren. »Ihr bekommt in den nächsten Wochen neue Schattenjäger. Versucht dieses Mal, sie am Leben zu lassen.«

Seine Augen wurden schmal.

»Und ich teile euch Jack wieder zu. Ich habe den Verdacht, dass er gerne bleiben möchte.«

Greaves starrte einen Moment lang Denizen an. »Er wird dir Greys Adresse geben. Falls du ihm noch immer schreiben möchtest.«

»Oh«, sagte Denizen. »Danke.«

Der Palatin nickte. »Bis nächstes Mal.«

»Jep«, erwiderte Denizen.

»Mmmm«, fügte Vivian hinzu.

Denizen drehte sich erst zu seiner Mutter um, als der SUV um die Ecke verschwunden war.

»Ich glaube, er mag uns nicht besonders.«

Denizen hatte Vivian noch nie zuvor kichern hören. Es war ein furchtbar würdeloses Kichern, aber er stellte plötzlich fest, dass er es ziemlich gern mochte.

»Mir blutet das Herz«, erwiderte sie. »Tee?«

Sie gingen los, um Tee zu kochen. In der Küche war niemand, und eine Weile waren Denizen und seine Mutter mit dem simplen Ritual beschäftigt, Tassen und Untertassen und Milch zusammenzusuchen. Der Kessel pfiff, und während der Tee zog, sagte Denizen endlich, was er schon in der Nacht hätte sagen sollen, in der sie das Uhrwerktrio getötet hatten.

»Ich brauche deine Hilfe.«

Vivian stellte den Kessel ab.

»Ich habe Angst vor meinen Fähigkeiten«, fuhr er fort und beobachtete den Dampf, der von seinem Tee aufstieg. »Die Canti sind nicht einfach nur Worte. Es ist, als würden sie leben. Ich kann sie in meinem Kopf spüren. Sie drängen mich. Und wollen eingesetzt werden. Es ist so oft vorgekommen, dass ich einfach losschlagen wollte –«

Selbst beim Sprechen bemerkte er Bewegung in seinem Hinterkopf. Dass er sie in den letzten drei Wochen so oft benutzt hatte, schien sie stärker gemacht zu haben, sie kamen immer dichter an die Oberfläche.

»Bring mir bei, wie ich sie besser unter Kontrolle halten kann. Hilf mir herauszufinden, was mit mir passiert. Ich schaffe es nicht allein, und ich kann nicht ewig eine Mauer um sie herumbauen. Und ich möchte …«

Er schniefte. Er kam sich sehr jung vor und sehr alt und sehr, sehr müde.

»Ich möchte mit dir reden können. Richtig mit dir reden. Über Dad. Und über uns.«

Denizen hatte seine Mutter wütend erlebt, und er hatte sie … Nun ja, wütend war schon ihr Hauptzustand. Sprachlos war noch nie vorgekommen.

Schließlich begann sie zu sprechen. »Weißt du, warum Jack fortgegangen ist?«

»Er hat mir erzählt, dass du ihn als … Doppelagenten entsandt hast, oder so was.«

Sie stieß einen tiefen Seufzer aus. »Das ist sehr nett von ihm. Ja, das habe ich. Aber Greaves glaubt, es war, weil ich zu kalt und mitleidlos war, als dass Jack mir Gefolgschaft leisten konnte und … er hat recht damit. Als Corinne starb und Grey … fiel, hätte ich für Jack da sein sollen. Und für dich auch, für euch alle.

Nach dem Vorfall mit dem Trio kam Jack zu mir und wollte reden. Aber sein Verlust war meinem zu ähnlich. Ich tat deshalb, was ich immer tue – ich machte dicht. Ich zog mich zurück. Ich war noch nie gut darin, Menschen an mich heranzulassen. Dein Vater war die Ausnahme, bei ihm fühlte es sich so natürlich an, dass ich es kaum wahrnahm. Eines Tages war er einfach … da.«

Sie lächelte Denizen unsicher an. »Hardwicks tun sich schwer mit Gefühlen. Wir sind wirklich unsere ärgsten Feinde.« Sie hielt inne. »Was in Anbetracht unseres Berufs eigentlich ziemlich beeindruckend ist.«

Denizen wich ihrem Blick aus. »Und bist du … *stolz* darauf?«

Vivian zuckte die Achseln und legte die Hände um ihre Tasse.

»Vielleicht können wir …«

Sie zögerte.

»Vielleicht können wir uns gegenseitig helfen.«

Denizen lächelte unentschlossen. »Das würde mir gefallen.«

»Vielleicht haben wir Glück«, fuhr sie wehmütig fort, »und das Konsilium bewirkt etwas Positives. Und Menschen und Tenebrae arbeiten zusammen – ich hätte nie gedacht, dass ich diesen Tag erlebe.« Sie musterte ihren Sohn mit einem durchdringenden Blick. »Ich hatte dir aufgetragen, das Messer immer bei dir zu tragen.«

»Habe ich auch«, protestierte Denizen, bevor er eine Augenbraue hochzog. »Hättest du wirklich meinetwegen den Palatin der Allianz abgesetzt?«

Vivians Wangen hatten sich gerötet. »Tja, das werden wir nun vermutlich nie herausfinden, oder?« Sie lächelte in sich hinein. »Wir sollten uns erst einmal darauf konzentrieren, dieses Haus in Ordnung zu bringen –«

»Kümmert Ihr Euch um Euer Haus, ich werde mich um das meinige kümmern«, sagte Denizen unvermittelt. Alle Farbe wich aus seinem Gesicht.

»Wie?«

»Das hat sie gesagt. Venia. *Kümmert Ihr Euch um Euer Haus, ich werde mich um das meinige kümmern.*«

Vivian runzelte die Stirn. »Und?«

»Nicht das Haus ihres Vaters«, flüsterte Denizen.

Das meinige.

EPILOG

FAMILIE

Uriel Croit stand neben dem Lichtkreis der Straßenlaterne.

Die Straße war offensiv unbedeutend – nichts weiter als eine Reihe identischer Backsteinhäuser, die wie frisch ausgehobene Gräber mit Efeukränzen geschmückt waren. Trotz ihrer Gesichtslosigkeit hatte Uriel keine Schwierigkeiten gehabt, das Haus zu finden. Die Familie behielt die Gunstlosen scharf im Auge. Deshalb hatte Großvater Uriels Eltern beim ersten Mal so schnell erwischt.

Er bewegte sich ungelenk in seinen Kleidern von Draußen. Er würde sich erst an sie gewöhnen müssen. Eloquenz lag in Schutt und Asche. Ohne den stützenden schwarzen Draht war das Bauwerk seiner Kindheit zusammengestürzt. Nichts war gerettet worden.

Noch nicht.

Die Tür war weiß. Uriel klopfte mit dem Knöchel dagegen.

Ich könnte gehen.

Ich könnte einfach gehen.

Einfach gehen.

Als sich die Tür öffnete und ihn in warmes gelbes Licht tauchte, hatte er sich schon zum Gehen gewandt.

›Uriel.‹

Sie hatte hellgrüne Augen, ihr Haar war das Croit'sche

Mischmasch aus Grau und Schwarz. Er war älter, kleiner, korpulent, und er umklammerte ihre Taille in dieser unnötig aufgeregten Beschützerart, die Uriel einerseits zweifeln ließ, ob ihre Geschichte stimmte, ihm aber andererseits versicherte, dass alles gewesen war, wie man es ihm erzählt hatte. Er kannte diesen Blick. Es war der Blick von jemandem, der alles für die Sicherheit seiner Familie tun würde.

»Hallo, Mutter. Hallo, Vater.«

Mehr Raum ließ man ihm nicht. Ein Wirbelwind von Umarmungen, von Zuneigung, von Nähe. Er musste sich zwingen, ihn zuzulassen. Er war es nicht gewöhnt, so berührt zu werden.

Die Küche war hell und warm. Kleine Nachrichten an den anderen. Bilder. Sie hatten sich hier ein Leben eingerichtet. Ein gemeinsames Leben.

Uriels Mutter drückte ihm eine Tasse Tee in die Hand.

»Wo ist Ambrel?«, fragte sie.

Er ließ die Tasse fallen. Das Geräusch war sehr laut und Uriel Croit starrte auf seine Finger, die zitterten und nicht zufassen konnten. Zu taub. Zu kalt.

Dinge gingen so schnell kaputt.

Und noch eine Wahrheit über Schriftsteller …

… lautet, dass alles eine zweite Fassung braucht. Im ersten Durchlauf übersieht man Details. Wörter werden vergessen oder wandern woandershin, oder das Ende verändert den Anfang. (Damit bist du gemeint, Ambrel Croit.) Auch wenn dieses Buch die Fortsetzung der Geschichte ist, war das Erzählen eine völlig andere Sache, und es gibt neue Menschen, denen ich zu Dank verpflichtet bin.

Erstens und immer wieder meiner Familie dafür, dass sie immer hinter mir und diesem verrückten Job steht, den ich mache. Besonderen Dank an meinen Vater, der sich zum Schrecken vieler ländlicher Buchläden entwickelt hat. Danke, dass du diesen Zeitungsausschnitt in deiner Jackentasche mit dir herumträgst.

Den Zauberer-Seraphen-Rockstar-Supernova-Agenten von Darley Anderson – ihr seid unermüdlich und weise. Clare, Sheila, Mary, Emma, danke für Stifte, Fräcke, Rat, Currygerichte, Tenebris – eigentlich alles. Danke, dass ihr mich so weit gebracht habt.

Ben, Caroline, Wendy – danke für eure Geduld, eure Ratschläge und eure Geduld. Habe ich übrigens erwähnt, dass ihr echt geduldig seid? (Diesen Satz hätten sie gestrichen.) Ihr seid mein *Intueor Lucidum.* Danke, dass ihr mir helft, im Dunkeln zu sehen. Dank meinem großartigen PR-Team – Tania, Claire, Jess, Vicky, Hannah, Emily und Annabel – die Canti, die das Feuer formen. Danke, dass ihr solche Zauberinnen seid.

Ohne die Freundschaft und Anleitung der drei begabtesten Schriftsteller, die ich zu meinem Pech gelesen habe, wäre dieses Buch nie zu dem dunklen, merkwürdigen und traurigen Ding geworden, das es ist. Graham Tugwell, Deirdre Sullivan und Sarah Maria Griff – Heldinnen, Monster, Dunkelfedern. Lasst uns immer schrecklich bleiben.

Ein Buch kommt nie von einem Ort, aber Dr. Sarah J. Nangle schulde ich besonderen Dank für die Croits. Danke für ihren Scharfblick, ihr Wissen, ihren Rat und ihre Unterstützung. Ebenso schulde ich Siobhan Dank, dass sie mich im Long Room herumschleichen ließ und ich mir ausmalen durfte, wie das Ganze in Flammen aussehen würde, Melissa, dass sie strikt Gespräche und Burger untersagt hat, Dearbháil für die Porträts, Shannon für verlegenes Türenknallen, Arvind für noch mehr Schwertkämpfe. Roe für Sachbücher und Kerrie O'Brien für Gedichte.

Schließlich noch vielen Dank an meine Ehrenmallei Vanessa O'Loughlin und Rick O'Shea und an alle, die mir erlauben, vor einem Mikro oder in einem Klassenzimmer zu stehen – Elaina, Niamh, Aidan, William und Laura, Annie, Claire und viele, viele andere.

Und schließlich und endlich vielen Dank euch für's Lesen. Wir haben es fast geschafft.

Zwei haben wir schon … Ein Band kommt noch.

Denizens Geschichte ist noch nicht zu Ende.
Wie es weitergeht, erfährst du im dritten Band von
›Tenebris‹, der 2018 erscheint!